巴别尔全集

伊萨克·巴别尔 著　　谢春艳 译

Исаак Бабель

第 5 卷

巴别尔书信集

Письма И. Бабеля

漓江出版社

图书在版编目（CIP）数据

巴别尔书信集 /（俄罗斯）伊萨克·巴别尔著；刘文飞主编；谢春艳译 .
—桂林：漓江出版社，2016.9
（巴别尔全集 / 刘文飞主编）
ISBN 978-7-5407-7867-5

Ⅰ . ①巴… Ⅱ . ①巴… ②刘… ③谢… Ⅲ . 巴别尔（1894–1941）—
书信集 Ⅳ . ① K835.125.6

中国版本图书馆 CIP 数据核字（2016）第 156632 号

巴别尔书信集 巴别尔全集 第五卷

主　　编	刘文飞
策划编辑	陆　源
责任编辑	陆　源　王成成
封面设计	高海军
责任监印	周　萍

出 版 人　刘迪才
出版发行　漓江出版社
社　　址　广西桂林市南环路 22 号
邮　　编　541002
发行电话　0773-2583322　010-85893190
传　　真　0773-2582200　010-85890870-614
邮购热线　0773-2583322
电子信箱　ljcbs@163.com
网　　址　http://www.Lijiangtimes.com.cn
印　　制　北京大运河印刷有限责任公司
开　　本　890×1240　1/32
印　　张　20.25
字　　数　350 千字
版　　次　2016 年 9 月第 1 版
印　　次　2016 年 9 月第 1 次印刷
书　　号　ISBN 978-7-5407-7867-5
定　　价　63.00 元

目录
CONTENTS

编者序：巴别尔的生活和创作

一

巴别尔的一生充满许多奇特的变故和突转，甚至难解的谜团。

他至少用过四个姓氏：他原姓"鲍别尔"（Бобель），开始发表作品时曾署名"巴勃-埃尔"（Баб-Эль），最后选定了"巴别尔"（Бабель）这个流芳俄语文学史的笔名，他在第一骑兵军任随军记者时则化名"基里尔·瓦西里耶维奇·柳托夫"（КириллВасильевичЛютов）。顺便说一句，巴别尔的全名是"以撒·埃马努伊洛维奇·巴别尔"（ИсаакЭммануиловичБабель），而在汉语中，巴别尔源自《圣经》人物以撒（Исаак）的名字却一直被"误译"为"伊萨克"。

他的生卒日期在很长一段时间里都不确定。在苏联 1962 年出版的《简明文学百科全书》中，巴别尔的出生日期标为"俄历 1894 年 7 月 1 日，新历 7 月 13 日"，而巴别尔出生证上标明的日期却是"俄历 6 月 30 日"，以新旧历之间相差 13 天计，巴别尔准确的出生日期应该是"1894 年 7 月 12 日"，而现今的文学工具书和巴别尔传记却大多误作"7 月 13 日"。巴别尔于 1940 年 1 月 27 日在莫斯科卢比扬卡监狱被枪毙，但巴别尔于 20 世纪 50 年代中期被恢复名誉时，官方告知巴别尔亲属的死亡时间却是"1941 年 3 月 17 日"，并称巴别尔系因心脏病死于集中营，直到苏联"改革"时期，随着部分克格勃档案的公开，巴别尔的死亡时间才最终被确定。

伊萨克·巴别尔生于俄国敖德萨城的犹太人聚居区莫尔达万卡（Молдаванка），父亲是一位经营农业器具的犹太商人，在他出生后不久，全家迁居距敖德萨 150 公里远的小镇尼古拉耶夫。像当时大多数犹太家庭一样，巴别尔的父母也很早就决意让自己的孩子掌握经商的知识和技能，9 岁的巴别尔被送入尼古拉耶夫商业学校。在巴别尔一家迁回敖德萨后，巴别尔转入敖德萨商业学校学习。这所"商业"学校却让巴别尔爱上了"文学"，因为该校的法语教师瓦东是一位法国"外教"，"他是布列塔尼人，像所有法国人一样具有文学天赋。他教会我法语，我和他一起熟读法国经典作家，接近敖德萨的法国侨民，从 15 岁起便用法语写小说"[1]。巴别尔在敖德萨商校毕业后由于民族身份的限制未能如愿进入敖德萨大学，转而考进基辅商业财经学院。不过在基

---

[1]　Бабель И.Э. Собрание сочинений в четырех томах, Москва, Время, 2006, т.1, с.35.

辅，他的文学爱好愈加强烈，并于1913年在基辅《星火》杂志上发表小说处女作《老施莱梅》（СтарыйШлойме），最终实现了他从"商业"向"文学"的过渡。

在基辅学习期间，巴别尔结识富商之女叶夫盖尼娅·格隆费因（ЕвгенияГронфейн），并带她私奔，由此开始了他持续一生的爱情罗曼史。1919年，巴别尔与叶夫盖尼娅结婚，1925年，叶夫盖尼娅移居法国，据称是为了去巴黎学画。同年，巴别尔与梅耶荷德剧院的女演员塔玛拉·卡希里娜（ТамараКаширина）相恋，并于1926年生下儿子米哈伊尔，但是后来，卡希里娜携子嫁与作家弗谢沃洛德·伊万诺夫，孩子也随继父姓，米哈伊尔·伊万诺夫（МихаилИванов）后成为一位著名画家。1927年7月，出差柏林的巴别尔与文学编辑叶夫盖尼娅·哈尤吉娜（ЕвгенияХаютина）相恋，哈尤吉娜后于1929年嫁给苏联秘密警察机构的头目叶若夫，但巴别尔与她的关系一直时断时续，哈尤吉娜于1938年自杀，也有人说她是被丈夫害死的。两位恋人先后嫁与他人，心灰意冷的巴别尔于是决定与妻子破镜重圆，并多次去巴黎探亲，他和叶夫盖尼娅·格隆费因所生的女儿娜塔莉娅（Наталья）于1929年在巴黎出世，娜塔莉娅后移居美国，成为父亲文学遗产在西方的推介者，她曾主编英文版《巴别尔全集》①。30年代中期，巴别尔与莫斯科地铁建设工程设计师安东尼娜·比罗什科娃（АнтонинаПирожкова）相爱，1937年，他

---

① Edited by Nathalie Babel, The Complete Works of Isaac Babel, W.W.Norton & Company, NY, London, 2002.

们的女儿丽季娅（Лидия）出生。比罗什科娃后移居美国，她写有回忆录《与巴别尔共度七年》（СемьлетсИсаакомБабелем）[1]。不难看出，巴别尔的情感生活也是枝蔓丛生、充满变故的。

1916 年，巴别尔来到彼得格勒，在心理精神病学院法律系读书，同时开始寻找发表文学作品的机会。他在彼得格勒与高尔基相识，这后来被他称为他文学创作的"开端"："我的一切都归功于这次会面，我至今在道出'阿列克谢·马克西莫维奇'[2]这个名字时总是心怀爱戴和景仰。他在 1916 年 11 月号的《年鉴》上发表了我的两个短篇小说。"[3]这两篇小说就是《埃利亚·伊萨科维奇与玛格丽塔·普罗科菲耶夫娜》（ЭльяИсааковичиМаргарита Прокофьевна）和《妈妈、里玛和阿拉》（Мама，РиммаиАлла）。按照巴别尔自己的说法，这两篇小说给他带来了麻烦，他因为小说的"淫秽"内容受到起诉，但不久爆发的革命却使他免于牢狱之灾。同样是按照巴别尔自己的说法，高尔基在肯定巴别尔文学天赋的同时，也认为他这两篇小说是"偶然的成功"，于是便打发他去"人间"。根据现有的巴别尔生平资料看，巴别尔的这"人间"七年（1917—1923）是丰富多彩的：1917 年曾以志愿兵身份征战罗马尼亚，后返回彼得格勒，在新组建的秘密警察机构契卡任外事翻译；1918 年参加粮食征集队，加入抗

① ПирожковаА.Н.СемьлетсИсаакомБабелем.Воспоминанияжены.Слово-Word，NewYork，2001；另见：БабельИ.Э.Собраниесочиненийвчетырехтомах，Москва，Время，2006，т.4，cc.357-560.

② 高尔基原名的名字和父称。

③ БабельИ.Э.Собраниесочиненийвчетырехтомах.Москва.Время，2006，т.1，с.36.

击尤登尼奇的北方军，同时为高尔基主办的《新生活报》撰写专栏文章；1920年任乌克兰国家出版社敖德萨分部主任和南方罗斯塔通讯社记者，并于夏秋时分随第一骑兵军参加苏波战争；1921年在敖德萨做编辑，同时开始在当地报刊发表"敖德萨故事"；1922年在格鲁吉亚等地当记者，开始写作"骑兵军系列"；1923年进入莫斯科文学界，在《列夫》《红色处女地》《探照灯》《真理报》等报刊发表作品，受到普遍欢迎。但是除了这些"有据可查"的经历外，人们发现，巴别尔这七年的历史中依然存有许多空白。

从20年代下半期到巴别尔遇害的这十余年间，巴别尔春风得意，却也风波不断。20年代中期，巴别尔的妹妹、母亲和妻子相继离开俄国，侨居布鲁塞尔和巴黎，令人奇怪的是，坚持留在国内的巴别尔却能多次获准去国外探亲。1925年，他的三部短篇小说集在一年内先后推出，他的《骑兵军》（Конармия）更是在短时间里多次再版，他由此成为当时最著名的作家之一，可当时位高权重的军方领袖、曾任第一骑兵军司令的布琼尼却在《真理报》发文，指责《骑兵军》污蔑红军战士，幸有高尔基出面力挺巴别尔。一阵作品出版热潮过后，巴别尔却突然沉寂下来，当时的著名批评家沃隆斯基公开责怪巴别尔，认为他已陷入所谓"文学沉默期"（литературноемолчание）。在30年代的"社会主义建设"时期，身在乌克兰的巴别尔成为集体化运动和乌克兰大饥荒的见证者，他试图打破"沉默"，也发表了反映集体化运动的长篇小说《大井村》（БольшаяКриница）之片断，但反响平平。他转而写作一些剧本和电影脚本，曾与爱森斯坦等人合作，还曾试图将《钢铁是怎样炼成的》改编成电影。1934 年 8 月，他参加在莫斯科举行的第一届苏联作家代表大会，并在会上发言。次年 6 月，他与帕斯捷尔纳克等人一同前往巴黎，出席"捍卫文化与和平国际作家反法西斯大会"。这两件事情表明，巴别尔在当时是一位颇受重视的"苏维埃作家"。之后数年，是 20 世纪俄苏历史上的"大清洗"和"大恐怖"时期，但巴别尔起初似乎顺风顺水，他在莫斯科郊外的作家村佩列捷尔基诺得到国家给予的一套别墅，他依然能出国探亲，他的作品也不时发表在苏联的文学报刊上，如《苏拉克》（Сулак）、《德·葛拉索》（ДиГрассо）、《审判》（Суд）等。他也是当时文坛泰斗高尔基家的常客。但是，他最终未能躲过这场腥风血雨。

1939 年 5 月 15 日，巴别尔在佩列捷尔基诺被捕，罪名是"反革命罪"和"充当法、奥间谍"，次年 1 月 27 日，巴别尔被军事法庭判处死刑，在莫斯科卢比扬卡监狱被枪毙。关于巴别尔遇害的原因，人们至今不明究竟，处决他的命令是斯大林亲笔签署的，有人据此推断，巴别尔得罪了斯大林本人，因为斯大林不喜欢有人提起苏波战争，他因《骑兵军》的走红而迁怒于巴别尔；也有人认为是巴别尔"交友不慎"，他的一些朋友如亚基尔、叶若娃（即哈尤吉娜）等，当时都已被斯大林定为"人民公敌"，巴别尔受到牵连是在所难免的。有人认为，一直偏爱巴别尔的高尔基于 1936 年去世，使他最终失去了庇护；也有人猜测，曾在秘密警察机构工作的巴别尔，也许掌握了一些招致杀身之祸的内情。

巴别尔的作品自身也构成一个谜。巴别尔究竟写下了多少文字，人们颇费猜测。与巴别尔同时代的人大多称他是一个"坐不住的"作家，很少看到他写作，可他的最后一任妻子比罗什科娃却称丈夫是一个无比勤奋的写作狂，不过她也说，巴别尔很少向她展示自己的写作成果。巴别尔如今存世的文字，只够编成篇幅不大的四五本书，但根据档案中的记载，秘密警察在逮捕巴别尔时从他家中抄走一大批手稿，计有 15 件卷宗和 18 个笔记本，如今秘密警察机构中的巴别尔档案已经解密，可其中却不见巴别尔的手稿，在巴别尔被恢复名誉时他的家人曾被告知，所有手稿均已被焚毁。可是，巴别尔的众多崇拜者仍对这些手稿心存幻想，因为据说，擅自焚毁档案的做法在克格勃机构中非常罕见，更何况那还是一批"文学作品"。但愿巴别尔那些被湮灭的作品终有一天能重见天日。

　　巴别尔的生活和创作，无论姓氏还是生死，无论身份还是爱情，无论经历还是文字，都像是"未完成体"。正因为如此，我们阅读与巴别尔相关的资料时才会看到这样一些颇为耸人听闻的标题，如《被遗忘的巴别尔》[1]《被焚毁的巴别尔》[2]《未知的巴别尔》[3]《巴别尔的未知书信》[4]《伊萨克·巴别尔：真相和虚构》[5]等等。巴别尔的生活和创作之谜，自然源自他所处的时代和体制，那样一个充满动荡的乱世必然会在他身上留下深刻的烙

----

[1]　ЗабытыйБабель，сост.НиколасСтроуд，Ardis，AnnArbor，1979.

[2]　Сожженный Бабель.К70-летиюсодняубийствавеликогопрозаика，НоваяГазета，25января2010г.

[3]　НеизвестныйБабель，см.http://krug.com.ua/news/21924.

[4]　БабельИ.Э.Неизвестныеписьма，Вопросылитературы，1990.

[5]　http://povalixa.livejournal.com/286492.html.

印，严酷的社会环境会使他像他的众多同时代人一样，生出许多难言之隐，做出许多被迫的伪装。与此同时，巴别尔令人疑窦丛生的身世，在一定程度上或许也与他的性格和美学风格不无关联，作为一位善于故弄玄虚、热衷真真假假的作家，他也在有意无意之间将自己的生活"文学化"，或将自己的作品"自传化"，他的生活可能是真正的文学体验，而他的作品则可能是"伪纪实小说"，在他这里，生活和文学似乎赢得了真正意义上的调和与统一。

二

巴别尔只活了 40 多岁，只写了 20 多年，他的文字还至少遗失了一半，他存世的短篇小说不过百余篇，其中还包括那些特写在内。巴别尔的主要文学体裁是短篇小说，他即便写作长篇小说和剧本，也写得较为简短，或仅为片断。他的书信和特写不仅篇幅不大，同时也是零散不全的。巴别尔的创作给人的第一印象就是碎片化，像是一个变化多端的万花筒。但是，将巴别尔的作品集中到一起阅读，我们却又能从中清晰地分辨出几个主题，或曰几个系列，即"敖德萨系列"、"彼得堡系列"和"骑兵军系列"。

巴别尔对故乡敖德萨城的眷恋是刻骨铭心的，即便在 1920 年随军征战苏波战场时，他居然也会在日记中一次又一次地提到敖德萨："敖德萨怎么样了呢？忧伤。"（7 月 26 日）"为什么我会有难以排遣的忧伤？因为远离家乡。"（8 月 6 日）"我想念敖德萨，心都飞回去了。"（9 月 1 日）巴别尔 1913 年发表的处女作《老施莱梅》其实写的就是敖德萨人，但后来被巴别尔冠以"选自

敖德萨故事"之副标题的第一篇小说，还是 1921 年刊于敖德萨
《水手报》的《国王》(Король)。由巴别尔本人编选、以"敖德
萨故事"(Одесскиерассказы)为书名于 1925 年出版的单行本，
其实仅包含 4 个短篇，即《国王》《此人是怎样在敖德萨起家的》
(КакэтосделалосьвОдессе)、《父亲》(Отец)和《哥萨克小娘
子》(ЛюбкаКазак)，但后来被巴别尔不同文集的编者以"补遗"
(дополнения/additionalstories)名目编入"敖德萨故事"的故
事，则不下十余篇。在《敖德萨故事》单行本多次再版之后，巴
别尔仍在继续这一主题的创作，比如，他在《弗罗伊姆·格拉奇》
(ФроимГрач)一篇后标明的写作年代就为 1933 年，在他 30 年
代写作的其他文字中仍不时出现敖德萨场景和敖德萨人。可以
说，"敖德萨主题"是贯穿巴别尔整个创作的一个母题，巴别尔
现存于世的文字有一半以上均可称之为"敖德萨故事"。

在巴别尔的笔下，敖德萨的故事，敖德萨犹太人的故事，尤
其是敖德萨犹太强人的故事，构成了一部奇特斑斓的史诗。敖
德萨因其繁忙的海运和繁华的商业被称为"俄罗斯的马赛"
(русскийМарсель)，又因其大量聚居的犹太人被称为"俄罗斯
的耶路撒冷"(русскийИерусалим)。在巴别尔写作这些故事的年
代，敖德萨的犹太人虽然生活富足，但像散居在欧洲各国的犹
太人一样往往是遭受歧视、忍辱负重的，巴别尔在他的小说中
写到了犹太人生活的不幸和艰难，写到了残忍的屠犹场景，但与
此同时，他选取别尼亚·克里克(БеняКрик)、弗罗伊姆·格拉
奇(ФроимГрач)等几位犹太强盗头领为对象，描写他们的敢作敢
为，他们的喜怒哀乐，似乎旨在借助这一类型的主人公实现他对敖德

萨犹太人生活的理想化和艺术化。别尼亚·克里克爱憎分明，"他在消灭欺骗的同时，寻找公正，他既寻找带引号的公正，又寻找不带引号的公正"。[《带引号的公正》(Справедливостьвскобках)]他强娶富商之女，火烧警察局(《国王》)，他厚葬被手下人误杀的管事，并强令管事的老板出血(《此人是如何在敖德萨起家的》)，他敢爱敢恨，豪爽仗义，与现实生活中逆来顺受的犹太人构成鲜明对比。他绰号"国王"，他无疑也是巴别尔心目中的"无冕之王"，是巴别尔用狂欢化的手法在小说中实现的犹太造神运动。由于巴别尔的"敖德萨故事"，色彩斑斓的敖德萨从此成为俄语文学史中的一处名胜。

在巴别尔的创作中，与"敖德萨主题"紧密抱合的还有他的"童年主题"。巴别尔在敖德萨长大成人，他的童年记忆自然是与敖德萨这座城市相互交织在一起的："正是店铺、熙来攘往的行人、气息、剧院的海报，构成了我亲如骨肉的城市。我至今记得这座城市，感觉得到这座城市和爱着这座城市，我感觉得到它，就如我们感觉得到母亲的气息、抚爱的气息和欢声笑语，我爱它，因为我生于斯，我在它的怀中有过幸福，有过忧伤，有过幻想，而且那幻想是多么的热烈，多么的独一无二。"[《童年》(Детство)] 如果说，"敖德萨系列"是犹太强人的肖像画廊，那么，"童年系列"则是一位敖德萨犹太男孩的心灵史。犹太孩子成长过程中的胆怯和敏感、抗争和发奋、恐惧和复仇等极端心理，在巴别尔的小说里得到了淋漓尽致的描写。在《我的鸽子窝的故事》(Историямоейголубятни)中，犹太少年入学的喜悦和屠犹场景的残忍构成对比，犹太子弟中榜的喜庆暗含着这个民族的复仇心理。通过勤奋学习出人头地，似乎成了所有犹太儿童的努力方向，就像《童年》中的奶奶那"铿锵有力"的话语："发奋学习，你就可获得一切——财富和荣誉。你必须通晓一切。所有的人都将对你俯首帖耳，甘拜下风。应该让所有的人都嫉妒你。"就像巴别尔自己后来在小说《醒悟》（Пробуждение）中所"总结"的那样："我们的父辈看到自己前途无望，便决心博彩，拿年幼子女的身子骨做赌注。这股疯狂的赌风在敖德萨甚于其他城市。"重压下的、被迫的勤奋，构成了巴别尔"童年系列"小说的主要描写对象，但巴别尔却时常突出在"我"身上很早便涌动起来的文学冲动："我在练习小提琴时，把屠格涅夫或者大仲马的小说放在谱架上，一边叽叽嘎嘎拉着提琴，一边狼吞虎咽地看着一页页小说。白天我编故事给四邻五舍的孩子听，夜里将故事写到纸上。"（《醒悟》）他给妓女讲故事，因此得到一笔钱，他将之称为他的"第一笔稿费"："唉，天呀，我的青春！……我活了二十年，其中有五年时间用于构思小说，数以千计的小说，绞尽了脑汁。这许多小说伏于我心，一如癞蛤蟆之伏于石头。孤独的催生之力使其中一篇砰然落地。看来，我命中注定要使一个梯弗里斯的妓女成为我的第一名读者。我想象力的骤然迸发令我冷得浑身战栗。我给她讲了一个跟亚美尼亚人同居的童男子的故事。"[《我的第一笔稿费》（Мойпервыйгонорар）] 人们注意到，巴别尔的"童年记忆"往往并非百分之百的"生活事实"，但是，其中的犹太儿童的心理活动和自幼就有的对文学的热爱，却无疑是少年巴别尔的真实心迹。

　　所谓"彼得堡系列"，则是巴别尔 1918 年 3—7 月间在高尔基主编的《新生活报》（Новаяжизнь）上发表的一组特写，该报为巴别尔辟出题为"日记"（或"彼得堡日记"）的专栏，这些特写在发表时常标有"选自《彼得堡，1918》一书"的副标题，这说明巴别尔曾有意写作一部以彼得堡生活为主题的书。现存的"彼得堡日记"（Петербургскийдневник）共 23 篇，其中 17 篇刊于《新生活报》，发表时间自 1918 年 3 月 9 日至 1918 年 7 月 2 日，持续近 4 个月。需要指出的是，这正是十月革命爆发后数月间的彼得堡，在巴别尔的笔下，革命风暴席卷后的彼得堡民不聊生，哀鸿遍野，这些"日记"从立场和态度到篇幅和风格，都很近似高尔基在同一份报纸上发表的系列特写《不合时宜的思想》（Несвоевременныемысли）。请看《伙计》（Ходя）一篇的开头："铁面无私的夜。令人惊诧的风。一具尸体的指头在翻拣彼得堡冻僵的肠子。紫红的药房冻僵在角落里。药剂师把精心梳理的脑袋歪向一旁。严寒攥住了药房那紫红的心脏。药房的心脏于是衰竭了。""涅瓦大街上空无一人。墨汁的泡沫在空中爆裂。深夜两点。铁面无私的夜。"在革命后的都城，大家都在破坏自己的生活，宰杀马匹，拿家具当柴烧，把书籍扔进壁炉，在《马》（Олошадях）的结尾，作者写道："大家全是掘墓人。"人们杀人如麻，视生命为儿戏："以前还询问一番——死者是谁，死亡时间，被什么人打死的。现在不问了，在小纸条上记下——'姓名不详的男人'，然后就运到停尸间。"[《死者》（Битые）]这激起了巴别尔对革命的思索和疑惑："扛起枪并相互射杀——在某些时候，这大概并不愚蠢。但这还不是革命的全部。谁知道呢——这或许完全不是革命？"[《妇产官》（Дворецматеринства）] 在《至圣宗主教》（Святейшийпатриарх）一篇中，他这样转述教会人士的"牢骚"："人家告诉我们：这就是社会主义。我们的回答将是：这是抢劫，是俄罗斯大地的灾难，是对神圣而永恒的教会的挑衅。"和高尔基的系列特写一样，巴别尔的"彼得堡日记"似乎也是"不合时宜"的。

真正给巴别尔带来全俄、乃至全世界声誉的作品，还是他的"骑兵军系列"。1920 年苏波战争期间，巴别尔化名"柳托夫"随布琼尼的第一骑兵军征战数月，其间的所见所闻、所思所想就构成了《骑兵军》（Конармия）的主要内涵。如今被归入这一"系列"的短篇小说共 38 篇，它们的创作时间延续达 15 年之久（1922—1937），但其中的大部分作品写于 1925 年之前，巴别尔后来只是在不断地加工、改写这些故事。《骑兵军》中的小说大都是在巴别尔当年所写的行军日记的基础上创作出来的。作为随军记者的巴别尔（柳托夫），自然要随时随地记录下他遭遇的一切，而始终瞪着一双惊诧的眼睛、始终揣着一颗好奇的心的巴别尔，自然也不会放过任何"有趣的"场景和人物。在为《红色骑兵军报》（Красныйкавалерист）写下数篇报道的同时，他还记下大量日记。巴别尔随军征战 7 个月（1920 年 5—11 月），但他的日记未能完整保留下来，如今我们能读到的仅有 3 个多月（1920年 6—9 月）间的 66 篇日记，即 1920 年 6 月 3 日至 9 月 15 日，且其中 6 月 6 日至 7 月 11 日的日记亦散失。巴别尔的 1920 年日记首次刊于《民族友谊》杂志 1989 年第 4—5 期。在这套中文版《巴别尔全集》第三卷中，我们特意把系列短篇小说"骑兵军故事"、刊发于《红色骑兵军报》的报道和"1920 年日记"

（Дневник1920г.）这三个部分合而为一，构成一个相互呼应的整体，读者既可以从不同角度观察巴别尔的战时体验和感受，也可以揣摩和品味巴别尔的三种不同话语以及三种话语相互之间的交织、过渡和转化。

《骑兵军》的首篇《泅渡兹勃鲁契河》（ПереходчерезЗбруч）开头处一段渲染氛围的写景，便已构筑起了这些短篇的整体风格："橙黄色的太阳浮游天际，活像一颗被砍下的头颅，云缝中闪耀着柔和的夕晖，落霞好似一面面军旗，在我们头顶猎猎飘拂。在傍晚的凉意中，昨天血战的腥味和死马的尸臭滴滴答答地落下来。黑下来的兹勃鲁契河水声滔滔，正在将它的一道道急流和石滩的浪花之结扎紧。桥梁都已毁坏，我们只得泅渡过河。庄严的朗月横卧于波涛之上。"作为主人公的"我"是个戴着眼镜的"四眼"书生，而且还是个犹太人，他内心暗暗羡慕，甚至赞叹那些杀人如麻的哥萨克骑兵军，可他自己终究未能学会杀人，为了赢得战友的认同，他借故杀死房东的一只鹅，之后，"我用沙子擦净马刀，走到大门外，又回到院场里，心里十分痛苦。月亮像个廉价的耳环，挂在院场的上空。""我做了好多梦，还梦见了女人，可我的心却叫杀生染红了，一直在呻吟，在滴血。"[《我的第一只鹅》（Мойпервыйгусь）] 苏波战争期间，苏联红军和波兰军队不约而同地屠杀犹太人，这让身为犹太人的巴别尔痛心疾首，他的小说中反复出现残忍的屠犹场景："在我窗前，有几名哥萨克正以间谍罪处死一名白发苍苍的犹太老人。那老人突然尖叫一声，挣脱了开来。说时迟，那时快，机枪队的一名鬈发的小伙子揪过老头的脑袋，夹到胳肢窝里。犹太老头不再吱声，两条腿劈了开来。鬈毛用右手抽出匕首，轻手轻脚地杀死了老头，不让血溅出来。"[《小城别列斯捷奇科》（Берестечко）]巴别尔在描写此类血腥场景时似乎也像这位杀人的"鬈毛"一般若无其事，可这冷若冰霜的"客观"却反而蕴含着巨大的抗议力量和震撼效果。巴别尔的小说于 20 世纪下半期在西方世界的走红，与他对这一主题的关注及其关注方式不无关系。总之，战争和暴力，死亡和性，哥萨克骑兵和屠犹等，这一切相互交织，构成了《骑兵军》的主题。

巴别尔是一位杰出的短篇小说家，也是一位同样杰出的剧作家，我们将他的 6 部剧作编成《巴别尔剧作集》，作为这套全集的第四卷。据说巴别尔 1909 年在敖德萨参加剧社活动时写有一剧，但未能保存下来。1928 年，他的剧作《日薄西山》（Закат）在莫斯科艺术剧院上演，著名电影导演爱森斯坦看后认为该剧"就戏剧技巧而言或许是十月革命后的最佳剧作"①。20 世纪 20—30 年代，他创作了多部剧作，他在 1935 年 2 月 24 日写给母亲的信中甚至这样写道："现在我在创作方面发生了一个奇怪的变化：我不想写散文，只喜欢创作剧本……"②将巴别尔的 6 部剧作，即《别尼亚·克里克》（БеняКрик）、《日薄西山》、《流浪的星星》（Блуждающиезвезды）、《中国磨坊》（Китайскаямельница）、《玛丽娅》（Мария）、《老广场 4 号》（Стараяплощадь，4）结

---

① ЛившицЛ.От"Одесскихрассказов"к"Закату"，http://www.levlivshits.org/index.php/works/vopreki-vremeni/statyi-o-babele-menu/243-odessk-rskz-zakat.html.
② БабельИ.Э.Собраниесочинейнийвчетырехтомах，Москва，Время，2006，т.3，c.336.

合起来看，我们或许能发现这样几个问题：首先，就体裁而言，巴别尔剧作往往介乎于话剧剧本和电影脚本之间。在巴别尔集中进行戏剧创作的那些年，他与爱森斯坦、杜甫仁科等苏联著名导演关系密切，多次随剧组拍摄，他也应邀出任多部影片的编剧或改编者，除《玛丽娅》外，收入《巴别尔剧作集》的另 5 部作品均为电影脚本。在巴别尔这里，话剧剧本和电影剧本的差异似乎被缩小了，他在电影脚本中十分注重对台词的锤炼，他在话剧剧本中则加入了大量的蒙太奇和场景说明。其次，就情节而言，巴别尔的剧作往往是对他本人和其他作家作品的改编。剧作《别尼亚·克里克》和《日薄西山》均改编自巴别尔本人"敖德萨故事"中的同名短篇，《流浪的星星》是他对犹太作家肖洛姆－阿莱汉姆同名长篇小说的改编，《中国磨坊》的情节则取自《共青团真理报》上发表的一篇同题讽刺小品文。最后，就风格而言，巴别尔的剧作与其短篇小说构成了某种饶有兴味的比照和呼应，他的剧作与他的短篇小说有着同样的主题，比如革命与暴力、性与爱、犹太主题等，有着同样的风格特征，如简洁的语言和瑰丽的奇喻，自然主义的细节和伪浪漫主义的抒情等。人们在归纳契诃夫戏剧的独特贡献时常常说，是契诃夫"让散文进入戏剧"，其实巴别尔也在做同样的尝试，与此同时，他的小说又常常被人定义为"戏剧化小说"。

巴别尔的书信，自然也是他留给后人的宝贵遗产。他的书信大多散失，本文集第五卷所收的 371 封书信便是巴别尔现存书信的全部。这些书信中最早一封写于 1918 年 12 月 7 日，最后一封是巴别尔 1939 年 5 月 10 日写给母亲的信，5 天后他就被逮捕了。

巴别尔的作品遗失很多，而他的书信则遗失更多，这里的书信只是冰山一角。然而，阅读这些幸运地"残留"下来的信件，我们却依然能"完整地"窥见巴别尔当年的生活和工作，处境和心境。这些书信有近一半都是写给他的第二任妻子（两人其实并未正式登记结婚）塔玛拉·卡希里娜的，当时热恋着卡希里娜的巴别尔，在3年半的时间里寄出百余封书信，这些书信因塔玛拉的细心保存得以传世，并于1992年集中刊发在《十月》杂志上。除卡希里娜外，巴别尔书信的接收人还有他的母亲和妹妹等家人，他的朋友如安娜·斯洛尼姆一家、伊萨克·里夫希茨等，还有高尔基、富尔曼诺夫、沃隆斯基、爱森斯坦等文化名人。这些写给朋友和亲人的书信大多言简意赅，甚至不乏鸡毛蒜皮，但它们却使我们看到了巴别尔当年的真实生活，包括他炽烈的爱情，他不停的奔波，他永远的缺钱，他随时随地的写作。更为重要的是，通过阅读他的书信，我们往往能更为贴切地感受到他创作中的酸甜苦辣，他生活中的喜怒哀乐。比如，他在信中这样谈到他自己："我的性格里有一种最令人难以忍受的缺点：凡事过于执着，对现实总是持有一种不现实的态度。"（1918年12月7日致安娜·斯洛尼姆）他这样谈到自己的创作方法："在创作过程中我很快放弃了应注重史料的可靠性和历史真实性的想法，决定采用纯文学的方式来表达我的思想。"（1924年9—10月间致《十月》编辑部）他在给高尔基的信中这样写道："每时每刻我都会把心中最美好的祝愿献给您，我亲密无间的良师益友、灵魂的审判者和永远的榜样。"（1928年4月10日）他在给母亲和妹妹的信中曾这样颇费猜测地写道："置身于祖国大地，有时你可能会陷入深深的绝望之中——因为任何人都无法用文学的方式来描述眼前这一伟大的、史无前例的、被称为'苏联'的崭新国度。"（1934 年 1 月 20 日）可以说，阅读巴别尔的书信，是步入他的内心世界、理解他的文学创作的一条捷径。

三

在浩瀚的俄语文学乃至在整个世界文学的杰作宝库中，巴别尔的作品是很容易被辨识出来的，因为他的创作具有极其鲜明的风格特征。以他的短篇小说为例，我们大致可以从语言、写景和结构等三个方面来简单地勾勒一下他的文学特质。

巴别尔小说语言的最大特征，就是绚丽和奇诡。巴别尔在一次座谈中这样谈论自己的创作："我对形容词所持的态度，也就是我一生的历史。如果我要写一部自传，它的题目或许就叫《一个形容词的历史》。我在年轻时认为，华丽的东西就要用华丽的词语来表达。结果发现并非如此。结果发现，常常需要走相反的路。在我这一生里，'写什么'的问题我几乎永远清清楚楚，如果说我一时无法把这一切写在 12 页纸上，我始终缩手缩脚，那也是因为我始终在挑选词语，这些词一要有分量，二要简单，三要漂亮。"①这里的"有分量"（значительные）、"简单"（простые）和"漂亮"（красивые）等三个形容词，最好不过地概括了巴别尔小说的语言风格。既要"简单"又要"漂亮"，既要"有分量"

---

① БабельИ.Э.Собраниесочиненийвчетырехтомах, Москва, Время, 2006, т.3, c.403.

又要"走相反的路"，即用"简单的"词来表达"华丽的东西"，或者相反，用"华丽的词语"来表达"简单的"东西。巴别尔小说的独特魅力在一定程度上就源于他对词语的"挑选"，源于他小说语言中的此类"矛盾组合"。巴别尔天性活泼，终日东奔西走，给人留下的印象是永远的忙忙碌碌，他的小说也篇幅短小，充满跳跃，因此许多人都认为他写作速度极快，产量很高，这其实是一个误解。在巴别尔给友人和亲人的信中，我们不止一次读到他关于自己写作之艰难的倾诉和感慨："我正在努力尝试着动笔写作，每天都会花上大约 3—4 小时的时间在屋里踱来踱去，反复思考，我总是不知道自己的想法和思路是否正确。"（1926 年 5 月 6 日致卡希里娜）"我一直在努力写作，但暂时收效甚微。"（1927 年 1 月 9 日致斯洛尼姆）"我每天都在写作，虽然进展不大，但是从未歇笔。我这样做是打算把这些作品留在死后发表。我非常渴望对创作充满狂热的激情，全身心投入，速度飞快，但遗憾的是，无论如何我都做不到这一点。"（1927 年 12 月 23 日致佐祖利亚）"我非常想加快写作速度，马马虎虎拼凑一些东西赚点外快。但是无论如何我都做不到，不管我多么煞费苦心，想尽一切办法，我就是做不到。"（1928 年 4 月 27 日致卡希里娜）"我一直在坚持写作，但写作量不大，当然，我不是一个多产的作家。但现在我的创作比从前更讲求方法。我担心，上帝可别因此而惩罚我！"（1928 年 6 月 8 日致佐祖利亚）"因为同过去一样，我依旧不能快速地、整页整页地创作，而只会慢慢地、一个词一个词地写。"（1929 年 4 月 8 日致沃隆斯基）帕乌斯托夫斯基在回忆录《小议巴别尔》一文中写道："他写得很慢，总是拖延，不能按时交稿。"①巴别尔为了躲避前来催稿的编辑，甚至与帕乌斯托夫斯基一同躲进修道院。他甚至感叹："我一直认为，我是世界上'创作'速度最慢的人，这个纪录非我莫属。"（1933 年 2 月 8 日致斯洛尼姆）也就是说，巴别尔在进行小说写作时是抱有"语不惊人死不休"之初衷的。他如此苦苦地锤炼作品，其中的重要动机之一就是要发掘俄语中所蕴含的无限潜力。同时精通俄语和法语的他曾说过这样一段话："俄语还没有完全被框死，俄国作家比法国作家在运用语言方面处于更为有利的位置。就艺术上的完整性和精湛性而言，法语已臻于完美，这使作家的工作变得复杂起来。"②而俄语，在巴别尔这里似乎尚处于一种仍可被锤炼、被完善、被增强表现力的阶段，俄语向他提供了更多的创造可能性，反过来，他也为俄语做出了自己的独特奉献。

生动传神、别具一格的景色描写，是巴别尔小说最为醒目的识别符号，换句话说，高超、复杂的写景策略构成了巴别尔小说写作技巧中最为核心的构成。他的景色描写有这样几个突出特征：

首先，是描写客体的主体化。巴别尔最热衷的景色描写对象是太阳、大海、树木等自然景物，也有白昼、夜晚等时间概念，在巴别尔的小说中，这些对象都纷纷活动了起来，获得与动物、与人一样的行动能力、感知能力，甚至抒情能力，这样的

---

① 帕乌斯托夫斯基：《文学肖像》，陈方，陈刚政译，人民文学出版社，2002年，第 213 页。

② БабельИ.Э.Собраниесочиненийвчетырехтомах，Москва，Время，2006，т.3，с.30.

处理已远远超出"拟人"的修辞范畴，而试图将一切描写客体主体化。小说《此人是怎样在敖德萨起家的》中有这样的写景："旭日升至他头顶，煞像一名荷枪实弹的卫士。""别尼亚·克里克讲完这番话后，走下土冈。众人、树木和墓地的叫花子们都鸦雀无声。"如果说前一句话还是普通的拟人，那么后一句就是典型的巴别尔笔法了，即树木、墓地与众人、叫花子们是地位平等的，都在倾听别尼亚的话，都在乖乖地鸦雀无声。而在《父亲》（Отец）一篇中，黄昏、残阳、夕晖等均成为小说中的能动角色："黄昏贴着长凳兴冲冲地走了过去，落日煜煜闪光的眼睛堕入普里斯普区西面的大海，把天空染成一片通红，红得好似日历上的大红日子。""残阳紫红色的眼睛扫视着下界，于入暮时分擒住了在大车底下打呼噜的格拉奇。一道稍纵即逝的夕晖射定在这个睡大觉的人脸上，火辣辣地数落着他，将他撵到了尘土飞扬、像风中的黑麦那样闪着光的达利尼茨街。"如果说，《我的第一笔稿费》中那些呼应"我"的心情的街边金合欢还是传统的动植物与人之间的比拟："沿街正在开花的金合欢用其低沉的、向四处撒落开去的嗓音低吟浅唱。"那么，让"寂静"、"无声"、"安宁"等这样一些表示自然状态的名词，甚至"必然性"等抽象名词、"循序渐进"等成语或词组也纷纷动作起来，具有了人的行为和神态，甚至情绪和情感，这就是巴别尔的独到之处了："难以言传的安宁像母亲的手时时抚摸我们神经质的、瓷实的肌肉。"[《在疗养院》（Вдомеотдыха）]"他们每个人手里都亮着火把，可笑声已爬出了'公正'合作社。"（《带引号的公正》）"但今天我们却像撵走六月的苍蝇一样撵走了循序渐进。"[《卡莫号和邵武勉号》

（"Камо"и"Шаумян"）] 需要指出的是，巴别尔在使其描写对象主体化的同时，有意无意之间也在某种程度上实现了描写主体的客体化，小说作者本人似乎就躲在这些活动的景物背后，装扮成一个静观的客体，带着他谐谑的双目和灿烂的笑脸。

其次，巴别尔的写景具有高度的隐喻性，具有强烈的情绪调节功能。无论是拟人手法，还是描写客体的主体化，其本质仍在于隐喻。关键是，这样的隐喻往往是具有强烈的情绪渲染效果的。它们或是抒情的："彼得堡的阳光好似没有生气的玻璃一般横在色泽暗淡、不怎么平的地毯上。莫泊桑的二十九卷文集放在桌子上方的搁架上。太阳用他行将消失的手指触摸着山羊皮的书脊。书籍是人的心灵的美好的坟墓。"[《莫泊桑》（ГюидеМопассан）] 或是渲染悲剧的："我合上眼睛，免得看到这个世界，我把身子紧贴在土地上，土地在我身下保持着令人安心的缄默。这片夯实的土地同我们的生活，同我们一生中对无数次考试的等待一无相似之处，在这片土地的远处，灾难正骑着高头大马驰骋，然而马蹄声越来越弱，终于静息，这种静息，痛苦的静息，有时反使孩子产生大难临头的惊恐感，突然之间消弭了我的躯体与不能走动的土地之间的界限。土地散发出它潮湿的内部、坟墓和花朵的气息。我闻着这种气息，无所畏惧地哭泣了。"（《我的鸽子窝的故事》）或是制造陌生化效果的奇喻："我自小把全部精力都用之于酝酿小说、剧本和数以千计的故事。我打好了这些作品的腹稿，令其伏于心中，一如癞蛤蟆之伏于石头。"（《我的第一笔稿费》）或是具有狂欢色彩的谐谑："黑夜伸直身子伫立于杨树间，星星卧于压弯了的树枝上。我挥动着手侃侃而谈。未来的航空工程师的手指在我手中颤动。"[《在地下室里》（Вподвале）] 正是这些无处不在的写景隐喻，营造出了巴别尔小说的独特调性。

最后，巴别尔小说中的景色描写往往被赋予某种结构功能。巴别尔的写景大多篇幅很小，三言两语，仿佛神来之笔；巴别尔自己肯定也十分在意这些妙句，因此总是把它们置于小说中的最重要位置，或在开头或在结尾，或在情节突转点或在有意省略处，让它们发挥着重要的结构支撑作用。巴别尔善用写景来结尾小说，比如，这是《巴格拉特－奥格雷和他的公牛的眼睛》（Баграт-Оглыиглазаегобыка）的结尾："太阳在我们的头顶浮起。蓦地，宁静降临到我这漂泊者的心中。"这是《潘·阿波廖克》（ПанАполек）的结尾："无家可归的月亮在城里徘徊。我陪着它走，藉以温暖我心中难以实现的理想和不合时宜的歌曲。"而贯穿小说始终的写景，则是巴别尔小说中更为常见的结构手法之一，比如《哥萨克小娘子》中就有这样一段描写："太阳升至中天后，像只被酷热折磨得软弱无力的苍蝇，打起抖来……高悬空中的太阳就像干渴的狗伸出在外的舌头……白昼驾着华美的单桅帆船，向黄昏航去，直到五点钟，柳布卡才迎着晚霞从市区回来。"三句写景之间，时间便迅速地由正午跳跃至黄昏，这样的写景压缩了叙述时空，加快了叙述节奏。在《日薄西山》中，我们能更清晰地看出景色描写和情节发展间相互交织、相互烘托的功能关系。弟弟廖夫卡和哥哥别尼亚决定教训他们的老爸，哥哥说："时间正在走过来。你听听时间的脚步声，给时间让个路。"于是，兄弟俩等待"时间走过来"，时间在小说中成了一个逐渐走过来、目睹并参与情节的角色和人物：在老爸归家途中，"落霞在空中煮熬，又浓又稠煞像果酱"，"晚霞好似开了膛的野猪的血在乌云中流淌"；待老爸到家，父子冲突即将发生，"夕阳立时向高处蹿去，活像由矛尖顶住的红盆那样打着旋"；在老爸挨揍后，家里气氛怪诞，"窗外繁星散立，像是大兵们在随地拉屎撒尿，蓝色的穹宇间浮游着绿莹莹的星星"。

前面言及巴别尔景色描写的结构功能，至于巴别尔小说的整体结构特征，则可以用"简洁"这个词来加以概括。"简洁是天才的姐妹。"契诃夫的这句名言也被巴别尔奉为座右铭。相比俄国文学中的"简洁大师"契诃夫，巴别尔有过之而无不及，甚至可以说，他是俄语文学中写得最为简洁的作家。巴别尔短篇小说的平均篇幅大约不到汉译一万字，在所谓"微型小说"和"掌上小说"兴起之前，这一现象在俄语文学中即便不是绝无仅有，也十分罕见。或许正是在这一意义上，巴别尔把自己的小说称为"短的短篇"（небольшыерассказы）[1]。他在 1934 年向青年作家传授写作经验时曾说，在写出一篇小说后，"我大声朗读这些文字，尽量让它们保持严格的节奏，与此同时使整篇小说紧凑到能一口气读完"[2]。"能一口气读完"，似乎就是巴别尔短篇小说的写作标准之一，试以汉译《敖德萨故事》为例，其中最长的短篇《我的鸽子窝的故事》不过 14 页，最短的《巴格拉特 - 奥格雷和他的公牛

---

[1] БабельИ.Э.Собраниесочиненийвчетырехтомах，Москва，Время，2006，т.3，с.32.

[2] БабельИ.Э.Собраниесочиненийвчетырехтомах，Москва，Время，2006，т.3，с.29.

的眼睛》只有 3 页;《骑兵军》中的故事篇幅更小，最长的《潘·阿波廖克》为 8 页，最短的《科奇纳的墓葬地》(КладбищевКозине) 仅 1 页。巴别尔小说的句法也同样很简洁。"作为一位作家，他始终致力于表达的简洁和句子的明晰，对可能诱惑他去营造装饰性形象的语言冲动加以控制。通过对巴别尔句法的研究可以最好不过地看出他的这种努力。以《埃利亚·伊萨科维奇》为例，整篇小说中没有一个句子超过三行。"[1]巴别尔所说的三段话，暴露了他如此写作短篇小说的三个动机:"问题在于，列夫·尼古拉耶维奇·托尔斯泰的禀赋使他足以描写一昼夜间的全部二十四小时，而且他还能把这期间所发生的一切都记得清清楚楚，而我的天性显然只够用来描写我所体验到的最有趣的五分钟。短篇小说的体裁就由此而来。"[2]"我觉得，最好也谈一谈短篇小说的技巧问题，因为这个体裁在我们这里一直不太受恭维。应该指出，这一体裁在我们这里先前从未有过真正的繁荣，在这一领域，法国人走在了我们前面。说实话，我们真正的短篇小说家只有一位，就是契诃夫。高尔基的大部分短篇小说，其实都是压缩版的长篇小说。托尔斯泰那里也都是压缩版的长篇小说，只有《舞会之后》除外。《舞会之后》是一篇地道的短篇小说。总地说来，我们的短篇小说写得很差，大都是冲着长篇去写的。"[3]"我们现在需要篇幅不长

[1] RichardHallett, IsaacBabel, FrederickUngarPublishingCo., NY, Secondprinting, 1978, p.18.

[2] БабельИ.Э.Собраниесочиненийвчетырехтомах, Москва, Время, 2006, т.3, с.398.

[3] БабельИ.Э.Собраниесочиненийвчетырехтомах, Москва, Время, 2006, т.3, с.400.

的短篇小说。数千万新读者的闲暇时光并不多，因此他们需要短篇小说。"①也就是说，巴别尔如此写小说，首先是天性使然，是他与生俱来的文字风格；其次，他试图以自己的创作尝试来改变俄国短篇小说不够发达的现状，向莫泊桑等法国短篇小说家看齐；再次是时代的需求，"短的短篇"有可能更适应追求高速度的时代和社会，这自然是一句应景式的话，但它与巴别尔的作品在 20 世纪 30 年代的备受欢迎或许也暗含着某种契合。无论出于何种动机，就整体结构而言，巴别尔的短篇小说写作无疑具有明确的体裁创新意识。为了达到密实、凝缩的结构，他还引入了蒙太奇、突转等电影和戏剧表现手法。

简洁的语言、独特的写景和浓缩的结构这三个因素相互结合，熔铸出巴别尔短篇小说的总体风格。在巴别尔的笔下，极端场景下的瑰丽抒情、充满突转的心理感受与电报式的简洁文体、令人惊艳的修饰语融为一体。巴别尔的小说三言两语，是断片式的，甚至是残缺的，却又具有浑然天成的整体感；它们是跳跃的，省略的，点到为止的，却能给人以某种厚重苍茫的史诗感。《父亲》的结尾写得就像数十年后加西亚·马尔克斯长篇小说《百年孤独》的开头："这笔交易是在黑夜行将逝去、拂晓已经初临时谈拢的，就在这一刻，历史的新篇章开始了，这是卡普伦家败落的历史，是他家渐渐走向毁灭、火灾、夜半枪声的历史。而所有这一切——目中无人的卡普伦的命运和姑娘芭辛卡的命运——都是

---

① БабельИ.Э.Собраниесочиненийвчетырехтомах，Москва，Время，2006，т.3，с.32.

在那天夜里，当他的父亲和她意想不到的新郎官沿着俄罗斯墓地信步而行时决定下来的。那时一群小伙子正把姑娘们拽过围墙，墓盖上响起此起彼伏的亲嘴的声音。"

四

如今，巴别尔作为俄国经典作家的文学史地位业已确立，在20世纪俄语文学的历史语境中看待巴别尔的创作，我们至少可以归纳出他在如下几个方面的独特属性。

首先，从文学谱系和创作风格上看，巴别尔体现着罕见的综合性和多面性，就某种意义而言，他的创作就是对多种文学传统综合性继承的结果。巴别尔曾在小说《童年》中写到，他的"奶奶"总是多种语言混杂使用的："应当说，她俄语说得很糟，是那种洋泾浜式的，把俄语、波兰语、犹太语夹杂在一起混用。"在巴别尔的创作中也体现着这样的多语言"混用"，这样的多语种"复调"。巴别尔的俄语当然不会"很糟"，俄语是他的母语，是他唯一的文学语言，他像大多数俄语作家、大多数用俄语写作的俄国犹太作家一样，不止一次地表达他对俄语的深情厚爱。巴别尔自幼就精通法语，他是在中学法语老师的影响下走上文学之路的，他最初几篇小说系用法语写成。他被称为"俄国的莫泊桑"（русскийМопассан），并不仅仅因为他的创作的体裁和题材属性，同时也因为他对法国文学的熟稔，他对法国文学的借鉴。他反复告诫自己同时代的写作同行，应该多多地借鉴法国文学的优良传统，他之所以专门写作短篇小说，如前所述，就因为他认为俄国文学在这一方面与法国文学相比是落后的，需要迎头赶上。与此同时，他又是一位犹太人，他对故乡"俄国的耶路撒冷"敖德萨的文学描写，他对俄国犹太人悲剧命运的文学再现，与他作品中的犹太人用语、与他对犹太文学传统的迷恋相互呼应，使他被视为20世纪俄语文学中犹太主题的最突出代表。甚至在巴别尔小说的语言方面，犹太文化传统也有着深刻的渗透，巴别尔善用俄语再现犹太语对话的风格，据研究者称，在写作《敖德萨故事》时，"他实际上选取了最典型的语言特征，最典型的敖德萨方言"①。巴别尔关注犹太文学传统，曾在1926年负责编辑俄国犹太作家肖洛姆－阿莱汉姆的第一部作品集，并将后者的作品《流浪的星星》改编成电影。就这样，在巴别尔的创作中，俄国文学、法国文学和犹太文学等不同传统相互交织，相互交融，形成一种和谐而又多元的风格。如今，人们又试图在这一"混成"文学风格中分辨出乌克兰乃至波兰文学的构成因素。

其次，巴别尔发扬并光大了俄国文学中的南方主题和南方风格。俄国是一个北方国家，俄国文学就总体而言也是更具"北方"意味的，相对而言比较严肃冷静，内敛沉思。从南俄的海滨城市敖德萨来到北方的都城彼得堡后不久，巴别尔就发现了俄国文学的这一"北方"属性，他在——列举屠格涅夫、陀思妥耶夫斯基、果戈理等人的创作之后惊讶地说："如果你仔细想想，难道不会对浩如烟海的俄罗斯文学还从未对太阳做过真正欢乐、明朗的描

---

① Подред.СтахорскогоС.В.Энциклопедиялитературныхпроизведений，Вагриус，Москва，1998，с.329.

述而感到惊讶吗？"①因此，"人们都感到——更新血液已是其时。人们已濒于窒息。期待了那么长久而始终未能盼到的文学弥赛亚将从那边，从有大海环绕的阳光灿烂的草原走来"。②也就是说，从创作之初，巴别尔就已经有了踌躇满志、雄心勃勃的"文学弥赛亚意识"（литературныйМессия），即要把南俄的"异国情调"带入俄国文学。在《敖德萨》（Одесса）一文中，他不无戏谑地写到，一位彼得堡的太太会很容易爱上一位来自敖德萨的男人，因为"这些黑发男士随身带来了些许阳光和轻松"③。巴别尔试图将这"阳光和轻松"带入彼得堡，将阳光和力量、大海和欢乐、幽默和随性、性和暴力注入俄国文学。当时才 20 出头的他就颇为自信地写道："敖德萨可能是（谁知道呢？）俄罗斯唯一一座能够养育出我们国家迫切需要的、土生土长的莫泊桑的城市。"④因为"这座城市率先具备，比方说，培育出莫泊桑式天才的物质条件"，即阳光、大海和休闲。⑤随着《敖德萨故事》和《骑兵军》的走红，巴别尔终于在 20 世纪 20—30 年代奠定了俄国文学中所谓的"南俄流派"（Южнорусскаяшкола）。在巴别尔本人的帮助和举荐下，该地出现许多重要作家，如伊里夫和彼得罗夫、奥列

---

① 伊萨克·巴别尔：《敖德萨故事》，戴骢译，人民文学出版社，2007 年，第 6—7 页。

② И.Бабель.Собраниесочиненийвчетырехтомах，М.，Время，2006，т.1，с.48.

③ 伊萨克·巴别尔：《敖德萨故事》，戴骢译，人民文学出版社，2007 年，第 2 页。

④ 伊萨克·巴别尔：《敖德萨故事》，戴骢译，人民文学出版社，2007 年，第 3 页。

⑤ 伊萨克·巴别尔：《敖德萨故事》，戴骢译，人民文学出版社，2007 年，第 4 页。

沙、卡达耶夫、帕乌斯托夫斯基、巴格里茨基等。巴别尔后来在
接受采访时说:"这些人都是我的同乡,也就是所谓的敖德萨流
派,南俄流派,我对这一文学流派评价很高。"①同属"南俄流派"
的帕乌斯托夫斯基就视巴别尔为该派首领,"在我们眼中,他已
经成为了一把文学标尺"②。从俄国文学地理学的角度看,如果说
果戈理、陀思妥耶夫斯基奠定了"彼得堡小说"的基本风格,马
雅可夫斯基、布尔加科夫和茨维塔耶娃使得独立于 19 世纪彼得
堡传统的"莫斯科文学"得以形成,屠格涅夫、布宁等是俄国腹
地风土人情的文学显现者,普里什文是俄国北方的文学发现者,
那么,巴别尔及其"敖德萨流派"就是 20 世纪俄国南方文学的
主要代表。

最后,巴别尔在 20 世纪俄苏文学中的独特处境和悖论身份,
也具有某种意味深长的典型意义。巴别尔在生活和创作中体现出
的"双重身份",使他成了 20 世纪俄语文学中最难解的谜之一。
巴别尔无疑是 20 世纪最重要的俄语作家之一,然而,他在很长
一段时间里却又是一位墙里开花墙外香的作家,其世界声誉似乎
超过了他在其祖国的声誉。巴别尔死后,他的作品在苏联遭到封
杀,直到 1957 年才被重新出版。西方世界却很早就展开对于他
的研究,先后出版大量关于巴别尔的传记和研究专著,他的作品
一再重版,大学里经常有人以他的创作为题撰写学位论文,如今

---

① И. Бабель, Собрание сочинений в четырех томах, М., Время, 2006, т.3,
с.410.
② 帕乌斯托夫斯基:《文学肖像》,陈方,陈刚政译,人民文学出版社,2002
年,第 208 页。

他已经被公认为 20 世纪世界范围内最重要的短篇小说大师之一，甚至被视为 20 世纪世界范围内首屈一指的短篇小说家。相比之下，俄国学界对他的定位却偏低，即使是俄国最新出版的 20 世纪俄国文学史，一般也没有为巴别尔辟出专论，而在 20 世纪 70 年代出版的美国学者马克·斯洛尼姆所著的《苏维埃俄罗斯文学》一书中就已经有了关于他的专章（第七章）[1]。巴别尔无疑是苏维埃意识形态的牺牲品，但是，他也曾是苏联文学界中显赫一时的人物：他曾是红军骑兵军中的记者、秘密警察机构契卡的译员和国家出版社敖德萨分部的主任，在他的作品受到红军骑兵军司令布琼尼的质疑时，出来为他说话的是高尔基，他曾被委以将小说《钢铁是怎样炼成的》改编为剧作的重任，他曾在第一次苏联作家代表大会上做重要报告，就在他被捕前几个月，他还作为苏联作家的代表在 1938 年 12 月 31 日的《文学报》上向读者表达新年祝福；可以说，在 20 世纪 20—30 年代，他一度是最为重要的官方苏维埃作家之一，高尔基称他为"一位伟大的作家，忠诚的布尔什维克"，据说，斯大林也喜欢看他的小说。然而，他的犹太人出身，他的旧知识分子立场，又使他时常显得与时代和现实格格不入，官方批评界和意识形态机构也似乎一直对他存有疑心，报纸上不时出现对他作品的责难，对于他究竟是敌人还是朋友，究竟是红色作家还是所谓"同路人"，人们莫衷一是，而他最后的结局则表明他最终被当局当作了必须消灭的异端。巴别尔

---

[1] 马克·斯洛宁：《苏维埃俄罗斯文学（1917—1977）》，浦立民，刘峰译，上海译文出版社，1983 年，第 67—73 页。

的身份和遭遇是充满悖论的，他仿佛是主流中的异端，又是异端中的主流。

巴别尔的生活跌宕起伏，布满谜团，巴别尔的创作惊世骇俗，别具一格。巴别尔生活和创作中无处不在的悖论，奇化了其命运，深化了其作品，神化了其创作个性；巴别尔的生活和创作，构成了关于一个时代具有狂欢化色彩的文学记录。

刘文飞

2015 年岁末于京西近山居

1. 致斯洛尼姆①

在我没有音讯的这段日子里，我历经千辛万苦，受尽了百般折磨：四处奔波，饱受疾病的煎熬，应征入伍。

现在我时常陷入这样一种状态：我总是不想见朋友，觉得难为情，可是随后又会因为没与他们会面而感到更加惭愧。

虽然这些日子我经历了无数艰难困苦，但现在终于摆脱了不幸的境况。今天我要去扬堡②创办"农民大学"，下周三返回。到时一定去您那儿。我愿听候您随意处置。

我的性格里有一种最令人难以忍受的缺点：凡事过于执着，对现实总是持有一种不现实的态度。这正是我有意无意犯下的过错，必须彻底根除。在他人看来，"执着"是对人不尊重的一种表现。但是尽管如此，我仍然具有很强的生活适应能力，能够战胜现实中遇到的种种困难。上帝保佑！安娜·格里戈里耶夫娜，

---

① 安娜·斯洛尼姆（1887—1954），与其夫列夫·斯洛尼姆均为巴别尔好友，巴别尔 1916 年在彼得格勒时曾住在他们家中。——译注
② 爱沙尼亚城市金吉谢普 1922 年前的名称。——译注

请原谅我这个沉思的、漂泊的灵魂。

现在我没有合适的鞋，也没有被子盖。在给斯托里岑的字条中写着我需要的一些物品，请把这些东西交给他，他会把东西带到自己家里。

请代我向列夫·伊里奇和伊柳沙问好！安娜·格里戈里耶夫娜，请替我向他们好好解释一下这段时间我杳无音讯的原因。我到您那儿去的时候，他们一定一眼都不愿意看我。一想到这些，我的心情就非常沮丧。

再见！可以说，原谅就意味着理解。

爱您的伊萨克·巴别尔

1918 年 12 月 7 日于彼得格勒

2. 致《红色骑兵军》报编辑部

尊敬的兹达涅维奇同志:

近一个月的连续作战使我们的生活脱离了正轨。

我们生活在十分艰苦的环境中:不停地转移,无休止地行军,反复进攻和撤退,与所谓"文化生活"完全脱节。最近一个月来我们一份报纸都没读过,天下发生了什么大事,我们全然不知。我们就像生活在与世隔绝的原始森林里。是的,的确如此,我们整日在森林里四处游动,辗转作战。

我不知道,我的通讯报道是否能及时寄送到编辑部。目前这种情况实在让我无可奈何,我已对此心灰意冷,不再抱任何希望。由于对重大时事新闻事件一无所知,战士们中间开始流传起各种毫无根据的、匪夷所思的消息和传说。我想,这样下去将会贻害无穷。因此,我们必须采取紧急措施,让我们人数最多的六师能够及时读到我们的报纸和外地的报纸。

我个人请求您做如下几件事情:请吩咐发行处:①寄来一套至少3周内的报纸,以及所有现有的外地报纸;②我们的报纸每天寄来不少于 5 份，寄送地址：六师司令部，战地记者柳托夫收。这些报纸对我来说非常重要，至少我可以及时了解到最近发生的时事新闻。

编辑部的情况怎样？现在我的工作根本无法正常地进行。我们整日累得疲惫不堪。常常一周也抽不出半个小时的时间来写上几个字。

我相信，现在一切都会很快走上正轨。

请写信告知您的工作设想、计划和要求，这是我与外部世界进行沟通和交流的唯一途径。

谨向您致以同志式的问候！

柳托夫

1920 年 9 月 11 日

3. 致里夫希茨

伊萨基：

冬末我回到了敖德萨。由于我的"家庭实际状况"，土耳其之旅最终未能成行。家里老人的身体就像一台破旧的机器在勉强维持运转，我得给他们治治病，为机器"加加油"了。

我住在黎塞留①大街，现正专心致志，奋力写作，但总是感觉自己精力不足。我的身体状况非常不好。为了挣钱，我在本地的《消息报》上刊登了几个非常糟糕的摘录，之所以说"糟糕"，是因为它们都是一些内容互不相关的单篇作品。

关于出书的问题因古洛夫、波利扬斯基、纳尔布特给我提了一些建议。但所有这些事情我只能推到秋天再定。秋天时我要去莫斯科。夏天我很想做出点什么非同寻常的举动，我打算去四处漫游，但还不知道是否能成行。不管怎样，我都会努力争取实现这个计划。

我正在读你们的莫斯科文学作品。说实话，我不太喜欢。但

---

① 黎塞留（1766—1822），法国公爵，1814 年任法国路易十八的内阁大臣，法国大革命时侨居俄国，任新罗西亚总督。——译注

是在敖德萨找不到任何可读的东西。在这里我有一种求知若渴的感觉。

我在这儿遇到了过去的一些熟人,他们看上去生活过得都非常不错。他们调养得很好,妻子都发了福,孩子们也长胖了,但是他们身上的一切都给人一种外省的俗气之感。从前的敖德萨可是根本见不到这样的人,可如今敖德萨已经变成了另外一副样子——精神极度贫乏,到处都摆脱不了外省那股土气俗气的味道。我完全不属于这个世界,不想干涉他们的生活,不会对他们做出任何评论,更不可能融入他们的生活中去。

我听说了关于你的事情。我知道在不如意时你从不一味抱怨,怨天尤人。请写信详细告知你的情况,告诉我你现在什么地方工作。

这封信将由两个无拘无束、鲁莽大胆、极易冲动的小伙子——敖德萨诗人格赫特和邦达林转交给你。他们头脑简单,行为幼稚,但在文学创作方面颇具天赋。请尽可能帮他们一下。

梅丽并未放弃去莫斯科的想法。如果我能马上在什么地方弄到几千卢布,我一定会让她去。请写信实话告诉我,你认为,在莫斯科靠自己双手劳动,她能否维持正常生活? 可能,叶尼娅[①]也会和她同去,虽然叶甫盖尼娅·鲍里索夫娜更倾向于去彼得堡。我记得,好像你也曾打算去彼得堡。现在你还有这个想法吗?

请代我向柳夏致以最诚挚的问候!

你的伊萨克·巴别尔

1923 年 4 月 17 日于敖德萨

---

① 巴别尔第一任妻子叶甫盖尼娅·鲍里索夫娜的小名。——译注

4. 致纳尔布特 ^①

我的朋友弗拉基米尔·伊万诺维奇：

　　这是两个无拘无束、鲁莽大胆、易冲动行事的小伙子。我很喜欢他们，所以我给他们写了这封推荐信。他们身无分文，但是，我想，在你那儿他们一定能找到用武之地。请用你那独特的、锐利的眼光仔细考察一下他们。

　　万分焦急，盼复！如果收不到回信，我会给你写信。

你的伊萨克·巴别尔

1923 年 4 月 17 日于敖德萨

---

① 弗拉基米尔·伊万诺维奇·纳尔布特（1888—1938），俄罗斯诗人、小说家、文学批评家。——译注

5. 致里夫希茨

伊贾：

　　我正在整理自己的部分文稿。我希望一周后能够圆满结束这项工作。10 月 2 日我要去基辅，在那儿我会待上一天，我需要把叶甫盖尼娅·鲍里索夫娜送走。我大概在 10 月 5—6 日去莫斯科，到了莫斯科我们就可以顺利地开展工作了。我一定会不停地烦扰您，让您苦不堪言。因为我听说，最近您的生活一直无忧无虑，一帆风顺。我想，这些天您一定总是连赢 19 场赛马吧？这种幸运的事情我可碰不上。所以，您也必须和我一样全身心投入到工作中去，我们必须共同努力。

　　请代我向柳夏致以最诚挚的问候！就此搁笔。再见！

你的伊萨克·巴别尔
1923 年 9 月 24 日于敖德萨

6. 致《十月》杂志编辑部

1920 年我在第一骑兵军六师服役。当时铁木辛哥^①同志是六师师长。我深深地敬仰他大无畏的革命英雄主义精神、一往无前的战斗气概和光辉的革命业绩。他那高大完美的形象一直萦绕在我的脑海里，令我久久不能忘怀。当我打算着手撰写对苏波战争的回忆时，我的思绪常常不由自主地回到我敬爱的师长身上。但是，在创作过程中我很快放弃了应注重史料的可靠性和历史真实性的想法，决定采用纯文学的方式来表达我的思想。在我的特写中只有一些真实的姓名保留了最初的创作构想。由于我个人的疏忽，我没能删去这些名字，我知道，这是一个无法原谅的错误。最令我伤心的是，在发表于《红色处女地》杂志 1924 年第 3 期的特写《铁木辛哥和梅利尼科夫》中有些地方也意外地采用了人物的真实姓名。所有这一切都是因为，这期杂志的稿件我交得比

---

① 谢苗·康斯坦丁诺维奇·铁木辛哥（1895—1970），苏联元帅，军事家，曾两次获得苏联英雄称号。——译注

较晚，编辑部，主要是印刷厂催得特别急，于是，匆忙之中我忘记了在清样中把这些真实的姓名换掉。所以，现在无论怎样强调铁木辛哥同志与我特写中的人物没有任何相似之处都已毫无意义。在所有与六师师长至少有过一面之交的人心目中都会留下这样一个极其深刻的印象：他是最骁勇善战、最富有牺牲精神的红色指挥员之一。

伊萨克·巴别尔

1924 年 9—10 月于莫斯科

7. 致富尔曼诺夫 [①]

尊敬的富尔曼诺夫同志：

在谢尔吉耶沃我的创作欲望再次迸发，我沉醉于文学的世界里，无法自拔。请不要怪我拖延了《骑兵军》的交稿日期。尽管我没能按时交稿，但这对于合同三方——国家出版社、稿件本身和我而言都会大有裨益。我一直在对书稿不断地进行修改和完善。我特别高兴的是，现在作品中除了彪悍尚武的哥萨克人外，我还添加上了一些平平常常的、普普通通的人。下次去莫斯科时我一定去您那儿，到时我们再详谈。

您忠实的伊萨克·巴别尔

1924 年 12 月 6 日于谢尔吉耶沃

---

① 德米特里·安德烈耶维奇·富尔曼诺夫（1891—1926），苏联作家，曾任恰巴耶夫师政委，代表作为长篇小说《恰巴耶夫》（又译《夏伯阳》，1923）。——译注

8. 致卡希里娜（伊万诺娃）[①]

亲爱的：

现在我在基辅需要办的事情很多，随后我从这儿去哈尔科夫。如果这次外出的时间比我预计的充裕很多，我一定会抽空去莫斯科待几天。我必须去莫斯科，因为我整日忙忙碌碌，心力交瘁。在这个贫穷落后、破败不堪、令人厌恶的城市里我已经变得不敢相信，您曾经陪伴我度过了那么多幸福美好的时光。我无法忍受长时间见不到您的这种痛苦。

今晚或明天如果您心里产生一丝一毫要与我断绝关系的想法，那么今后我给您写的信一定会更长、更详尽。塔玛拉，在这个世界里您是我唯一的安慰，请每天给我写信。我觉得我值得您这样做。我绝望地爱着您、痛苦地思念着您，为此我整日心烦意乱，坐立不安。

您的伊萨克·巴别尔

---

① 塔玛拉·弗拉基米罗夫娜·卡希里娜（1900—1995），演员，巴别尔第二任妻子，后嫁与作家弗谢沃洛德·维亚切斯拉沃维奇·伊万诺夫（1895—1963）。——译注

我的地址：基辅市，"红色基辅"宾馆（即从前的"布拉格"宾馆），柯罗连科街 36 号。

亲爱的塔玛拉·弗拉基米罗夫娜，请帮我往《红色处女地》编辑部打个电话（电话 5-63-12），找叶甫盖尼娅·弗拉基米罗夫娜·穆拉托娃，请告诉她，我正焦急地等待着她答应给我寄到基辅的校样。校定后我会尽快寄回编辑部。

伊萨克·巴别尔
1925 年 4 月 22 日于基辅

9. 致卡希里娜（伊万诺娃）

昨天我非常难过，给您写信时我的心情很糟糕，心里很烦躁。信寄走后，我非常后悔。于是，我坐船沿第聂伯河顺流而下约 20 俄里。我在一个村子里住了一夜，与村苏维埃主席，还有另外两个人在一起喝了些酒，黎明时分回到基辅。在这儿我和一个军人（他叫奥霍特尼科夫，是米佳·施密特的朋友，也是我的朋友）一大早就租了艘摩托艇，我们坐着摩托艇玩了半天的时间。我们一起喝酒、唱歌，追逐第聂伯河上那一艘艘粉红色的轮船，在它们泛起的朵朵浪花里欢快地畅游。我特别想对奥霍特尼科夫讲些关于您的事情，还有我从前一些熟人的隐秘故事。但是，幸好，我什么都没说。亲爱的，回到宾馆我收到了您的来信。值得一提的事还有：前天我和检察长、侦查员在卢基扬诺夫监狱待了一天。他们审讯了两名男子，这两个人杀了一名叫克利缅科的乌克兰本地报纸的农村通讯员。我认为，同人类所有的法庭一样，对这两名被告人的审讯是不公正的，对此我感到心情非常抑郁。即便如此，我觉得，坐在法庭上与这两个凶手待在一起，也要比坐在编辑部里厚颜无耻地信口开河、胡说八道要好得多，也更值得。前天，我还有幸遇到了以前的同志希什科夫斯基。他是一名飞行员，在基辅指挥一个歼击机大队。亲爱的，现在是下午3点，阳光明媚，我给您写完信，就去郊外找希什科夫斯基，今天我要和他一起去飞行，而且可能以后每天他都会带上我飞一阵。我好像和您说过，每次在空中飞行的时候我都有一种无上幸福的感觉。

近日我家里的情况不太好。叶甫盖尼娅·鲍里索夫娜的母亲久病缠身，现在她已经完全神经错乱，她把我折磨得晕头转向、苦不堪言。但是，我相信，我一定会把这里的一切安排好。

对埃德曼①取得的成就我感到非常高兴，我并不认为他的剧本写得有多好，但是，这些成就对他来说将是一个非常大的鼓励，他一定会创作出更好的作品。关于普拉夫杜欣您说得非常正确。假使没有他，利季娅·尼古拉耶夫娜也会生活得很不幸，但是，她的作品可能会写得更好。不知道我说得对不对。关于角色的事情，您不要难过，这个角色写得不够真实，有些做作。当然，您完全可以像其他任何演员一样，弄虚作假，作秀演戏。可是为什么您要去演这种角色呢？最近一些天，我对您的表演艺术和我的文学创作进行了很多思考，我坚信，我需要用两年的时间暂时放弃创作，这样我的生活可能会变得更好些，两年后也许我一定会完成那些我该做的事情和其他人需要我做的事情。

我的心上人，我这儿刚刚来了很多客人，这些讨厌鬼！我不

_____

① 尼古拉·罗伯托维奇·埃德曼（1902—1970），剧作家。——译注

能再写下去了，再见！明日再叙。

　　我从家里出来了，家里到处吵吵闹闹、乱乱哄哄。在邮局这儿我很想再给您写上几行字：收到您的来信，我的心里非常高兴，立刻产生一种无以言表的轻松感，您紧张的神经终于稍稍平静了下来，您能睡着了。真的，我始终在为您担心。唯有此时此刻我才感觉到，我可以在这个世界上活得更安心一些了。到了莫斯科，我又会重新看到您那清澈明亮的双眸和经历过极度悲伤之后喜笑颜开、圆润可爱的脸庞！您一定会非常快乐，我也一定将为您而感到无比高兴。现在我们要和希什科夫斯基一起去飞行了。紧握您忠实的、美妙的手。再见，我亲爱的塔玛拉！

　　　　　　　　　　　　全身心爱您的伊萨克·巴别尔

　　　　　　　　　　　　1925 年 4 月 23 日于基辅

10. 致卡希里娜（伊万诺娃）

亲爱的朋友卡希里娜：

您给穆拉托娃打电话了吗？请再给她打一次电话。现在我焦灼不安，心急如焚。我需要立即拿到校样。他们都是一些非常粗心大意的人，如果不加紧催他们的话，他们就完全可能把未经校定的手稿送去刊印。

请告知您即将出行的情况。您是否和剧团一起去？行程路线是否已最后确定？什么时候开始演出？这些情况对我非常重要。我很想把我的计划同洛伊特商定一下（好像他姓洛伊特吧？）。前天我去坐了飞机，但时间不长，只有 25 分钟，因为当时正赶上航空学校上课的时间。我和希什科夫斯基打算从基辅出发飞行大约 200 俄里，如果不能成行，我就想乘船去切尔卡瑟，在那儿待上两天，这要比坐在拥挤的办公室里、把自己埋在一大堆落满灰尘的文件中饱受煎熬要好得多。在基辅要拿到国外护照不是一件容易的事，这里的管理处总是要向首都请示批准，但哈尔科夫这个冷漠无情的地方却一直迟迟不予答复。我一定会全力以赴，争取尽快办完这件事。请别怪我的信总是给您增添烦恼，或者怨我不给您写信。在基辅我感觉非常郁闷。在这里生活中随时都会遇到不公正的事情，周围到处都是一些无用之人！假若我信仰上帝的话，我会向上帝祈祷：上帝啊，快让我陷入更深的绝望吧，让我变得更加愤怒吧，让我离开身边这些濒临崩溃的家庭、离开这些讨厌的编辑部、离开这些阿谀奉承的卑鄙小人和艺术的寄生虫吧！请把卡希里娜赐给我吧！上帝啊，让我和她永远无忧无虑、自由自在地生活在一起吧！……但是上帝高高在上，卡希里娜远在天边，可我真不希望自己如此悲伤。

伊萨克·巴别尔

1925 年 4 月 24 日于基辅

11. 致卡希里娜（伊万诺娃）

我刚刚回到宾馆，现在是晚上 8 点，他们把您的信转交给了我。然后，我回房间来取稿件，我要拿着稿件去工人通讯员俱乐部，今天我将在那儿朗读自己的作品。您的来信让我感到非常亲切，也十分惊讶。我同样格外想给您写一封这样的信，但是我不知道该怎么写。您信中说的是哪个吉他手？哪张照片？我一点都没读懂，如果您手里有照片的话，请一定为我保存好。

我给您写了三封信，上帝啊，请原谅我给您写了这些信，而且已经全部寄给了您，难道您一封都没收到吗？

我再没什么消息可以告诉您。这里的天气很糟糕，暖和倒是暖和，但是刮风。凛冽的风中卷着细沙，这种风往往在尘土飞扬的、贫困的南部城市才会遇到。今天我在基辅市郊走了很多地方。有一个非常偏远的村子，叫"塔塔尔卡"。这里有个残疾小伙子特别喜爱鸽子，一次在猎鸽子时他误用短筒枪打死了一名邻居。我觉得，这件事非常有趣，完全可以理解。我去了塔塔尔卡，这里的民风以及简单自然、原生态的生活方式深深地吸引了我。在这里人们过得自由自在、随心所欲：他们都是一些平平凡凡、普普通通的人，他们粗鲁不雅，但充满生命的激情。漫步在这里的一座座小房子中间，我亲爱的，您知道吗？我立刻回忆起那次我们一起去郊外看突厥斯坦居民住所时的情景。我从未见过您那么美、那么漂亮。对我来说，那是无比幸福的一天。

好啦，再见！我亲爱的、遥远的塔玛拉！

伊萨克·巴别尔

写信真是一件令人难以忍受的事情。亲爱的，我从来不会写信。请不要生气，不要忘了我，哪怕每次随便给我写上几句也好，请争取每天都给我写信，请不要扔下我这么长时间去忙别的事情。今天我办完事以后就能确定什么时候去莫斯科，具体时间随后告知。

伊萨克·巴别尔
1925 年 4 月 25 日于基辅

12. 致卡希里娜（伊万诺娃）

卡希罗奇卡：

您睡得好吗？我常常睡不着觉。昨天 11 点的时候我就躺下了。但是，不知是祸还是福，随即窗外下起了暴雨，狂风呼啸，电闪雷鸣，长达两分钟左右的时间。转眼间雨声连成一片轰鸣，被风吹斜了的雨水好似黑色的、无边无际的海水向下倾泻而来。我爬到窗台上，顿时睡意全无，我对您，卡希罗奇卡，说了很长一段话。我的心肝儿，如果您听到我这些木讷笨拙的柔情细语，您一定会觉得非常可笑。1 点的时候，雷雨过去了，我开始着手创作那个讨厌的剧本。我写得匆匆忙忙、潦潦草草，但已是竭尽全力。我根本没有时间创作剧本，但为了您，我必须努力完成。这一点您大概丝毫不会理解。为了您我才去做这项可怕的工作。为了您我宁愿赴汤蹈火，也在所不辞。我相信，我一定会写完这部作品。在创作这部难以把握的、枯燥乏味的、讨厌的剧本的过程中，我不由自主地产生一种要征服它的强烈欲望，同时从中深深地体验到了斗争的快感。而此时此刻我总是觉得，您就在我身边，我迫切地渴望赢得胜利。当然，卡希罗奇卡，胜利得来不易。在夜里我的大脑已经完全不能正常工作。但是，白天我却总是被各种无聊的、烦人的琐事纠缠不休，无法脱身。午饭前我常常在办公室里跑来跑去，努力保住"我们"在卢布内①的庄园②。为了降低"我们的"房租，我四处奔忙，一遍又一遍绝望地敲开执行委员会外事处的门。所以，每当到了傍晚，我都累得四肢无力，几乎奄奄一息，但此时我必须尽量让尚未完全停止工作的大脑有效地运转起来，必须继续为自己的生存去斗争，也就是我要接着创作剧本。遗憾的是，我很少去电影院，所以我害怕会因此导致在剧本的创作中出现失误。

从明天开始，我要把在国家机关的事情暂时搁置3天。这几天我打算去博古斯拉夫③，这是距基辅约150俄里的一个风景优美的犹太小镇。据说，那里有一条美丽的河流，还有一个颇为独特的瀑布，而在距博古斯拉夫10俄里处有一个叫"梅德温"的村子，这是一个十分有趣的、非常值得研究的地方。我想，从博古斯拉夫回来后就可以确定，大约哪天我可以去哈尔科夫和莫斯科。如果在哈尔科夫和莫斯科之间已经有了夏季航线，到时我就乘飞机去。也许，上帝会看到我遭受的苦难，让我在5月7—8日回到莫斯科。

卡希罗奇卡，请不要再往宾馆寄信。从博古斯拉夫回来后我就不再住宾馆了。可能，我会直接去哈尔科夫。请往基辅邮政总

① 乌克兰波尔塔瓦州的城市。
② 此处指俄罗斯作家协会在乌克兰专门提供给作家住宿的旅馆。
③ 乌克兰城市。——译注

局寄一封信，留局待领。在去哈尔科夫那天我写信告知在哈尔科夫的地址。

《红色处女地》至今杳无音讯。这真是一些不可靠的人！昨天我往编辑部发了电报，明天我再拍一封。请给穆拉托娃再打一次电话，告诉她，对于把未校定的短篇小说手稿送去印刷的做法我表示强烈反对，如果他们不尽快按指定地址把校样寄到基辅，我坚决不同意发表。亚历山大·康斯坦丁诺维奇答应过，保证我有时间修改三遍校样。非常不好意思，这件事情总是给您添麻烦，但是，这件事对我来说的确意义非常重大。

我们这儿今天的天气看上去已全然不是春天，似乎夏天已经到来。3 天之内小草竟然奇迹般地长高了，樱桃树也开花了，树上长满嫩绿的叶子，到处芳香四溢。

就此搁笔，我不想继续写一些与您无关的事情，但是也不愿与您告别。如果我们告别，把告别的话写在信的末尾，那么我的生活中就再也不会有您的陪伴，我只能继续过那种忧郁的、却是充满爱的日子。

再见，我的安慰（此处勾掉了"心肝儿"一词）！

伊萨克·巴别尔

我把信重读了一遍，勾掉了一个词。我想，通常只有那些没有文化的、粗鲁的大兵们才会在信中这样称呼自己心爱的女人。千篇一律，所有人都用这个词，有什么办法呢⋯⋯

1925 年 4 月 27 日于基辅

13. 致卡希里娜（伊万诺娃）

　　我取消了去博古斯拉夫的行程，放弃了去看瀑布的计划，因为我明白，在博古斯拉夫我不可能潜心创作。如果在博古斯拉夫待上 3~4 天，可能会大大推迟我去莫斯科的时间。有一个姓莫尔科沃的人，他是博古斯拉夫区执委会主席，也是我的好朋友。他人很好，很优秀，但是嗜酒如命，酷爱交际，他准备把我、大批酒，还有一些神情忧郁的乌克兰人一起带到博古斯拉夫去，我非常清楚，我的酒量比不过他们。如果那些乌克兰人把我灌醉了，那么，我的剧本可能连一个字都写不成……于是，我到了基辅郊外的沃尔泽利镇，我正在这里埋头整理一堆枯燥乏味的材料。卡希罗奇卡，我去哈尔科夫不会早于 5 月 5 日，到莫斯科估计不会晚于 10 日。现在我根本不知道，您是否将要随剧团一起去外地演出？这对我来说非常重要。已经 3 天没收到您的来信了，我的心情非常抑郁，亲爱的，千万不要扔下我一个人。我每时每刻都在饱受痛苦的煎熬，仿佛生活在水深火热之中。没有您的日子是多么难捱啊！昨天夜里我的脑海中忽然闪过一个失去理智、妒意十足的大胆想法，它简直把我的心撕成了两半，但随即我便后悔了。这就是我现在真实的生活状态，它完全不像其本来应有的样子。我思念莫斯科，渴望回到莫斯科去。这枯燥无味的、忧郁的日子正在一天天地过去，就像一个毫无热情的、不称职的敲钟人敲出的钟声一样，全然没有节奏、令人无法忍受：卡希罗奇卡，希望您的心情不要像我这样沮丧，如果我看到您一副幸福快乐的样子，面色红润，美丽健康，我一定会特别高兴。请原谅我给您写这些话。让我见鬼去吧，而上帝永远与您同在，我的爱人！

伊萨克·巴别尔
1925 年 4 月 30 日于基辅

《红色处女地》始终杳无音讯。我不得不把校定后的手稿寄给他们。

回信可寄往基辅（邮政总局，留局待领），随后告诉您我在哈尔科夫的地址。

14. 致沃隆斯基 ①

亲爱的亚历山大·康斯坦丁诺维奇：

　　我已经不再指望能够收到校样，对此我非常难过。现将校定后的手稿寄给您。与初稿相比，内容有所改动。现在只能把这份稿交付印刷。对于我们编辑部这些专业人员的工作方式我感到十分震惊，而且大惑不解。他们这种做法是对作者最基本权利的蔑视。

　　今天我会去哈尔科夫。一周后到莫斯科，估计在莫斯科待的时间不会太长。

您的伊萨克·巴别尔

1925 年 5 月 2 日于基辅

---

① 亚历山大·康斯坦丁诺维奇·沃隆斯基（1884—1937），作家，文学批评家。——译注

15. 致卡希里娜（伊万诺娃）

现在我去哈尔科夫。

1925 年 5 月 3 日于基辅

16. 致卡希里娜（伊万诺娃）

周四到。

1925 年 5 月 5 日于哈尔科夫

17. 致卡希里娜（伊万诺娃）

我已坐上快车。

1925 年 5 月 6 日于哈尔科夫

18. 致卡希里娜（伊万诺娃）

昨天 4 点多我到莫斯科，然后就开始到处找您，但直到夜里 11 点也没能找到。您的朋友、演员克谢尼娅（我忘了她姓什么）告诉我，在您常去的地方，也就是剧院和俱乐部不可能找到您。所以，我大胆地决定给您寄个字条。我们何时见面？您来奥布霍夫 ①，还是我们白天见面？

伊萨克·巴别尔

1925 年 5 月 8 日于莫斯科

---

① 乌克兰城市。——译注

19. 致沙波什尼科娃 [①]

　　……整个冬天我过得都不好，现在感觉还不错，显然，北方的冬天对我的身体危害很大。我目前的精神状态非常差——莫斯科的特殊工作条件，也就是被剥夺了艺术和创作自由的、卑鄙、龌龊的文学环境令我及所有从事我这一职业的人感到压抑。现在当我已经成为一个受人尊敬的作家时，这种压抑感比从前更加强烈了。但对这里给的报酬我非常满意……

伊萨克

1925 年 5 月 12 日于莫斯科

[①]　玛丽亚·埃马努伊洛夫娜·沙波什尼科娃，巴别尔的妹妹，后随丈夫定居比利时。——译注

20. 致富尔曼诺夫

亲爱的德米特里·安德烈耶维奇：

很晚才收到您的来信，因为我去了雅罗斯拉夫省一个乡下的朋友那里。大约 3 天后我到莫斯科，祈求您宽恕我的过错。

您的伊萨克·巴别尔
1925 年 5 月 26 日于谢尔吉耶沃

21．致叶夫多基莫夫 ①

亲爱的伊万·瓦西里耶维奇：

现在去您那儿的是我们电话里曾说过的米哈伊洛夫斯基同志。他特别希望做一些为书刊绘制插图方面的工作。请本着关心爱护的态度审慎地、全面地考察一下他的能力。我想，他一定不会让您失望的。

您的伊萨克·巴别尔
1925 年 5 月 28 日于莫斯科

---

① 伊万·瓦西里耶维奇·叶夫多基莫夫（1887—1941），俄罗斯作家、艺术理论家。——译注

22. 致卡希里娜（伊万诺娃）

亲爱的塔图申卡：

您这一走在我的心中平添了一股莫名的空虚、失落和孤独的感觉，与从前相比，这是目前我生活中唯一一个新的内容。昨天（星期六）我来到谢尔吉耶沃，我打算在这里待上一段时间。目前我在莫斯科唯一需要做的事就是办理法国签证的问题。我相信，这件事应该会进展比较顺利。对我来说，另一件重要的事情就是时刻盼望着收到您的来信。我会一周去取两次信。提醒您，我的地址是：第 34 邮局，普列奇斯坚卡街与杜尔诺夫胡同交叉口，留局待领。用留局待领的方式把信寄到莫斯科要比直接寄到谢尔吉耶沃更方便。因为寄往这里的信总是走得非常慢。周五，也就是您走后的第二天，我遇到了谢廖沙·叶赛宁，我们在一起待了一天。回想起这次见面的情景，我心里特别激动。他病得非常严重，但是，他不想提自己的病，他纵酒狂饮，喝得非常多，最后完全失去了理智。我不知道，他的生命是否已经走到尽头，他的作品气势磅礴，感人肺腑，完美无瑕。我把其中一首诗歌抄了下来，现寄给您。希望您别笑我这种"学生气"的举动，也许谢廖沙的这首送别诗会给您带来心灵的震撼，正如它深深地打动了我一样。每当我漫步在树林中，我总会情不自禁地吟诵起他的诗句。啊！爱情——红莓花儿……现在我整日埋头创作。我给您写信这个时刻已是夜里 1 点多钟，今天午后我睡了两个小时，所以我可以工作到天亮。我觉得，剧本的写作不会耽搁我去高加索的行程，我打算这周写完三分之二，余下的三分之一写起来比较麻烦，要下一番功夫，因为我必须收集到关于这一时期国内战争的资料，但这并不是特别难。只是希望那个可恶的签证能够及时拿到，这样的话，到时一切都可以很快安排妥当。我没去电影制片厂。在我手里没有任何成形的剧本前，我不会去那儿。从制片厂传出很多对我的无端指责和谩骂。现在说说您，亲爱的，我的塔拉图塔。您现在在哪儿？您怎么样？您过得好吗？我必须详细了解您的全部情况。最近一个月您的样子变得多么可怕啊！这种情况绝不能再次出现。我认为，与过去相比，您的样子变化太大了，身体也越来越虚弱。为什么上帝要这样考验我们？我写这些是想告诉您，如果在索契您不能养精蓄锐、自由自在、无忧无虑地生活，不能把身心调整到最佳状态，那么我就毫不犹豫地加入党组织，义无反顾地去从事培养工人通讯员的运动，或者更可怕的是，我会去做一名像洛伊特那样的戏剧改革者。到那时您的生活可能就会别无选择。我真不明白，您怎么会变成了现在这副样子呢？您本是一位高高在上的女王，美艳绝伦，追求者无数，包括拉兹古利亚伊广场①上三个地位显赫的大人物、首都郊区的 12 个人、随时可能疯狂地爱上您的年轻的军校学员们、车祸致残的人，还有夜间的马车夫们。塔拉图塔同志，我代表上述所有受苦受难的追求者向您提出强烈抗议！红军、苏维埃职员、孤独无助的残疾人和自由职业者一致请求您重新成为"女王"，因为在这个意识形态味道比氧气还要浓的生活中，没有您，我们还有什么快乐可言……

再见，塔图申卡，我亲爱的朋友！在身体虚弱的状态下请不要长时间游泳，这样对身体不好。季娜伊达·弗拉基米罗夫娜和塔季扬娜怎么样？你们有被褥、茶炊和脸盆吗？您吃了什么鱼？今年的羊肥吗？您每天应该睡 12 小时，睡足后再给我写信。这才是最适合您的、最佳的生活状态。

衷心爱您的伊萨克·巴别尔

1925 年 6 月 14 日于谢尔吉耶沃

---

① 位于莫斯科市中心。——译注

23. 致卡希里娜（伊万诺娃）

塔图申卡：

您过得怎么样？您喜欢阿列克谢·托尔斯泰的书吗？索契的天气好吗？我们这儿的天气糟透了。总是刮风、下雨，还突然冷了起来，树木剧烈摇晃，被风吹得哗哗直响。有时，太阳刚一露脸，即被黑云遮蔽，霎时间倾盆大雨从天而降，就像戏剧中的场景一样变化多端。只有一次，太阳和雨同时出现，那是夏日里的太阳雨，粗犷热烈，美极了！

您去索契的一路上怎么样？大概有些枯燥吧？也许，大海给塔季扬娜留下了强烈的印象。给塔季扬娜弄一条狗吧，孩子们都非常喜欢给狗洗澡。

我和沃隆斯基一家在一起生活得很融洽。他一直在写文学批评文章。他的妻子是个滑稽可笑的人。她的存在对于她的丈夫——纯粹的、彻底的共产党人沃隆斯基来说，简直是一个莫大的耻辱和真正的惩罚。她是个犹太女人，尖酸刻薄、庸俗泼辣、自私市侩，是一个典型的小市民。她和女仆吵架，女仆把她告到了工会，这些受压迫的无产者是多么可怕啊！母亲一早就钻进我的房间，把沃隆斯卡娅表演得活灵活现，弄得我和安努什卡不禁捧腹大笑。安努什卡笑得直打嗝，她的笑声格外响亮。告诉您几个新消息：昨天是伊万·伊万内奇的命名日，住在我们对面的犹太人希克皈依了基督教，他被定为神甫，并举行了按手仪式。他的外衣换成一身教袍，手里握着法杖。还有，山羊全部从科扎山上被赶走了（您来过这座小山），为此，昨天村妇们开始造反，于是，执行委员会的代表来到了这里。谁是最后的胜利者，现在还不知道。

我这里再没有其他新消息了。我还在忙着写那部无聊的作品，这会儿暂时放下，给您写信，是为了提醒您不要忘记我。再见，亲爱的！希望您的脸庞变得圆润起来，祝幸福快乐！凡事不必太较真，不要总是活在自己的精神世界里！

爱您的 3929 号工人教育工会会员。

伊萨克·巴别尔

1925 年 6 月 16 日于谢尔吉耶沃

24. 致卡希里娜（伊万诺娃）

塔拉图托奇卡：

　　您在信中讲述了您不愉快的旅途经历，读了您的信我一连两天两夜陷入深深的绝望之中。这几天我的样子看上去一定非常可怜。唯一令我感到安慰的是，您上车的时候我没在火车站。无疑，如果我在那里，临别时我可能会微笑着痛苦地死去。当然，这完全是我的错。但是，上帝啊！那些去疗养地的列车怎么会是这样？这的确是我的错，但铁路部门当然也难辞其咎。去年，在高加索我见到很多去疗养地的列车，车内卫生设施非常先进，相当奢华，整个车厢洋溢着一股浓浓的同志般亲密无间的气氛。显然，今年车厢里的氛围依然不错。但是，为什么车上的公共设施全部都被破坏了呢？卫生间怎么不见了？我向您发誓，卡希罗奇卡，去年每节车厢里都有两个卫生间，我向您发誓！

　　您那儿天气状况恶劣，这完全在我的意料之中。我们这里已经连续下了五天的雨，时而冰雹铺地，时而雪花纷飞，早晨起来，室外地面上常常覆盖着一层霜，有时巨大的冰块会从排水管中滑落出来。面对严酷无情的大自然，沃隆斯卡娅的犹太本性愈来愈凸显出来，在她那张肮脏不堪的脸上，我读出了我们伟大的、鬈发的犹太民族全部的苦难史。沃隆斯卡娅认为，我和大自然之间有一种特殊的默契与和谐，而周围的一切却似乎都在故意和她作对，在不停地捉弄她、欺骗她。唯有沃隆斯基总是摆出一副怡然自得、心满意足的样子，因为在谢尔吉耶沃任何人都不会侵犯他写批评文章的权利。但是，我认为，他是在滥用这一权利。最近几天这里可恶的天气把我弄感冒了，我的身体很不舒服，我一边叫苦连天，一边还得创作剧本。明天（星期六）六个部分中的四个部分可以成稿，星期天我去取您的来信，同时把剧本读给爱森斯坦[①]听。如果我把剧本写得一塌糊涂，那还不知道会发生什么意想不到的情况呢！

我亲爱的、美妙的朋友，卡希罗奇卡，此刻已是深夜，外面下着淅淅沥沥的小雨，那雨声仿佛老妇人在反复述说着自己的烦心事。所有人都已进入梦乡，灯罩下的点点灯光唤起了我强烈的创作激情，让我用顽强的毅力去克服重重困难。假若此刻您在我身边，在这空荡寂寥的房间里，我会感觉多么幸福啊！别想我，塔图申卡。难道天气不好，不能游泳吗？真是件怪事。请写信告知，塔尼娅和季娜伊达·弗拉基米罗夫娜的情况怎么样？你们是怎么安排住下的？给你们提供的房间好吗？你们吃了多少羊肉？

安努什卡明天要去莫斯科，我把这封信交给她，我想，这样

---

① 谢尔盖·米哈伊洛维奇·爱森斯坦（1893—1948），电影导演、电影理论家，其影片《战舰波将金号》被视为蒙太奇电影的代表作。——译注

信很快就会送到您那儿，这要比通过谢尔吉耶沃的邮局寄出快得多。星期天我会从莫斯科给您写信。

晚安，塔图申卡！

您的伊萨克·巴别尔

1925 年 6 月 20 日于谢尔吉耶沃

25. 致卡希里娜（伊万诺娃）

亲爱的朋友塔图申卡：

　　您从索契的来信我都已收到。今天或明天我把钱（100 卢布）寄走。非常惭愧，钱这么少，但是，大概 8 天以后我们马上就会有更多的钱，到时我们就可以好好安排一下我们想做的事情了。希望您该花多少就花多少。我觉得，应该花得比实际需要的多一些，否则花钱还有什么意义？

　　您生活得很好，我非常高兴。我们这里也迎来了好天气。我在莫斯科待了三天，事情很多，非常忙。我去了爱森斯坦的别墅，在那儿住了一夜。我的剧本很快就要完成了，六个部分中我已写完四个部分，今天开始着手写第五个部分。只有等剧本全部写完后，我今后的工作前景才能更加明朗。

　　我给您写了三四封信，其中一封寄的是快件。您怎么可能没收到呢？从索契寄出的信往往走得非常慢。

　　您的信让我感觉特别亲切，我想，塔图申卡，您一定还和过去一样，总是耽于冥思苦想。但是，目前您生活的唯一目标，应该是每天增加一磅体重。塔图申卡，我的宝贝儿、我亲爱的女儿、我可爱的孙女！不要把我想得那么坏，不要把所有恶劣的品质全部加到我身上。如果您愿意的话，亲爱的，请为我祈祷、为我去做吧！恳求您每天早晨按照下面的配方吃东西：打 25 只鸡蛋，加入生牛奶，再放一磅鱼肝油，搅匀后作早餐用。您还需要多喝羊血。我认为，喝羊血对身体非常有好处。

我收到了高尔基一封热情洋溢的来信。我应该认认真真地给他回一封长信，在邮局关门前还完全来得及。所以，就此搁笔，明日再叙。紧握您美妙的手，塔图申卡，再见！希望您像草地上奔跑的小马驹一样开心快乐！不要忘记您忠实的朋友！

伊萨克·巴别尔

1925 年 6 月 25 日于谢尔吉耶沃

我正躺在花园的草地上给您写信，所以字迹非常潦草。

26. 致高尔基

亲爱的阿列克谢·马克西莫维奇：

　　非常感谢您的来信！您的信驱散了我心头郁结的愁闷。在经过一年半的工作以后，今年年初，我开始对自己的创作质量感到怀疑起来。在自己的作品中我找到了许多标新立异的写法和过度华丽的辞藻。我觉得，现在我进入了一个写作状态非常不好的时期。1917 年在彼得堡时我清楚地意识到，在创作上我是一个多么笨拙的初学者！于是，我开始"到人间去"。"在人间"我度过了 6 年的时光，1923 年我又重新开始着手文学创作。有一个想法曾一直折磨着我：我辜负了您的期望。但是，您知道，现在我丝毫没有懈怠，没有放弃写作，没有忘记在造币街的"编年史"办公室里您第一次对我说的那些话。阿列克谢·马克西莫维奇，我始终没有忘记您的话。在我丧失信心、迷茫、徘徊的时刻，您的话语总是给予我莫大的帮助和鼓励。请相信，我会比从前更加努力，我一定会把作品写得更加朴实、真挚、自然。如果今后我在创作中出了错误，请您不要对我失去信心。

初冬的时候我打算出国，也许，在国外会见到您。夏末和秋季我想去北高加索。我非常喜欢这个地方，在那里我有一些乐观开朗的、非常出色的同志。

现把叶赛宁的诗歌（这些作品优美动人，可以说是目前俄罗斯最好的诗歌）寄给您。奥格涅夫的书和集刊《圈子》第六期尚未出版。

现在我有一个请求，也许，这种请求不太妥当……我的妻子，叶甫盖尼娅·鲍里索夫娜·巴别尔有一个特别强烈的愿望，她想去意大利。现在她正在学习绘画，她非常想提高一下自己的艺术创作水平。您记得《新生活报》的库德里亚夫采夫吗？他学过西班牙语，他有过一本装帧精美的西班牙语版《堂吉诃德》。以前这本书归一位公爵所有，库德里亚夫采夫发疯般地迷上了它，读起这本书来他总是如醉如痴。我的妻子想去比萨、卢卡，还有其他地方。

当地意大利使馆告诉她，为了更快地获得意大利签证，最好找一个住在意大利的人做担保。根据许多朋友的建议，我决定委托您，因为在这件事上再没有其他合适的人选。如果他们征询您的意见，阿列克谢·马克西莫维奇，请不要拒绝，请您这样回答：叶甫盖尼娅·鲍里索夫娜是一个文静、温和的人，一个对俄罗斯无益、对意大利无害的人。请原谅，给您添麻烦了。

在前一期《红色处女地》上刊登的献给您的短篇小说出了点问题。由于某些不取决于我的原因，小说发表时被截去了一半，后一部分将刊登在近日出版的《红色处女地》集刊上。我会尽快把书寄给您。我非常难过，献给您的作品遇到了这样一件不该发生的蠢事。

爱您的伊萨克·巴别尔

1925 年 6 月 25 日于莫斯科

我的地址：莫斯科，普列奇斯坚卡街，奥布霍夫胡同 6 号，23 号房间。

27. 致卡希里娜（伊万诺娃）

我好久没给您写信了，塔图申卡，我仿佛觉得，很久很久以前我就已经生活在没有您陪伴的日子里了。周四来了一位客人（彼得堡的一个女朋友），她在这里待了两天。可是，周六又突然来了三家人——沃兹涅先斯基一家、佐祖利亚一家和另一家人。我简直累坏了。过去这四天我甚至抽不出一点时间给您写信。问题是，他们来的这几天还恰好是我应该尽可能抓紧写作的时候。我告诉过您，剧本的四分之三部分已经写完。可是，最后四分之一部分写得比较慢，而且，因为来了客人，我没有时间写这一部分。剧本的结尾写得不太顺利，因为我总是要被迫加入一些虚假的东西，也就是他们莫名其妙、毫无根据地要我把充满意识形态色彩的内容添入到作品中。但是，今天早晨我忽然产生了一个大胆的念头。也许，我一定会摆脱这种痛苦的状态，同时在道德上又不蒙受任何损失。

塔图申卡，凭良心讲，我的生活过得非常不如意，也就是说，所有事情我必须要在规定的时间内完成，现在我干完手里的活儿，就要立刻着手办理去法国的事。从法国可以再去其他地方，在国外我完全可以开始过另一种生活……只有在思想上努力放弃那些烦心事和卑鄙龌龊的东西，才能拯救自我。是啊，这是哲学家该解决的问题。可是，哲学家们都是一些傻瓜，有什么办法呢……我正在邮局给您写信，这里非常热，人很多，到处都拥挤不堪，苍蝇随处可见。窗口里的姑娘梳着难看的卷发，平扁的胸口上涂满了香粉，倘若此刻和她聊聊天，谈谈我们各自的生活，她一定会拒绝，因为她根本没空和任何人讲话。

塔图，明天我要去莫斯科取您的来信。对我来说，这是一件极为快乐的事情。请写信多讲讲您的近况，告诉我，第一道菜和第二道菜吃的是什么？现在背阴处有多少度？我对您的一切都非常感兴趣。亲爱的，我想每时每刻都和您在一起。钱（100 卢布）我已从谢尔吉耶沃汇给您。再见，我的爱人！明日再叙。

您的伊萨克·巴别尔

1925 年 6 月 29 日于谢尔吉耶沃

28. 致卡希里娜 （伊万诺娃）

昨天我是在莫斯科度过的。收到您的来信是唯一令我高兴的事。您的来信让我激动不已。我反复读了很多遍，倘若不是件令人羞愧的事，那么我一定会把信紧紧地贴在胸口，让我的心感受到它的温暖。我这儿所有其他方面的情况都很糟糕：天气非常炎热、身体状况不好、家庭矛盾引发了激烈的争吵等等。这些事弄得我今天还在头痛。我很羞愧，我一直在绞尽脑汁创作剧本的结尾部分。他们给我定的稿酬相当高，所以我应该尽力把剧本写得更好。塔图申卡，无论您多么不理解，我近日的工作计划和时间安排只能在4~5天后，也就是我和电影制片厂彻底结算完才能清楚。我想，近日我不得不去一趟敖德萨。如果我必须要去，我一定会要您和我一起去——您还记得我们的约定吗？多好啊！敖德萨是一座美丽的海滨城市，而且您可以在爱森斯坦那部倒霉的影片中担任一个角色。在敖德萨他要拍摄两部影片，所有事情都由他一人决定——也就是说，钱和合同都由他来确定。请告知，您是否已经收到我汇去的100卢布？亲爱的，请告诉我，近日您的经济状况怎么样？对我来说，关心您永远是一件令人快乐的事情。我争取做到按时给您写信，一周两次。但是，无论如何您不要一周多于1~2次去取信。真的，为了我这些卑微的信，您根本不必这样做。但如果信中没有上面这些"严肃的"内容，那么如此热的天您还值得跑六俄里远的路吗？一点都不值得。

我兴致勃勃地读了您的菜谱，但是我不相信，一个人能吃下这么多食物。如果他能做到，那么，他永远是一个快乐、幸福的人！至于我，塔图申卡，我只有精神生活（我提醒您，这样的生活很危险），我吃饭像夜莺一样，两只死蚂蚁就可以把我喂饱。

我这儿再无其他想告诉您的事情。昨天我坐最普通的有轨电车去了雅罗斯拉夫火车站。我的心情很抑郁，我一直在左思右想——这是怎么回事？生活中我第一次感到精神上的疲惫。这说明，我已步入老年。您怎么看，亲爱的？可能我真的已经步入老年了，这就是我想告诉您的……

塔图，请向您欠了6卢布的摄影师问好，请亲吻一下他衰老的嘴唇（或许他是格鲁吉亚人？），取走应付给您的照片，并把其中一张用航空邮件寄给我，因为我想念您，像我这样步入老年的人（我是不是真有些糊涂了？）怎能不感到孤独和寂寞呢？所以，我才写了这些蠢话，我非常想念您。您那美妙的面容总是浮现在我的眼前！顺便说一下您的面容。您是不是还像过去一样被弄得满脸是伤口、嘴唇肿胀、下巴被抓破了皮？您可爱的翘鼻子是不是已经被撕裂了？所有这一切都曾命中注定属于我，但是现在，当您爱上格鲁吉亚人、同他们亲热的时候，当您每天夜晚与含情脉脉的弗赖曼（顺便说一下，据说弗赖曼是一个没有任何意义的笔名，但实际上他创作了《尤里·米洛斯拉夫斯基》）坐在露台上倾听狼的叫声时，当然，您非常像萨哈拉扎达 ①。那些格鲁吉亚人一定会兴高采烈地请您吃带洋葱和西红柿的羊肉串。然而，此时我和弗赖曼太太却止不住泪水涟涟。您说得对，塔图，我这就在您的至理名言下面签上字：所有公民都在生活中饱受折磨。我是一个公民，因此，我也应该在我平凡的生活中遭受痛苦。任何甜言蜜语、阴谋诡计和圈套陷阱都不能够阻止我履行自己应负的责任，也就是承受苦难。我坚守诺言，绝不反悔。

最新消息：达维多夫去世了。他是一个伟大的人。您知道，我是多么尊敬他。临终前他做出了最后一个善举：这位伟人说，他不能把他的才能传给卡希里娜，但是，他可以把他的地位作为遗产留给她。这就是最后一位卓越演员的最后遗愿。如果您胆敢违背这个遗愿，那么，曾经把您赶出去的工会就可能再次开除您的会籍。而这意味着，您的演艺生涯会就此断送，我必须忍痛与您断绝交往，而此时您已心力交瘁，肉体上和精神上都无法承受巨大的痛苦，我们之间的关系也不可能再维系下去。这就是说，我们该停止通信了。再见，塔拉图托奇卡，亲爱的，非凡的美女，我生命的代言人……紧握您那不寻常的妙手，亲吻您的秀发和妩媚的脸庞！

伊萨克·巴别尔

1925 年 7 月 3 日于谢尔吉耶沃

---

① 阿拉伯民间故事集《一千零一夜》中的女主人公。——译注

29. 致卡希里娜（伊万诺娃）

塔图申卡：

　　刚收到您本月 5 日的来信。这封信令我心里感到很不安。因为您的生活过得非常不好。我正在邮局给您写信，因为现在是 6 点，6 点 30 分邮局关门，到时这封信就寄不走了。我周围到处是人，简直拥挤不堪，他们不停地碰到我的手，即便我心中有千言万语，在这样的环境中也无法向您诉说。昨天，我把剧本完整地读给爱森斯坦听了一遍，我不知道他是假意逢迎，还是真心诚意，他对剧本大加赞赏，不管怎样我这儿一切进展顺利。明天我把稿件交到经理部。我想近日（两三天内）我就会把所有工作做完。此外，估计在电影制片厂一定会有我感兴趣的工作可做。您能想到吗？根据农业人民委员部的要求，他们将拍摄一部关于马的影片。如果吸收我参加这项工作，我会感到十分荣幸。再过大约四天我打算坐飞机去罗斯托夫，从那儿再去索契。明天或后天我会寄一封快件，把所有这些事情的情况告诉您，何时动身随后再电报告知。

最近我给您寄了好几封信，不知为什么您没收到。糟糕的是，您把护照弄丢了，也许，现在信彻底送不到您手里了。出国护照的事进展顺利，甚至有希望获得巴黎的签证。签证的事是目前我面临的最大难题。估计周一（13日）能知道我妻子出国的准确日期。

塔图申卡，忧郁苦恼是件令人羞愧的事情。希望您开心快乐！我想，我们很快就会见面的。亲爱的，我正竭尽全力想办法逃离这个地方。您知道，我在这里生活得并不快乐。我想尽快远离这些所谓的文学家、批评家们，离开所有令我厌恶的人。

亲爱的，请别让我痛苦万分，不要把信写得如此可怜、如此凄惨，衷心地希望您生活得幸福。

就此搁笔。去莫斯科这两天我的生活被完全打乱。我常常在黎明时分躺下睡觉，事情非常多，所有出版社都争先恐后地来找我，抢着要出我的书，幸好，现在我已有很多成熟的想法可以落实到纸面上，但唯一遗憾的是，我的时间实在是太有限了。莫斯科热得简直让人无法安睡，我已经非常习惯谢尔吉耶沃这儿的清爽空气了。在莫斯科我总是感觉精神萎靡不振。

再见，塔图申卡。您必须做一个开心快乐的人，为了自己，也为了我，请充分沐浴阳光。说实话，没有大海、阳光和您，我会感到非常寂寞。

您的伊萨克·巴别尔
1925年7月10日于谢尔吉耶沃

30. 致卡希里娜（伊万诺娃）

塔图：

明天早晨，确切地说，今天一早我终于要去莫斯科安排我未来的生活了！我刚刚（现在是凌晨 2 点多钟）写完了那个可恶的剧本。您可以想象，前四部分我仅用了 7 天时间便构思完成了。据此，我想，最后三分之一我写起来一定会更轻松些，然而余下部分并没有很快完成，只是在前天我才找到合适的（真的合适吗？）思路。我用一天半的时间很快赶写出大量场景。我很累，塔图申卡，我思绪混乱，需要稍微睡一会儿。糟糕的是，这次没能给您写得长一些。但是，由于我拖延了剧本的交稿时间，我的精神状态很不好，我不想给您写任何令人心情不快的事情。

我想，誊写已经完成的剧本，上交给各级部门、剧目审查委员会及其他委员会审批——这些过程需要花几天的时间。然后，我才能给您拍电报准确告知我要去什么地方——去敖德萨还是索契。如果去索契，我就直接坐飞机到罗斯托夫。顺便说一下，请写信告知，索契的住处安排得怎么样？非常高兴，明天就能收到您的来信。现在距火车开车只剩下大约 5 个小时,虽然不可能睡太长时间,但我还是需要稍微休息一下。再见,我的心上人!您一定要尽可能多吃些东西,吃点蛋黄甜酱。

　　　　　　　　　　　您的伊萨克·巴别尔
　　　　　　　　1925 年 7 月 12 日于谢尔吉耶沃

我明早在莫斯科用快件把这封信寄走。

31. 致卡希里娜（伊万诺娃）

因有急事现去沃罗涅日省赫列诺沃耶养马场。爱森斯坦正在那里。具体情况随后电报详细告知。到时请您也去那里。

1925 年 7 月 16 日于莫斯科

32. 致卡希里娜（伊万诺娃）

今天我给您发了一份电报，我担心，您不能及时收到，或者，也许留局待领电报不在取信的地点领取。所以，我紧接着给您寄去这封信。

我必须去沃罗涅日省赫列诺沃耶养马场。它位于赫列诺沃耶站，距离利斯基站70俄里。利斯基站位于罗斯托夫去往莫斯科方向、罗斯托夫和沃罗涅日之间的路上。如果您也能去的话，那我可就太幸福了！住的问题和所有其他事情我都会尽力安排好。您在信中说，您能把塔季扬娜和季娜伊达·弗拉基米罗夫娜单独留下一段时间，我就是根据您说的这一情况想到让您来我这里的。为了拍摄《1905年》的外景镜头，爱森斯坦和技术人员将在周一到，也就是比我晚三天到达坦波夫省和沃罗涅日省。如果您此行与他们这次拍片并无实际关联（因为目前爱森斯坦不招募任何演员），那么在名义上也是为此目的而来，关于您来的事我会预先告诉爱森斯坦。到了养马场，我就立刻拍电报详细告知那里的一切情况。我认为，您此次完全可以成行，如果您觉得这件事情不太妥当，请给我往赫列诺沃耶站拍个电报（按照我从养马场告诉您的地址），然后我们再想另一个办法。路费我会寄给您。

塔图申卡，我非常想见到您。但是，如果此行会给您造成诸多不便的话，那么您最好将您的一切烦恼和不愉快全部算到我身上，我始终在努力设法摆脱生活的困境。虽然现在我一时很难做到。我需要很多钱——我的亲属们正在迅速地把我所有的钱全部拿走，所以我必须一刻不停地工作赚钱。我想，在养马场我们两人在一起可能会感觉更好一些，在那里我可以写作，我们可以在景色优美的地方慢慢地畅游。

从图阿普谢开来的火车途经罗斯托夫和哈尔科夫，而利斯基位于沃罗涅日线上，因此，如果您决定来的话，您要在罗斯托夫和利斯基换车。我们再写信联系，我能在利斯基或者至少在罗斯托夫接您。塔图申卡，请原谅这封信写得有些语无伦次，这是在制片厂卡普钦斯基办公室里写的，这里非常吵闹，人多得简直无法想象。

亲爱的，读了您的信，我的心都要碎了。我整日激动不安，辗转反侧，难以入眠。现在我非常忙，打算争取多去一些地方。但是，亲爱的塔图，此前无论如何我都无法从工作中脱身。请不要责骂我，不要唾弃我，祝您像树上的斑鸠一样，健健康康、快快乐乐每一天！

再见，塔图申卡！我们很快就会见面。一定要让自己平心静气，淡定心境——有时我会这样对自己说，这句话非常有用。卡希罗奇卡，希望您也要心境平和，只要我们能够在一起，我们就会战胜一切困难。

您的伊萨克·巴别尔

1925 年 7 月 16 日于莫斯科

33. 致卡希里娜（伊万诺娃）

这里居住条件还不错，但旅途十分辛苦，需要换乘三次车。请电报告知您的决定。我的地址：赫列诺沃耶站，国家养马场。

1925 年 7 月 19 日于赫列诺沃耶

34. 致卡希里娜（伊万诺娃）

　　请通知客车 9 号车厢从罗斯托夫来的旅客卡希里娜：由于没有火车，我不能在利斯基接您，请乘货车到赫列诺沃耶站。

《真理报》特派员巴别尔

1925 年 7 月 25 日于赫列诺沃耶

一级小卖部

35. 致富尔曼诺夫

亲爱的德米特里·安德烈耶维奇：

　　在国立电影制片厂我询问了《恰巴耶夫》一片的情况。现在国立中央电影公司正集中一切力量拍摄纪念影片《1905 年》。一周前拍摄工作才刚刚开始。这项规模浩大的工程应在临近冬天时结束。因此，国立中央电影公司，确切地说是布利奥赫[①]认为，到 1926 年春天，当外景拍摄等能够正常进行时，《恰巴耶夫》才可以开机。此刻我正在谢尔吉耶沃加紧创作，竭力满足您苛刻的要求，取悦您那颗残忍的心。帮帮我吧，啊，缪斯！

您的伊萨克·巴别尔

1925 年 8 月 21 日于谢尔吉耶沃

[①]　雅科夫·莫伊谢耶维奇·布利奥赫（1895—1957），苏联导演，电影活动家。——译注

36. 致卡希里娜（伊万诺娃）

亲爱的塔图申卡：

　　星期天 6 点～6 点 30 分我到您那里，否则我再找不到其他合适的时间。妈妈也在星期天动身。我一直非常想念您，我似乎觉得，我们从来没有分开过。衷心地希望您生活得更好！我亲爱的塔玛拉，希望您多去了解新事物、新信息，这样您就不会总是感到心情抑郁。

您鄙视的伊萨克·巴别尔
1925 年 8 月 28 日于谢尔吉耶沃

　　即使您觉得有些幼稚可笑，但我还是想告诉您：昨天夜里我梦见了您。我梦见很多人在跑，您就在他们中间。我看到了您美丽的脸庞、飘逸的秀发。这样的梦可能会有什么寓意吗？

1925 年 8 月 28 日于谢尔吉耶沃

37. 致卡希里娜（伊万诺娃）

亲爱的塔玛拉：

周三前我的事情办不完。周四早晨我到莫斯科。请您周四晚 6 点到普列奇斯坚卡街。

我没有收到您寄来的钱，但是非常希望能及时收到。

祝幸福快乐！

您的伊萨克·巴别尔
1925 年 9 月 1 日于谢尔吉耶沃

38. 致卡希里娜（伊万诺娃）

我周一到。

1925 年 9 月于谢尔吉耶沃

39. 致卡希里娜（伊万诺娃）

亲爱的塔玛拉：

　　我到剧院去了，想看看您。但遗憾的是，今天没有排练。我的心情非常抑郁。一小时后我就回谢尔吉耶沃去。周一的时候我等您，我到火车站接您。火车下午 2~3 点到。如果您不为难的话，请您一定要来。如果您来不了，请往谢尔吉耶沃写信告知。

爱您的伊萨克·巴别尔

　　周二或周三我必须再去一趟莫斯科，现在几经周折终于拿到了签证。叶甫盖尼娅·鲍里索夫娜过几天走。

　　我在这儿写信不太方便，所以才写得这么不好。

1925 年 9 月于莫斯科

40. 致卡希里娜（伊万诺娃）

亲爱的卡希罗奇卡：

我有五分钟的时间可以跑到剧院去把这张字条留给您。今天我需要办的事情很多。我非常想见到您，我觉得，没有您我的生活便失去了意义，它会变得枯燥乏味、了无生趣。

卡希罗奇卡，请明天下午 2~3 点往家里给我打个电话，电话号是 2-56-44。我会在家等您的电话。

再见！

您的伊萨克·巴别尔
1925 年 9 月于莫斯科

41. 致卡希里娜（伊万诺娃）

亲爱的塔玛拉：

　　我已经连续三天待在家里没出门了。我希望明天办完与格拉诺夫斯基和萨宾斯基之间的那些无聊的事情，这样的话，我就能回谢尔吉耶沃了。我会告诉您我离开这里的准确日期和时间。

　　我感觉还不错，也就是说虽然非常抑郁，但是并没有灰心丧气。让我伤心的只是您把我想得太坏了。我向您发誓，为了不让您再有这种想法，我时刻准备为您付出一切。

　　里夫希茨的通信员将把这封信带给您。如果您愿意的话，请把回信交给他。里夫希茨会把您的信再转给我。

　　再见！

伊萨克·巴别尔

1925 年 10 月 7 日于莫斯科

42. 致卡希里娜（伊万诺娃）

亲爱的塔玛拉：

　　明天您会收到我的来信，信中详细说明了我们之间的所有事情。因为我的愚蠢，我始终认为，我们的事情一定会好起来。请确认是否收到这张字条和钱。

伊萨克·巴别尔

1925 年 10 月于莫斯科

43. 致卡希里娜（伊万诺娃）

塔玛拉：

　　我本打算给您写封长信说明我们的事情，但又放弃了这个想法。我们最好面谈一下。现在每天晚上我都会在电影制片厂度过。在这个时间那里一个人都没有，很寂静，很暖和，我也感到很孤独。今晚或明晚 8 点时您能去那儿吗？请告知您几点能到？回信请寄卡卢加广场，巴别尔收。盼复。

伊萨克·巴别尔
1925 年 10 月 23 日于莫斯科

44. 致卡希里娜（伊万诺娃）

塔图申卡：

　　请您不晚于明天（周四）下午 4 点到我这儿来。您必须来。我的行为简直是一种犯罪，恳求您原谅我。现在我感到羞愧万分。抬头望一眼天空，我都觉得羞愧不已。两天来我一直在极力消除自己所做的蠢事造成的影响。我想，虽然我做错了，但要改正并不难。这是我最后的慰藉。请您明天一定来。

伊萨克·巴别尔

1925 年 11 月于莫斯科

45. 致卡希里娜（伊万诺娃）

亲爱的塔玛拉：

送信人把您的健康状况告诉了我。您打算出门，还是好好卧床休息？

我答应季娜伊达·弗拉基米罗夫娜今天 12 点去，但是我过不去了，因为感觉今天身体和心理状态都不太好。特别让我苦恼的是，虽然写作几乎已进行到最后阶段，但我还是不可能按时完成那部令人厌恶的作品。最近几个月我全力以赴、悉心创作的东西也许很快就要功亏一篑。

我到剧院去了一趟，那里的一切正在顺利地进行。我想，今天或明天拿到钱后我就立刻转给您。

我最近的日程安排如下：今天和周五我全天都忙。明天（周四）晚上 5~7 点、周六全天我都有时间。今天 6 点我去里夫希茨那儿，打电话可以找到我。可以给我写留局待领的信——第 34 邮政局。

您的伊萨克·巴别尔
1925 年 12 月 2 日于莫斯科

46. 致卡希里娜（伊万诺娃）

亲爱的塔玛拉：

现寄去 100 卢布，用于购买生活必需品。请今晚 9 点来制片厂，但是，无论如何不要晚于这个时间。最好在 8 点半 ~9 点之间来。

您的伊萨克·巴别尔
1925 年 12 月 5 日于莫斯科

请确认钱是否已收到。

47. 致卡希里娜（伊万诺娃）

亲爱的塔玛拉：

您的消失或许是一种正确的举动，这是我应得的惩罚，但对我来说，这是一件非常难过的事。如果您能重视我的感受，那么，请告诉我，在哪儿、什么时候我能见到您。没有您的任何消息，这样的日子简直让我痛苦难捱。

今天下午 2 点 30 分我到剧院去。我已和利申（特列普列夫不在）商定好如何安排您的所有事情——在剧院的事情和工会的事情等。

我们到改善科学家生活中央委员会那里去得晚了。我们有可能住在纳杰日金诺，这是一个非常好的疗养院。现在我们需要在库兹涅茨基桥的莫斯科疗养院协会进行体检。所有其余的事情我都能自己完成。

从哈尔科夫寄的钱已收到。盼复。

伊萨克·巴别尔

1925 年 12 月 18 日于莫斯科

48. 致卡希里娜（伊万诺娃）

亲爱的塔玛拉：

　　给您写信是最让我高兴的一件事，但我却总是没有时间。邮包我一直拖到现在才寄走。如果毡靴不合适，请今晚告诉我。这双靴子是在莫斯科国家皮革工业公司买的，他们答应可以调换。现在我对您唯一一个愿望是——您要尽可能充分利用在"乌兹科耶"的时间好好休养。想到在那儿您一定会恢复健康，会得到更好的休息，我感到非常高兴。您总是说，您非常想做让我高兴的事情，那么这就是您送给我的一件最令我开心的礼物。

　　晚上再聊。下周我去您那儿。亲爱的，祝幸福健康、开心快乐！

您的伊萨克·巴别尔

1926 年 1 月 9 日于莫斯科

49. 致叶夫多基莫夫

亲爱的伊万·瓦西里耶维奇:

现给您寄去《骑兵军》的几个章节。第二批稿将在下周初寄走,到时我会标出记号,这样不会给出版社编辑添太多麻烦。伊万·瓦西里耶维奇,现在我的处境十分复杂,非常困难,但即便如此,我仍在尽力去做一切我能做到的事情。

现在要说的是,我非常需要钱,没有钱任何一个文学家都无法保证写作顺利进行。请仔细斟酌我的这一最诚恳的请求。然后,我在晚上给您打电话。

请把《红色处女地》出版的书转给德米特里·安德烈耶维奇。其余两本书和《骑兵军》的结尾我一起给您带去。

您的伊萨克·巴别尔

1926 年 1 月 16 日于莫斯科

50. 致富尔曼诺夫

亲爱的米佳伊叔叔:

现把修改后的《骑兵军》寄给您。我把各章进行了重新编号,并修改了一些短篇小说的题目。我把您的所有指示和意见都奉为圭臬,一一遵照执行。只有《巴甫利钦柯》和《一匹马的故事》没有改动。我没有想出如何换掉那些"有问题"句子的办法,我希望最好保留它们的"原始形式"。德米特里·安德烈耶维奇,请相信任何人都不会因此责备我们。我甚至删掉了更多"危险"的地方,如在《契斯尼基村》等小说中。如果您不为难,请向伊万·瓦西里耶维奇转达我对书的封面的想法和愿望,我很喜欢像《凛冽的北风》那种版式。如果《骑兵军》能够以小开本的形式出版,我会非常高兴。但愿一定是小开本,字体要小些,页边大一点,而且每篇小说应该另起一页排版。

请代我向安娜·尼基季奇娜致以真诚的问候!愿上帝保佑她,不,不是上帝,而是愿马克思保佑她尽快康复,到时我会摆上一小罐她从没见过的黄瓜，配上伏特加酒，我们坐下来一起畅饮。

明后天我给您打电话，谈谈我今后的一些打算和外出旅行的事情。

我已经被自己的诚实深深地感动了！现给您寄去左琴科的书。

你的伊萨克·巴别尔
1926 年 2 月 4 日于莫斯科

51. 致登尼克 ^①

亲爱的瓦莲京娜·亚历山德罗夫娜：

我在彼得堡生活得非常好，所以，我在这儿还要待一段时间。恳求您按下面地址把文章寄来：列宁格勒，巴斯科夫胡同13号，27号房间，乌乔索夫转巴别尔收。请寄快件。我同样用快件寄到出版社，这样节省时间。请抓紧寄来，切勿耽搁。如果晚了，那么最麻烦的是，钱的事情也会随之出问题。

请代我向尤里·马特维耶维奇致以诚挚的问候！

您忠实的伊萨克·巴别尔

1926年2月18日于列宁格勒

---

① 瓦莲京娜·亚历山德罗夫娜·登尼克（1898—1979），文艺学家，翻译家。——译注

52. 致富尔曼诺夫

亲爱的米佳伊叔叔：

我来列宁格勒一个"战友"这儿做客了。我在这儿生活得非常好，这里很安静，我暂时不想回莫斯科。近五天来我一直在不断地给您打电话，但一次都没有找到您。如果您愿意，请给我简单写几句话，告知《骑兵军》的排版情况进展如何，何时校对。

得知关于安娜·尼基季奇娜健康情况的最新消息我非常欣慰。现在她感觉怎么样？请代我向她致以诚挚的问候和深深的祝福！

我想在列宁格勒安心创作一段时间。我以上帝的名义祝您也能够像我一样，保持良好的工作状态！

爱您的伊萨克·巴别尔

附言：现在我住的地方好像是在郊外，因此来信最好请寄：列宁格勒，巴斯科夫胡同13号，27号房间，乌乔索夫转巴别尔收。

1926年2月19日于列宁格勒

53. 致沃兹涅先斯基 ①

亲爱的亚历山大·谢尔盖耶维奇：

现在我是从列宁格勒给您写信（确切地说是在列宁格勒郊外）。我跑到这儿，首先是为了办事，其次是为了摆脱莫斯科整日忙忙碌碌的生活。但遗憾的是，我们写的几个小剧本暂时毫无结果。根据纳尔布特的意见，提交给"土地与工厂"的手稿不适于幽默专栏，他担心这些作品"只是一些短篇故事"。至于说到剧本的内容提要，那么，请别见怪，亚历山大·谢尔盖耶维奇，我不太喜欢。我感觉其中有一种"仓促完成"的痕迹。

大约 10 天后我回莫斯科。到时为了拿到钱，我们一定会采取坚决果断的措施和极端的办法。我保证做到，我发誓。

请代我向玛利亚·安德烈耶夫娜致以热烈的问候！

您的伊萨克·巴别尔

1926 年 2 月 20 日于列宁格勒

---

① 亚历山大·谢尔盖耶维奇·沃兹涅先斯基（1880—1939），剧作家、电影活动家。——译注

54. 致索科洛夫 ①

尊敬的尤里·马特维耶维奇:

我给瓦莲京娜·亚历山德罗夫娜写了两封信,但没有收到回信。这让我有些忐忑不安,她是不是生病了?关于莫泊桑的文章现在已耽搁了下来,这使我陷入一种十分可怕的境地——我有两卷准备出版,其中第一卷开篇应该是瓦莲京娜·亚历山德罗夫娜的论莫泊桑的文章。现在我无法把稿件寄走,因此也就不可能从出版社拿到我急需的钱。恳请您告知,为什么瓦莲京娜·亚历山德罗夫娜没有音讯?请问一下她,她的文章写得怎么样了。来信请寄:列宁格勒,彼得格勒区大道 106 号,11 号房间。如果您能帮我这个忙,我将不胜感激。现在出版期限已过,我已没有一点宽余时间。唉!当然,更是一分钱也得不到了。

准备为您效劳的伊萨克·巴别尔

1926 年 3 月 3 日于列宁格勒

---

① 尤里·马特维耶维奇·索科洛夫(1889—1941),民间文学研究家,民俗学家,苏联民俗学奠基人之一。——译注

55. 致富尔曼诺夫

亲爱的德米特里·安德烈耶维奇：

　　如果可以，请告知《骑兵军》是否正在排版？如果是，估计什么时候校对？我想稍作修改，所以我非常想知道排版的情况。麻烦请回一句话告知即可。

　　请代我向安娜·尼基季奇娜致以深深的问候！我想，也许此刻她正在主教池塘上尽情地滑冰呢。

你的伊萨克·巴别尔

1926 年 3 月 11 日于列宁格勒

56. 致卡希里娜（伊万诺娃）

塔图：

我回来这一路比较顺利。之所以说"比较"顺利，是因为旅途虽然舒适，但在车厢里一整夜都没能入睡。昨天我的身体出现了"危机"——我筋疲力尽，倒在床上休息了一整天，今天才开始着手工作。从上午 11 点到晚上 11 点我一直在电影制片厂修改卡普钦斯基那部影片的剪辑（这就是为什么他给我拍了多次电报），而且谈了一些事情。不知什么原因现在我在电影制片厂的声望已大大提高。他们要求上演两个剧本，在导演和其他方面他们的实力比乌克兰摄影与电影管理局更强，但是，他们没有资金。明天是星期天，我和卡普钦斯基之间将进行一次决定性的谈话。谈话的结果我会告诉你。明天我才能见到季娜伊达，我会把所有事情都和她谈一谈，这次谈话的内容和结果我随后再详细告知。我买了一块非常好的表。周一我给你汇 50 卢布，晚上你就会收到钱。周一我要去一个将要计划盖房子的房产管理所，这个房产管理所信誉很好，他们保证说，秋天的时候房子就能盖好。

明天早晨我就开始去忙房子的事。现在已近夜里一点，我非常累。下一封信我会详细告知这些事情办得结果如何。衷心地希望你理智地对待生活，期待收到你的来信，希望信中向我全面、详细地讲述你所有的事情和身体状况。你去看过医生吗？请用我寄给你的 50 卢布买一块连衣裙吧，用随后收到的汇款付给裁缝。吻你，我亲爱的，刚刚过去两天，你就变得如此美妙和善良！

你的伊萨克·巴别尔
1926 年 3 月 27 日于莫斯科

我听到了一个不确定的传闻，在罗斯托夫，米沙·格列泽尔开枪自杀了。他是我的朋友，如果这是真的，我定会悲痛不已。

伊萨克·巴别尔

57. 致登尼克

亲爱的瓦莲京娜·亚历山德罗夫娜：

　　我一直在给您打电话，但这绝非易事，我始终没找到您。今天晚上我再试一试。现在我如释重负，非常想告诉您，文章已转给"土地与工厂"出版社。现把书还给您，请您把有《安德烈的怪病》的一卷交给送信人。书将放在我这两天左右，不会超过两天，我一定准时还给您。您是否要开始翻译？是《骑马》吗？如果是的话，请尽快完成，因为大约两天后，最多三天我要交第二卷的稿件——第二卷的出版工作已一切准备就绪，现在只剩下翻译《安德烈的怪病》了。由于工作负担过重，这些天我甚至没踏出家门一步。只有当我把两卷《莫泊桑》都完成时，我才能去"土地与工厂"出版社。因为我感到非常惭愧，我们的延期交稿让他们受到了很大的损失。现在我们手里需要有成稿，这样才能请求他们原谅。我们在这周就会拿到钱。如果您能翻译《骑马》有多好啊！这样的话，我们就完全忠实地履行了编译者的义务。请代我向尤里·马特维耶维奇致以热烈的、无产阶级的问候！

　　　　　　　　　　　　　　　　您忠实的伊萨克·巴别尔
　　　　　　　　　　　　　　　　1926 年 3 月 29 日于莫斯科

58．致卡希里娜（伊万诺娃）

塔图申卡：

　　来信收到。我已和季娜伊达见过面，当然，她同意所有的办法。我想，她本人已经把这一切都写信告诉你了。这周她一抽出时间就开始校对。她和塔尼娅现在要去列宁格勒。需要的钱我会弄到。我正在找住的地方，虽然有一些希望，但说真的，希望不是太大。我想，在季娜伊达走前一切都会有结果的。这件事情必须抓紧办。的确，你说得非常对，我的剧本在电影制片厂引起了强烈反响。他们不会把剧本交给乌克兰摄影与电影管理局。如果我个人采取这种方式的话，他们甚至可能从上面对我施加压力。糟糕的是，去年我卖掉了《别尼亚·克里克》，现在"价格"上涨了两倍，所以目前我正在做一件不太光彩的事——要求他们给已卖掉的这部作品提高稿酬。但愿这件不大体面的、言而无信的事情能够办成。我给你汇了50卢布，也许你已经收到了。今天我去电影发行部门，拿到证明后立刻给你寄去。季娜伊达说，只需把医生开具的证明交给管理员，说明你生病，无法离开列宁格勒即可。

为什么你不到丽塔那儿取证明？这件事非常简单，如果你把证明交给他们，他们就不会把你撵走，否则他们就会把一切都算在季娜伊达头上，去找她的麻烦，让她受到不应有的伤害。今天我和季娜伊达要去看黑人轻歌剧演出。请尽快去看医生，并尽快告知医生的诊断结果。现在塔尼娅的健康状况正是我们梦寐以求的，塔季扬娜对你的种种担忧感到很惊讶。将来我还要有许多工作要做。根据我目前的脑力情况，无论如何我都不能适应今后的繁重工作，对此我感到非常悲伤。我的心肝儿，请不要想我。要多出去走走，祝你开心快乐！我们一定会变得更睿智、更坚强。列宁格勒的春天怎么样？我们这里昨天天气非常好。吻你可爱的手和鼻子。

你的伊萨克·巴别尔

1926 年 3 月 30 日于莫斯科

59．致叶夫多基莫夫

亲爱的伊万·瓦西里耶维奇：

　　现把我看完的校样寄给您。我希望您，亲爱的编辑同志，一定做到使书的封面设计得体，采用清晰的黑字体和厚白纸印刷。所以，我有一个请求——能否在这次修改完后再给我一份校样？我想把它寄到巴黎，他们要出版《骑兵军》的法文版。现在这本书的德文版就放在我的桌上，这个版本非常不成功，里面的问题很多。所以我特别希望，法国的出版社能够按照我们提供的定稿核对校样。

您的伊萨克·巴别尔

1926 年 3 月 30 日于莫斯科

60. 致恰金^①

亲爱的彼得·伊万诺维奇：

按照国家出版社的紧急通知，我迅速赶到了莫斯科，所以没能来得及去您那儿做客。约两周后我返回列宁格勒，到时我一定会去您那里。

为了让您放心，现告诉您，本周末或下周初我会把大量材料寄给您。

您忠实的伊萨克·巴别尔
1926 年 3 月 30 日于莫斯科

---

① 彼得·伊万诺维奇·恰金（1898—1967），记者，文学活动家。——译注

61. 致卡希里娜（伊万诺娃）

亲爱的塔玛拉：

来信收到。读了你的信我非常难过。如果你得的是胃病，期望你的病尽快痊愈。请多写信讲讲你的身体情况，这是目前我最关心的事。

昨天我和季娜伊达去看了黑人轻歌剧演出。他们的舞跳得很棒，但仅此而已。其余的内容都没有什么意思。

周四和周五季娜伊达将要忙于校对稿件。估计周五她和塔尼娅会去彼得堡。她还会把钱给你捎去。请尽量给自己做一套"漂亮些的衣服"。

看来，我不用去哈尔科夫了。国家电影委员会不想把我的剧本交给其他制片厂。我想钱的问题将会顺利解决。

我的所有精力都用在了寻找住处上。季娜伊达将会向你说明全部情况——在她走之前一切都应该有结果。

关于我自己没什么可以写的。由于我一直心绪不宁，所以无法工作，就是说，我的生活状态并不怎么好。我正忙着妈妈出国的事——这是一件特别令人厌烦的、折磨人的事情，尤其是如果考虑到老年人特有的行为习惯的话，那么这更不是件容易的事了。但愿我和妈妈能把出国的一切事情顺利办好。

希望你生活得开心快乐。你的精神状态、你时时刻刻开心快乐可能会给周围所有的人带来影响——我能够赚到钱，孩子蹦蹦跳跳，你的脸色健康红润，季娜伊达开怀大笑，塔季扬娜也会玩得比以前更痛快。

现寄给你一本"土地与工厂"出版的书。我已浏览了一遍《骑兵军》的校样。4月份将出版这本书的俄文版和德文版。我收到了柏林寄来的《敖德萨故事》德文版。这一版本做得非常出色！很快我还会给你写信。祝开心快乐！

你的伊萨克·巴别尔
1926 年 3 月 31 日于莫斯科

62. 致卡希里娜（伊万诺娃）

亲爱的塔马罗奇卡：

　　刚刚收到你的来信。那位老太太真是令人讨厌，明天我就可以把证明寄给你了。如果她还是对你纠缠不休，我会单独给她写封信，写上一些有力度的话。这样也许她会消停下来。我怎么也想不起，你托我去"革命"剧院做什么事情？请尽快告知，如果需要，请寄来工会的证明。住处的事情并没有季娜伊达想象的那么糟，不是一点希望都看不到。明天她到我这儿来，我想，明天我们就可以确定她们走的日期。我让季娜伊达把钱捎给你。剧本我已交给国家电影委员会，如果他们有钱的话，一切都会非常顺利。他们这些可怜的人，一切条件都许可，但就是付不起钱。总之，这里的所有机关都面临着严重的资金危机，卢布大大贬值，我刚得知一个令人不快的消息——由于卢布汇率下跌，现在不准携带现金出国。我不知道妈妈这次出国该怎么办，她能否顺利走成。真是祸不单行！塔玛拉，我的心肝儿，请别要求我精神振作——我身体健康，精力充沛，只是希望你也能像我这样就好。

有一件事一直压在我的心头，不知该不该对你说——我现在根本不能提笔写作——简直无法形容，我的心情是多么抑郁啊！不知道对我来说幸福的时刻何时才会到来，什么时候我才能够重新开始创作。明天我还会给你写信。目前我主要忙于协调我与国家电影委员会之间的关系和寻找住处。现在所有机关都资金短缺，当然，在某些人看来，这不过是一件令人不快的小事而已。亲爱的，明日再叙。

你的伊萨克·巴别尔
1926 年 4 月 1 日于莫斯科

从第二个月开始应该以你的名义把房费汇到房产管理所。请不要理会那位老太太的歇斯底里，希望你沉着冷静。有的事我做起来比你更难，因为现在各种大大小小的"事务"已经把我压得喘不过气来。电影制片厂可以给你开出证明。

伊萨克·巴别尔

63. 致卡希里娜（伊万诺娃）

亲爱的：

　　来信收到。读了你的信我心里非常难过，不禁默默地流下了眼泪。按照你说的愚蠢的做法，我逐一数了一遍比你更不幸的人（这个举动实在是太不可思议了！！！），结果找出了一大堆，简直不计其数。因此，我的宝贝儿，我亲爱的妻子，希望你尽情地吸吮春天的甘露，祝平安幸福！在我的建议下季娜伊达去看了在乌索沃的别墅。她们对这个地方大加赞美。明天（周一）她还有校对工作，因此，周二或周三前她都不能离开这里。她们何时走，我电报告知。季娜伊达会给你捎去一点钱。考虑到你需要买两个人的衣服，还可能会有许多其他花销，这周我给你再寄些钱。五月一日前就可以给你准备好别墅了，甚至你有可能住上公寓房。希望你尽情地吸吮春天的甘露，祝你平安幸福！你在彼得堡的时候季娜伊达和塔尼娅会去看望你，稍后我也会去。

　　请代我向利季娅·尼古拉耶夫娜和瓦列里安致以深深的问候！

你的暴君伊萨克·巴别尔

1926 年 4 月 4 日于莫斯科

64. 致卡希里娜（伊万诺娃）

亲爱的塔玛拉：

昨天玛丽亚·波塔波夫娜发现季娜伊达的喉咙化脓了，我们担心她会发展成咽峡炎。所以不得不让她暂缓一段时间再走。也许，这样更好，因为这样的话，季娜伊达就可以帮助我租到别墅。我们的生活条件是多么恶劣啊！没有公寓房，没有别墅。整日四处奔波，忙于各种琐事，真是苦不堪言！无论如何季娜伊达和塔尼娅都需晚几天再走。我想，季娜伊达不会得什么咽峡炎，她会好的。

现寄去 80 卢布。当然，在找到公寓房或别墅前无论如何你都不该回到莫斯科。你在列宁格勒的花销无足轻重。如果最终我们在这里找不到公寓房的话，那么我们考虑一下去列宁格勒吧？你打听过列宁格勒的住房情况吗？我觉得，应该了解一下列宁格勒在这方面的情况。剧院开具的证明材料我会寄给你。请一定到工会办好该办的所有事情。

现在我根本无法创作，也没有任何创作的可能，我已对摆脱困境失去了信心。人的生命是一种不太重要的东西，不值得太过上心，我非常清楚这一点。只是我这颗自私的心尤为怜惜自己而已。

此刻已是深夜，就此搁笔。下封信我会写得开心一些。亲爱的，请耐心等待，季娜伊达、塔尼娅和我，我们大家很快就能和你会面了。

你的伊萨克·巴别尔

1926 年 4 月 5 日于莫斯科

65. 致登尼克

亲爱的瓦莲京娜·亚历山德罗夫娜：

　　信、译文、糖果和漫画都已收到。马克思保佑您！我一定不会忘记您的真挚与善良。如果身体条件允许的话，明天我去"土地与工厂"出版社（《莫泊桑》的第二卷已经寄去），然后我到您那儿去。但是，也许身体情况不允许我去，因为现在我的健康状态非常不好。说起来很惭愧，我时常疲劳过度，头痛，总想躺下睡觉。虽然说，不劳动者不得食，但人在不吃饭的同时也会感到心情忧郁，因为他渴望劳动。但是，忧郁是一种青春病，只有时间能够治愈一切。今天或明天，在到您那儿之前，我一定会给您打电话。请代我向尤里·马特维耶维奇致以衷心的问候！他给的糖果我没吃，用布包了起来，贴心放着。它们时刻温暖着我的心，我的心也让它们变得更加温暖。

您的伊萨克·巴别尔

1926 年 4 月 7 日于莫斯科

66. 致卡希里娜（伊万诺娃）

亲爱的塔拉图塔：

　　昨天我和季娜伊达谈了很长时间。我们一致认为，应该在彼得堡定居，而不是在莫斯科。下面的情况让我们更加坚信这一点：季娜伊达四处奔波去找别墅，原来，这并不是件容易的事，这件事办起来非常麻烦，而且这里的房费很贵。她立刻便开始心灰意冷。公寓房方面我们似乎还比较走运。一些科研工作者、改善科学家生活中央委员会成员、还有个别家庭在扎恰季耶修道院的院子里盖上了房子，现在留了三间房间，这三间房间位于特维尔林荫道上，我已经看过了。按照时下莫斯科的情况，这几间房间相当不错，虽然它们是在一个非常吵闹的大房子里，但这无关紧要。价格是四千。但向我要价的时候，他们的语气不够坚定，也许，他们会给我让到三千，根据目前莫斯科的行情，三千一点都不贵。现在的房主们持有改善科学家生活中央委员会发的房屋所有权证。因此后来的承租人也应该有这种证书。当然，我有可能搞到这些证件。但问题是，他们的一切举动都是在房产管理

所的强烈反对下擅自进行的。据建筑师说，房子将在 6 月份交工
（但实际应该在 7~8 月），所以现在必须伪造一系列材料——把
我列入扎恰季耶修道院空置仓库的产权所有人中，这样便可以把
我们随后的交易说成是交换。在入住之前我必须一直守在莫斯科
寸步不离，操办这些事情。但最重要的是，我们要交一笔数额可
观的定金，大约一千五到两千，而且我没有任何把握可以肯定房
产管理所不会我行我素，自主决定这一问题的处理办法。我把这
件事讲得如此详细是因为，这是我们在找房过程中遇到的一个很
不错的选择。在目前房子没有任何着落的情况下，必须尽量抓住
这个房源。但是否值得为此花掉我们全部积蓄（甚至不为你分娩
留下些钱？），进而让我们沦为自己的奴隶？还有一个情况是：我
的朋友佐林，好像我对你说起过他，是最高国民经济委员会建设
部主任。现在他又被任命为"标准建设"公司经理。在他那儿一
切规则均可破例。他保证明年给我提供一个舒适的独立住房，且
每月所需支付的费用不高。合同在这个月就可以签订。当然，这
是个最佳方案。它不会给我们带来太重的经济负担。我想，明年
秋天前我们应该住在彼得堡（这个夏天我们可以在皇村、彼得戈
夫或在海边度过，明年夏天去克里米亚或高加索），秋天的时候
我们便可以搬进"自己的"房子里了。这个计划让我觉得眼前豁
然开朗，我甚至很难相信它能够实现。如果你同意我的看法，那
么应该尽快着手寻找公寓房和别墅。季娜伊达已经痊愈，即将动
身，可以肯定周六她一定能走。她走的时候我会电报告知。不知
她能否帮助你处理一些比较麻烦的事情。下周末我争取去你那儿
待几天。季娜伊达会给你带很多钱，足够你用一段时间。你可以

去交别墅或公寓房的定金。你应该租一套舒适一些的别墅，不过是多付 50~100 卢布罢了。地点最好在皇村或彼得戈夫，不要不舍得花钱。别墅应该带家具，不少于 3~4 个房间。我想，如果不是吝惜钱的话，完全可以找到这样的房子。如果需要的话，公寓房的家具可以从谢尔吉耶沃发运。谢尔吉耶沃那里的家具闲置了很久，上面已经落满了灰尘。

我这儿再没有其他新消息。我的"自我感觉"一般，脑袋总是昏昏沉沉，无法正常工作，我相信，我一定会好起来的。橡胶套鞋已收到，现在我要给瓦尔沙夫斯基一家写封感谢信。

特列普列夫正在去弄那些证明文件，但愿明天我们就能把这些东西寄给你。这些证明在很多方面都用得上，你一定要充分利用，在租公寓房时也必须所有材料一应俱全。

我们这里冬天又来了！天气骤变，刮起大风，还下起暴风雪，气温突然下降。已经几天没收到你的来信了，我有些焦急不安。我的心肝儿，你是一个性格变化无常的人，所以我坐卧不宁，提心吊胆。你应该多给我写信，让我日渐衰老的心灵能够及时获得安慰。季娜伊达和塔尼娅走的时间推迟了，请别伤心。她们再见到你时一定个个精神饱满、容光焕发。盼复。亲爱的小傻瓜，再见！

你的伊萨克·巴别尔
1926 年 4 月 8 日于莫斯科

67. 致卡希里娜（伊万诺娃）

尊敬的塔拉图塔：

　　刚才（现在是上午10点）我让萨沙·里夫希茨去给季娜伊达和塔尼娅买票了。估计明天（周六）她们就会出发。请尽快告知，通常具体从几号至几号你在社会保险局领取补助金。剧院里没有这方面的正式文件，他们可以根据我提供的信息出具一个证明。我已同玛丽亚·波塔波夫娜和季娜伊达谈过了。因特别考虑到佐林的建议，她们勉强同意去彼得堡。

　　他们告诉我，关于"别尼亚·克里克"的剧本很快就要出版。所以，最近3~4天我要配合编辑，修改稿件。但改动不会很大。期待收到你关于公寓房、别墅等方面的消息。别墅一定租一个条件好些的，我们完全能够付得起租金。我尽力托季娜伊达带给你一些钱，其中包括应该还给谢富琳娜①的那部分。在电影制片厂里大家都在等待着发放补助金，所有人都希望能如数下发。

---

① 利季娅·尼古拉耶夫娜·谢富琳娜（1889—1954），女作家。——译注

今天我们这里太阳高照，如果睡得不错，那就可以好好工作了。但是，亲爱的，我无法入睡，也想不出任何可行的办法让自己睡个好觉。不过我相信，一切都会实现，一切都会变得越来越好！我们应该对未来充满希望。

祝开心快乐、平安幸福！请对季娜伊达照顾得周到一点，带她去"欧洲"餐厅吃顿午饭，陪她去埃尔米塔日博物馆和尼古拉二世的卧室看一看，再送给她一只绘有俄国国徽的工艺品。

你的伊萨克·巴别尔

1926 年 4 月 9 日于莫斯科

68. 致卡希里娜（伊万诺娃）

亲爱的塔玛拉：

我收到了你 4 月 8 日的来信。你得阑尾炎的消息让我非常伤心。请一定再找个大夫好好查一查，进一步确诊一下。但愿季娜伊达和塔尼娅已经顺利到达。请陪她们走一走，领她们看一看名胜古迹，当然你自己也能顺便休息一下。

希望尽快收到你的消息。请告知我该给你多少钱？租别墅和公寓房需要多少？我们需尽量租得便宜些，但无论如何都必须保证有基本的生活设施。现在我还不清楚去列宁格勒的准确日期。周三左右才能确定。

今天给你写的这封信非常短，因为我有些头痛。今天我去了在布拉托夫希纳村[①]的一个别墅，在那儿休息了一下，但身体的不适还是没有太大缓解。最近我的精神状态不佳，非常忧郁，几乎完全失去了工作能力，这种情况让我心绪不宁，整日忧心忡忡，

[①] 位于俄罗斯莫斯科州普希金区。——译注

特别是关于工资方面的事情对我来说更是雪上加霜。

妈妈出国的问题迟迟定不下来。按照最新法令规定，办理出国手续愈加繁琐，所以根本不可能很快走成。

无论如何我需要在这里写作几天，然后我们再考虑下一步该怎么办。

请代我向你的客人们致以深深的问候！

你的伊萨克·巴别尔

1926 年 4 月 11 日于莫斯科

69. 致卡希里娜（伊万诺娃）

亲爱的塔图申卡：

　　明后天我就能够完成将剧本改编为文学文本的工作。当剧本的情况确定之后，我就可以动身去列宁格勒了。你一定要找一个别墅。最好先不要支付公寓房的钱，如果可以在公用事业处交钱，这件事尽量由我去办。无论如何在我到之前你应该全面掌握这些信息。当然，最好找到一个已装修好的公寓房。我想，你的朋友们（丽塔、乌乔索娃、谢富琳娜）也许在这方面能够帮助你。你可以从季娜伊达捎给你的钱中拿出一些支付别墅的定金。周四告诉你我去彼得堡的大致日期。今天我把季娜伊达填的表转给了里夫希茨，他会尽力去办好这件事。请原谅，这封信我写得很短，而且内容有些枯燥乏味。我一直不住地头痛，甚至写信都有些困难。明天我给玛丽亚·波塔波夫娜打个电话，我要去她那儿一趟。请原谅，下一封信我争取写得思路清晰一些。

你的傻瓜伊萨克·巴别尔

无论怎样我每时每刻都在想你。

1926 年 4 月 12 日于莫斯科

70. 致卡希里娜（伊万诺娃）

尊敬的塔玛拉：

今天（15 日）上午 10 点我收到了你 13 日寄来的快件。我没搞清楚这是怎么回事。我想，问题出在你那儿。大概你从邮政分局把信寄出时已经晚于规定期限，或者，也许这封信是经过一番辗转才送到的。寄花对我来说可能并不困难，但非常遗憾的是，没能寄成。现在说说别墅的事情。50 或 100 卢布并没有什么太大的区别。主要是别墅要宽敞舒适，生活设施齐备。我不太了解彼得堡别墅区的具体位置，请选一个各方面条件好一些的，主要是不要犹豫不决，举棋不定。请花上几天时间把这件事办完。关于公寓房的问题我们到彼得堡再商量。现在我还不能确定去彼得堡的日期。无论如何，近日请静候我去"拜访"。妈妈出国的事还是没有任何消息。我正忙着为她在出国手续费和其他相关问题上尽量争取到一些优惠政策。如果妈妈出国的事毫无结果，我们再讨论下一步该怎么办。剧院出具的证明明后天我一定寄出。今晚我的心情非常忧郁，在列吉宁家的命名日宴会上我"尽情放松，尽情欢乐"。我一晚上都没睡觉，现在我身体非常虚弱，走路摇摇晃晃。我的大脑和身体状况让我十分担忧，我必须认真地考虑一下，是否应该找一个更合适的环境好好休养一段时间，否则我的健康状况会越来越恶化。说实话，现在我感觉写信都非常困难，因为我不能把大脑的注意力都集中在"一个地方"。我向你诉说了这么多心里的苦衷。也许，我们的身体都会恢复健康的！明日再叙。再见，我的心上人！

你的伊萨克·巴别尔

1926 年 4 月 15 日于莫斯科

你的衣服置办得怎么样？给自己买什么新东西了吗？你需要什么？我应该从莫斯科给你捎点什么？你的钱够用吗？

71. 致卡希里娜（伊万诺娃）

尊敬的美女：

最近我们这儿的电影界出了很多事：第一和第三电影制片厂、"无产阶级电影"股份公司等机构的所有生产技术负责人都被逮捕了。卡普钦斯基也被关了起来。我们觉得，他们可能被指控经营管理不善，导致企业严重亏损。这一突发事件给我个人带来了很大麻烦。他们应该付给我很多钱，但现在不知道该找谁去要这笔钱、什么时候能拿到钱等等。所以，何时能去列宁格勒仍无法确定。我想，过几天我才能告知到列宁格勒的时间。希望你不要放弃去找别墅。下周我能拿到一些钱，因为沃隆斯基同意将剧本刊登在《红色处女地》上。他被这部"作品"深深地"震撼"，但是我非常清楚，这种"震撼"源于他的无知和愚蠢。但不管怎样他都必须付给我稿费。请准确告知，你的钱是否够用？你需要多少？别墅的定金够不够？在别墅的事上应该多投入些精力，因为在别墅要住很长时间，选择一个一般的地方不成问题，但是，要找到一个好住处可不是件容易的事。请原谅这封信写了很多严肃的内容。现在我就要像多布钦斯基和博布钦斯基^①一样去满城奔走了。我非常想你。请转告季娜伊达·弗拉基米罗夫娜，她托付的所有事情我都已办完。社会保险局的证明已经开好，萨沙·里夫希茨现在去剧院取证明材料了，如果今天他能取回来，我就寄给你。

你的伊萨克·巴别尔

1926 年 4 月 17 日于莫斯科

---

① 果戈理《钦差大臣》(1836) 中的两个地主。——译注

72. 致卡希里娜（伊万诺娃）

尊敬的中年美女：

　　快件已收到。你用自己微薄的收入还清了欠普拉夫杜欣的钱，这让我大吃一惊。明天我把钱汇给你，汇多少还不知道，今天我要和沃隆斯基谈一谈钱的事。

　　目前电影制片厂的事涉及的范围越来越大。制片厂厂长、会计师、导演和行政人员大约 50 人都去了一个设施非常先进的莫斯科疗养院里休假。这件"事"让我们这些踏踏实实地认真工作的人大失所望。这就是你忠于职守、尽心竭力工作的结果！什么时候能拿到钱，去找谁拿钱，我现在都一无所知，甚至不知道我是否一定能拿到钱。可以毫不夸张地说，我和你，我俩已经"破产"了。好在，上天安排沃隆斯基这个傻瓜来刊登我的剧本。假若我听从了一些聪明人的建议，匆匆忙忙，潦潦草草，早早就写完了这部作品，那么，现在我就可能是一副光鲜亮丽、光彩照人的样子了！请抓紧去找别墅，公寓房的事不急。上帝保佑，千万不要与丘科夫斯基一家和普拉夫杜欣一家做邻居。如果 300 卢布不行，就租一间 400 卢布的。卢加与列宁格勒的距离有多远？坐车需要几个小时？请记住，别墅一定要带家具，设施齐全。房主同意采取哪种分期付款方式？必须问清楚付款的问题。现在我无法告知何时动身，我只知道，我一定会到你那儿，但是什么时候能去，现在确定不了。最近莫斯科发生的这些出乎意料的事件使我不得不守在莫斯科，不能随意离开。因此，我的心肝儿，亲爱的，希望你相信自己，依靠自己，争取把一切安排好。真的，现在我陷入了一种非常可怕的困境之中。季娜伊达和塔尼娅什么时候来莫斯科？我们这儿这两天已经可以感受到春天的气息了，要是你今天就能搬到别墅去该有多好啊！

昨天我去了叶夫多基莫夫那儿。关于米沙·格列泽尔自杀的传闻得到了证实。我非常悲痛。他刚毅坚强，善良温和，是我最忠实的朋友之一。

你对我饮酒的事终日担惊受怕，提心吊胆，在信中还写了许许多多这方面的感受。其实，我一共只喝过大约 4 次酒，而且这对我的身体并没有什么害处。

衷心希望你努力工作！目前囿于许多我无法左右的情况，我不能静下心来安安稳稳地创作。因此，请向我展示一下你非凡的艺术才能！再见，亲爱的！

你的伊萨克·巴别尔

1926 年 4 月 19 日于莫斯科

73. 致卡希里娜（伊万诺娃）

尊敬的塔玛拉：

昨天我给你汇了 80 卢布。请告知是否已收到。沃隆斯基答应周四或周五付给我一些钱，到时我再寄给你，主要是考虑到你需要付别墅的定金和添置生活必需品。现寄去你要交给工会的证明。请记住，你一定要按部就班地处理好工会的所有事情。这非常重要。我在"制片厂"的事情一直拖着，看不到任何希望。我担心，我们的钱可能就这样没有了。不瞒你说，这种情况已经严重影响到我的精神状态。对于你我来说，这简直是太糟糕了！

我要写的就是这些。盼复。你的身体怎么样？季娜伊达和塔尼娅怎么样？急切地盼望着收到你已经找到别墅的好消息。请给我写信，我的太阳，请多给我写信。

你的伊萨克·巴别尔
1926 年 4 月 21 日于莫斯科

74. 致卡希里娜（伊万诺娃）

亲爱的塔图申卡：

现把证明寄给你。请不要停下来，尽快在短期内把一切事情安排妥当。如果那位老太太还来找你的麻烦，我再给她寄一封信，把内容写得更清楚、更明白一些，告诉她在我走之后他们应该只从你这儿收费即可。周日我再写信详述。这封信我是从电影制片厂寄出的，这里到处人声嘈杂，根本无法集中思绪。

你的伊萨克·巴别尔

1926 年 4 月 21 日于莫斯科

75. 致卡希里娜（伊万诺娃）

尊敬的演说家：

来信收到，读后非常难过。我只有一个小小的、也是唯一一个愿望，期待你的下一封来信能够写得轻松快乐一些。各种意想不到的不幸接二连三地降临到你身上，而且总是一波未平一波又起。所以，每当收到你寄来的一封令我兴奋的信后，随之总会接到一两封非常让我伤心的信。可见，这次也毫不例外。现在我们言归正传。如果卢加离列宁格勒非常远，那么就只能放弃去卢加的想法。与从前一样，我坚持认为，应该租一个好一些的别墅，请原谅。我认为，这完全可以做到。至于租金太高，这不是什么可怕的事。最重要的是，房主同意按哪种方式分期付款。即使费用再高，如果分摊在几个月里，也没有什么可怕的。如果找不到像样的别墅，那么你还记得我说过去彼得戈夫或皇村的想法吗？如果我没记错的话，这两个小城景色优美，安静舒适，令人神往。我在这儿很难给你提出具体的建议，但是，我觉得，应该着手开始在这两个地方找房子。期待收到你的好消息。

　　我问到季娜伊达和塔尼娅的事情没有任何其他用意。恰恰相反，对于她们是否还要回到我这儿的问题我丝毫不感兴趣。当然，她们能和你在一起待的时间越久越好。

　　信中你没有写是否已收到我寄去的材料和 80 卢布。估计后天（周六）我能寄给你 300 卢布。随后就会有一段时间暂不能给你寄钱。因此，希望你仔细计划一下这 300 卢布怎么花比较合理。唉，"我们破产了"——这是一个痛苦的真理，一个必须正视的严峻现实。亲爱的，你应该意识到，我们不得不过紧日子了。你非常节省，但是，我很难做到这一点。电影制片厂的情况让我陷入了极其可怕的境地，目前一切都不清楚。更令我烦恼的是，我必须在这里等待最后结果，可是在我目前的情绪状态下在莫斯科我又无法坚持正常写作。

　　得知你的身体情况不好，我的心情非常难过。这是从什么时候开始的？也许这是正常反应？或者是阑尾炎？希望你去看一看医生，并尽快告知医生的诊断结果。塔马罗奇卡，你的来信非常好笑。上面总是标满了许多括号、引号、感叹号和省略号等等，它们看上去更像一幅幅儿童画，而绝非一件出自成人之手的"作品"。不过，我读起来非常高兴！

　　希望你尽量把工会的事情办好。现在我没有任何工会的证件，这已经够可以了！你可一定要成为工会会员，做一个名副其实的守法公民！我要写的就是这些。请代我向和你同住的女士们致以深深的问候！请不要在塔季扬娜面前总是吹嘘我。为什么要让她现在就知道世界上还有我这种可怜的傻瓜呢？她还小，来日方长，一切都来得及。下面一句我应该写得像商务信函一样：恭候您来信订购。

你的伊萨克·巴别尔

1926 年 4 月 22 日于莫斯科

如果可以，塔图申卡，请告知你最近一个月、一个半月的花销预计是多少? 我想知道这些，是因为我要制订一个支出预算，虽然做预算的前提是首先应该手里有钱，而我现在却身无分文……

76. 致卡希里娜（伊万诺娃）

尊敬的卡希里娜：

今天我给你寄去了 250 卢布。本打算寄 300 卢布，但没能寄成。请还给普拉夫杜欣 100 卢布，然后你只能像普柳什金^①一样靠余下的钱度日了。我非常惭愧地告诉你，我们的情况变得一天比一天糟。除了已经发生的那些倒霉的事之外，现在中央剧目和演出检查委员会又下令禁止上演《流浪的星星》。结果，我不仅在电影制片厂拿不到分文，而且还欠制片厂一大笔钱。现在我对此毫无办法。目前制片厂内部存在着许多亟待解决的问题。我们唯有缄口不言，耐心静候结果。显然，制片厂那些主管领导们坐牢坐定了。今天有传闻说，上级将会任命一个新厂长，也许近日有些事情会变得逐渐明朗。综上所述，毫无疑问，必须到其他地方去弄点钱，可是，在什么地方能搞到钱，我还没有考虑好。请写信告知，房主同意你采取哪种分期付款方式付别墅租金？别墅的设施是否"一应俱全"？根据你的来信我判断，从别墅到市里的

---

① 果戈理小说《死魂灵》中的人物，著名的守财奴形象之一。——译注

交通非常不便，但是如果别墅的确非常好的话，那么这种情况完全可以克服。关于公寓房的事可以暂时放一放，当然，一定应该租个公寓房，但是首先我们要考虑一下钱的问题。谢谢你寄来的照片。你们大家都非常可爱，但是看上去塔季扬娜显得尤为美丽动人。尼古拉·瓦西里耶维奇是不是已经改变主意，不想离开莫斯科了？我已读完谢富琳娜新近完成的中篇小说的开头部分。这部小说写得比她从前的作品好得多。请代我向她表示真诚的、衷心的祝贺！这部作品让弗谢沃洛德·伊万诺夫大为震撼，他没有料到利季娅·尼古拉耶夫娜的创作速度如此之快，但这完全在我的意料之中。虽然她内心压抑，饱受摧残，但她的情感世界却始终炽热如火。

彼得堡的天气怎么样？我们这里连续两天春光明媚，市里举行了一系列战胜洪水的庆祝活动，随后便开始出现阴沉沉的天气。我非常担忧彼得堡。如果说可恶的莫斯科河洪水肆虐，泛滥成灾，那么涅瓦河会不会出现这种可怕的、类似的情况呢？可千万别把你们大家都冲到北海里去……你打算什么时候搬到别墅去呢？别墅里有炉子吗？你们去亲眼看过这座别墅吗？还是，所有对那里美丽的自然景色的描述都是从别人口中听说的？就此搁笔。再见！显然，你的身体状况非常不好，现在我感到，我们头顶上那片本就朦胧的天空变得更加暗淡了。你去看过医生吗？请写信告知。祝全家开心快乐！

你的伊萨克·巴别尔

1926 年 4 月 26 日于莫斯科

77. 致卡希里娜（伊万诺娃）

尊敬的演说家：

　　我正在邮局给你写信。这里到处是人，摩肩接踵，拥挤不堪，好像复活节前的集市一样。所以，请原谅，这封信我写得非常简洁。请告知钱是否够用。关于钱的事情你在信中写得不太清楚。亲爱的，请写得再明确一些，在搬家之前租别墅需要多少钱？100 卢布还是 200 卢布？"下一次交费在一个月后"是什么意思？是在 5 月末还是 6 月份？然后是关于公寓房的问题：因为数额太大，我们不能一次性付清全款，可以分批支付。好像我给你写信说过，中央剧目和演出检查委员会已禁止上演《流浪的星星》。然而，在经济利益方面，这件事也许会有所转机。因为有人建议把剧本寄到乌克兰摄影与电影管理局。正因如此我需要继续待在这里。要想准确地回答你关于公寓房的问题，我必须知道交费的期限和具体日期。还有，塔马罗奇卡，请不要过于看重那种富丽堂皇的房子，我的经济能力有限，但是我考虑，房子还需要烧得暖和些。按月付房费大概很贵，而且维修这样的房子也不是一件容易的事。假若整个房子的费用不超出 1000 卢布的话，那可就太好了！难道这个价格找不到合适的房子吗？ 1000 卢布我是随意写上的，但是我想，无论如何我都能弄到这些钱。我在电影制片厂的事情的现状是：由彻底没有希望变为暂时无法确定。因此，塔玛拉，请告知，你的经济情况怎么样？如果可能的话，请告诉我你最近有什么支出计划？

昨天妈妈拿到了比利时签证（第二次签证）。当然，如果她能平平安安地在比利时生活的话，对我来说真是再好不过了。妹妹的丈夫终于谋得一个职位。感谢上帝，他们再不需要我的帮助了。当然，母亲最好跟着他们生活，因为相对而言他们的生活比较有保障，日子过得更安稳一些。这对我来说真是如释重负。但现在最麻烦的是，获得国外的护照非常困难。这是（在《流浪的星星》之后）我待在这令人讨厌的莫斯科的第二个原因。节后母亲护照的事情就应该知道结果了，到时我们的所有事情也都会很快定下来。我不想说些什么可怜的话，待在这里我觉得郁闷烦恼，简直无聊至极。但是，我必须把已经开始做的事情做完。我一直期望能尽快去彼得堡，在财政人民委员部和莫斯科市人民代表苏维埃对妈妈的护照问题给予答复后，就马上去你那儿。因此，尊敬的演说家，您反复强调"我们是否还会相见？"——除非你变得愚蠢至极，否则这个问题不可能有另一个答案。这封信你收到时大概会非常晚，邮局休息两天，所以回信请寄快件。你去看医生了吗？如果还没去看，为什么不去呢！你这个坏蛋！过复活节需要的所有物品都已经准备好了吗？我的心肝儿，祝你节日快乐！但愿我已把所有情况都讲得一清二楚。塔图申卡，请不要想我！我们一定还会看到缀满钻石的天空，甚至还会欣喜若狂地清点我们兜里的无数颗钻石。

你的伊萨克·巴别尔

1926 年 4 月 30 日于莫斯科

78. 致卡希里娜（伊万诺娃）

亲爱的塔图申卡：

虽然你的信写得不开心，但读后我还是非常高兴。因为很久没有得到你的消息了。说说我这儿的一些事吧。由于《流浪的星星》被禁演，所以现在可以把这部剧作交给乌克兰摄影与电影管理局，争取在乌克兰上映。为此我做了一些努力（唉！这是目前我们唯一的赚钱机会），现正等待答复。我想，这个问题近日就会有结果。彼得堡的天气如此恶劣，真是太讨厌了！但是，我们这儿的天气也并不比彼得堡好多少。在几个阳光明媚的好日子之后，今天突然冷了起来，感觉似乎真正的秋天来临了。我想，你应该尽快搬到别墅去。但是，当然，最好不要在夏天到来之前搬。只是不知道，在你们北方地区夏天通常从什么时候开始。因此，我想，如果你先付给房东太太两周的租金，应该没问题。"一旦有可能"我就马上寄给你 100 卢布。我相信，这种可能性很快就会出现。昨天我向莫斯科财政局递交了一份申请书，争取可以免税办理妈妈的护照。现在规定的费用是 220 卢布，这个数字简直太可怕了！但愿他们多多少少能够给予一些优惠。日常用的东西我可以寄给你，甚至家具也能发运。请写信告知你需要什么。

我觉得，你和房东太太商定的条件完全可以接受。钱的方面请不要担心。你知道，在钱的问题上我从不敢掉以轻心，在这方面我始终诚惶诚恐，谨小慎微，也就是说，我总是把每一笔收入都看成最后一笔收入。如果我的提心吊胆在你生下双胞胎女儿那一刻变成了现实，那也未尝不是一件好事。

我已写信告诉季娜伊达，我和里夫希茨把所有事情都商定好了。我刚刚给他打完电话，但没有找到他。请转告季娜伊达·弗拉基米罗夫娜，她丝毫不必担心，一切都已事先与里夫希茨说好。非常想你，非常想见到你！但是，这些日子我根本脱不开身。我这里有一堆令人讨厌的、缠人的事情！如果这些"重要事情"办得稍有一丝希望，我会立刻给你拍电报，马上就去你那儿。可以说，现在我过着一种孤独的、离群索居的生活，我正在努力尝试着动笔写作，每天都会花上大约 3~4 小时的时间在屋里踱来踱去，反复思考，我总是不知道自己的想法和思路是否正确。

这就是我要说的全部事情。如果我这里有什么新消息，我会立刻告诉你。祝开心快乐，我的心上人！你不要总是胡思乱想，过分担心你的病。世界上的傻瓜总是很多，但是希望你可不要以此自居，千万不要去做傻瓜。再见，我的心肝儿！让我们期待早日相见！

你的伊萨克·巴别尔

1926 年 5 月 6 日于莫斯科

79. 致卡希里娜（伊万诺娃）

尊敬的女士：

在快件寄出半小时后我便收到了你的来信。你的绝望和歇斯底里让我感到莫名其妙。昨天伊塔突然来到我这儿，坚决要求我在每顿饭后、一天不少于三次给你写信。我的天啊！你可真是精神失常了！虽然我对您宠爱有加，但是我断然拒绝了伊塔的要求。我答应一周给你写三次信，不会比这次数更多——即便一周三次信我也没有太多的事情可以对你谈。在信中仔仔细细地去诉说一些毫无意义的、无聊的东西——怎么可能有这样的事！我想告诉你，我的日子过得很平静，我总是陷入深深的思索中，但是，不断地渴望拿到钱又迫使我时常从这种状态中走出来——女士，这就是让您"不放心"的我的全部事情？您真是太愚蠢了！

现在说一说近期发生的事。其实，这些事情既不是什么好消息，也谈不上是什么坏消息。就《流浪的星星》的事情我正在与乌克兰摄影与电影管理局进行频繁的"电报"洽谈。他们有意让格拉诺夫斯基当导演,因为他们没有其他合适的人选。这简直是一个逻辑怪圈!格拉诺夫斯基今天要和剧院一起去基辅进行巡回演出,有可能他们会要我去乌克兰进行最后一次商谈。下周末我就可以离开莫斯科了。我先到彼得堡你那儿去,如果他们要我去的话,也许之后我会去哈尔科夫或基辅。这件事会不会有结果,能不能赚到钱,一切都难以预料。现在这个时代就是如此——本应该付给你钱,你却不能主动去索要,因为体制性问题导致横行霸道、胡作非为的现象随处可见。显然,电影制片厂的事件已经发展到了要上法庭的程度。许多人都非常害怕被揭穿——如梅耶荷德[①]、泰罗夫[②]等。他们搂走了很多预付款,但实际上他们什么工作都没做。

我们这儿的天气快赶上彼得堡了——昨天还在下雪,今天就变成了秋天,非常冷。搬家的事你是怎么决定的?你还需要什么东西?如果你总是神经质,头痛,睡眠不好,那么你就等于是在犯罪。你真是个傻女人——可怜可怜马尔法和菲奥克拉这两个不幸的孩子吧!

愿上帝保佑,下周末我们就可以面对面地、严肃地谈一谈你的身体问题了!就此搁笔,亲爱的。现在我不能再写长信

---

① 弗谢沃洛德·埃米利耶维奇·梅耶荷德(1874—1940),著名戏剧活动家和导演。——译注
② 亚历山大·雅科夫列维奇·泰罗夫(1885—1950),演员、导演,俄联邦人民演员(1935)。——译注

了，因为午饭后我还得马上赶时间再给你写一封信呢。塔图申卡，你是否允许我给你寄去几封内容完全相同的信？我可以把信抄写几份，每次往邮箱里投一封。现附上一封信，请转给利季娅·尼古拉耶夫娜。我不知道，他们在米利翁街的具体门牌号。下周初我一定会把钱寄给你。希望你千万不要那么傻，要做个聪明的女人。虽然这不是件容易的事，但是，我的心肝儿，你要鼓足勇气尽最大努力去做。

你的伊萨克·巴别尔
1926 年 5 月 7 日于莫斯科

80. 致卡希里娜（伊万诺娃）

亲爱的女公民：

好久没有收到您的来信，我非常为您担心。因为我没遭受过您那么大的不幸，我的信可以少写一些，但您可不能这样。明天我去国立中央电影公司为乌克兰摄影与电影管理局要回《流浪的星星》，周五他们应该就妈妈护照的问题给我答复，周六晚我打算去彼得堡。他们答应周三或周四把钱给我。所以，估计不晚于周四你就能收到我汇的 100 卢布。最近两天我要到各个部门"递交申请，四处求情"，这正合我的心意。因为我的大脑过度疲劳，今天就已经开始罢工，不能正常运转了。我需要换一些其他事情做，在这期间也许头痛就会好了。

塔马罗奇卡，很长时间没有收到你的来信，我感到非常难过。如果我不写信，那是因为我这里一切都很好，没什么新消息可以告诉你，况且我总是喜欢在信里写一些我这里刚刚发生的事情，但是你不及时回信便让我立刻陷入到惊慌失措的状态中。请尽快来信，我的演说家，一定给我写信。

你的伊萨克·巴别尔

1926 年 5 月 10 日于莫斯科

81. 致卡希里娜（伊万诺娃）

亲爱的塔玛拉：

今天我回家很晚，收到了季娜伊达的字条。

很遗憾，我没见到她。明晚 6 点她来我这儿。但愿你们一切平安顺利。关于妈妈护照的会不是周三开，而是在周四，无论如何我还是想周六去列宁格勒。请不要把我要去的事情告诉任何人，估计我这次去待的时间非常短，现在我有一大堆关于钱的问题需要处理，目前这些事对我们来说非常重要。很有可能，在彼得堡我只能待大约 2—3 天，然后就要立刻赶到哈尔科夫去。今天或者明天我会给你汇 100 卢布，我还会尽量随身带去一些钱。现在我自己也不知道我未来的"钱景"如何。当然，情况并不乐观。周末之前我应该能拿到 300 卢布，我打算给你 200 卢布，然后，一切希望都寄托在乌克兰摄影与电影管理局上，因为目前我们再没有可以得到钱的地方了。如果《流浪的星星》的事情没成，那么……那么我们必须马上想出一些紧急补救措施。我想提醒你，我根本没收到你寄来的装有给艺术工作者工会的申请书那封

信，而且今天我才从你这儿得知，关于这个申请书的事你正等着
我的回信。我急忙跑去查了一下，发现你 4 月 24 日的来信已落
满灰尘，放在我们那些和蔼可亲的传达室看门人那里。我狠狠地
斥责了他们这种玩忽职守的卑鄙行为。明天我请季娜伊达去艺术
工作者工会帮忙办你的事情，我的时间安排得满满的，我的身体
每天都在超负荷运转。

　　你的信我都已收到，现在我放心多了，或者确切地说，我又
开始有了新的担忧。唉，这些让人难过、令人伤心的信啊！要是
能抱怨一下，发发牢骚该有多好啊！但我不想这样，也许，这样
做对你不公平。等我到你那儿时我们再叙。看在上帝的面上，请
不要哭泣！你真是个爱哭闹的女人！吻你，亲爱的塔马罗奇卡，
再见！去之前我会给你写信，同时电报告知。

你的伊萨克・巴别尔

1926 年 5 月 11 日于莫斯科

82. 致卡希里娜（伊万诺娃）

亲爱的女受难者：

我已顺利回到莫斯科。这儿比较热，但天气非常不错。乌克兰摄影与电影管理局的代表一句话没说就走了。如果他们用这种方式表达自己的愤怒的话，那么他们就是白痴。我已往哈尔科夫拍了电报，现正等待回复。

他们拒绝为妈妈办理护照，确切地说是"险些"拒绝。我用上了叶夫多基莫夫的人脉关系。他已经争取到让他们重新审查护照的材料，但他们在 6 月 6 日才能给予答复。这真是件令人沮丧的事！今天我花了整整一天时间去办这件事。我焦急地期待着收到关于你身体情况的消息。希望你不要让我一无所知。

你的伊萨克·巴别尔
1926 年 5 月 21 日于莫斯科

83. 致卡希里娜（伊万诺娃）

塔图申卡：

　　刚刚在早晨 7 点我收到了乌克兰摄影与电影管理局敖德萨电影制片厂的电报。他们建议我尽快去敖德萨。由于格拉诺夫斯基提出了非常愚蠢的要求，乌克兰摄影与电影管理局打算从格拉诺夫斯基那儿收回剧本，把剧本转交给格拉诺夫斯基以前的助手、我推荐的格里切尔。他是一个在电影方面更富有才华的人。这个消息让我感到非常高兴。我回了电报，请他们把钱寄给我，周二我去敖德萨。现正等待他们的答复。如果的确必须要去的话，我会电报告知。你的来信已收到。希望你卧床休息，塔图申卡，一定卧床休息，不能随便走动。如果你始终不能恢复健康的话，那就太可怕了。

你的伊萨克·巴别尔

1926 年 5 月 23 日于莫斯科

84. 致卡希里娜（伊万诺娃）

现在我去敖德萨。

1926 年 5 月 25 日于莫斯科

85. 致卡希里娜（伊万诺娃）

来信请寄"帕萨日"宾馆。

1926 年 5 月 28 日于敖德萨

86. 致卡希里娜（伊万诺娃）

塔图申卡：

今天我已拍电报告知你我的地址："帕萨日"宾馆，85 号房间。急切地盼望着你的来信。现在我正与乌克兰摄影与电影管理局商谈关于在敖德萨电影制片厂拍摄《流浪的星星》的事情。周一我打算给你汇 100 卢布，几天后，也许几经周折我终于可以从乌克兰摄影与电影管理局拿到较大一笔钱。由于目前全国各地普遍面临"经济危机"，我不方便立刻向他们要钱。在敖德萨我有许多朋友，他们的处境十分可怜，现在他们都想从我这儿暂借点钱，并且求我在制片厂帮他们找份工作。这里的海还像过去一样，依旧那么美，盛开的洋槐花散发着醉人的芳香。我感觉自己的状态非常好。来信请寄快件，否则你可能会等不到我的回信。我在这儿有一大堆工作要做——既有我喜爱的（精神上的）文学创作，也有电影制片厂的事情。但我会给你写信的。这里的夏天非常美，周围的一切都会让我想起难

忘的童年和青少年时代。今天是来这儿第二天，我自由自在地
到处走着看着，心里有种说不出的滋味，有喜也有忧。

你的伊萨克·巴别尔

1926 年 5 月 28 日于敖德萨

87. 致卡希里娜（伊万诺娃）

亲爱的演说家：

收到你的快件非常高兴。我在这里生活得很好，游泳，晒日光浴，我亲爱的、被冻僵的莫斯科人，敖德萨的阳光就是在梦里你也很少能见到。如果我这个既不会工作、也不懂得休息的笨人再也不必终日东奔西跑的话，那么一切就再好不过了。我一直在努力学会让大脑有效地工作和休息，但总是收效甚微。不晚于6月2日我会把钱汇给你。我想，不可能寄得太晚。希望你一定好好生活，人正是为此才来到上帝创造的这个世界的。

> 爱你的伊萨克·巴别尔
> 1926 年 5 月 31 日于敖德萨

请代我向你的孩子们问好！请告知别墅的地址。

88. 致卡希里娜（伊万诺娃）

塔图申卡：

　　刚刚给你汇了 150 卢布。现在钱的方面暂时出现了拖延的情况，我毫无办法。主要问题是，按照我和他们达成的条件，我应该在哈尔科夫的乌克兰摄影与电影管理局管理委员会领到稿费，而不是在敖德萨的制片厂里。我和导演一道对剧本进行了认真分析和深入研究，但愿三四天后我能去哈尔科夫与他们结算，然后去莫斯科。我正焦急地等待着妈妈的电报。6 号(确切地说是 7 号)妈妈就应该能知道，他们是否会给她办理出国护照。

　　我的情绪已经由焦躁不安变得慢慢平静下来，我的工作也比以前更见成效。遗憾的是，我无法充分享受到在敖德萨生活的种种乐趣，我和导演整日待在宾馆里研究剧本。但是尽管如此，每天我还是可以在大海中尽情地畅游。但愿我能从哈尔科夫给你寄去一笔数目更可观的钱。我会随时告诉你我的去向。请寄快件告知，你是否已经搬进了别墅？你的身体感觉怎么样？我把这封信寄至普拉夫杜欣家的地址，因为我不知道，寄到市里你是否能够收到。请代我向普拉夫杜欣一家问好！请告诉瓦列里安·巴甫洛维奇，很快我就会把欠他的钱寄给他。祝开心快乐！只有你快乐，我才能快乐。

你的伊萨克·巴别尔
1926 年 6 月 5 日于敖德萨

89. 致卡希里娜（伊万诺娃）

　　周五我去哈尔科夫。我从哈尔科夫把钱汇给你。请电报告知你的身体情况。

　　　　　　　　　　　　　　　1926 年 6 月 7 日于敖德萨

90. 致卡希里娜（伊万诺娃）

请到普拉夫杜欣那儿取我汇的 100 卢布。

1926 年 6 月 12 日于敖德萨

91. 致卡希里娜（伊万诺娃）

尊敬的杰出女性：

你的电报和关于双胞胎的信都已收到。关于搬到"儿童村"①去，我觉得这个想法比较理智，至于双胞胎，我无言以对，或者正如肖洛姆－阿莱汉姆②所言，无论用嘴、还是笔都不能准确地表达出我这种不寒而栗的感觉。在我们这个不太受人敬重的家族中还从未遇到过这样的大喜事。塔玛拉，你应该让所有的人都感到羞愧才对！但是，你可千万不要拿命运开玩笑，当心触怒上帝！难道你做不出让所有人大惊失色的举动吗？

我对你得疝气的事丝毫不感到惊讶，第二天我就向这里的图书管理员学会了如何把一本本书登录到一张张卡片目录上。我一定会用这种方法认认真真地把你得的每一个病一一记到卡片上。

---

① 1918 年，皇村更名为"儿童村"，1937 年为纪念普希金逝世 100 周年又更名为普希金城。——译注

② 肖洛姆－阿莱汉姆（1859—1916），俄国犹太作家，被誉为"犹太人的马克·吐温"。——译注

可爱的残疾人，我坚信，你的疝气没有阑尾炎严重——或者更重？如果那样的话，正如我在敖德萨的一位新朋友、一个赌徒，也是一个最可爱的坏蛋所言，你和我就"都得去死了"。周六我去哈尔科夫，不是周五。请往哈尔科夫的乌克兰摄影与电影管理局给我拍个电报，告知应该把钱给你寄到什么地方。你可以在收到这封信后尽快往哈尔科夫乌克兰摄影与电影管理局给我写封信，地址是：普希金街 91 号。也许，正好在哈尔科夫我能收到你的信。但愿我能从哈尔科夫把钱汇给你。最近我这儿的一切都相对比较顺利。唯一遗憾的是，我没有足够的时间和精力去完成自己的创作。但这是我自己的过错，也就是说，是我应得的结果。如果能在哈尔科夫收到你的好消息该有多好啊！看在上帝面上，希望你不要在意那些病——相信你一定会摆脱病魔的折磨，不然你怎么会生为女人呢！亲爱的杰出女性，你一定要加倍努力！希望你乐观地看待生活中一切奇怪的、可怕的事情。

你的伊萨克·巴别尔

1926 年 6 月 10 日于敖德萨

92. 致卡希里娜（伊万诺娃）

亲爱的塔玛拉：

    刚刚往普拉夫杜欣那儿给你汇了 100 卢布。我没敢把钱直接汇到"儿童村"，通过普拉夫杜欣转交更稳妥些。昨天本应与格里切尔一同去哈尔科夫，但是拍摄预算他还没准备好，他需要把预算上报给哈尔科夫的管理委员会。如果今天他来不及做完预算的话，那么我们就 5 点 40 分走，或者我们明天出发。我认为，没必要耽误时间，而且晚走对我们不利。只有在哈尔科夫才能弄清楚我的具体收入情况。我的所有薪酬暂时都是不固定的，临时性的，因此时常会出现"断档"的情况。我希望能从哈尔科夫把欠款汇给普拉夫杜欣，这样的话，你欠他的钱就全部还清了。你的信已收到。每个人都有权以严肃认真的（极其严肃认真的）态度对待生命中的每一刻、每一天、每一年给我们带来的永无休止的变化。但是，可以说，在你身上过多地体现出了人类的这种忧郁感伤的特点。亲爱的，真的，希望你的内心平静下来，你必须这样去做。关于我的去向我会及时电报告知。同时，我会告诉你，应该往哪儿给我寄信。我非常想知道，你在皇村生活得怎么样？我认为公寓房的租金有些过高。在敖德萨我感觉很抑郁，但是过得非常好。故乡的空气总是能够极大地激发出一个人的思想活力和创作灵感，使其迸发出简单而重要的、有益的思想火花。塔图申卡，祝你健康、平安、顺利！但是，显然，我送给你的这些最衷心的祝愿还远远不够，你也要同样祝福自己。你可真是个傻瓜！祝幸福快乐，可爱的傻瓜！

你的伊萨克·巴别尔

1926 年 6 月 12 日于敖德萨

93. 致卡希里娜（伊万诺娃）

现在我去哈尔科夫。

1926 年 6 月 15 日于敖德萨

94. 致卡希里娜（伊万诺娃）

亲爱的塔玛拉：

　　昨天晚上我到达哈尔科夫。现在我就要去把事情"搞砸"。我想，明晚就会清楚，到底是谁坏了谁的事——究竟是这些事情把我弄到走投无路的境地，还是我把事情给搞糟了。明天写信告知。我感觉自己的状态还不错。哈尔科夫这座城市尘土飞扬，闷热难耐，同大多数人一样，我对这座城市始终抱有一种成见。我尽量缩短在这里停留的时间。愿你一切顺遂，快乐平安！如果在这儿我能顺利地拿到钱，我就把钱寄到普拉夫杜欣那儿，这样他可以从中留下 100 元。吻你，最与众不同的傻瓜！

你的伊萨克·巴别尔

1926 年 6 月 15 日于哈尔科夫

95. 致卡希里娜（伊万诺娃）

请到普拉夫杜欣那儿取 250 卢布，我现在去莫斯科。

1926 年 6 月 18 日于哈尔科夫

96. 致卡希里娜（伊万诺娃）

亲爱的塔玛拉：

昨天我到达莫斯科。但愿普拉夫杜欣已把我汇的钱转给你。在从敖德萨临走前我给你寄去了 100 卢布，在哈尔科夫我寄了 350 卢布。从这 350 卢布中普拉夫杜欣应该留下 100 卢布。恳请告知，对于今后家里的收支计划你有什么打算？现在的情况，你知道，非常艰难，所以必须精打细算地过日子。在我交出一部具有重大价值的、严肃的文学作品之前，我想我们不会再有大笔收入。可是，目前这种整日忙忙碌碌、四处奔波的状态又使我不可能坐下来静心写作。看来，我不得不接受乌克兰摄影与电影管理局多次向我提出的要求，参加影片的拍摄工作。我只好如此，因为如果我不能把全身心投入到文学创作中，我们就没有任何其他生活来源。此外，如果拍摄时我不在场的话，导演就会把一切彻底搞砸。焦急地期待读到你的回信，请告知你的身体状况和你们的总体情况。在莫斯科我还有一件并不轻松的任务——送妈妈出国。我期望在最近十天之内能够顺利办完这件事。如果能够坐下来写作的话，我一定会感觉非常好。当然，我相信，这一时刻一定会到来！请代我向季娜伊达·弗拉基米罗夫娜和塔季扬娜致以深深的问候！请来信详细告知你的一切情况。可爱的傻瓜，恳求你尽量注意身体，祝你健康！

你的伊萨克·巴别尔

1926 年 6 月 20 日于莫斯科

97. 致卡希里娜（伊万诺娃）

亲爱的塔玛拉：

　　我在莫斯科已经连续几天过着一种平淡无奇的、也就是失去尊严的、让人难以忍受的日子——到处寻找赚钱的机会，迫不得已与"业界人士"会面，无法让自己真正静下心来创作等。估计妈妈在下周末能出国，到时我也必须去敖德萨一趟。不过，一切看起来并不乐观，因为我担心在那儿我也不会安安稳稳地坐下来写作。昨天我去了沃隆斯基那儿。在他那儿我遇到了利季娅·尼古拉耶夫娜，她非常胖，她究竟快乐与否，我搞不清楚。期待尽快收到你的来信，请回复我信中说的关于钱的问题。上帝保佑，亲爱的，祝健康、平安、顺利！

你的伊萨克·巴别尔

1926 年 6 月 24 日于莫斯科

98．致卡希里娜（伊万诺娃）

亲爱的塔图申卡：

你 6 月 23 日的来信已收到。我一切都好。"一切都好"的意思是，由于严格遵守作息时间，每天我都能够挤出三个小时来思考比讨厌的剧本、编辑部、那些卑鄙无耻之徒和渺小无用之人等更快乐的事情。这里的夏天炎热高温，犹如酷暑下的埃及，让人焦躁不安，难以忍受。你真是个可怜的人！你做的"家庭开支预算"极尽节省，但是，绝不能再少于这个最低标准。"预算表"中唯一不太合理的地方是，33% 的支出用在了租房上。这件事暂时我还没有想出任何其他解决办法可以告诉你。幻想和空谈总是很容易。现在一切都要抓紧时间，加快进度，最好能够保证至少在几个月内可以定期领到数目可观的工资。完全可以肯定，就目前情况看，电影制片厂不能给我们支付一笔大额款项。我还要在莫斯科待上一段时间，"情况"很快就会搞清楚。在读到关于法庭审判的情况时我能感受到你的愤怒。上帝一定会保佑你！无论如何你都不要让这件讨厌的事给自己带来心理负担，这样做只能令那些愚蠢的人更开心。

　　我这儿的情况就是这些。希望你做一个幸福快乐的妻子！在每封信中你好像都会提到什么"孩子们"？我的孩子妈妈，你是不是似乎有些精神错乱了？看在上帝面上，你不要害怕，否则，每次一收到你的来信——我的心立刻就像翻了个儿一样，非常难过。再见，亲爱的！

你的伊萨克·巴别尔
1926 年 6 月 26 日于莫斯科

99. 致卡希里娜（伊万诺娃）

尊敬的傻瓜：

你 6 月 25 日发来的"警告"已收到。对于我的情况你有些误解，我并没有整日愁容满面、郁郁寡欢。我觉得我现在状态极佳，主要是指精神状态，唯一令我担忧的是经济条件方面的事情，但是，尊敬的傻瓜，从忧虑、恐惧到灾难临头还远着呢，你不必抓住一点点小事，把它无限放大，曲解事实。估计我的工资将会大大降低。对我来说，这是件好事，我会生活得更好，去做更重要的、自己喜欢的事情，而不是终日忙于无聊的琐事中。但是对于你来说，这一定是个不幸的消息。在莫斯科我还要待一些日子，我得在这儿工作，找到能够赚到大笔收入的途径。我们需要用这笔钱在列宁格勒购买住房。这是目前最主要的事情，好在暂时并无大碍，因为在"儿童村"可以无忧无虑地再住上大约三个月。现在的日常生活花销还够用。你所说的关于你和季娜伊达工作的事情纯属无稽之谈，你应该和我一样对此非常清楚。在你还没有生下这个姗姗来迟的小精灵之前，在你产后尚未恢复健康之前，讨论任何事情都毫无意义，所有这一切到时我们都会安排好的。为了让孩子取得合法身份，我们还有很多时间——我知道有一个 12 岁的孩子，几天前他的父母到户籍登记处给他弄到了一些必需的证件。只有在妈妈走后，我才能考虑什么时候"到"列宁格勒的问题。亲爱的塔玛拉，希望你的心情平静下来！埃德加·爱伦·坡曾经说，意志力甚至可以超越死亡。现在你只需要那么一点点意志力，这些琐碎的事就完全可以处理好。就是这么简单，仅此而已！所以，希望我的塔图申卡做一个出色的、美妙的女人！

伊萨克·巴别尔

1926 年 6 月 28 日于莫斯科

100. 致卡希里娜（伊万诺娃）

塔图申卡：

我刚从谢尔吉耶沃回来，在那儿有事耽搁了两天，恰好收到了你的来信，我感到非常高兴，因为已经好久没有读到你的信了。我非常焦急地期待着你"分娩"那一刻的到来。为什么你无论如何都打不起精神来？关于你肚子的事还是让我非常担忧，为什么你总是反复强调"吓人的"等这些词语？塔图申卡，难道你不能够像所有女人那样正常地生产吗？我坚信，所有的事情都会有一个美好的结局，我的预感是正确的。不要害怕整整一半的人类都在忍受的痛苦。我这儿没什么新消息，整天和妈妈在一起，因为有许许多多烦恼的琐事需要解决，所以直到现在我都没能把她送出国。但无论如何，妈妈很快就要走了。现在由于我的心绪慢慢平静了下来，由于我终于实现了自己盼望已久的夙愿——与所有无聊乏味的老熟人们断绝来往——我已经一点点开始恢复写作。因此，我的心上人，无论如何我都不能给你写太长的信。请耐心等待，我会尽快给你写信的。我非常想下周给你寄一些钱。

必须要寄。我坚信，我一定会在什么地方至少可以弄到一点点钱。所以，正如乌克兰人常用的词一样，别"害怕"！我的心肝儿，一切你都会做得很好，做得非常完美，衷心地祝你圆满完成全部"任务"！

你的伊萨克·巴别尔
1926 年 7 月 3 日于莫斯科

101. 致卡希里娜（伊万诺娃）

亲爱的：

　　你 7 月 4 日的来信已经收到。这封信你写得如此严肃认真、郑重其事！利季娅·尼古拉耶夫娜告诉你的消息简直是无稽之谈。我看上去气色非常好，而且自我感觉也很不错。关于"会面"的事我和她都搞错了。利季娅·尼古拉耶夫娜给我寄来了明信片，上面说周日前她都在别墅，我本打算周日去她那儿。可是，她周六突然去了彼得堡。我非常气愤，忍不住就这件事给她写了封信。

　　我觉得，关于我们之间互相通信的事情，你说得不对。我一直在尽最大可能多给你写信，但是，我现在的事情非常多。除了需要继续从事"我喜爱的"（精神上的）工作外，尽管我心里极度不愿意，但还是不得不参加第一国立电影制片厂卡普钦斯基那部糟糕至极的拙劣影片《科罗温的孩子们》的剪辑工作。这部作品的叙事结构条理不清，作品中所讲述的故事杂乱无章。根据合同规定，我需要给影片配上必要的文字说明，我必须完成这项任务，因为这个工作将会大大减少我在制片厂的欠款数额。照理说，我需要退还在国立中央电影公司已经领到的稿费，因为在乌克兰摄影与电影管理局我又重领了一次。但是，如果把这笔钱还回去的话，那么……后果不言而喻。所以，我必须参加《科罗温的孩子们》的剪辑工作，为影片撰写相关文字材料。同时，我正在编辑和翻译最后几卷莫泊桑与肖洛姆·阿莱汉姆的作品。此外，我还必须为乌克兰摄影与电影管理局做一些工作。还有，我要为妈妈乘坐"多管船"（妈妈这样称呼有多个烟囱的客轮）长途旅行准备行装和路上所需的一切用品等等。这些事情非常枯燥乏味，但是，毕竟钱一定要用在该用的地方，因此我必须努力工作。唯一令我感到无比压抑的是，由于没有时间，我内心极度渴望去深入探讨和研究的许多问题（马的问题等），只能暂时搁浅。当然，我现在的工作做得越快，就越能尽早开始着手研究这些问题。大约两天后乌克兰摄影与电影管理局的一个经理要来莫斯科，到时我就会知道，我是否还要再去一次敖德萨。总之，我未来的工作计划很快就可以确定。因此，你不应该抱怨我"信写得太少"。我这儿再没什么可以告诉你的事情。其实，所有新消息都应该是从你那儿传过来。亲爱的勃朗峰①，什么时候你才能传来令我盼望已久的新消息？你感觉肚子里有几颗小心脏在跳动？两个还是一个？据说，医生可以确定。希望你过得更好，不要总是去做那些哲理性的思考。因为，只有那些以文学创作为生的人去不断地拷问灵魂和自我反省，这才是完全可以理解的。

亲爱的，祝你健康快乐！我会把一切事情都安排妥当的。

你的伊萨克·巴别尔

1926 年 7 月 7 日于莫斯科

---

① 阿尔卑斯山最高峰，位于法国和意大利交界处。——译注

102.致卡希里娜（伊万诺娃）

塔图申卡：

匆忙之中现正在邮局里给你写信。刚刚给你寄走了 200 卢布。因不停地担心在钱的方面会出现危机，现在似乎我已经患上了强迫症——我把每一笔工资都视为最后一笔收入。因此，你必须做一个吝啬的人。虽然根本不必对你强调这些，但是如果我们不精打细算，还是可能无法继续生存下去。

我这儿的新消息很少。乌克兰摄影与电影管理局来电报要求我迅速赶到敖德萨。但是，现在我不能去，因为我必须按照合同规定参加那部可恶的电影《科罗温的孩子们》的剪辑工作。这真是件倒霉的差事！到时候我们再看，整体情况究竟如何。期待收到你的好消息！上帝啊，到底还要让我等多久？

你的伊萨克·巴别尔
1926 年 7 月 9 日于莫斯科

103. 致卡希里娜（伊万诺娃）

亲爱的塔玛拉：

我在谢尔吉耶沃待了三天，把所有事情都搁下了。现在逼得我必须赶紧去做这些事情，因此，我只能给你写得简短些。季娜伊达的事我会尽快去找普里马科夫和恰金办。普里马科夫已被派到列宁格勒任军长。我想，应该催一下利季娅·尼古拉耶夫娜，多给她施加一些压力。她在各种妇女组织或杂志社办事都比较容易。我觉得，大约在一个月后，当"一切"尘埃落定时，季娜伊达就可以开始工作了。

妈妈将在近日，可能是周六动身。

我的未来一片黯淡，前景很不乐观。但暂时不得不整日匆匆忙忙，东奔西跑，常常是刚放下一项工作，马上又拿起另一个。我的这些工作一旦稍有起色，我就立刻到你那儿去。目前我感觉自己还不错，希望你也和我一样保持良好的身心状态。请不必为我担心。此时此刻我的心正突突地跳个不停，我已按捺不住内心的激动，急切地期待着收到你的好消息（上帝啊，到底还要让我等到什么时候？），盼复。

敬上。

伊萨克·巴别尔

1926 年 7 月 13 日于莫斯科

104. 致卡希里娜（伊万诺娃）

热烈祝贺！请速回信。

1926 年 7 月 14 日于莫斯科

105. 致卡希里娜（伊万诺娃）

夜里我终于接到了你的电报，收到了盼望已久的好消息。你真是好样的，塔玛拉！好在是个男孩。现在女孩太多了，到处都是，可是，男子汉也许到时还能养活我们。昨天，7月13日（旧历6月30日）是我的生日，这个小家伙恰好是在6月30日出生。虽然我坚决反对迷信，对宿命论持完全否定的态度，但这显然是上帝的旨意——简直是一个惊人的巧合，太激动人心了！

我非常想知道这一切的前后经过。你现在感觉怎么样？你在哪儿生的孩子？请尽快回信告知。我对什么都一无所知，所以，我感觉非常痛苦。我被牢牢地拴在这儿，实在无法脱身。今天早上在得知这一隆重的、意义重大的事件的那一瞬间，我的脑海中突然闪过一个愚蠢的念头，我真想彻底放弃所有这些琐碎繁杂、枯燥无味的事情，让它们都见鬼去吧！我已经做父亲了！不过，一想到现在我需要适应"父亲"这个新角色，我就觉得非常好笑。上帝保佑你，亲爱的塔图申卡！希望你尽快康复，当我来到你身边时，我一定会为你们感到高兴。请给我写信、写信、再写信！
亲爱的，深深地吻你。

伊萨克·巴别尔

1926 年 7 月 14 日于莫斯科

106. 致卡希里娜（伊万诺娃）

亲爱的塔玛拉：

昨天一整天我都沉浸在做父亲的兴奋、激动和幸福中，为此我还赔上了大约 50 卢布，这件非同寻常的、令人骄傲和自豪的大喜事让我不能静下心来做任何事情。现在米佳·施密特就在我这儿。昨天我们为你举杯庆贺，米佳如醉如痴地跳起舞来，嘴里还不停地高呼着你的名字。我觉得，做一名"远程父亲"真是一件既省事、又方便，还能兼顾自己养生保健的美事。但是，我特别想知道，你的近况如何？你感觉怎么样？请详细讲讲整个情况。塔图申卡，当你的身体稍微恢复一些后，希望你能给我写上几行字。请向季娜伊达·弗拉基米罗夫娜转达我最卑微、最强烈的请求，请她告诉我事情的全部经过。我一定会非常感激她。

我的朋友们，请多给我写信！我始终沉浸在一种得意忘形、神魂颠倒、自我陶醉的状态中。祝早日康复、幸福、平安！

伊萨克·巴别尔

1926 年 7 月 15 日于莫斯科

107. 致卡希里娜（伊万诺娃）

　　感谢亲爱的季娜伊达·弗拉基米罗夫娜！她真是我们的大恩人。她为我们做了多少事情啊！我刚刚收到了她的来信。我一直焦急地等待着这封信。关于孩子的名字，我个人没有意见。我把这件重大的事情交由你来决定，我只是认为，应该把名字起得简单一些。这个小伙子怎么会是黑头发？难道我的头发是黑的吗？我感觉，我的头发好像是栗色的。据说，一个人在幼年时期头发的颜色会逐渐发生改变。他出生的时候有多少磅？他的嘴很大吗？他也像克谢尼娅那样哭闹吗？多好啊！你是在家里生产的。塔玛拉，希望你理智一些，一切都会顺利地过去，一切都会变得越来越好。奶的情况怎么样？这个小男子汉哭得特别厉害吗？塔玛拉，我非常希望你能安静地卧床休息。相信你会小心谨慎的。很快你就可以下床活动了。待你完全恢复健康后，请给我写信，告诉我，当时你是不是非常疼痛？我想，你一定喊得非常厉害。

　　亲爱的，请多给我写信。你们的来信总是能够给我孤独、寂寞的生活带来无限的快乐。我这里一切都很好。塔马罗奇卡，祝

你幸福、健康！请代我向季娜伊达·弗拉基米罗夫娜和塔尼娅致
以深深的问候！

伊萨克·巴别尔

1926 年 7 月 15 日于莫斯科

108. 致卡希里娜（伊万诺娃）

塔图申卡：

　　你本人已经可以给我写信了！这真是件不可思议的事！我想，这说明你那里近来一切都平安、顺利。太好了！你真是个了不起的女人！上帝保佑你，马克思及其幸福的天使们也会保佑你！现在说说起名的事。可以把这个小公民的名字叫"米沙"，这个名字没有任何高傲的、自命不凡的意义，而且不太复杂。请多给我写一些关于他的事情。这个鲜活的新生命激起了我强烈的好奇心和极大的兴趣。你不要把他想得太完美了，他也许会长成一个满脸粉刺、满脑子奇思妙想的小伙子。说到奇思妙想，无疑，他一定是从我这里继承来的！他的样子看起来有点丑，就像夏日里别墅区的露天剧中那些乔装打扮、改头换面的小鬼一样，对，他一定会变漂亮的。我想，当他长得有"人样"时再去看你们。下周就能清楚具体几号我能去你们那儿。下周三左右我在第一电影制片厂的工作就能结束。

　　关于季娜伊达的事我已向全国各地、四面八方发出了求助信，而且在这儿我也一直到处活动，为她求情。我相信这件事一定会有好消息的。我甘愿为她赴汤蹈火，我坚信，我一定会给她找到工作的。因为季娜伊达是一个美妙的、非凡的人。虽然，上帝听不到我的祈祷，但我还是愿意为她祈求上帝的祝福。

钱的事我一直记得，一点都没忘。我一定争取在下周寄出。现在你那点少得可怜的钱够用多长时间？亲爱的塔玛拉，你的来信让我欣喜若狂，忘乎所以，立时陶醉在无上幸福之中。请多给我写信。你那儿时刻都会发生很多新变化，可我这儿什么有趣的事也没有，你的信总是能够给我带来振奋人心的好消息。

你的伊萨克·巴别尔

1926 年 7 月 16 日于莫斯科

109. 致卡希里娜（伊万诺娃）

妈妈绝对已经不记得，我是在什么时候来到这个世界上的，白天还是夜里。毫无疑问，只有一点可以肯定，那就是在多年前的 6 月 30 日曾发生过一个与今天完全相同的奇迹。迄今为止，我始终觉得，在这种令人难以置信的、惊人的巧合中注定蕴含着某种深刻的意义——我真是个傻瓜！无论如何，我这个傻瓜在过去多年的贫困生活中还从没有收到过如此非同寻常的生日礼物！

你的来信好似我曾看过的一部引人入胜的长篇小说中的几个章节，我聚精会神、如饥似渴地读了起来。我觉得，现在真该来可怜可怜我这个"小小说作家"了——为什么我心里总是有很多感受，但就是写不出来？塔图申卡，为了让我的身心与你们同在，我需要知道你那儿所发生的一切事情。塔图申卡，我盼望经常收到你的来信，请详细谈谈你的情况。

由于我犯了一个不可思议的、愚蠢至极的错误，妈妈走的日期推迟了几天。在她的护照上标注的边境站是涅戈列洛耶，也就是在去往波兰的方向，可实际上她需要去里加。办理护照更正需要周一和周二两天的时间，可是，周三她就该走了。

我现在的生活状态非常好，连我都对自己感到惊讶——我整日坐在家里写作，嘴里哼着歌，不知为什么总是笑呵呵的。无论哪一个列维多夫我都不再需要了！明天盛大的德比赛马节隆重开幕。明天一早我就会钻进赛马场，在那儿一直待到晚上。我对许多赛马的命运都非常关注。现在已是黎明时分，凌晨一点多钟，我非常爱你们，但是，此刻我困得直打盹儿。塔玛拉，希望你做一个聪明的女人！你的举止总是那么美妙动人。请向新出生的小公民问好！再给我讲讲他的事情。亲爱的，再见！

伊萨克·巴别尔

1926 年 7 月 18 日于莫斯科

110. 致卡希里娜（伊万诺娃）

孩子妈妈！

昨天在俄罗斯大地上举行了激烈的德比赛马比赛。我一头扎进跑马场，一直到晚上 10 点前才离开。我赢得不多，与来莫斯科看赛马的维克多·安德烈耶维奇·谢金①一起吃了晚饭。来这里看比赛的还有谢尔盖·伊万诺维奇·加里宁。他们竭力邀请我去赫列诺沃耶。去那儿当然很好，而且值得一去。但是，正如在这块贫瘠落后的、受苦受难的土地上生存的民众所言，这"不可能"。

孩子妈妈，你已经睡觉了吧？你打算什么时候起床？胸部的问题是否严重？这个问题无论如何都不能忽视。你们是不是有个女仆？我记得，你那里好像有过一个叫帕莎的女人，她现在怎么样？

下周开始我要去旅行——亲爱的，你不用嘱咐我，我也会立

---

① 维克多·安德烈耶维奇·谢金（1889—1965），畜牧学家。——译注

刻飞到你身边的。

　　妈妈出国被耽搁的原因是，现在经过拉脱维亚的出国通道被关闭了，但妈妈的比利时签证还在里加。所以，我不得不往里加和布鲁塞尔拍电报，寻求解决这一问题，但愿不晚于 21 日收到答复。妈妈旅途用的一切物品都已准备好。

　　塔图申卡，你应该坚持只喂母乳。我认为，人的一生每时每刻都应该在健康快乐中度过。因此，亲爱的，希望你保持心平气和的精神状态，请以我为榜样，我不必用自己的乳汁哺育孩子，而且睡眠充足，但愿你也能同样好好休息。再见！我可爱的天使们。

伊萨克・巴别尔

1926 年 7 月 19 日于莫斯科

111. 致卡希里娜（伊万诺娃）

亲爱的塔玛拉：

昨天急匆匆提笔给你写信，但是其他的事情打断了我。我这儿来了一些人，他们告诉了我关于捷尔任斯基逝世的消息，后来我和他们一起走了。

你觉得"列夫"这个名字怎么样？从我们犹太人的角度看，这个名字也许比较合适。"米哈伊尔"也不错。"阿列克谢"是最好的一个名字。但是与父名出入太大。你有什么新的想法？

后天我在国立中央电影公司的工作即将结束。当然，从这项工作中我分文不挣，只能稍微减掉一些我欠他们的钱。但余下的债款数额还是很大。我正在等待关于妈妈的签证寄往柏林的回电。这是多么愚蠢的一件事！无论怎样任何人都不可能事先预见到这种情况。关于钱的事情本应明天就可以搞清楚，但是，由于捷尔任斯基葬礼的原因，这件事只能拖后一两天才能有消息。不管怎样我还是打算这周把钱给你寄去。关于我何时去哈尔科夫、敖德萨乌克兰摄影与电影管理局办事，我还在等电报。根据现在的情况看来，我还得在莫斯科再待上几天，但是，我在这儿已经根本坐不住了。稍晚些时候我就去彼得堡。我觉得这样会更好。我相信，见到你们时，你们一定个个精神饱满，身体健康。我的生活过得非常单调，因为我的每一天都是工作日，只有来自"儿童村"的消息能够让我精神振奋，容光焕发，欣喜若狂。

你什么时候可以下地走动？你的家庭成员又壮大了！请代我向你们全家致以诚挚的问候和衷心的祝福！再见，我最亲爱的人们！

伊萨克·巴别尔

1926 年 7 月 21 日于莫斯科

112. 致卡希里娜（伊万诺娃）

我已经两天没给你写信了。这两天非常忙。我终于从比利时驻里加领事那里得知，妈妈的签证将寄往柏林。由于妈妈走的日期日益临近，所以，现在需要办的事情非常多。

得知你的钱能够用到月底，我非常高兴。我的工资到时一定能拿到，关于工资的事暂时一切顺利。但是假若今天或者明天就需要钱的话，那未免有些强人所难，到时我只能去东奔西跑，到处求情。按照合同规定的日期到月底把工资发给我们是最好的。

孩子妈妈，你的奶水怎么一下子那么多？我一直以为，你的奶水会不够。所以，不必为任何人的胃过分担忧。或许应该担忧？毕竟这些都是以前的事情，现在一切已经过去了，不是吗？不早于下周三我会告诉你我去"儿童村"的具体时间，但愿下周末能到。到时再叙，季娜伊达的事我一定能安排好，否则我不会轻易离开这里。

我这儿再无其他事情。显然，"电影制片厂的案件"已经烟消云散。昨天卡普钦斯基被放了出来，不知道他犯的是什么罪而被关在单人囚房里长达三个月的时间。我津津有味地读着你的信，你写得简直比列夫·托尔斯泰还要好！我的心肝儿，不要搁笔，一定多给我写信。请代我向你的孩子和其他亲爱的家人致以深深的问候！再见，塔图申卡！

伊萨克·巴别尔

1926 年 7 月 23 日于莫斯科

113. 致卡希里娜（伊万诺娃）

塔图申卡：

匆忙之中给你写上几行字。今天虽然是周日，但我还是需要去电影制片厂看一遍我给电影配的文字说明。明天他们就必须把片子拿去送审了。

现在已最后确定，妈妈周三走。因此在这周末，也许周六，如果来得及的话，周五我就去皇村。随后我会告知你我去的具体时间。收到你的好消息，我非常高兴。我感觉自己很幸福，现在特别想见到你。请代我向吃你奶水的人问好！你的奶水及其他情况怎么样？

你的伊萨克·巴别尔
1926 年 7 月 25 日于莫斯科

114. 致卡希里娜（伊万诺娃）

塔图申卡：

国家出版社只能在 2 号，也就是周二才能和我结算。虽然 6 月 1 日到 7 月 15 日恰好赶上所谓"淡季"，但《骑兵军》在这一个半月内却已全部销售一空。我和他们签订了再版合同，周二就会拿到稿酬，我争取当天就走。你托付给我的所有事情我一定都会办好。妈妈在周四就走了，我刚刚收到她发来的电报。今天早上她已到柏林，明天她应该能到布鲁塞尔。我想，关于许多具体事情现在我们不必多聊，因为很快我们就要见面了。你的来信已收到。很长时间没有你的消息，我非常挂念。我本想给你拍封电报，幸好你的信及时寄到了。现在我的心情非常难过，因为我走的时间向后推了几天。但许多情况都无法避免：①钱的问题。②我正在治牙，周二还没治完。③我一直都在忙着卡普钦斯基那部电影的事。对了，他已从监狱里放出来了。

再见，我最亲爱的人们！如果能在临走之前收到你的来信，那就太好了！

你的伊萨克·巴别尔

1926 年 7 月 30 日于莫斯科

115. 致卡希里娜（伊万诺娃）

下周我到你那儿。我正在埋头创作。

1926 年 7 月 31 日于莫斯科

116. 致卡希里娜（伊万诺娃）

亲爱的塔玛拉：

电报和来信都已收到。我觉得没必要向你描述我的近况。我认为，现在我们终于可以过上平静的生活了。

钱我给你汇得比预计的时间晚了几个小时。哪知世事难料。他们本该早上把钱发给我，可是我晚上 6 点多才拿到。你何必东奔西跑，四处借钱！你只要给我发个电报即可，根本不用为这件事操心。你应该知道，无论如何我都会竭尽全力把钱给你汇去。明天早上我寄给你一个小箱子，里面有一床被子和一件旧衣服。其他衣物我下次再寄，我现在暂时顾不上这些事情。

我们的房管员是个忠实可靠的人，我已托他替我到国家出版社取钱，然后尽快寄给你。他会给你汇去 150 或 200 卢布。按照与国家出版社达成的条件，钱应该在 8 月 20 日发给我。我在家里找到了税务检查员发的所得税通知单。我必须尽快缴纳 100 卢布。请争取用吉列维奇寄去的钱维持到 9 月中旬，因为在此之前我不会再有任何其他收入了。

在莫斯科各种无聊的琐事让我陷入痛苦的深渊之中。经过一番深思熟虑之后，我坚信，我绝不能再忙于去挣外快、去创作那些粗制滥造的低俗作品，我再也不能像从前那样卑躬屈膝、自卑自贱地生活。这种想法让我心里立刻变得轻松了许多，也感觉更加快乐了。我碰见了米佳·施密特，明天他带我去基辅郊外的国营农场，那里有一大片松树林，我打算尽可能在那儿写作一段时间，然后在《流浪的星星》拍摄结束前我必须到敖德萨去。对我来说，倘若能不参加这种可耻的拍摄工作，那就再好不过了！到后我会尽快告知我的通讯地址。我已经给奥莉加·叶夫列莫夫娜写了信。季娜伊达应该尽快到她那儿去一趟。事情办得怎么样一定告诉我。我与普里马科夫恢复了联系，如果在奥莉加·叶夫列莫夫娜那儿这件事没办成，那么我就给普里马科夫写封信，我相信，他一定能把这件事安排好。当然，这是后话。我一定会竭尽全力、尽我所能去做好一切我该做的事情。我心里正在酝酿一个计划，估计一个月后这个计划会给我带来购买列宁格勒住房所需的一大笔钱。但是，暂时我们还得住在"儿童村"。正所谓"力所不及的事情不可为"。此外，我们都需要保持平静的心态。现在我决定试一试自己的能力。这是一次严肃认真的尝试。

塔图申卡，真心希望你的下一封信写得更开心、更快乐。我完全可以再对你说上许多话，但是，我想说的，你自己一定都非常清楚。

你的伊萨克·巴别尔
1926 年 8 月 14 日于莫斯科

我正在邮局给你写信。刚刚发走了一个箱子。现附上收据和钥匙。大约两天后请季娜伊达去车站看看是否已寄到。我今天 7 点 10 分上车。请暂时把信寄到基辅邮政总局，留局待领。我现在马上要赶到火车站。希望你努力做个聪明的女人。请好好想一想，做一个聪明的女人，你的生活，还有许多人的生活会变得既轻松，又快乐。

伊萨克·巴别尔
1926 年 8 月 15 日于莫斯科

117. 致卡希里娜（伊万诺娃）

现在我住在距基辅 40 俄里的国营农场里，离西南铁路的沃尔泽利站不远。虽然此前对这里的马和寂静的乡村充满了美好的想象，但我的满心期待换来的却是失望。尽管如此，我想，我还是可以在这里工作一段时间。在这个国营农场里没有纯种马，由于正值秋收时节，所以这里人来人往，热闹非凡。我住在这儿是免费的，因此对于这里的条件也就没有任何其他的选择余地。我的地址是：基辅州，沃尔泽利，留局待领。我一周会去两次邮局查看信件。你们那儿有什么新闻？我让吉列维奇来电报告诉我关于给你寄钱的事，现正焦急地等待他的回电。季娜伊达是否去过奥莉加·叶夫列莫夫娜那儿？我想给普里马科夫写封信。但是我必须知道，季娜伊达在银行的事是否有结果？你收到箱子了吗？被子能用上吗？亲爱的，我想，如果你努力做个聪明的女人，你的奶水会重新变得多起来。小家伙状态怎么样？这个小伙子简直太棒了！我始终惦记着他，衷心地祝他开心快乐！

我这儿没什么特别的新消息。上帝保佑，可别发生什么新闻！上帝保佑，让我过上 1~2 个月安稳的日子吧！我现在非常热衷于经商之道（真的，甚至不惜花掉祖辈的血本），而且我已经打算着手做些这方面的事情，结果很快就会知道了。请代我向季娜伊达和塔季扬娜致以诚挚的问候！吻你和孩子！

你的伊萨克·巴别尔
1926 年 8 月 19 日于沃尔泽利

118. 致卡希里娜（伊万诺娃）

亲爱的塔玛拉：

整整一周我都在焦虑不安中度过。显然，近朱者赤近墨者黑。说实话，以前我心里没有过任何忧虑的事，看来现在我真是老了。我总是有一种忐忑不安的感觉，其中一个主要原因是总在担心钱的事。前天我收到了吉列维奇的电报。他说，单据已经开完。我想，钱你已经收到了。请告知，200卢布够用多长时间？我的下一笔工资在8月中旬，15—20日左右能拿到。要是我们能坚持到那时该有多好啊！吉列维奇是一个非常可靠的人，他替我到国家出版社取钱，可是，国家出版社却是个没钱的地方。

在沃尔泽利我用9天的时间写了一部剧本。这就是说，在我自己可以自由选择的环境条件下，9天之内我做的事情比花上一年半时间完成的东西还要多。这次的经验让我更加坚信，我比任何人都更加了解自己。我的身上肩负着重大的责任。我应该竭尽全力去工作，绝不能辜负这一责任。请不要告诉任何人关于剧本的事。约两周后，当我休息过来，头脑更清醒的时候，我还需要再仔细读一读，检查一下里面是否有错误。无论如何，这项意想不到的、幸福的收获将会使我的物质状况得到改善。我想，9 月末就可以见到成效。

这些天我的大脑始终处于过度疲劳的状态。一连 9 天我都睡得非常少，我一直在不分昼夜地工作。今天我要开始沿第聂伯河旅行，我打算到村子里转转，待上三天，回来后再重新开始工作。我给维克多·安德烈耶维奇·谢金写了封信，请他告知那些马是否都被关在露天的马厩里。现正等待回复。也许，我需要去赫列诺沃耶待一段时间。现在应该着手做些该做的事情了。

我会给普里马科夫写信，催他抓紧办季娜伊达的事。他是一个好人，我相信，他一定能把事情办成。

现在请把信寄到基辅邮政总局，留局待领。因为如果我收到谢金的来信，我就不再回农场了，而是直接去赫列诺沃耶。

与以前的信相比，你最近的来信读起来特别令人愉快，甚至让我感到精神振奋。但是，将接连不断地落到我们头上的生活中的一切不幸与灾难都归罪于我，我认为这很不公平。我想，总有一天你会明白这一点的。

非常高兴，小家伙没有特别关注他英明的母亲的一举一动，而是尽可能活在自己的世界里。我想，你对他的微笑理解得非常幼稚，我认为，那是他嘴角上露出的一丝轻蔑的冷笑。好在季娜伊达已经痊愈。请代我向她和塔尼娅致以深深的问候！旅途中我还会给你写信。现在我的头痛得像要裂开一样，无论怎样都无法集中思绪。我马上要去码头登船，一个半小时后船就开了。

你的伊萨克·巴别尔

1926 年 8 月 26 日于沃尔泽利

119. 致卡希里娜（伊万诺娃）

亲爱的皇村女囚徒：

来信收到。读后我非常高兴。你知道，在赫列诺沃耶这里通常不会发生什么新闻。一般我在午前工作，然后去养马场，或者相反。中午我到去年给我们做饭的那位妇女家里吃饭。这里的工作条件非常不错，简直好极了！因为在这里每时每刻大脑都可以得到休息，而现在我的大脑恰好并不在最佳状态。你信里说的关于钱的事情让我有些惊慌失措，惴惴不安。明天我往各个地方写信，请他们在 9 月 15 日前把钱汇给你。唯一一线希望寄托在吉列维奇身上。我知道，他一定会竭尽全力去办。无论如何，希望你做好充分的思想准备，尽可能想办法把这几天艰难的日子撑过去。难道你无论怎样都做不到吗？

我想，收到我的信后普里马科夫一定会想起关于季娜伊达的事，她的苦难历程很快就该熬到头了。

关于"奶"的事你只字未提。一切问题是否都已顺利解决？除了母乳，你还要加喂牛奶吗？我觉得，孩子瘦是小事，关键要看他是不是健康，洗澡的时候他是不是还像从前那样滑稽可爱。

在去莫斯科之前我要抄写一遍剧本。我对这部剧不太感兴趣，所以，我不向你介绍剧本的情况了。现在我对自己的"作品"已经形成一种习惯性的、非常不好的态度。从前至少在写作过程中我始终非常喜欢自己的作品。可现在已经完全不是这样。我常常是边写边犹豫，边写边打着哈欠。这部剧的命运到底会怎样，我们等着看吧！

为了不给维克多·安德烈耶维奇添麻烦，来信请直接寄往下列地址：沃罗涅日省，赫列诺沃耶，"育马"镇，托尔宾斯基收。

盼复。在这个偏僻的、人烟稀少的地方，信取代了只存在于我幻想中的那些人、书籍，还有很多其他珍贵的东西。我会尽快给你写信。我的心上人，祝全家一切平安顺利！

伊萨克·巴别尔

1926 年 9 月 8 日于赫列诺沃耶

120. 致卡希里娜（伊万诺娃）

我的生活一切如故。今天下起了雨。看来，雨不会只下一天。在创作方面我始终在量力而为。但"量"并不太大。我的大脑总是需要经常时不时地停下来休息。我收到了普里马科夫的来信。他说，季娜伊达的工作已经安排好。遗憾的是，他不认识她。如果他亲自见过她，可能这件事的结果会更好。为什么季娜伊达没到他那儿去？他是一个非常和蔼可亲的人。季娜伊达是不是真的已经在他那儿找到了工作？

非常高兴，你顺利借到了 50 卢布。你总是为钱担忧，我对你非常生气。这简直是太不应该了！如果我们一点钱都没有，而且也不可能会有钱，那当然是糟糕透了。但是，你知道，今明两天钱一定会拿到手，现在你应该放松心情，尽量把这几天的日子撑过去，无论如何都不应该急不可待，张皇失措。我一再给吉列维奇写信，请他把钱汇来。但愿他很快就能汇钱。

我认为，与利季娅·尼古拉耶夫娜不值得争吵，这显得非常愚蠢和无聊。在我看来，或许在所有人看来，她都没错。现在在皇村生活不是件容易的事。如果没有钱，任何人都只能是束手无策。等我们挣到了钱，我们就搬走。但糟糕的是，我挣钱的速度实在是慢得不可思议，让人烦躁，真是太折磨人了！你的头痛不过是你的愚蠢所致，根本连猜都不用猜。我的孩子妈妈，该变得聪明一些了！非常高兴收到儿子的好消息。我有一个非常睿智的习惯——我从不期待会收到你们的好消息。因此，我把任何一件喜事都视为命运对我的恩赐。可惜，我的睿智仅限于此。

非常遗憾，你最近寄往基辅的一些信我没来得及收到。我会往基辅邮政总局写信说明情况，也许，他们会把信转寄给我。

我这儿的事情就是这些。亲爱的，再见！过几天我就开始抄写剧本。到现在为止，我还没给任何人读过这部剧。对，要是能给小家伙拍张照片那就太好了！如果你能弄到1~2卢布，请给他拍一张，然后把照片寄给我。看到他的照片，我的生活会更幸福、更快乐。谨向你们大家致以深深的问候！

你的伊萨克·巴别尔

1926 年 9 月 17 日于赫列诺沃耶

121. 致卡希里娜（伊万诺娃）

来信收悉。我很清楚你现在的经济状况，你的心情非常难过，我特别理解你。我想，你对目前的实际情况也十分了解。如果莫斯科不发生危机，如果国家出版社不宣布破产，你本该早就收到钱了。我像一只在草原上踱来踱去、四处觅食、饥寒交迫的饿狼一样，时时刻刻都在急切地期待那个镇定自若的、可恶的吉列维奇能够尽快告诉我他把事情办得怎么样了。23 日晚他已经收到了委托书。就是说，钱你应该马上就能收到。今后，我一定会竭尽全力争取避免这种情况再次发生。我打算 1 号去莫斯科。10 月的第一周我会再给你寄些钱。我是这样计划的：在莫斯科用最短的时间（我不想在那儿待得太久）尽可能多赚些钱，然后马上赶到"儿童村"，像每一个正常人那样生活：安排往彼得堡搬家的事，在彼得堡定居。待到一切安定下来，再做下一步打算。现在一切问题在于，我写的剧本是否能获得相当可观的一笔收入？然而，不幸的是，无论如何，我的剧本与革命没有任何关联，与目前剧院里上演的那些东西完全不同，而且在剧本最后一场中那些傻瓜们可能会找到"大肆宣扬庸俗作风和市侩习气"的元素。但是，书刊检查机关完全是由一群无聊至极的傻瓜和白痴凑起来的，那么……我们等着瞧吧！……总之，他们不应过于严肃地审查这个剧本。遗憾的是，由于我本人不太精通戏剧艺术和戏剧创作理论，我写的不过是一部不涉及革命、政治以及敏感话题的作品而已。可惜，我没有人可以去请教，也无人能和我讨论这个问题。

我不太明白，季娜伊达的工作到底怎么样了？她去没去找过普里马科夫？她必须去一趟。因为对于这件事他在信中给我写得非常明确。

现在这里已经是秋天了，天天都在下雨。我非常清楚，你们在"儿童村"生活得不太好。我现在甚至都害怕拆开你的来信。钱是万恶之首。但是，真的，塔玛拉，我们的情况一定会变得越来越好。

我给利季娅·尼古拉耶夫娜写了一封信。

非常高兴收到关于我们"接班人"的好消息！我简直想他想得要命。我争取尽快办完我在这儿的事情。

亲爱的，你千万不能认为没有钱就活不下去了。在某些事上你是个非常聪明的人。请一定要撑到拿到钱的那一天。我真想马上去莫斯科，但是，①没有路费。吉列维奇应该把路费寄给我。②我仍然坚信，一切都会顺利解决。

深深地吻你。

你的伊萨克·巴别尔

1926 年 9 月 25 日于赫列诺沃耶

122. 致费加·阿罗诺夫娜·巴别尔

亲爱的妈妈：

非常希望你的心情能够稍稍平复下来，请不要用一双忧郁的眼光来看待周围的世界。现在我总是尽量保持良好的心态，理智地对待生活。我想，我正在时刻努力准备为我们大家创造美好的未来。请不要惦记我。在一些重要的问题上我永远是一个拥有自己独立的思想、不受他人意志左右的人。我从你身上继承来的一个主要的、非常可怕的缺点是：性格懦弱。不了解我的人会把我的这个性格特征视为一种粗鄙的表现。但是现在在性格方面似乎我也变得聪明了许多，我已经不再懦弱，而是变成了一个坚强的人……

伊萨克

1926 年 9 月 29 日于赫列诺沃耶

123．致卡希里娜（伊万诺娃）

现在我还是在赫列诺沃耶。无论如何我都没能按时完成写作计划。本想在这里（这里非常寂静）完成几部短篇小说，初稿已大致写好，但是时间不够了。我正忙着对剧本的最后一幕进行修改，改完后我就离开这里。我到莫斯科的时间不会晚于 10 月 10 日。

我刚刚收到乌克兰摄影与电影管理局敖德萨电影制片厂的电报。上面说《流浪的星星》的拍摄工作已经结束，10 月 10 日导演将把片子送到哈尔科夫的管理委员会。不知这封电报是否意味着这段时间我还需要承担一些工作任务。无论如何，在影片上映前我应该看一看片子，我会给哈尔科夫写信说明这件事。

吉列维奇来电报告知，他已经给你汇去了 200 卢布。到莫斯科后我会尽快再弄到一些钱寄给你。

我做了一件极其愚蠢的傻事，我告诉你 1 号走，但没走成。由于一直没收到你的回信，所以我现在也很"焦急"，这是你惯常的表现传染给我的结果。关于我自己的事，我只能说一点：我正在尽力用最快的速度做完所有该做的事情（我觉得，这种写作方式对文学创作只能有害无益），我唯一的目的就是争取尽快赶到"儿童村"去。我非常想见到你们，非常非常想。再见，我最亲爱的人们！

伊萨克

1926 年 10 月 4 日于赫列诺沃耶

当你往莫斯科寄信时，请不要忘记这样写地址：莫斯科，34号。据说，现在信上如果没有邮局的具体编号，信件无法送达。

124. 致卡希里娜（伊万诺娃）

亲爱的塔图莎：

　　昨天我刚刚来到莫斯科。因为快车被取消了，所以我不得不坐四等车，走了一天一夜，真是痛苦难熬。明天我就开始去办事。如果这些事情没有及时处理完，出现意外延误的情况，我会额外抽出 1~2 天的时间跑到你们那儿去。明天我争取给你汇一些钱——这只是初步先汇去一点。现在我在莫斯科，所以，亲爱的，请不要担心钱的问题。无论在什么情况下，不管是凶还是吉，请相信，我们这点可怜的生活费一定会越来越多的。我想，你的感冒很快就会好。收到小家伙的消息简直让我欣喜若狂。此刻我正在这个讨厌的"34 号"邮局里给你写信，两分钟后这里就要关门了。所以，明日再叙。亲爱的，我们暂时再见！的确是"再见"，因为我们很快就要"再次相见"了！

你的伊萨克

1926 年 10 月 11 日于莫斯科

125. 致卡希里娜（伊万诺娃）

塔图申卡：

　　匆忙之中给你写这封信，因为我想今天把信寄走。最近这段时间我遇到了一件不愉快的事情。不知为什么我感觉身体不太舒服，于是托我的"堂兄"瓦洛佳（你好像认识他）去国家出版社取 300 卢布。他拿到钱后便躲了起来，至今不见踪影。当然，对我来说，这是一个沉重的打击。你知道，我们现在非常需要钱。由于发生了这件令人郁闷的事情，所以昨天我没能按原定的时间到你那儿去。下一笔钱我只能在 21 日拿到。今天我争取借到 50 卢布，然后把钱汇给你。

　　现在已经有一些人（马尔科夫、沃隆斯基和艺术剧院的几名演员）对我的剧本反响不错，但我已经和他们商定好，我还要对剧本进行一些补充修改。我感觉其中第三场写得不太好，所以不想把目前这一稿交出去。总体而言，如果考虑到我创作这部剧的速度有多快的话，那么目前这一稿已经相当令人满意了。在对"完美的艺术创作"规律进行探索的过程中，我有一个非常不好的习惯：我的稿酬总是要拖到我认为剧本完全改好才能拿到。但是，鬼才知道剧本何时才能达到我满意的程度。

我没给母亲打电话，因为我把 300 卢布弄没了，我真是一个没用的人！现在我身无分文。我们只能等到 21 号才能拿到钱。

无论如何在这一周我一定能到"儿童村"去。我们很快就会见面的！祝你和孩子们幸福快乐!!!

你的伊萨克·巴别尔
1926 年 10 月 18 日于莫斯科

126. 致费加·阿罗诺夫娜·巴别尔

亲爱的妈妈:

现在我的工作非常多。此外,我还要承受巨大的心理压力和精神痛苦。你知道,我的创作能否取得成就的主要条件就是必须保持心境平和。但是,周围的环境、人和各种事情总是让我心绪不宁,我时常处于烦躁焦虑的状态之中。当然,在许多方面都是我自己的过错,但是,很多事情并不取决于我个人的意愿。现在你也加入到给我增添烦恼、让我郁闷的那些人的行列中。我认为,这对我来说有些残酷,也不公平。如果没有人给我带来烦扰,没有人折磨我,那么我自己的痛苦和你们的不幸很快就会消失。我不希求任何人的帮助,但是我十分痛心地看到,我最亲近的人正在无情地伤害我,把我一步步逼向绝境,而他们却对此浑然不知……

伊萨克

1926 年 11 月 5 日于莫斯科

127. 致恰金

亲爱的彼得·伊万诺维奇：

我丝毫没有忘记自己应该承担的义务。1926 年对我来说是不幸的一年，我一部作品都没有完成，当然，这并不是我的过错：每当我静下心来，想要提笔创作时，各种不愉快的、令人烦恼的事情总会打断我的思绪。

我现在打算开始另一种全新的生活，我即将完成的第一部短篇小说将投给《红色报》。

请不要生我的气。

伊萨克·巴别尔

1926 年 12 月 20 日于莫斯科

128. 致卡希里娜（伊万诺娃）

电报已收到。希望你把我托付的所有事情办好。我为《星火》杂志写的稿件已完成一章的内容。明天我把这一章寄给你，同时寄去取钱用的委托书和给科利佐夫的信。

《流浪的星星》我还没看到，据说，这部电影质量低劣，拍得一塌糊涂，糟糕透顶。但奇怪的是，电影的票房收入大获成功，上演以来场场爆满，盛况空前。现在我正给《别尼亚·克里克》（影片拍得非常不好）撰写文字说明。这部垃圾电影把我的情绪弄得非常糟糕。你们的情况怎么样？请告知你的身体状况和其他事情。

明天我才能抽时间写信安排季娜伊达工作的事。现在已经是晚上了，我非常累。她去过奥利舍韦茨那儿了吗？

请代我向家人问好！

你的伊萨克
1927 年 1 月 5 日于基辅

你是否已收到需交给改善科学家生活中央委员会的证明材料？

129. 致卡希里娜（伊万诺娃）

你1月4日的来信已收到。你没有及时把明信片转给吉列维奇，当然，这件事你做得非常愚蠢。现在，这件事只好由我去做，但是已经白白浪费了许多天的时间，汇款大概也不会及时寄出。这件事至少被耽误了两个月。这实在是不可思议、愚蠢至极！

现附上从《星火》杂志领取稿费的委托书。科利佐夫在和我谈话时说，他们要每章支付给我200卢布，我向他们要250卢布。就是说，他们应该多付150卢布。如果他非常固执，你就要100卢布。关于工作的事我已经给他写信了，所以，现在这件事你可以去和他具体商谈一下。他家里的电话是2-74-61，你挂2-96-12也可以打听到他在《星火》杂志社的电话是多少。

季娜伊达是否已经去过奥利舍韦茨那儿？你去拍卖行了吗？我再强调一遍，如果地毯的价格他们给得少于100—120卢布（税后），那你立刻就把地毯拿回来。请暂时放弃你近期的支出计划。小气窗的事我不太明白你的意思。我记得，他们那儿整个窗户都可以打开。电话费应该付多少钱？再有：萝扎·利沃夫娜答应过暂时把部分家具留下，她是否还会留下沙发床？

你的计划真是让我大吃一惊。首先，14 日我不能去你那儿，我争取 18—20 日回去。其次，我认为，在最后时刻需要让吉列维奇知道我的计划。我会告诉他，是他们专门请我去的，等等。再次，有一个条件是，按正式房产手续，萝扎·利沃夫娜根本不会外出。但是我想，鲍里斯·米洛诺维奇给我们办房产手续的时候，我们有足够的时间一步一步、慢慢地取得房屋所有权。请速写信告知一切情况。

另外，你信中说的关于你的工作机会是怎么回事？

非常高兴，小家伙好多了。我想，一定是该死的酸奶油惹的祸！

祝大家万事如意！

伊萨克·巴别尔
1927 年 1 月 8 日于基辅

130. 致斯洛尼姆

亲爱的公民们：

现在我住在基辅。目前这里正在上映根据我的剧本改编的电影。这部片子粗制滥造，质量低劣。我一直在努力写作，但暂时收效甚微。什么时候我能去莫斯科，目前还不清楚。可能很快就去。遗憾的是，这次我不能在你们那儿住了，可是，要是能住在你们那儿该有多好啊！但是，我只能悲惨地住在另外一个地方。一到莫斯科，我就立刻到你们那儿去。请代我向伊柳沙·梅德列维奇致以深深的问候！

你们的伊萨克·巴别尔
1927 年 1 月 9 日于基辅

131. 致卡希里娜（伊万诺娃）

你 1 月 8—9 日的来信已收到。读了你的来信，我的心情非常沉重。我的情况并不比你好。在皇村度过的那段不幸的日子里，从我的脑海中消失的创作"灵感"再也回不来了。现在对我来说最可怕的是，我根本无心写作。我最担心的这件事还是发生了。

20 日我一定到。你应该坚持，让萝扎·利沃夫娜从 16 日开始外出几天，希望她把房间暂时让给你住。等我到的时候，我们争取把一切都安排好。她不应该把所有家具都搬走。

你去过拍卖行了吗？在《星火》杂志拿到钱了吗？如果有熟人或出版社向你问起我的情况，请告诉他们不知道我去哪儿了，也不知道我什么时候才能回来。

伊萨克
1927 年 1 月 11 日于基辅

那个狡诈的吉列维奇是怎么对你说的？他又是怎么做的？

132. 致卡希里娜（伊万诺娃）

1月10日的来信已收到。

22日早上我去莫斯科。我不愿意为洗衣工加琳娜的话承担任何责任。我已经给姨母写信说，我认为从现在开始加琳娜跟我再无任何关系。我想，要加琳娜去爱我的孩子，这完全没有必要，而且也是根本不可能的事情。我不知道，你为什么总是反复强调这一问题。我对吉列维奇说过，我想出国。但是我出国的事情与我们额外需要一个房间之间没有任何关系。其实，不需要吉列维奇的帮助，你完全可以自己去房产管理所递交申请。在这件事情上吉列维奇的那些申请书和建议显然是一派胡言。即使我不说这些，相信你也都非常清楚。我正在向房产管理所寄申请书。在我到之前无论如何都不要和吉列维奇争吵。

你的每一封来信通常都会给我带来相当大的影响：我根本无心写作。我争取在剩下的7天内想办法"赚"点钱。

伊萨克

1927年1月13日于基辅

133. 致卡希里娜（伊万诺娃）

我认为，除了有一些事情需要处理完，我们之间一切都已经结束了。我想，我们需要商量的事情包括房子、钱和工作等问题。关于这些事情我时刻准备与你，或者你委托的人一起协商解决。请给我往 22-62-70 打电话，告知我们商谈这些问题的日期和具体时间。我想，我们分手的事不必告诉他人。表面上我们还是应该一切照旧。这样我们可以把一切事情安排得更顺利一些。

伊萨克·巴别尔

1927 年 2 月 6 日于莫斯科

134. 致卡希里娜（伊万诺娃）

我的地址是：基辅，"大陆"宾馆。

我此行并不顺利，痛苦难捱。莫斯科给我留下了深深的"伤痕"，一路上我始终在想着基辅可能又会为我带来哪些难忘的"感受"，这导致我在车上突然剧烈地头痛，恶心，呕吐，简直无法忍受，我的身体特别虚弱。这次旅途非常不愉快。现在我的身体已经完全恢复。叶甫盖尼娅·鲍里索夫娜的父亲最近身体状况不太好。

当我熟悉了这里的环境，一切稳定后，再写信详述。

伊萨克·巴别尔
1927 年 3 月 1 日于基辅

135. 致卡希里娜（伊万诺娃）

亲爱的塔玛拉：

电报和信均已收到。你的信文笔尖刻，措辞严厉。我们之间的感情总是变化无常，无论怎样，所有的问题依然存在，永远没有解决。所以，让我们心平气和地好好谈一谈这些事情。你应该常去催一催弗谢沃洛德，给他多施加些压力，把他弄烦了，他就会写信的。等我们拿到剧本时，我们再谈剧本未来的命运和你参加拍摄的问题。我完全同意你的意见，应该我自己去交剧本，但我不知道什么时候能去。叶甫盖尼娅·鲍里索夫娜的父亲非常可怜，现在他正在死亡的边缘挣扎。目前，他的状态非常不稳定。你是否已在国家出版社拿到了钱？如果已经拿到，这些钱够你用多长时间？他们是否已经把房费缴纳通知单寄给你？季娜伊达是不是正忙着加入"工会"的事？这件事非常重要。她应该抓紧时间尽快办好。她不是已经办得差不多了吗？关于尽早出版短篇小说第三版的问题，你给国家出版社的贝瓦洛夫打过电话吗？你应该问一下，现在情况进展如何？必须经常打电话催问他们一下。

安娜·格里戈里耶夫娜写信说，她已经付了房费。因此，现在房管员应该不会再找我们的麻烦了。请写信告知一切情况。无线电还好用吗？应该告诉谢廖沙，我走得很突然。我们是否欠他的钱？

我的地址是："大陆"宾馆。但最好还是给我寄留局待领的信，因为这个宾馆每个房间一天 5 卢布（但愿乌克兰摄影与电影管理局会承担这笔费用），我应该找一个更便宜的住处。

非常高兴，小家伙好些了。请代我向全家人问好！

你的伊萨克

1927 年 3 月 5 日于基辅

136. 致卡希里娜（伊万诺娃）

亲爱的塔玛拉：

　　叶甫盖尼娅·鲍里索夫娜的父亲 7 日去世了。8 日我把他安葬了。现在，我需要照顾神经失常的老太太，掌管叶甫盖尼娅·鲍里索夫娜的父亲积攒下的大笔家产。目前，这笔财产是无价之宝，我不能弃之不管。因为如果我不保管的话，所有家产也许两天之内就会被人洗劫一空。我已经给老人在国外的子女们写信，征求他们对此事的处理意见。希望他们当中会有人能从国外回来安排这些事情。无论如何，近日我的主要活动地点只能在基辅。去莫斯科的唯一目的就是办事和交稿。我想，在处理遗产期间，我不得不在这儿担任一个月、很可能是两个月的遗产保管人。如果在这儿能坐下来写作的话，这一两个月的时间我还可以熬过去。我一定争取在这里写一些东西。

　　昨天我给你寄去了 100 卢布。请告知现在你的钱还剩多少？是否够用？请寄留局待领的信。今天我从"大陆"宾馆搬了出来，那里的房费太贵了。我需要尽快搞清楚，弗谢沃洛德那儿是否有什么希望？或者没有任何希望？如果是这样，我需要给他写封信。这非常重要，而且十分紧急。

你是否已经收到房产管理所开具的关于 2 月份房费已付的证明？

季娜伊达有什么新消息？

如果有人向你问起我，请告诉他们，我遇到了许多麻烦和意外事故。

税务检察员给你打过电话吗？你是否已经交了收入证明？

最近你有什么浪漫的经历吗？

你和沃隆斯卡娅谈了什么？我会给爱森斯坦、沃隆斯基、波隆斯基和其他借给我钱的人写信的。

你是否问过他们，《小说集》的第三版什么时候问世？

但愿你能够顺利解决这几件事。

由衷地为小家伙感到高兴！愿上帝和卡尔·马克思保佑他！请代我向全家人问好！

你的伊萨克

1927 年 3 月 11 日于基辅

137. 致卡希里娜（伊万诺娃）

亲爱的塔玛拉：

我两天没去邮局了，不知你们在莫斯科过得怎么样？明日详述。这封信主要是想告诉你：如果弗谢沃洛德那儿没有任何希望，这就意味着所有计划彻底破灭，那么请尽快把我对剧本的所有修改记录发来。此外，请把这件事电话告知布利亚欣。请征得弗谢沃洛德的同意：由于他的问题导致交稿时间延误。他弄得我现在非常为难。我欠国立中央电影公司的钱，结果现在好像我在逃避还钱一样。请转告布利亚欣，我会亲自给他写封信，很快就寄给他。15 日法院将开庭审判卡普钦斯基等人。如果法庭上提到尚未收回已经付给我的预付款这件事，那可就糟了。你可以往 3-52-76 给布利亚欣打电话，如果你认为有必要的话，请去一趟国立中央电影公司。

再见，我的心上人！

伊萨克
1927 年 3 月 12 日于基辅

138. 致斯洛尼姆

亲爱的安娜·格里戈里耶夫娜：

非常感谢您的帮助！对我来说您的帮助至关重要。叶甫盖尼娅·鲍里索夫娜的父亲 7 日离世。葬礼那天天空灰暗，道路泥泞，我的心情格外压抑。现在我需要照顾重病的老太太，掌管好大笔遗产。目前，这是一笔无价之宝。在叶甫盖尼娅·鲍里索夫娜回来之前，或在她确定遗产如何分配前，我有义务保管好这笔财产。这件事情有两个办法：叶甫盖尼娅·鲍里索夫娜回来，或者我和老太太去国外，然后她的儿子把她接到美国去。这是件非常麻烦、极其复杂的事。所以，近日我的主要活动地点在基辅。只是办事的时候才去莫斯科，一般只待 2~3 天。也许，下一封信可以告知去您那儿的具体日期。现在我没有什么可以向您说的话——我总是很抑郁，过得不太开心。但是把希望寄托于"美好的未来"，我认为是件有失尊严的事情。现实本该就是美好的，憧憬"美好的未来"不过是可悲的傻瓜和那些可怜虫们自欺欺人、自我安慰的方式而已。

如果列夫·伊里奇给我写信，我会非常高兴。我想，现在他一定应该把自己经历过的那些"噩梦般的日子"赋予一种浓郁的浪漫主义色彩。对一个人来说拥有浪漫的回忆当然是件美好的事情，特别是如果这些回忆能够换来丰厚的经济回报——撰写这些回忆的人过上了"衣食无忧"的日子，那当然是再好不过的事情了！请不要担心佩夫兹纳。目前你们寄给医生的书已经足够了。就此搁笔。再见！紧握阿列斯坦季克和伊柳沙的手。

爱你们的伊萨克·巴别尔
1927 年 3 月 12 日于基辅

139. 致波隆斯基

亲爱的维亚切斯拉夫·巴甫洛维奇：

近几年随着家里不断出现各种变故，我一直在全国各地到处奔波。两周半以前电报通知我去基辅。我在基辅待了一段时间，非常伤心，安葬了亲人。所以，我的创作没有任何进展。当然，现在我正努力重新使自己的工作走上正轨。我心里非常想尽快把材料寄给您，及时听取您的意见。您是目前为数不多的、真正意义上的批评家之一，是少数甘愿牺牲自我、全力以赴地投入工作的人之一。

近期内我争取把材料准备好，并把材料给您带到莫斯科去。

爱您的伊萨克·巴别尔

1927 年 3 月 13 日于基辅

140. 致卡希里娜（伊万诺娃）

亲爱的塔玛拉：

"大陆"宾馆给我寄来了你 3 月 8 日和 9 日的信。请给我写留局待领的信。有一个乌克兰摄影与电影管理局的工作人员去敖德萨电影制片厂出差了，他的房子空着，现在我搬到了他这里。我正焦急地等待收到剧本的相关材料。请到弗谢沃洛德那儿去取所有的剧本的修改记录，并速寄给我。

大衣需要多少钱？现在我没有钱。葬礼和其他事情我花了 500 卢布。这些钱都会还给我，但什么时候还，我不知道。我争取近日再弄到些钱。

为什么季娜伊达加入"工会"的事毫无结果？这是件多么不幸的事啊！这事真是没完没了、无聊透顶！……要是你能帮帮她该有多好啊！……你的办事能力应该更强一些……否则她会被解职的——现在我们在哪儿还能给她找到另一份工作呢？……

利季娅·尼古拉耶夫娜早就走了吗？她去哪儿了？

对于自己的工作"安排"，你是否采取了什么具体措施？或者你决定等着我的剧本？我争取亲自把剧本送到莫斯科去。但什么时候送去，还不知道……请告知你近期的经济状况。

我过得很不好。

请代我向大家问好！

伊萨克·巴别尔

1927 年 3 月 14 日于基辅

141. 致卡希里娜（伊万诺娃）

　　没想到，来信中你对我劈头盖脸就是一顿责骂，还向我提了一大堆问题。现在我尽量把你的这些疑惑都解释清楚。与从前一样，你的注意力全部放到了我的身上，这使我内心感到无比痛苦和压抑。

　　实际上，现在我的工作环境和工作状况非常不错：有一个安静的独立房间，衣食无忧，心满意足。但如何重新找回在"儿童村"时从我的脑海中消失的灵感呢？谁能够把它还给我呢？我整日精神抑郁，需要医治。难道不是你应该来为我疗伤吗？不，我深知，唯有孤独、自由和贫穷才是治愈我心灵创伤的最好良药。现在我正慢慢地向这一目标靠近。我知道，你对我的行进速度过慢，怒不可遏。你总是要我说出我不喜欢说的话，要我去写我不愿意写的信，要我去做我讨厌做的事情，为什么你对我提出这么多要求，反倒你还愤怒不已？我是你的朋友，塔玛拉，也许我是你唯一的朋友。我的友谊可以体现为：向你提供最简单的帮助和支援，不介入你的任何事情。同样，任何人都不要干涉我的生活。这是我梦寐以求的唯一一个愿望。目前，除了这个卑微的请求之外，我不能给任何人带来任何他们所需要的东西。

下面谈谈我工作的事。你非常了解我的能力范围。请清楚地、明确地告诉我，我应该做什么。遗憾的是，我没有那种"猜透人心"的本领。这永远是我的一个缺陷。目前我不能离开这里。我想在这里和敖德萨，也许，在哈尔科夫组织几场晚会。在晚会上我将会朗读我的剧作。我对剧本进行了一些修改和完善，但结果却改得比以前更差，弄得非常不成功。晚会的条件和程序我会告诉你。我不能放弃这几场晚会，因为我非常需要钱。糟糕的是，我没有收到你寄来的剧本修改记录。我已经准备把剧本全部写完，我没有时间再等弗谢沃洛德了。如果他还是不写信或者不着手开始工作的话，请用快件把修改记录寄来。这件事非常重要。我必须从肩上卸下这个包袱。一周多以前，我通过邮局给你汇了100卢布。你怎么没收到呢？我争取在近日再给你寄一些钱。

如果弗谢沃洛德的剧本没有写完，那么我就按照我的修改记录尽快完成剧本，在乌克兰的晚会结束后我把剧本带到莫斯科去。为什么你要告诉我安娜·巴甫洛夫娜感到"惊慌不安"这种无稽之谈和其他一些事情呢？

非常遗憾的是，我没能见到维克多·安德烈耶维奇。我非常喜欢他。请代我向他问好！

一般规律是，往往在2~3封读起来正常的、通情达理的信之后，紧接着我便会接二连三地收到你一封封歇斯底里的来信。所以，根据过去的经验，接到这样的信对我来说纯属意料之中的事。即便如此，读后我依然感到心情十分沉重。现在我和叶甫盖尼娅·鲍里索夫娜之间已经没有任何关系了。我只等着她决定如何安置老太太、怎样处理财产等。因为一切问题都需要等待她的回复，所以我不得不暂时留在基辅。我也想在这里顺便赚点钱。

塔玛拉，我是你的朋友。因此，塔玛拉，希望你不要视我为敌。

伊萨克·巴别尔

1927 年 3 月 17 日于基辅

142. 致卡希里娜（伊万诺娃）

我本已写好了一封责备你的信，还没来得及寄，"大陆"宾馆就又给我送来了一份"调查表"。你在信里抛开一切，大肆胡闹，实在是荒唐至极！你这样做唯一的好处是，现在我处于你力所能及的范围之外，你对我鞭长莫及！

正因如此，非常感谢你！

（1）母亲是否知道米沙的存在？——是的，她知道。

（2）她对米沙的态度如何？——我不知道。我绝对禁止她干预我的个人生活，禁止她对此发表任何意见，无论是赞同，还是反对。禁止她威胁我，否则我不会读她的来信，而且永远都不会给她写信。现在我的威胁已初见成效。

（3）如何向母亲解释我必须住在斯洛尼姆的家里？——原因是，米沙在隔壁房间整日哭叫，我无法安睡，如果睡不好，自然就不能正常工作等等，等等——这些话我已经和你反复说过多次，你应该非常清楚。

（4）我与斯洛尼姆一家是怎么说你的？——我说，你是一个非常出色的女人，我们之间是丈夫和妻子的关系。

（5）叶甫盖尼娅·鲍里索夫娜现在哪儿？——在巴黎。

（6）我和她现在是什么关系？——现在我们的关系仅限于一般朋友，只是在经济上暂时有联系而已。

（7）叶甫盖尼娅·鲍里索夫娜是否知道你和孩子的事？——她知道我和她之间已不再是丈夫和妻子的关系。我没有告诉她你的姓名，孩子出生的事也没提过。不过我想，这些情况她都应该一清二楚。

你的所有问题我已回答完毕。现在，我认为我必须说明，你的来信使我的内心失去了应有的最后一丝平静。你总是不断地、神经质地过分干涉我的意愿、我的想法和情感，这种做法令我痛苦至极，难以忍受，几近崩溃。

伊萨克·巴别尔
1927 年 3 月 17 日于基辅

143. 致卡希里娜（伊万诺娃）

今天从我微薄的收入中给你汇了 50 卢布。下周我会给你额外寄一笔数目可观的钱。乌克兰摄影与电影管理局可能会给你安排工作，虽然在这里无人可以与你合作，也没有任何适合你做的事情。但是，如果要实现你的这个工作计划，你需要搬到敖德萨、基辅或雅尔塔常住。你能做到吗？我觉得你做不到。你总是把刀架在我的脖子上逼我工作。但是，待在这里我能做什么呢？可我又不能离开这里，因为在这里不仅我有事要办，而且我还有些工作，我已签订了晚会演出合同。

为什么你要向房产管理所支付 30 卢布？另外 35 卢布是欠的债吗？请尽快确切告知。我认为，在信里你经常提及叶甫盖尼娅·鲍里索夫娜非常不妥。目前她正处于人生中最艰难的时刻。她非常爱自己的父亲，除了父亲，再也没有一个她可以爱的人。你问我，你我之间是否有复合的可能？我们还会不会重新开始一种双方都能够接受的生活？如果你不改变自己的"性格"，如果你还像过去一样总是无休止地关注我生活的方方面面、留意我的一举一动，如果你认为和我在一起的这种平平凡凡的家庭生活就是完全可以接受的那种生活，那么这样的生活永远都不会再有了！

请代我向生病的小朋友问好！他是个非常好的孩子，我很爱他。因为他从不折磨我。

伊萨克
1927 年 3 月 19 日于基辅

我们该拿弗谢沃洛德怎么办？你知道，这件事让我非常伤心，我的心里总是感到焦虑不安。还原我记忆中所有的修改记录是件非常难的事情。如果我被他完全拒绝，那我就马上安安心心坐下来抓紧写作。请到伊万诺夫家去一趟，彻底问清楚，我的这种可怜的、痛苦的等待到底还要持续多久？

144. 致卡希里娜（伊万诺娃）

昨天我给你汇了80卢布。估计周六还会拿到一笔钱，到时再给你寄去。你没有确认上次寄去的100卢布和50卢布是否已经收到。春季生活用品你准备得怎么样？我问过你需要多少钱，但你没有回复。

我的晚会将在明天（周五）举行。在敖德萨的读书会预计在3月3日和4月3日进行。大概我还要去哈尔科夫一趟。关于剧本的问题仍然十分复杂。3月31日法庭开始对电影制片厂的那些人进行审判。我不希望他们在法庭上提到我，把我说成是一个恶意拖欠债款的人。因此，与从前一样，我必须强烈要求弗谢沃洛德把剧本拿给国立中央电影公司看，或者送到所有他想送的地方去，唯一的希望是他能够信守诺言，按我的请求去做。如果他已经去过制片厂或者其他地方，那么我就不必再给他写信强调这件事了。如果弗谢沃洛德已经把剧本拿给"苏联电影"（全俄电影股份公司）看过，那么请让他详细讲一讲，他们对我们的作品反应如何？

毫无疑问，应该尽可能把孩子的病治好。我只能在莫斯科可以帮助你找到工作。你认为，身在基辅我能为你做些什么？我认为，在不伤害自身的同时，现在我该学会帮助我的亲人了。我不知道，我是否还能拯救自己？我总在试图努力工作，但是我意识到，我的身体越来越虚弱，我变得越来越卑微、可怜，难以自救。可是，你却一直在不分时间、地点、场合，不停地、痛苦地、毫无意义地折磨着自己，同时也在折磨着我。我该怎么办？违心地去屈服、顺从、让步，这意味着毁了我自己，也伤害了你，或者自卫，也就是保护自己，摆脱你的影响。只有这样，才能同时拯救我们两人。所以，我决定自卫。从离开莫斯科那天开始，我第一次感到身心如此疲惫，厌倦生活，厌倦人的声音。这是一种非常可怕的感觉。我一定会自卫。我的消极反抗已经够了！我现在几近精神崩溃，我简直要死了！有时我真想摆脱整日忙忙碌碌的生活，无所事事，虚度时光，正如乌克兰笑话中所讲的一样"迅速①沦落到社会最底层"。有时我认为，我没有权利去死。塔玛拉，我是你的朋友，请不要这样不停地指责我，但是你却从来都做不到这一点。

请回复从前我问过你的关于房费和季娜伊达的事。所得税通知单是否已寄给你？

伊萨克

1927 年 3 月 24 日于基辅

---

① 此处"迅速"一词使用了乌克兰语。——译注

145. 致卡希里娜（伊万诺娃）

我正在邮局给你写信。刚刚收到了剧本和你 21 日、23 日的来信。读了你的信，我非常高兴。剧本读完后我会按照自己的理解和思路进行加工和修改。弗谢沃洛德对剧本是否满意？"苏联电影"的人对他是怎么说的？

非常高兴收到孩子的消息。每次得到这些好消息，我都有一种受宠若惊的感觉，每一封普普通通的报平安的信都会立刻使我陷入牛犊撒欢儿似的狂喜之中。一定要给他拍张照，请以我的名义去求一下尼古拉·尼古拉耶维奇·索科洛夫，他就住在我们楼里，切尔尼科夫家的人能告诉你索科洛夫的具体房间号。如果索科洛夫不行的话，我想，找到一个摄影师也不是件难事。必须要给孩子拍张照片，否则随着他一天天长大，样子也在一天天变化，不可能再回到从前的模样。

昨天我在朗诵会上读了剧本。晚会开得非常成功，可以说，在"物质和精神"上获得双丰收。现在我把一些评论文章寄给你。这些文章是最先发表的对剧本的分析和点评，非常珍贵，在成稿前我一直非常喜欢这些文字。剧本第三场我已修改完，但这还远远不够，每次我对稿件进行润色加工时，我都会想，我一定要使它最终达到完美无缺的程度，否则评论者针对每一处疑惑的地方提出的问题可能都不无道理，或许都是完全正确的。我非常想听一听你对终稿有哪些建议。等我把剧本带到莫斯科时我们再讨论这一问题。你说的"第三次交供暖费"是什么意思？为什么要交30卢布？简直是无稽之谈。第五或第六次费用我都早已交过了。请仔细问问这件事。一平方俄丈60戈比，应该说价格还算正常，我们完全可以接受，这笔钱当然必须交。钱我会给你寄去，关于你的经济状况信中只字未提，但是我必须考虑钱的问题。近日我会给你寄去一些钱。

我们这里在一段春暖花开的好天气之后突然出现难以忍受的、寒冷的"春天里的冬天"。虽然我在基辅生活多年，但在我的记忆中似乎从未有过如此明显的天气骤变。米佳的事实在让人无法理解。他是一个说话做事反复无常的人。请代我向他问好！请告知他的地址，我给他写封信。

我不同意你去乌克兰摄影与电影管理局工作的想法。我怎么能同意全家都去敖德萨或雅尔塔呢？而且是所有人一起走，抱着一个还在吃奶的孩子，你的思维还正常吧？如果你自己什么也办不了，请等我到莫斯科后再说。现在我正等着敖德萨电报通知我在敖德萨晚会的具体日期。

我会给维克多·安德烈耶维奇写信的。在短暂休憩了几天之后，现在我已经重新开始工作了。但是我的心情非常抑郁。我已经不是从前的那个我了，我变得越来越虚弱无力、非常可怜。现在我已经很难适应贫穷的状态和中等生活水平了。

再见，我暴躁的、折磨人的朋友！你怎么了？生病了吗？你是怎么得的病呢？你已经完全恢复健康了吗？

祝健康快乐、平安顺利！

你的伊萨克·巴别尔

1927 年 3 月 26 日于基辅

146. 致费加·阿罗诺夫娜·巴别尔

……昨天我第一次读了新剧本。剧本写得很成功,毫不谦虚地说,非常成功!无论怎样我都无法想象,在如此恶劣的环境下我何以能写出价值如此之高的上乘之作?现寄给你从今天报纸上剪下的材料。这是刚发表的关于这个剧本的一些评论文章……

伊萨克

1927 年 3 月 26 日于基辅

147. 致卡希里娜（伊万诺娃）

亲爱的塔玛拉：

　　现在我要去敖德萨，4月1日和2日我在那里举行作品朗诵会。4日我在文尼察①还有同样一场朗诵"表演"（我好像变成了一名芭蕾舞演员），5日返回基辅。钱我会从敖德萨汇给你。孩子的照片已收到，他的照片给我并不快乐的生活带来了一丝安慰和温暖。只是照片拍得非常不好，一定应该再好好照一张。我从敖德萨把修改完的剧本用快件寄给你。为了以防万一，现告知我在敖德萨接收电报的地址是："伦敦"宾馆。

你的伊萨克

1927年3月30日于基辅火车站

---

①　乌克兰城市，州首府。——译注

148. 致卡希里娜（伊万诺娃）

我身体健康，一切安好。正在埋头创作。

1927 年 4 月 4 日于基辅

149. 致卡希里娜（伊万诺娃）

我已回基辅。正在埋头创作。现把钱寄给你。

1927 年 4 月 5 日于基辅

150. 致卡希里娜（伊万诺娃）

周日再给你汇钱。

1927 年 4 月 6 日于基辅

151．致斯洛尼姆

亲爱的房主们：

　　昨天晚上我从南部"旅行"归来。在南部城市里我朗读了自己那些脍炙人口、广受欢迎的作品。此行大获成功。我今后的生活安排已基本确定：叶甫盖尼娅·鲍里索夫娜的母亲要被接到国外去，她将与叶甫盖尼娅·鲍里索夫娜一起生活，也可能老太太的儿子会把她接到加利福尼亚去。总之，出国的事情已经定下来了。我正在忙着为老太太办理护照，近日我要去莫斯科与相关部门协调和沟通护照的问题，此外还有其他事情需要办。到时我会把所有事情一一告诉你们。现在我已经"走投无路"了，除了你们之外，我无人倾诉。我身无分文，贫困潦倒，简直到了可笑的地步：我不知道下一步该何以为生，不知道该怎么活下去。妹妹的信不必转寄给我。我很想见到你们，特别特别想。在生活中我本该去接触更多的人，去结交更多像你们这样真挚的朋友。唉，可最痛苦的是，我却选择了另外一条完全不同的生活之路，而且最后一切均以失败告终。这对于一个 30 岁就秃顶的男人来说是多么不幸，又是多么无奈啊！

"虽然我正在一天天变老，一步步走向死亡，但我每时每刻都在思索婚姻、婚姻、婚姻的问题……"（罗扎诺夫）[1]问题并不在于死亡的恐惧迎面而来——这绝不是一件多么可怕的事！最不幸的是，我们始终原地未动，停滞不前，或者我们正在后退。所以，现在我打算"离开原地"，马上行动起来。

再见！请代我向列夫·伊里奇、罗登致以热烈的问候！

> 爱您的伊萨克·巴别尔
> 1927年4月6日于基辅

---

[1]　瓦西里·瓦西里耶维奇·罗扎诺夫（1856—1919），俄罗斯著名宗教哲学家、文学批评家、政论家。——译注

152. 致卡希里娜（伊万诺娃）

今天早上我刚给你寄走一封信，白天便收到了你的电报。钱的事我一直牢牢地记着，不必提醒我。一切我都会安排好。请把《国王》的校样寄来。虽然其中问题不多，但我还是应该再通读一遍。

我想在 24 日复活节前去莫斯科。我的工作太多了，简直压得我喘不过气来。我非常想在复活节之前把这些工作做完。请让我安静地工作一会儿吧。谈到我个人目前的精神状态，用"安静"一词似乎颇具讽刺意味——现在我感觉不太好，但也许今后会感觉更糟。所以，无论如何应该避免这种"更糟"的情况出现。

给你寄完钱后，我会写信告知。

你的伊萨克

1927 年 4 月 9 日于基辅

153. 致卡希里娜（伊万诺娃）

亲爱的塔玛拉：

你的预感终于应验了。在敖德萨我被偷走了 270 卢布（在"晚宴"上所有人都喝得酩酊大醉）。后来，我以为在乌克兰摄影与电影管理局可以及时拿到钱，但是他们那儿也开始出现拖欠工资的现象。目前乌克兰摄影与电影管理局的状况与逮捕国立中央电影公司那些人时的情况非常相似。他们同样存在管理混乱、各种利益关系错综复杂的严重问题。人民委员已经来了，赫尔姆诺主席也一直在哈尔科夫。这个时候和他们讨论钱的问题显然不妥，甚至有些愚蠢。这些情况给我们在经济方面造成了意外的麻烦。明天（周日）我给你汇 100 卢布，不晚于 15 日再寄去 100 卢布。但愿 4 月 15 日之后钱的问题将会有所转机，不再出现"断档"现象。

我准备去莫斯科过复活节。到莫斯科再商量决定我们今后是否有可能在一起共同生活的问题。无论如何，我完全无法忍受我们之间目前的状态。房子的问题（与特列季亚科夫之间的互易合同等问题）我完全交由你来决定。唯一一点是，请记住，近 2~3 个月内我们不能产生任何额外的花销，只能局限在解决"现有的事情"所需费用开支的范围。我已经给舒宾写信，希望房产管理所不要再来打扰你。我已经收到了法院的传票，我会对此事"采取措施"。

弗谢沃洛德的剧本写得粗枝大叶，马马虎虎，没有任何"明确的定位"，实在是可笑至极！在他的作品中我并没有找到给我们指定的创作内容和明显的、"乐观向上、轻松欢快的喜剧"特征。这是一部单调乏味、充斥着无尽的悲伤与灰暗的感受的平庸之作。当然，也有一些地方写得不错。我对剧本做了大幅度改动，并将此事写信通告了布利亚欣。在布利亚欣目前的情绪状态下，他不能在乌克兰摄影与电影管理局的任何人面前替你说情。我正焦急地等待着赫尔姆诺的到来。等他来后，我会不断地去打扰他。你的那些"备受众人称赞的办事能力"哪儿去了？难道你不能在莫斯科为自己开辟一条不为人知的、走捷径的渠道吗？请告诉我，塔玛拉，你哭诉找不到工作的意思是指找不到任何工作，还是指像从前一样，仅是做演员这个职业？请把我随信附上的字条转给爱森斯坦。我没来得及写完关于他的文章，但是我愿尽一切可能随时随地帮他做广告，宣传他的作品。得知你们大家正在死亡线上挣扎，我的心情非常沮丧。这是些多么"惹人喜爱的、美丽的女士们"啊！……季娜伊达不会因为总生病而失去工作吧？如果真是这样的话，那简直是太可怕了！……恳请你一定给孩子好好拍张照片。塔季扬娜最近怎么样？沃隆斯基的确被彻底解职了吗？米佳能在莫斯科待多久？我非常想见他一面。他被派到克拉斯诺达尔的事有变化吗？

我们这里的春天总是姗姗来迟，敖德萨的天气同样也非常不好。我们不得不长时间生活在没有阳光的日子里。

你是否已收到昨天我汇的 50 卢布？明日再叙。

祝身体健康、开心快乐！

你的伊萨克

1927 年 4 月 9 日于基辅

154. 致卡希里娜（伊万诺娃）

你 4 月 9 日的来信和校样均已收到。在校样中我把短篇小说的顺序稍加调整，并在扉页上写了"第三版"的字样，以免引起读者的误会。现在我同时把校样用挂号件寄给你。

看来，钱的问题只是一场误会。从 4 月 5 日起我先后给你汇了 75 卢布、50 卢布、100 卢布。但愿这些钱你已如数收到。我争取近日再寄给你 100 卢布。

我预计 4 月 24 日到，我去的目的只是为了看一看你们，然后我再回到基辅。因为我在这里还有很多事情没办完。请不要把我要去的消息告诉任何人，因为我现在顾不上去见其他朋友，我需要加紧时间工作，现在我唯一可以丢掉的只是花在旅途中的时间。在莫斯科待的这几天最好能给我找一个可以工作的房间。你非常了解，我的文学创作情况、经济状况和精神状态始终让我心情压抑。如果你能够为我找到这样一个安静的地方，那就太好了。

乌克兰摄影与电影管理局告诉我，赫尔姆诺明天到。关于我们商谈的结果我会尽快写信告知。剧本我会寄给你或把修改后的稿件带给你。

我收到了马尔科夫发来的电报，他要求把我负责的这"部分"剧本寄走。这件事我很为难。请打听一下，剧本其他"作者"的进展情况如何？沃隆斯基到底怎么了？你们大家的身体怎么样？

我的理想依旧是，我希望有半年的时间能静下心来好好写作，同时认真思考一下自己不幸的、悲惨的命运。

米佳在莫斯科吗？他要去中国吗？请代我向全家人问好！

你的伊萨克

1927 年 4 月 13 日于基辅

155．致卡希里娜（伊万诺娃）

亲爱的塔玛拉：

　　但愿最近寄去的 100 卢布能够帮助你维持几天的生活。一弄到钱，我就立刻汇给你。我确信，国家工业研究所并不比其他部门更好，也许，还不如其他部门。我去过梯弗里斯①，我不太相信那里的艺术水平会有多高。此外，你要抛下莫斯科的一家老小一走了之，你想把她们留给谁照顾呢？我简直无法理解？！赫尔姆诺周日来。完全可以断定，在乌克兰摄影与电影管理局发生的这次事件中他达到了自己的个人目的，这次事件的最终结果一定会如他所愿。关于和他谈话的内容我会尽快告诉你。

　　我的身体还好，正在努力创作，但创作的成果并不能马上见到。也许，需要过很多个月之后。这又有什么办法呢？不过唯一让我感到欣慰的是，我的文学创作始终严格遵循艺术规律和创作方法，而不是奴颜婢膝地屈从于他人的意志（从前在我的生活中

---

① 格鲁吉亚城市第比利斯的旧称。——译注

这种现象已经够多的了）。当然，就物质方面来说，这种"欣慰"的感觉却使我的经济负担变得更加沉重了。

非常高兴收到孩子的消息，真是不可思议！你说，他的这些优点从何而来？大自然不会出现奇迹，这是千真万确的道理。无论如何，他都绝不会变成一个白痴或傻瓜——这就已经完全谢天谢地了！而除此之外，如果他还显露出其他方面的才能，那么一切都是上帝给我们的恩赐。当然，上帝的恩赐是你应得的，与我无关，因为我不是一个好人。

我会如期（24 日）到莫斯科。很快还会给你写信。再见，我的朋友！

伊萨克

1927 年 4 月 15 日于基辅

季娜伊达是否已加入工会？塔季扬娜还在学习吗？现在谁给你做仆人？

156. 致卡希里娜（伊万诺娃）

尊敬的塔玛拉：

今天我给你汇了 50 卢布。请原谅，每次只能寄去一点点，我只能根据收入情况给你寄钱，然而我的收入实在是太少了。在我的身体情况和精神状态完全恢复、重新迸发出创作灵感之前（如果这一切能够实现的话），目前这种经济状况还会持续很久。现在为了摆脱困境我不断地寻找各种出路和办法：降低身份，隐埋自尊，卑躬屈膝。为了挣些外快，我不惜东拼西凑，粗制滥造。但愿在我去之前能够再给你寄一些钱。我要去你那里的计划暂时没变。根据目前的最新消息，在"苏联电影"（全俄摄影电影股份公司）我能帮上你的一些忙。不管怎样，我都会把乌克兰摄影与电影管理局对你工作方面的建议带到莫斯科去。

我对孩子一向都非常好，从没对他不好过。在这点上你错怪我了。请代我向他问好！我不给他带礼物了。这里没什么礼物好带，等我到了以后，我们再给他买。他的斑疹消失了吧？他现在可以吃什么食物？他夜里哭闹吗？

塔季扬娜已经进幼儿园了吧？还是把她送到幼儿园的钱不够？

我非常担心我在莫斯科能否有间写作的房间。每天我都要写作，否则我们就会饿死。

祝平安顺利、开心快乐！请相信，聪明的人一定是最快乐的。

你的伊萨克

1927 年 4 月 17 日于基辅

157. 致卡希里娜（伊万诺娃）

　　我在这里有事耽搁了几天。我的心情非常难过。正在埋头创作。

1927 年 4 月 22 日于基辅

158. 致波隆斯基

亲爱的维亚切斯拉夫·巴甫洛维奇：

现把剧本寄给您。如果您愿意的话，请读一读这篇令人费解的作品。后天我们要开会讨论，这是解决问题的唯一办法。在最终决定这部作品的命运之前请严守秘密，不要说出"这篇作品"的任何内容。

爱您的伊萨克·巴别尔
1927 年 6 月 22 日于基辅

159. 致斯洛尼姆

亲爱的安娜·格里戈里耶夫娜：

　　我们后天出发。我已尝尽人间冷暖，世态炎凉，承受了难以言表的折磨和痛苦。上帝是最公平的法官！我给您寄去了一个邮包，里面是我所有的信件：有伤感的情书，还有几封父亲的来信，这些信对我来说极其珍贵。请您替我保存好这个小盒子。临走前我没来得及把盒子交给您。我想，我的这一请求应该不会给您添太大的麻烦。我的下一封信会从国外寄给您。再见！谨向列夫·伊里奇和伊柳沙致以诚挚的问候！

爱您的伊萨克·巴别尔

1927 年 7 月 7 日于基辅

　　请原谅，这只信封是我在身边随手找到的。

160. 致卡希里娜（伊万诺娃）

走的时候，我隐瞒了实情：我应该在巴黎把老太太交给她的子女们。之所以编造这个谎言，完全是我的怜悯之心和胆怯使然。同往常一样，我不可能当着你的面让你在心里遭受沉重的打击。

这次旅行让我痛苦难捱。叶甫盖尼娅·鲍里索夫娜的母亲精神错乱，一路上总是惹出各种各样的麻烦事需要我去处理，真是让人苦不堪言。母亲在列日①接到了我。当时我从她身旁走了过去，却没有认出她。她面容憔悴，比以前更瘦弱，也更苍老了，她的精神状态不太好。在巴黎叶甫盖尼娅·鲍里索夫娜接的我们。她的气色看上去并不比我母亲好多少。应该说，我是造成这一切不幸的罪魁祸首。当我意识到这一点时，我心里的滋味很不好受，我感到非常痛苦，心中有一种难以忍受的压抑感。从柏林到巴黎，一路上我无心顾及沿途的风景。我的心头始终弥漫着一种无法释怀的情绪，我需要独自一人慢慢疗伤。

叶甫盖尼娅·鲍里索夫娜在巴黎郊外租了一栋小房子。我住在一楼的一间小屋里，现正开始努力静心写作。如果我在创作方

① 比利时地名。——译注

面一事无成，那么我就与自己的过去断绝最后一丝联系，去我想去的地方。如果我和叶甫盖尼娅·鲍里索夫娜之间的夫妻关系重新修复，我会写信告诉你。那样的话，我对你不再承担任何责任和义务。你便可以自由自在、无拘无束地过自己的生活。我没有回到你身边的打算。我争取与叶甫盖尼娅·鲍里索夫娜过一种不快乐、不幸福、死气沉沉的，但也许是平静的生活。如果这一切无法实现的话，我就离开这里。

请你不要给我写信。我知道，你的信一定会让我的精神彻底崩溃的。可是，我需要时刻保持良好的创作情绪。在这个世界上我最爱的人中，米什卡是唯一一个不把我无法承受的爱强加于我、不让我在精神上遭受折磨的人，他一定要好好地生活。今后无论个人的事，还是经济方面的问题，一切都请转告斯洛尼姆及其家人。

从舍佩托夫卡①我给你寄去了170卢布。后来才知道，现在不允许随身携带卢布出国。

在基辅的书亭里我看到了我的短篇小说集第二版（"百科全书"出版社出版）。我不知道这是不是我卖出版权的那一版。如果"百科全书"出版社未经许可擅自出版发行我的作品，我必须向他们讨回应该支付给我的全部费用。

再见，塔玛拉！我相信，你完全有能力成为一个幸福的人。但是我觉得，我无力去做一个这样的人。请原谅我。如果你保证不再回信，我会给你写信的。

伊萨克·巴别尔
1927 年 7 月 20 日于巴黎

---

① 乌克兰城市。——译注

161. 致卡希里娜 (伊万诺娃)

我正在一步一步地走近我的理想——离群索居,一个人孤独地生活。从明天起我会独自一人度过 3 个月的时间。很快我就要离开这里。大概,我会住在遥远的地中海岸边的一个村子里。虽然忧郁的感觉始终伴随着我,但是,也许在那儿我可以找回自己内心的安宁——这是我心中尚存的唯一美好的感觉。我是一个孤独的人,一个心灵受到严重创伤的病人。不知为什么我亲手毁掉了所有对我来说弥足珍贵的东西。每当我独自一人漫步在公园里,看着身边的孩子欢快地玩耍,我就会突然悲伤起来,有一种撕心裂肺的感觉。对于这一切,我无人可以抱怨,也没什么可以抱怨的,唯有怨我自己。但是,我承认,这是我一人做出的决定,是我心甘情愿的选择……

请原谅,我一时激动胡乱说了一些关于斯洛尼姆一家人的事情。近一个多月以来我持续头痛,根本没有意识到自己都做了些什么。请写信告知,电影拍摄的情况怎么样?你的工作是否能固定下来?在《新世界》杂志你拿到钱了吗?我给这个杂志的秘书斯米尔诺夫写了封信,告诉他我会把短篇小说寄去。我一定能做到。虽然目前我的各方面状况都非常可怕，但是我一直在坚持写作。目前还很难说正在创作的这个作品结果如何，但我想，无论如何，稿费还是应该能拿到一点的。剧院的情况怎么样？至今为止，剧本中有三场我还没有修改。我讨厌这个剧本。其中有 2~3 段歌谣也应该压缩一下，但是，现在我没兴趣去改……也许，随后我会修改的。如果你不反对，我把所有改过的部分寄给你。是的，他们没有像对待弗谢沃洛德的作品那样禁止这部剧上演。

弗谢沃洛德周二走。我争取让他捎给你一些东西。我会把这些东西和他交代清楚，同时我写信告诉你，怎样拿到这些东西。

如果你愿意的话，请把米沙的照片多寄来一些。在这个世界上终于有一个我可以去爱的人了！我非常爱他。这是一种多么忧郁的爱啊！……对他的爱并没有为我赢得多么高尚的荣耀，而是令我无地自容、羞愧万分。因为他是我的亲生儿子，可是在他面前我并没有尽到自己应尽的义务，不能和他在一起生活。然而，我对自己还没有完全失去信心，我想，我将会挽回他遭受的这些严重的伤害……如果我无法挽回，那么我的生活将会变得毫无意义……你的身体怎么样，塔玛拉？在这个世界上我最害怕听到关于你的坏消息。虽然，的确，我并没有为了收到好消息而付出任何努力。

我的临时地址是：巴黎 15 区，渥涅大街，邮局 69 号，留局待领，巴别尔收。如果地址有变化，我再写信告知。如果你愿意，请把你的手递给一个和你在一起可能感觉非常幸福、但并不善于成就幸福的人！

伊萨克·巴别尔

1927 年 9 月 3 日于巴黎

162. 致波隆斯基

亲爱的维亚切斯拉夫·巴甫洛维奇：

现有塞尔维亚诗人古斯塔夫·克尔克利茨到您那儿。据说，他是一位杰出的诗人。他有一个想法要找您谈一谈，您可能会非常感兴趣。

我想，您应该不会怨我让他直接去找您。

您的伊萨克·巴别尔

1927 年 9 月 16 日于巴黎

163. 致索辛斯基 [①]

尊敬的布罗尼斯拉夫·布罗尼斯拉沃维奇：

我本打算星期天去您那儿，但未能成行。由于没有经验，我花了整整一小时到处寻找我要坐的那路有轨电车。8点多我才到沙特列[②]。他们对我说，去克拉马尔[③]的车要走一个或一个半小时。这么晚到您那儿我觉得非常不好意思，对您不太方便，所以，请您原谅，我食言了。非常遗憾的是，我没能见到您。

我生病了。我呼吸道的旧病复发，情况非常严重。今天我要去南方。回到巴黎后我会尽快告诉您，但愿那时我能赎掉自己的一切罪过。

您的短篇小说我都已读完。我认为，您极具"文学天赋"。但您的作品缺乏自己的独创性和鲜明风格。您应该在语言上再多

[①] 布罗尼斯拉夫·索辛斯基（1900—1987），小说家、诗人、文学批评家。——译注

[②] 沙特列广场是巴黎的交通枢纽。——译注

[③] 法国塞纳省的市镇。——译注

下一些功夫。您一定要注意维护俄语的纯洁性，特别提醒您不能滥用那些外语单词和表达方式、古旧刻板的语句和晦涩难懂的形容词……

不过，我不敢给您提更多的建议。平心而论，现在我对自己的整个创作都持有一种怀疑态度。大概，天才是孜孜不倦的大脑、敏锐的洞察力和高超的艺术造诣三者完美的结合体。如果单纯地偏重于其中任一方面而荒废了其他二者，就会破坏艺术的完美与和谐，文学作品也会变成矫揉造作、标新立异的拙劣品。

布罗尼斯拉夫·布罗尼斯拉沃维奇，衷心地祝您取得更大的成绩！

您忠实的伊萨克·巴别尔
1927 年 9 月 18 日于巴黎

书我会寄走。

164. 致波隆斯基

亲爱的维亚切斯拉夫·巴甫洛维奇：

　　非常感谢您的来信！您说得非常对。我稍微忍耐一下，然后就可以靠诚实的劳动所得快乐地生活了。周末我到您那儿。去之前我会给您写一封信。再见！

爱您的伊萨克·巴别尔

1927 年 9 月 20 日于巴黎

165. 致卡希里娜（伊万诺娃）

大约一个月前我给你寄了一封信，但没有收到你的回信。如果你不想给我写信，请告知，我必须知道。

伊萨克·巴别尔
1927 年 9 月 28 日于巴黎

166. 致卡希里娜（伊万诺娃）

塔玛拉：

　　终于收到了你的来信。我非常高兴，感谢你同意帮我做一些事情。我非常需要你的帮助：当我把一些稿件彻底改好、即将交付出版时，我把这些稿件寄给你，到时请按照我信中写的做法与出版社充分沟通，谨慎处理相关问题，尽快堵上我欠债的"大窟窿"。具体情况随后写信详述。但愿 1 月 1 日前我能把书写完，但不得不分成几个部分先后交付印刷。

　　在这儿我见到了波隆斯基，他进一步确认了我们的合同依旧生效，答应信守诺言，按期付款。他应该在 10 月初回莫斯科。我相信，《新世界》杂志会把钱付给你的。今天我就给波隆斯基写信。恳请你尽快告知我的作品能否在《新世界》发表。我想，塔玛拉，如果我努力创作，我就可以摆脱目前的经济危机。当然，你就再也不必像现在一样过这种精打细算、节衣缩食的苦日子了。

　　1 月 1 日前我不可能开始还苏联消费合作社中央联社的欠款。

如果我们两人能在这段时间内挣到急需的一大笔钱，如果我能完成一部分文学创作任务，那就太好了。我会把这些情况写信告知苏联消费合作社中央联社，如果你不反对的话，希望你也和他们谈一谈。此外，我还希望协调好与国家出版社的关系，请他们同意给我最后一次延期。我在《真理报》上读到了马尔科夫对刚刚上演的《伊凡雷帝之死》这部剧的评论。这篇文章写得非常有说服力，我觉得，文章正确地分析和阐释了目前剧院里出现的一些现象和问题（我知道，你对马尔科夫的文学批评能力评价不高，但是要搞清楚莫斯科第二模范艺术剧院这部粗制滥造的拙劣剧目是如何上演的，并不需要多么了不起的能力）。毋庸置疑，剧院的艺术水平相当低劣。如果你有机会见到别尔谢涅夫，请和他谈一谈，让他们把第三场压缩一下，特别是歌谣部分。有一个捷克人向我要这个剧本，他想把这部剧拿到布拉格，看看是否有可能在那里上演。我一时糊涂就把剧本给他了，造成现在我手里一份文稿都没有。不过，他答应过几天还给我。

你的影片拍得还不错吧？要是自然风景和明媚的阳光能拍得更多一些就好了！这样便可以掩饰情节的漏洞百出。不过，我不该对此妄加评论。你最好不要扔下工作。与"苏联电影"（全俄摄影电影股份公司）这些无知的、愚蠢的小人在一起工作不是件容易的事。但是，时下在哪儿能找到高尚的"大人物"呢？其次，也许，在这里你还能够学到点什么新东西。你学会摄影技术了吗？你研究过摄影器材吗？

"剧作家协会"答应等到上演时再给我500卢布，你不要忘记这件事。

国家出版社向阿尔特曼[1]预订了我的画像。我不知道，这幅画作是否归国家出版社所有。如果不是，到时我们可以把它买下来。但是这幅画是否值钱？因为它是一次画成的。请给阿尔特曼打电话2-59-69，他会把具体情况告诉你。

塔玛拉，请原谅，我没让弗谢沃洛德给你捎任何东西。当时我身无分文，而且在这里没有人可以把钱借给我。此外，很快还会有机会，我一定托人顺路给你捎些东西回去。

请寄来一张孩子的照片。我非常想念他，没有他我非常孤独和寂寞。如果我要是能哭出来，我一定会放声大哭。请不要告诉他说，他没有父亲。他的父亲身在异国他乡，他的肉体、灵魂和大脑——一切都在国外。由于没有收到你的来信，我心绪难宁，每时每刻都在忍受痛苦的煎熬。你的来信立刻消除了我内心的焦虑和不安。不知道现在我是否还有权利给你写这些话，但是此刻我的确感觉心里轻松了许多。

伊萨克

1927年10月4日于巴黎

---

[1]　纳坦·伊萨耶维奇·阿尔特曼（1889—1970），画家，俄罗斯联邦功勋艺术家（1968）。——译注

167. 致斯洛尼姆

亲爱的、永远难忘的朋友们：

我一直没能给你们写信，因为无论在精神上、物质上，还是任何其他方面，我始终没有安定下来。现在我正在写作。列夫·伊里奇的书大部分我已经写完，也许 10 月份就能全部完稿。到时候我们看看，我与书、书与我是否彼此都会带给对方一个美好的未来。

关于巴黎我能说点什么呢？当我心情好的时候，我感觉它是那么美！可是在我情绪极差的时候，令我感到羞愧的是，我卑微的灵魂把我隔离在这个无比美好、但完全不属于我的世界之外。也许到了该回国的时候了！但是置身于祖国千里之外的另一个国度，在很多问题上我的头脑都常常保持着一种更加清醒的状态。然而，越是"清醒"，就越是痛苦。这是一种认识到现实的真相却又无力改变的悲哀与无奈！……

在这里，我的生活再简单不过了，每天写作，在咖啡馆里顶多消费三个法郎"小坐"一会儿。没有钱寸步难行，去什么地方都是毫无意义的。我常常漫步巴黎街头，仔细观察着身边的景象。我鄙视那些在这里的老熟人，可暂时又没有去结交新朋友。我每天晚上 10 点多躺下睡觉，在这里，这个时间已经不早了，在我住的这条街上晚上 10 点钟就已没有一盏窗户是亮灯的了。我觉得，这种生活枯燥乏味，寂寞无聊，没有任何吸引人的地方，只是这对我的健康和创作有很大益处。按道理，这样的生活方式有助于我更好地去赎罪，我应该心甘情愿地忍受。但是，我认为渴望成为首领的哥萨克人接受这样的生活是件好事，但对于那些不打算做首领的人来说，忍受这种生活又有什么意义呢？我就不想去做这样的人……

最近在瓦尔瓦尔卡街"我们"家里及其周围有什么新鲜事？列夫·伊里奇是否已经去了格罗兹尼？伊柳沙还在不断地汲取知识，不断地充实自己吗？让他赶快抓紧时间！25 岁之后人就会变得愚笨起来。列夫·伊里奇还吸烟吗？安娜·格里戈里耶夫娜，现在您是否已经成为律师协会会员？恳求您每次在吃土豆沙拉时，一定不要忘记我。请转告那张舒适可爱的床，在巴黎我睡觉倒是睡觉，但是睡得不好不坏，对我来说，在这里睡觉只是为了度过无休无止的日日夜夜而已。在这里我从未有过瓦尔瓦尔卡街这张温馨惬意的床曾经带给我的那种摆脱现实的、令人陶醉的甜蜜梦境……

好啦，我一直都在讲些自己的事……就此搁笔。请别忘了我。谨向伊柳沙致以衷心的问候！

爱您的伊萨克·巴别尔

1927 年 10 月 4 日于巴黎

168. 致波隆斯基

亲爱的维亚切斯拉夫·巴甫洛维奇：

　　《新世界》杂志并没有把钱发给卡希里娜。如果您认为，因为我没有遵守合同规定的交稿时间而应该解除合同的话，请写信告知。我可以重新调整我的工作计划。现在我两耳不闻窗外事（在这个世界上巴黎可绝不是克列缅丘格①），像一头默默耕耘的老黄牛一样，孜孜不倦、夜以继日地埋头创作。我本以为，在经济上已不再有任何后顾之忧，可是现在却突然……不过，您在巴黎的时候这些事情我就已经跟您说过很多了。现郑重确认我对《新世界》杂志应承担的所有义务，而且我觉得延期交稿并不是一件多么可怕的事情……

　　盼望早日读到您的"西方随笔"。

　　您始终没有把巴枯宁的作品寄给我。奇列诺夫答应从全权代表处把这本书给我。

　　紧握您的双手！

您的伊萨克·巴别尔
1927 年 10 月 5 日于巴黎

---

① 乌克兰城市。——译注

169. 致卡希里娜（伊万诺娃）

塔玛拉：

　　面对书刊检查，我们许多作者都已战胜了一切胆怯和顺从的心理。我不打算重视或采纳他们的任何批评和建议。他们提出的所有"修改意见"审美品位低俗，从政治角度看毫无价值，甚至有些幼稚可笑，根本没有任何意义，不过是一些无稽之谈罢了，与这些笨蛋们不值得进行任何对话。我并不是那种因作品被禁而感到无比愤怒、惋惜和心痛的人。但这种"看似无动于衷的、骄傲的外表"当然只是徒有一副华丽的虚壳而已，毕竟钱永远是钱！所以，应该为保留我这些文字而努力斗争。在俄罗斯联邦教育人民委员部中央剧目和演出检查委员会我有一个名叫理查德·季克利的朋友（阿尔巴特街 35 号，32 号房间，电话：2-69-31，办公电话：1-51-11）。如果你愿意，请找他谈一下，他是一个通情达理的人。你也可以通过加琳娜·谢列布里亚科娃（第 5 苏维埃大楼，格拉诺夫斯基街 3 号，70 号房间，电话：5-91-45 和 3-49-24）去找索科利尼科夫，把剧本给他看一看，请他"施加一

定的影响"。希望索科利尼科夫能读一读剧本。请与波隆斯基或
沃隆斯基商量一下。我想，应该去努力争取一下，寻求"这个圈
子里的能人"的支持，绝不能让步。大概，契诃夫也能帮上一些
忙。从我的角度我会给索科利尼科夫一家写封信。如果经过一番
努力争取之后仍然毫无结果，那么最好把该剧从剧目单上撤掉。
现在我正在写短篇小说。其中一些作品一定会发表，肯定能赚到
钱。不管怎样，我们的日子总能过得去。昨天我给你寄走了一封
信。很快我还会写信给你。恳求你写信告知一切情况。盼望收到
孩子的照片。

伊萨克

1927 年 10 月 6 日于巴黎

170. 致卡希里娜（伊万诺娃）

塔玛拉：

昨天我收到了你和格里皮奇的来信。今天我把格里皮奇需要的所有申请都寄给了他。你知道剧本在彼得堡的情况怎么样吗？与莫斯科相比，在彼得堡剧本是否可以更顺利些通过检查呢？对于这件事在莫斯科我们绝不能做出任何让步。希望他们直接宣布：剧本存在严重问题，坚决禁止出版。这要比作品被毫无根据地裁减、删改得体无完肤、面目全非要好得多。

我本想寄给你一些东西，但是无论怎样都没能寄成。因为现在我身无分文，只能艰难度日，勉强过活。不仅如此，10 天前我又得了感冒，由此引起"哮喘病"发作，把我折磨得苦不堪言。我一连 10 天没有写作，目前这种身体和工作状况让我非常害怕，所以，我决定去南部好好休养一下。我应该让自己永远保持正常的工作状态，使自己具有足够的工作能力。现在我打算实现我的理想——到马赛去。如果我能弄到钱，我立刻就动身。然而，这里可不是莫斯科，在这里如果你一旦陷入绝境，则一分钱都无处可借。我坚信，钱一定会有的，所以关于寄东西的事请不要失望。一有机会，我会在第一时间马上寄给你。至今为止这件事我一直都没能做到，所以，我心里感到非常难过。

米沙的照片已收到。看到这些照片我非常高兴。我总是觉得，照片上的他看起来更好。

请不要再往巴黎给我写信了。我会把新地址告诉你。米沙的腿怎么样？不弯吧？他已经会说哪些话了？你的电影拍摄工作是否很快就要结束了？请如实告知，你参加拍摄的影片好不好？

到了新地点，我就会给你写信。

伊萨克

1927 年 10 月 16 日于巴黎

171. 致卡希里娜（伊万诺娃）

塔玛拉：

现告知我的地址：马赛，贝舍尔大街，贝尔乌德里旅馆，巴别尔收。

我的身体状况正在逐步好转。但愿 2~3 天后就可以开始工作了。我白白地浪费了两周多的时间。期待收到你关于事情进展的最新消息。大概，这些消息不会那么令人乐观。

伊萨克

1927 年 10 月 22 日于马赛

172. 致斯洛尼姆

亲爱的朋友们、同志们和好邻居们（有幸与你们成为好邻居我已心满意足）：

　　你们的信已被转寄到了马赛，在这里，我沉浸在一种悠然自得的无上幸福之中。在上一封信中（航空信）我解释了一直没给你们写信的原因。我想告诉你们一件对我来说非常重大、但却极其不快的事：大约在 3 周前我的身体变得非常不好，突发哮喘，所以，我匆匆来到了南部城市。现在我住在一座高山上的旅馆里。山脚下是港口，还有渔民的房子，旁边就是蔚蓝色的地中海。现在我已经习惯于听到港口的嘈杂声、海浪声和远处城市的轰轰声。我想，现在无论任何力量都不能把我从这里带走。我的所有"感受都不能与你们的感受相提并论"（这是不久前我在《消息报》上读到的一句话）。可怜的安娜·格里戈里耶夫娜！要是在这里，她的痛苦就会彻底消除。不到一年前加入法国国籍的巴斯德①研究所犹太医生戈登堡发明了一种强力治疖病的药。只要注射 2~3 次，这种病就能彻底治愈，而且不会再复发。我知道这些情况是因为，我认识的很多人在这个秋天都患上了疖病。现在在巴黎这种病完全可以根治，用药后病自然而然就会好。不知为什么，目前这种药还不允许进入俄罗斯市场。我已经给叶甫盖尼娅·鲍里索夫娜写了信，希望她竭尽全力尽快把药寄给你们。我相信，她会尽最大可能去办这件事。如果需要，她会去找商务代表处等。鬼知道这到底是怎么回事！只因没有任何治疗方法就得上了这个讨厌的传染病。我已经开始逐渐恢复正常工作状态。我相信自己一定能够完成目前创作的这部作品。如果我能活到这一梦寐以求的时刻到来之际，我一定会把手稿寄给你们。果然不出所料，剧本出现了令人不愉快的问题。俄罗斯联邦教育人民委员部中央剧目和演出检查委员会删掉了整个第五场（犹太会堂。需要修改的原因是："在当今重大政治历史关头将犹太会堂视为商人聚会的场所完全令人无法接受。"），还删去了所有带"犹太佬"一词的句子。我不同意中央剧目和演出检查委员会的意见。如果不能努力说服那些"绝对忠诚的、愚蠢的书刊检查人员"，我请求剧院从剧目中撤掉这部剧。这当然"无须解释！"。得知关于伊柳沙的 6 个卢布的事情我非常高兴！衷心地建议他以希腊人或罗马人为原型去画所有人物。因为他们高尚、优雅，没有任何犹太佬身上的恶习！请伊柳沙尽力去多赚钱。当我知道，可以借给

① 路易·巴斯德（1822—1895），法国科学家，近代微生物学和免疫学奠基人。——译注

我 15 卢布用上 2 小时的朋友人数越来越多时，我是多么兴奋和激动啊！

列夫·伊里奇，您每天散步吗？应该多出去走走。可怜的安娜·格里戈里耶夫娜！染上了副伤寒！真是不可思议！大概，你们买的是便宜票，坐的是三等车。她一定是在车上被传染的。（这是纯正的敖德萨说法，但是在敖德萨"传染"一词通常被用于说明传染上皮肤病的年轻人……）我这是开个玩笑。但是，真的，我非常伤心……

我的地址是：马赛，贝舍尔大街 46 号，贝尔乌德里旅馆，巴别尔收。

再见，亲爱的同胞们！

你们的伊萨克·巴别尔

1927 年 10 月 23 日于马赛

173．致里夫希茨

亲爱的同志们、我最亲爱的人们：

在巴黎待了三个月之后我搬到马赛住了一段时间。这里的一切都很有趣，但是平心而论，一切都无法触动我的心灵。在俄罗斯，人们的精神生活更崇高、更伟大。俄罗斯好似一副毒药，让我中毒太深，我日夜思念着俄罗斯，只有俄罗斯才是我魂牵梦萦的地方。前些天我只是偶尔抽时间写作，现在我已经完全调整到正常工作状态。我认为，我一定能"推出"什么作品来。请想象一下，一个繁荣发展的敖德萨就是今天的马赛。这是一个五花八门、光怪陆离的社会，充满浓郁异国情调的各种奇闻异事简直令人瞠目结舌。但是，我对这里的一切已经感到有些兴致索然。请告知你们的近况。我时常想起你们，非常思念你们。我经常陷入对往事的回忆之中。请代我向萨沙及其全家问好！盼复。

爱你们的伊萨克·巴别尔

1927 年 10 月 28 日于马赛

174. 致波隆斯基

亲爱的维亚切斯拉夫·巴甫洛维奇：

我没给任何人寄过任何短篇小说。除您之外，我不会给任何人寄。（关于"山隘派"①的消息令我大惑不解。正如常言所说，事实并非如此！）我要给您寄去的短篇小说是一个大规模的整体创作中的一部分。在创作其他作品的同时，出于喜欢，我总是抑制不住拿起笔去写这些小说。这种时常闪现的、令人憎恶的创作的灵感火花是我最大的不幸，也是我草率从事、不按计划工作的一个主要原因。我真该去上吊自缢了！但是我拿自己毫无办法。我知道，"短篇小说交付出版"的期限很快就到了，我正在等待着，请您也耐心地等待。真的，我再也找不到其他更合适的词汇来表达我的请求了。在《日薄西山》上演前出版这部作品——这意味着……您知道，这意味着什么……"我将我的灵魂交在你手

---

① 1923 年底、1924 年初在莫斯科成立的一个文学团体。——译注

里……"①

我现在马赛。这是一个非常有趣的地方。您是否已收到那封告诉您我来马赛的信?

亲爱的、受尽折磨的编辑!我不再对爱情充满幻想。我只希望我能够勇敢地"抬起双眼正视自己,坦然面对那些催要稿件的编辑们……"良心——这是一头长着尖牙利爪、时刻咬噬着我的心灵、令我内心痛苦不安的怪兽!……

您的信已从巴黎转来。今天我给您写这封信的目的是希望有人去瓦朗斯②旅馆找一下巴枯宁。我这个傻瓜以为您把这本书给我留在了商务代表处,所以,我还去了商务代表处问书的事情。

我争取在马赛待的时间更长一些。请不要生我的气。请您相信,我们一定会言归于好的。

爱您的伊萨克·巴别尔

1927 年 10 月 29 日于马赛

---

① 见《路加福音》第 23 章第 46 节,耶稣大声喊着说:"父啊!我将我的灵魂交在你手里!"——译注
② 法国城市。——译注

175. 致卡希里娜 (伊万诺娃)

塔玛拉：

我相信我们的孩子。我相信，他的病很快就会好的。请多给我写信，请不要不愿动笔。他是不是瘦得很厉害？现在他已经能说很多话了吗？任何关于他的消息都会立刻融化我的心。

我在国外的生活谈不上好。在俄罗斯我才能生活得更好，我丝毫不想改变自己，不想融入这里的生活，不想去适应不同的生活方式。我认为没必要这样做。此外，我的心里始终非常担心和挂念你，这种感觉每时每刻都在痛苦地折磨着我。现在，在接到你最新这封信之后，我的心里平静了许多。我的朋友，祝你幸福快乐！希望你做一个头脑清醒的、理智的人。当然，给他人建议是一件非常容易的事情。而且我去做一个建议别人理智行事的人似乎有些可笑。但是，真的，塔玛拉，现在只好如此：必须精打细算地过日子，如果出现入不敷出的情况，我们很快就会走投无路，陷入绝境。

令我非常难过的是，因为没有钱我不能在这里继续住下去了，我必须立刻返回巴黎。请给我往从前的地址写信：巴黎 15 区，渥涅大街，邮局 69 号，留局待领，巴别尔收。

我的生活从未像现在这样拮据过。有时因为没有钱，我甚至到了那种尊严尽失的窘迫地步。现在我把所有的希望都放在剧本上，期盼着你为剧本四处奔波将会给我们带来好消息。如果该剧在省城已经上演了几场，那么我想，在莫斯科剧作家和作曲家协会我还可以拿到一些预付款。至今为止，在那里我一共领了 500 卢布。他们答应我在彩排前还会给一些钱。我认为，在省城的这几场演出无异于在莫斯科进行的彩排。当然，我不知道，该剧上演的具体情况怎么样？演过几场后该剧已被撤掉，还是将会保留一段时间？塔玛拉，请寄来你手里现有的这方面的所有材料。是否还有省城的其他剧院表示愿意上演《日薄西山》？你知道在敖德萨的上演情况吗？难道圣彼得堡的亚历山大剧院的预付款一直拖到现在都没有付吗？你是否确定这部剧一定能在亚历山大剧院上演？

总之，你必须到莫斯科剧作家和作曲家协会去要一下预付款。我写个申请，要 1000 卢布。请一定为此据理力争。但是拿到钱，事情只成功了一半，把钱寄到国外则是一件更麻烦的事。如果超过 50 美元的数额，需要获得外汇管理局的批准。弗谢沃洛德能够给你提供一些相关建议。当然，应该以莫斯科剧作家和作曲家协会，总之，以官方名义汇款最好。这样他们就会很快给予批准。无论怎样，现告知我的另一个汇款地址：巴黎 14 区，达罗街 27 号，法西尼收；巴黎，加里波第路 17 号，格拉诺夫斯基收。

如果一切顺利的话，请把钱汇给我。请电报告知事情是否有希望。到了莫斯科剧作家和作曲家协会还可以提一下电影的事情，因为从电影中也应该给我提成。不过，你认为这部电影是否会搬上银幕？顺便说一下，一定要把弗谢沃洛德的名字列为"合著者"，否则他一定会生气的。

塔玛拉，请写信详述弗谢沃洛德和列昂诺夫的剧作上演情况怎么样？演出效果如何？演出是否非常成功？爱森斯坦的作品怎么样？我似乎已被完全隔离于这个世界之外。我想，我是你忠实可靠的、至死不渝的朋友，请不要让我对外面的世界孤陋寡闻，一无所知。

我一直在努力写作，但暂时还没有收到什么明显的成效。如果想做一个诚实的人，那么创作那些令我感兴趣的主题不是一件容易的事。我已向波隆斯基再次强调，除了《新世界》杂志，我保证不会向任何编辑部投寄我的短篇小说。你知道，对我来说因生活贫困、迫不得已、被逼无奈而必须去创作某一作品，这是一件多么痛苦的事啊！如果这部剧能够支撑我活到下一个新作问世之时，那该有多好啊！我的所有希望都寄托在你身上，塔玛拉。莫斯科剧作家和作曲家协会或者任何其他机构的钱请寄往下列地址：巴黎 15 区，沙渥罗别墅 15 号，巴别尔收。银行的事情没有熟人帮忙不行。请到工业银行（在伊利因卡街交易所对面）去找一个叫纳格列尔的同志，他可以帮助你。盼回电告知所有事情的进展情况。

再见，我的朋友！请经常给我写信。请代我向我们亲爱的米哈伊尔问好！祝美丽善良、幸福快乐！

伊萨克·巴别尔

1927 年 11 月 11 日于马赛

到了莫斯科剧作家和作曲家协会请去找理事会理事戈利杰韦泽尔。今天我给他写封信。14 日我离开这里返回巴黎。

如果能够顺利拿到钱的话，还需要把其中一部分钱寄给妈妈（布鲁塞尔，威尼大道 38 号，玛丽亚·沙波什尼科娃收）。可以给她寄去 50 美元，也就是 100 卢布。但前提条件是，你首先需要把钱拿到手……请原谅我给你添了这么多麻烦……

176. 致斯洛尼姆

亲爱的朋友们：

　　马赛的冬季已经来临，街上寒冷的北风呼呼地刮个不停。我即将返回巴黎。请往从前的地址寄信。关于剧本的事情我收到了一些令人欣慰的消息。书刊检查机关对作品只字未动，没有提出任何修改意见。该剧在敖德萨和巴库已经上演，但现在还不清楚演出的具体情况如何。11 月末母亲要从布鲁塞尔到我这儿来，很快我就可以和家人团聚、感受久违的家庭温暖了！我现在的写作速度不快，但一直在坚持创作。回到巴黎再写信详述。祝快乐、健康、富有！

爱您的伊萨克·巴别尔

1927 年 11 月 12 日于马赛

177. 致卡希里娜（伊万诺娃）

塔玛拉：

　　你 11 月 21 日的来信和评论文章已经收到。谢谢！如果今年你能寄来 1000 卢布，那就太好了！请尽最大努力去协调和沟通。请找里夫希茨帮忙办这件事。他不会拒绝的。我会给他写封信说明情况。我不记得是否告诉过你我妹妹的地址：布鲁塞尔，威尼大道 38 号，玛丽亚·沙波什尼科娃收。如果每月也可以同时把钱寄给她一些，那就太好了。说实话，经济方面的问题总是让我的心情感到压抑。

　　除了敖德萨和巴库，是否还有其他地方也在上演这部剧？如果你那里还收集到了其他一些相关材料，麻烦请寄来。亚历山大剧院的人对你怎么说？在改变决定前，我非常想全面准确地了解事情的情况。请坦率告知。

　　米什卡生病我非常伤心。难道他真的病得那么严重吗？不知为什么我始终完完全全地相信他，相信他很快就会痊愈，会重新变成一个快乐的孩子。"智慧"一词具有双关含义，对于孩子来说，最重要的是要让他成为一个快乐的人。

亲爱的塔玛拉，恳求你用挂号件寄来一份剧本，我非常需要它。得知你和弗谢沃洛德之间的事情，我不知是喜还是忧。我觉得你对他有一种精神上的依赖。他是一个非常出色的人。可以说，你很难找到比他更好的人了。祝愿你一生平安、永远幸福！如果我的祝福能够实现，那就意味着，世界上的一切都在向好的方面发展。

请写信告知米沙及其他事情的情况。请记住，在千里之外的远方你还有一个朋友。我这样写绝不是为了说漂亮话。

伊萨克·巴别尔

1927 年 11 月 30 日于巴黎

178. 致卡希里娜（伊万诺娃）

亲爱的塔玛拉：

　　昨天我收到了205美元。这些钱简直像救命的氧气一样让我死而复生。我已经到了奄奄一息的地步。其中100美元我需要还债。当然，余下的钱做不了什么，但毕竟可以勉强度日了。假若你能在1月初再次做出这种撼天动地的伟大壮举，那就是上帝赐给我的莫大恩典。目前我们两人的经济状况如下：我很久以前就已经开始不间断地写作，但如果我再加把劲儿的话，就有可能完成一些作品，交付出版。但是我整个人、全部身心都不在状态，与我的目标背道而驰。现在远离忙忙碌碌的编辑部及那些毫无根据的、荒谬的创作陈规，我抑制不住渴望"遵循我自己的艺术法则"去创作。我相信，1928年我一定能够出版许多作品。但我不知道具体何时出版，我也不愿去想这些事情。我想，如果我的作品好，编辑们一定不会因我未按时交稿而生我的气。如果我的东西不好，无须赘言，早交晚交都是一回事……我非常挂念你和孩子。如果这个剧本能够帮助我们大家撑到我的新"成果"问世，那么这部作品就完全没有辜负我的希望。你认为这是否可能？请说一下你对此有何看法。我想，对此你应该心里更清楚……

我已经很久没有收到你的信了。孩子怎么样？他一直还在生病吗？不久前我的生活出现了转机。我想出了一个除了在巴黎，在其他任何地方都不可能做的与文学相关的"副业"。从精神层面这样做无愧于我旅居此地，而且可以帮助我抑制内心深处对俄罗斯祖国的思念，随着时间的流逝，我的这种思乡之情也愈加强烈。

如果你手里还有关于剧作的其他材料，请寄给我。我记得，我们与敖德萨和巴库已经签订了协议，而且当时我们争取到了更高的提成。他们是否履行了这一条款？

在这部电影中你承担什么工作？电影拍摄已经完全结束了吗？请不要懒于提笔，一定给我写信。再见！祝你及全家人幸福快乐！

伊萨克·巴别尔

1927 年 12 月 16 日于巴黎

179. 致卡希里娜（伊万诺娃）

亲爱的塔玛拉：

我知道，从莫斯科寄钱是件非常难的事。我会尽量不再给你添这些不必要的麻烦。从美国来的著名犹太作家肖洛姆·阿什给了我 75 美元，现在需要在莫斯科把这些钱还给他。塔玛拉，请你尽快去把钱还上。如果钱不够的话，请想办法到什么地方弄点钱。请把钱还给下面这些人：格林堡 100 卢布，特维尔大街 44 号，32 号房间；斯皮罗 50 卢布，第二奥贝坚斯基街 9 号。第二个地址有些不太确定，我不知道莫斯科奥贝坚斯基街具体在什么位置。不过，格林堡能够告诉你斯皮罗的确切地址。最重要的是，希望我托付你的这件事一定尽快办好，这样我才能在这里偶尔从阿什那儿借到些钱，你就可以不必总是为了寄钱跑到外汇管理局去接受层层审查了。这封信本该给你寄挂号件，但是，现在时间已经晚了，我正在咖啡馆给你写信。我想，这样寄也一定没问题。请尽快告知还钱的情况。请原谅我总是有各种事麻烦你。今后如有机会，我一定会尽我所能表达对你的感激之情。

　　我曾写信告诉过你我的计划。但是，这些计划同我的工作一样都无法确定。我相信，过几个月后我就又能靠我"目前的"作品挣钱了。但暂时还得从这个倒霉的剧本中榨尽它能够给予我的一切，不管怎样让我撑到更富有的那一时刻。当然，现在不必向任何剧院推荐这个剧本，只需回复一下剧院的报价即可。剧本的事有谁找过你吗？在敖德萨和巴库《日薄西山》演出了多少场？他们是否还打算在其他地方上演？你知不知道，在莫斯科第二模范艺术剧院的排练情况怎么样？

　　大概，我在这里会待到秋天。我正在筹划一项与巴黎有关的大型工作。

　　《日薄西山》的文稿已经收到。我非常需要这份材料。我给犹太翻译家布罗茨基写了封信，希望他把《日薄西山》的译稿转寄给我。在美国或波兰这份译稿很可能会派上用场，可以拿它挣些外快，这是我目前最主要的工作。但暂时布罗茨基没有回复。他的地址是：特维尔林荫大道7号，1号房间。请打听一下，他是否还住在从前的地方？他是否收到了我的信？

　　必要时我可以在这里的领事馆给你办理一份有我签字的委托书，然后寄给你。

　　外汇管理局对你怎么说？1月份是否有希望把钱寄来？现告知加琳娜·谢列布里亚科娃的电话：5-91-45，3-49-24。请问一下她能否帮忙。

　　米沙怎么样？不幸的孩子，他真是太不走运了！……能否给他拍张照片？我看不到他，在他的成长之路上没有我的陪伴，哪怕我能通过他的一张张照片观察他的一步步成长也好啊！……此

刻我心烦意乱，再也写不下去了。我很快还会给你写信的。盼
复。非常思念你，非常想你。

伊萨克

1927 年 12 月 22 日于巴黎

附上一张肖洛姆·阿什写给格林堡的字条。

180. 致佐祖利亚 ①

佐祖列奇卡：

不久前我收到了安娜·格里戈里耶夫娜的来信。她求我给她寄去最新出版的法语书，并告诉她关于翻译这些书的问题应该去找谁。她的第一件事我已经完成，书已经寄走。第二个问题我请她给您打个电话。现在像沃隆斯基一样，从前那些身居高位的大人物们都已经被解职，而且我认为，即便不是这样，他们这些人也未必能帮上她的忙。因为她是一个高傲自尊的女人，她不会用电话铃声不停地烦扰他人。所以，我觉得，在这件事上我也不会给您添太大的麻烦，不会强迫您帮忙，仅此一次而已。

请给我写信，不要懒于提笔。来到莫斯科之后您感觉怎么样？莫斯科有什么新闻吗？

我每天都在写作，虽然进展不大，但是从未歇笔。我这样做是打算把这些作品留在死后发表。我非常渴望对创作充满狂热的

---

① 叶菲姆·达维多维奇·佐祖利亚（1891—1941），作家。——译注

激情，全身心地投入，速度飞快，但遗憾的是，无论如何我都做不到这一点。

请代我向您的妻子和科利佐夫一家问好！

您的伊萨克·巴别尔
1927 年 12 月 23 日于巴黎

附言：请告知您的地址，我不知道您的具体门牌号。

181．致斯洛尼姆

我亲爱的人们：

祝你们新年快乐！祝我们大家在新的一年里健康快乐、幸福平安！……

我对自己目前的生活状态并不完全满意，我本可以比现在写得更多、更快。但我还是觉得，我的速度虽慢，但始终遵循艺术创作的法则，而不是去写马马虎虎、粗制滥造的作品，不是为了满足虚荣心和贪婪的欲望。

不久前我给您寄去了几本新出版的长篇小说。现在我已经为安娜·格里戈里耶夫娜准备好了一批非常有趣的书。如果第一批书顺利收到，我会尽快把第二批更好的书寄走。从国外寄书往往会遇到各种情况。一些书能够及时收到，而另一些书则可能会无缘无故地出问题。为了稳妥起见，我想在苏联驻巴黎商务代表处拿到一个往国外寄书的官方许可，但是这种情况一般他们不会批准，所以只能祈求上帝保佑，希望海关能够顺利通过。现在去找沃隆斯基办任何事情已毫无意义，他在各方面都无能为力。虽然有些不太妥当，但最好还是给佐祖利亚打个电话。几天前我给他写了封信，事先告诉他您会给他打电话。《星火》是为数不多的对翻译作品感兴趣的出版社之一。请随时告知这件事的进展情况。

对列夫·伊里奇和伊柳沙取得的成绩我感到特别高兴。我始终凭直觉、本能地、无意识地对他们极为尊敬。应该说，我的"直觉"很少欺骗过我（虽然说"很少"，但只要有一次例外就非常严重！）。所以我想，石油方面的问题应该去找一下奥利舍韦茨，现在正是时候。如果你们愿意的话，我非常高兴给他写封信说明此事……

为了让我在巴黎的生活更充实、更有意义，我开始阅读一些法国大革命方面优秀的旧历史书。而且，说实话，像青年时代一样，我一直在手不释卷，通宵达旦地看。除了我们之外，任何人都看不懂这些书。我已经为安娜·格里戈里耶夫娜准备了这个系列的作品中最好的两本书。

请原谅我很少写信。我的生活一向忙忙碌碌，充满各种不安定的因素。所以，我总是很难挤出几个小时的时间安安稳稳地坐下来与我亲爱的人们谈一谈心里话。我的父亲为了能去剧院看戏，始终期待着自己能拥有一个好心情，结果他等了15年的时间。他去世了，一个可怜的人，到死都没有去过一次剧院。但是我们还是要替他去剧院的，否则对于世界上的父亲和孩子来说活着的意义何在？再见！我现在只靠希望活着，我希望我能很快把我的作品寄给你们。伊柳沙是否已经开始着手创作新作品了？所有人都说，无论如何他都必须来巴黎。这里的蒙巴纳斯 ①从某一方面来说真可称得上是雄伟壮观，令人震撼。这里有庞大的交易所、各种学校、教堂、旅店、绘画与雕塑学院。据最新统计，巴黎现约有 40000 名艺术家和雕塑家，他们分别来自中国、德兰士瓦②、哥斯达黎加，他们在这里追逐荣耀，学习科学，追求时髦的法国女郎。所以，伊柳沙不能不到巴黎来。

伊萨克·巴别尔

1927 年 12 月 26 日于巴黎

---

① 蒙巴纳斯，巴黎的一个街区。——译注
② 南非东北部的一个省，现已不存在。——译注

182. 致卡希里娜（伊万诺娃）

亲爱的塔玛拉：

　　大概，你已收到了我的两封信，已把钱交给布罗茨基去翻印剧本，你办得非常好。也许，我能成功地将剧本卖给犹太人，也许，他们一定会付钱。我不知道，《新世界》付给你这么少的钱。不用说，我一定让你非常不高兴。但我自己心里也不好受。那又能怎么办呢？我根本不是什么作家，无论我多么努力创作，我总是不能成为一名职业作家。一想到你正坐在家里身无分文，两手空空，我就无法忍受。我一定会努力写作。恳求你先向别人借些钱，按照阿什的交代尽力帮我把钱还上。我们过上幸福生活的最后一线希望已经非常渺茫。我想，一月份莫斯科剧作家和作曲家协会能够把钱发给我，前提条件当然是剧本一定会在莫斯科模范艺术剧院上演。你觉得是否有这种可能？如果能成功上演的话，也许他们给的钱够我们 3~4 个月的生活费。我想，对"不符合"时代潮流和书刊检查要求的剧本在稿费方面不能抱有太大希望。但是，难道这个剧就一点都不能赚些钱吗？这个剧在敖德萨和巴库票房收入怎么样？我一定会继续努力，塔玛拉，我知道，我必须努力，但是我们不能贪小便宜吃大亏。

孩子们怎么又生病了？这是怎么回事？这到底是为什么？你是不是忽视了他们？也许，他们在无人看管的时候跑到街上着凉了。塔季扬娜还在上学吗？她是否有学习的愿望？

我知道，向他人提出希望和建议是件非常容易的事，但无论如何我必须向你送出美好的祝愿：祝你生活幸福、开心快乐！在电影厂你应该尽可能全力以赴、兢兢业业、勤勤恳恳地工作，因为工作是非常有趣的一件事，而且工作在精神上会给你带来很大满足。你已经学会了剪辑技术，这太好了！这是一项非同寻常的、特别吸引人的工作。

即使远在千里之外，我就已经听说，莫斯科那些搬弄是非的人正在谣传关于我的所谓"法国国籍"的事情。对于这些谣传根本不必回应。这些爱传流言蜚语的人和那些无聊透顶之徒做梦都不会想到，我是多么热爱、又是多么思念祖国俄罗斯！我渴望回到它的怀抱，时刻都在为它努力工作。

里夫希茨一家怎么样？不知为什么他们没有回复我的信。请不要忘记我的请求，如果可能的话，请给米沙拍张照片。

很快就要过新年了。愿我们一切平安顺遂，愿我们变得更加坚强！衷心地祝你和家人幸福快乐！

伊萨克

1927 年 12 月 26 日于巴黎

183. 致卡希里娜（伊万诺娃）

亲爱的塔玛拉：

你是否已经按照阿什的交代把钱还上了？对我来说，这件事非常重要。最关键是，我一定要信守诺言。如果第一次我的保证就没有按时兑现的话，那么今后他就不会再信任我，不能和我继续办这样的事情了。如果你能从莫斯科剧作家和作曲家协会拿到钱，那么请再还给阿萨·波隆斯基 60 卢布，特维尔林荫大道 9 号，15 号房间。这 60 卢布也是我在这儿已经拿到的钱。我尽力不让你去做往国外寄钱这种复杂的、操心的麻烦事。焦急地期待收到关于这些事情的消息。与莫斯科剧作家和作曲家协会之间的账算得怎么样？我的"共青团"影片是否有希望搬上银幕？你是否已真正学会了剪辑？我觉得，这是一项非常有意思的、特别吸引人的工作。恳求你不要放弃这项工作，不要半途而废，不要离开电影厂。我觉得，对你来说这样做后果不堪设想。你的信写得非常亲切，这让我感到特别欣慰。祝愿他人一切都好，这不是件难事。我完全相信，在你生活中的某些地方也许我还能帮上你的忙。当然，弗谢沃洛德是一个难以相处的人。你一向知道我对他的看法。至今为止，我对他的看法丝毫没有改变。你我两人在一起生活得并不快乐，所以，我们都应该好好静下心来休息一下。我有一个想法始终挥之不去，为此我感到非常痛苦：我觉得，现在你再也不会有那种轻松快乐的生活了，在物质上你不会获得满足，精神上也不可能得到休息。你总是为自己选择那种激情四溢的、折磨人的人。我决定给你提几个建议，当然，给他人建议这是任何人都最容易做到的事情。读了你的来信，我觉得，我有权力这样做。请不要放弃你自己独立的生活之路，千万不要迷失方向，误入歧途。我认为，只要完全相信自己，依靠自己，无论怎样都可以坚强地生活下去。

根据目前从各方面得到的消息，莫斯科第二模范艺术剧院正面临倒闭，当然，他们那儿不会再上演任何剧目，我们也不会再有任何希望可以从他们那儿赚到钱。如果排练还能照常进行，如果你还能常去参加排练，那也不是什么坏事。如果你愿意，我可以就此事给别尔谢涅夫或契诃夫写封信。

孩子已经痊愈，而且能走路了，这太好了！麻烦请给他拍张照片寄来。大概，现在你身无分文，一贫如洗。请相信，我一定会赚到钱，这一天我们不会等太久。据说，你们那儿今年冬天非常冷，雪很大是吗？我向往雪花飞舞的冬日，思念祖国俄罗斯……孩子已经完全会走了吧？他的模样又变了吧？再见！

伊萨克·巴别尔
1928 年 1 月 10 日于巴黎

184. 致佐祖利亚

亲爱的佐祖利亚：

　　非常高兴您始终保持着一如既往的创作"激情"。在您来过之后，我想，从前我对您作品所持的不认同和怀疑态度不无妒意。您的创作"激情"中蕴含着旺盛而强劲的生命力。当然，我也强烈渴望拥有这种"狂热"的激情。现在不知为什么，我完全相信这种"狂热"。请不要放弃这种"狂热"，我觉得，你现在完全不应该放弃……下面讲讲关于我自己的这些讨厌的工作。根据我的计划，在春天来临之前我会把一部短篇小说发给《探照灯》杂志。夏天的时候我们在莫斯科再谈关于出书的事情。我想，夏天之前我已经不可能阻止那些愤怒的债主们不停地来向我催账了。希望您不要怀疑我，不要像编辑部那些衣冠不整、不切实际的浪漫主义者一样奸诈狡猾，他们可能会诡秘地说：他说他在不停地写作，他写得很快，但是他却不发表，实际上，他是在等待有利的时机……当然，对我来说绝非如此。我完全不是在有意期待着某一时刻的到来。我已经很长时间没有情绪创作了，无论如何我都不能成为一名职业作家，对此我深感惭愧。像所有其他人一样，作品一写完，我就会立刻交付出版……您说的那些流言蜚语已经从四面八方传到了我这儿。我待在这里是因为家里的许多事情需要我花时间去一一解决。其次，我不想两手空空地回到莫斯科。您知道，这些原因非常简单，正如真理从来都是最简单的一样……

西玛打算领孩子来这儿吗？您的照相机还好用吧？您的工作忙吗？（在工作的同时请不要忘记最重要的事情！！好好休息，做自己喜欢做的事情！）请努力争取把钱寄给列别杰娃。众所周知，钱在这里非常有用。我已给沃隆斯基写了信，但是没有收到他的回复。他怎么了？他至少还在《探照灯》做编辑工作吧？《星火》的发行量真是个天文数字。在英国您很可能就成为诺斯克利夫勋爵①了（？）再见！请代我向您的家人和科利佐夫一家问好！叶甫盖尼娅·鲍里索夫娜是您忠实的崇拜者和仰慕者。她向您致以衷心的问候！

您的伊萨克·巴别尔
1928 年 1 月 10 日于巴黎

附言：我刚刚得知，康斯坦丁诺夫斯基的侄女去世了。今天下葬。他悲恸万分。

---

① 诺斯克利夫勋爵（1865—1922），英国新闻家，19 世纪末—20 世纪初英国现代报业奠基人。——译注

185．致里夫希茨

我亲爱的人们：

感谢你们的来信！

……在我来巴黎的最初几个月，我一直在不停地忙于安顿下来，当然，这几个月没有给我带来任何创作"灵感和激情"。但现在我已逐渐进入到了正常的写作状态。像青年时代一样，我正打算在我的文学创作方面进行一场"彻底的变革"。现在还不知能否实现。我已经感觉有些疲倦，而且现在要"变革"比青年时代更难。也许，夏天前我能完成写作任务。在作品写好前我不会回俄罗斯。我相信，时间可以治愈一切。我非常清楚，我应该把我采取的这种"时间疗法"进行到底。我毫不在意那些搬弄是非者的所作所为，对于这些人的数量和素质我了如指掌。生活在流言蜚语的包围之中，我一向坦然面对，泰然处之，因此我得以远离那些无聊的烦扰。对社会舆论的压力不予理睬，这是我的一大优点。

关于在巴黎的生活，该怎么对您说呢？虽然我十分思念俄

罗斯祖国，但是如果多一些钱，那么在巴黎生活也不错。我无法
适应目前这种缺衣少食的贫困生活，在这样的物质条件下无论怎
样都不能自由自在、无拘无束地做自己想做的事情。我的钱非常
少，但暂时毫无办法。这个国家极度落后，到处给人一股外省那
种土气俗气的感觉，无论这听起来有多么奇怪、多么不可思议，
但它却是实实在在的现实。从个性自由的角度来说，在这里生活
当然非常好，但是我们俄罗斯人追求崇高的思想和精神价值，渴
望强烈的激情和永恒的真理。

非常高兴，你们的女儿这么好，大概，在家里她已经完全是
一个小大人了。柳夏最好往这儿给我们家人、给我妻子写封信。
现在妈妈从布鲁塞尔到我们这里来了。她看上去和从前一样，气
色非常好。梅拉的身体一直不好，时常生病，我特别难过。

明天我把书寄走，但你是否能够收到这些书我没有把握。有
的书能够寄到，有的则不一定。但愿诗集能够顺利收到。

你的工资太少了，真是让人难过！大概，我们都对此毫无
办法。

我会写信告知我生活中那些有意义的、值得关注的事情。请
不要忘记我。如果你认为，除了我"已知"的事情，还有许多其
他事情我应该了解，请写信详述。

吻你们。

你们的伊萨克·巴别尔
1928 年 1 月 10 日于巴黎

186. 致高尔基

亲爱的阿列克谢·马克西莫维奇：

　　我已经离开巴黎回到乡间。回来后就收到了您的来信。非常感谢您的邀请！衷心地感谢您！我能否春天去？我非常想见到您。我一直在努力创作我早已开始动笔的作品。意大利是一个美丽而又迷人的地方。我非常担心，意大利之旅可能会分散我的工作精力。所以，我想晚一点，在春天的时候再去。

　　那些关于我"生病"的传闻未免言过其实，有些恶意夸大。暂时我还死不了！

爱您的伊萨克·巴别尔

1928 年 1 月 26 日于巴黎

巴黎 15 区，舒沃罗别墅 15 号

187. 致斯洛尼姆

亲爱的安娜·格里戈里耶夫娜:

我给您寄去了林德伯格①的《我的飞机与我》和沃罗诺夫的《赢得生命》。我觉得，第一本书经过缩写后非常适合发表在《星火》杂志上。沃罗诺夫的书一定能引起读者的极大兴趣并产生强烈反响。我认为，国家出版社或任何其他出版社对此书的出版都应该表现出极大的热情。你与"土地与工厂"出版社有没有什么联系? 我觉得，他们的工作效率更高些。我想，您可以以我的名义直接去找纳尔布特。

在这里要想订购到非常出色的短篇小说集或其他任何值得一读的书非常难。我们认为，法国人写的都是一些琐碎的、无意义的事情，在我们看来（似乎这一观点完全正确），所有这些书都枯燥乏味，无聊至极，毫无任何价值。我希望在这周末再给您寄出几本书，这次寄去的书应该更适合您。钱的事就不用提了。这

---

① 林德伯格（1902—1974），美国飞行员，首个飞越大西洋的人。——译注

些书不值多少钱。"自己人好算账。"

您对《铁甲列车》的评价让我感到十分惊讶。因为关于这部作品从莫斯科传来近乎清一色的赞美之声。对于《日薄西山》我不抱有任何希望,恰恰相反,我认为,这部作品可能会遭遇冷落。

至于说到我的近况,我一直在努力写作。虽然在这里物质生活比较安逸,但是我的内心却时刻渴望投入到俄罗斯正在发生的、具有"世界历史意义"的重大事件中去。叶甫盖尼娅·鲍里索夫娜在这里的秋季美术展览会上展出了自己的画作。人们都说,她非常有创作才能,但她一向疏于动笔,创作热情日益减退。她向您致以衷心的问候!

谨向您家的男士们致以热烈的、无产阶级的革命敬礼!谨向他们发出无产阶级的伟大号召!当然,除了这些,还能向他们发出什么样的号召呢?难道要说:"同志们,锻炼身体吧!"……

请耐心等待,下一封信和新书过几天寄出。

衷心爱你们的伊萨克·巴别尔

1928 年 1 月 26 日于巴黎

188. 致里夫希茨

亲爱的伊萨基：

……但愿你能够收到我寄去的书。书店向我解释说，书到货晚的原因是无论如何都订不到瓦雷里[①]的作品。由于瓦雷里的创作中流露出的那种孤傲自信和对绅士生活的崇尚，你完全可以想象到，他的书只印了50或100套。显然，这样做的目的是不希望"平民大众"读到这本书。尽管如此，大家都说，瓦雷里是一位出色的诗人。

下面说说我的工作。目前我工作的大致情况是，我想，约3个月后我的作品写得成败与否（对我来说）就可一清二楚。到时再与您详谈。现在能对您说些什么呢？我写得非常困难，进度很慢，时常突然间对自己的创作感到极度不满，无法自持，进而陷入巨大的痛苦之中。

我的身体情况还不错。我收到了高尔基的来信，他邀请我到

[①] 瓦雷里（1871—1945），法国象征派诗人。——译注

意大利去。如果我有钱的话就打算春天去。《骑兵军》已经在西班牙出版。书做得非常漂亮，据说，在西班牙一经问世便大获成功。西班牙语版的发行给我提供了去西班牙的机会。至今为止，他们还没给任何一个俄罗斯人发放过签证，无论是苏维埃政权的拥护者还是反对者。但是要想去那里需要很多钱……

如果可以，请寄给我 2~3 本《骑兵军》。

现寄去给别尔谢涅夫的字条。我故意在字条上标注了 2 月 5 日。到首演的时候，你把字条给他出示一下就可以拿到票。你在哪儿读过《日薄西山》？难道剧本已经出版了吗？请原谅，你对这部剧给予了充分的肯定，我不太同意你的意见。伊塔·阿赫拉普最近怎么样？她现在哪儿？在做什么？谨向柳夏及孩子致以深深的问候！

祝开心快乐、幸福平安！

你的伊萨克

1928 年 1 月 26 日于巴黎

189. 致卡希里娜（伊万诺娃）

塔玛拉：

如果你能还给波隆斯基 60 卢布，那么就可以帮助我摆脱困境。除此之外，再无其他事情麻烦你。我想一想该怎么给奥利舍韦茨写封信说明情况。非常惭愧，我没有给他们寄去任何作品，但是目前我的生活陷入了一种最可怕的状态：我不想写作，确切地说，我完全不想工作。

读了你的来信，我非常难过。最难过的是，你失去了工作。我不知道，此时我该对你说些什么好。如果我的工作能够稍微有一点进展，我们的经济状况也不会像现在这样。但是，真的，我一直在尽最大努力去做……请给我写信，一定写信。请不要让我对一切一无所知。

沃隆斯基怎么样？他现在莫斯科还是已经走了？

伊萨克·巴别尔

1928 年 1 月 28 日于巴黎

190. 致卡希里娜（伊万诺娃）

塔玛拉：

　　我往苏联消费合作社中央联社写了封信。我想，他们不会再打搅你了。

　　请一天之后给奥利舍韦茨打电话。今天我给他写了封信，请他延长我出差的时间。

　　我托佐祖利亚把钱还给波隆斯基。佐祖利亚会打电话问你这份钱是否已经付完。你认为，我说过"我已经让你的生活有了足够的保障，我再也不会继续帮助你"这句话，认为这完全是我的想法，那么我告诉你，我绝对不会有一丝一毫这样的念头。除非在精神病发作时我才有可能写下这种胡言乱语。我非常清楚在道德上和经济上我对你和米什卡欠下的债。我想，总有一天我会还清的。

　　你认为有必要告诉我说，弗谢沃洛德禁止你谈起我。这真是太让我吃惊了！对我来说，这真是件新鲜事！假如我的脑海中曾闪过一丝这样的念头——想到你可能会把我凄惨的境况告诉弗谢沃洛德——当然，也许我就不会托你去办任何事情了。

我会给里夫希茨写封信，请他帮我办向税务检查员还钱的事。期待收到孩子的照片。如果能够寄来，我会非常高兴。衷心祝你早日找到工作！

伊萨克·巴别尔

1928 年 1 月 26 日于巴黎

191. 致里夫希茨

亲爱的伊贾：

应该直截了当地说，现在我急需你来拯救我。我需要大约5~6个月的生活费。我相信，今后在我的生活中这种有损尊严、有失体面的事情再也不会发生了。我坚信这种情况一定不会再次出现，因为我正在埋头创作。所以，无论如何，我必须争取写作能够顺利进行下去。请帮帮我。

现在我同时给国家出版社文学艺术部主任别斯金写封信。如果他同意给我400卢布，那么国家出版社就应该尽快把这些钱汇过来。但这件事办起来不太容易。通常在外汇管理局里办理审批手续相当繁杂，办事人员的态度极其恶劣。因此，如果不催办的话，在外汇管理局那里任何事情都会无果而终。请把我给别斯金的信装入信封里，封好，并亲自转交给他。当面交给他非常重要，因为这样你就可以及时地知道他对我的信有何反应。你应该表现出一副代理人的样子，但不要夹杂任何个人情感，不能说得比我信里写得还多。当然，更不要对其他任何无关的人说这些——否则所有人可能都会说，我在巴黎沦落街头，正在沿街乞讨。

还有一种可能是，也许在《圆周》那里我能拿到一些钱，我会请求安娜·格里戈里耶夫娜·斯洛尼姆去办这件事。你的信中提到了一个情况（确切地说，在国家出版社内部出现了一个部门之间工作协调不当的问题）：出版社艺术部确认，第三版将在一个月后出版，但出版部却说书还没送去印刷。利扎列奇能不能向你解释一下，为什么会出现这种前后矛盾的情况呢？

你收到科克托 [①] 和瓦雷里的书了吗？我本可以多给你寄去几本有趣的书，但暂时没有钱买，请稍等一段时间，我相信，不会等太久。

祝健康快乐！请多包涵！

请代我向你家人问好！我会代表我们全家给你的家人另写一封信。

你的伊萨克

1928 年 2 月 2 日于巴黎

[①] 让·科克托（1889—1963），法国先锋派作家、电影导演，1955 年当选法兰西学院院士。——译注

192. 致里夫希茨

尊敬的同志：

国家出版社的钱我还没有收到。我想，在国家出版社那里可能会遇到一些困难。几天前《消息报》（奥利舍韦茨）给我汇了 200 卢布。虽然这只是杯水车薪，但还是帮助我勉强还上了一些欠款。我担心，外汇管理局不会准予 2 月份再给我寄来 400 卢布。但应该向他们说明，近几个月内我没有收到过一分汇款。我想，无论如何都必须不停地去找国家出版社，不能让他们安稳，否则时间一长，这件事就会被逐渐淡忘。我知道，到国家出版社去办钱这方面的事是一件最折磨人的、最讨厌的事情，我相信，我不会再给你添这么多麻烦了。我争取让出版社从莫斯科直接把钱寄来。

我给别尔谢涅夫写了封信，让他们给你寄三张彩排的票。因此，我想，现在你不需要我就此事再给他们写字条了。我坚信，这个剧一定会遭遇空前的失败。目前许多地方已经初步表现出这种迹象。如果你愿意的话，请写信告知你对这部剧的感想和看法。

大概，瓦雷里的书在边境上耽搁了。今天我去书店看一看还有什么好书可以寄给你。我现在什么书也没读，写作的时候我不想读书。你知道，我的生活并不轻松，我一直在努力奋斗。到时候我们再看，我的努力会有什么结果。

妈妈几天以后走。她在这里待得心情不太愉快。唉，因为另一个老太太——叶甫盖尼娅·鲍里索夫娜的母亲总是寸步不离地跟着她，所以在这里妈妈很少出门。叶甫盖尼娅·鲍里索夫娜的母亲是那种不宜多与外界接触的人。不过，妈妈心地善良，性格温和，非常宽容。她的目光还像过去一样神采奕奕。

如果税务检查员已不再来烦扰我们，那么，当然，无需赘言，我们就默不作声好了。

请尽力从国家出版社要出这 400 卢布，这将是一个值得树立青铜纪念碑的壮举。

叶尼娅去美术学院学画画了。我们相信，她很快就会给你们写信的。对她来说，写信不是件容易的事，她很少写信。

谨向你致以热烈的问候！

伊萨克

1928 年 2 月 17 日于巴黎

193. 致斯洛尼姆

亲爱的安娜·格里戈里耶夫娜：

昨天我才得知，那个讨厌的书店至今没给您寄去查米安·伦敦①的书，所以昨天我把自己手里的一本查米安·伦敦的书、布鲁森的一部名作（关于阿纳托尔·法朗士②的回忆录续集）以及切斯特顿③撰写的狄更斯传记寄给了您。在这里，长篇传记文学非常时髦。我还打算给您寄去一本写得非常出色的巴尔扎克传记。我想，将其译成俄文是一件很有意义的、非常值得去做的工作。这本书一定会赢得众多读者的喜爱，而且这本书的创作方法和艺术形式非同寻常。倘若不考虑阐述查米安·伦敦对待战争的态度的最后几章，唉，这本书各方面都相当完美。遗憾的是，作者对

---

① 查米安·伦敦（1877—1955），美国剧作家。美国20世纪著名现实主义作家杰克·伦敦（1876—1916）的妻子。——译注
② 阿纳托尔·法朗士（1844—1924），法国小说家、文学评论家、社会活动家。1921年诺贝尔文学奖获得者。——译注
③ 吉尔伯特·基思·切斯特顿（1874—1936），英国作家、文学评论者以及神学家。——译注

于战争持赞同态度。我觉得，布鲁森的书一定会大受欢迎，销路可观。虽然书中笼罩着一种忧郁的、灰暗的、极其令人不快的气氛，但作者笔锋犀利，言辞尖刻，风格独树一帜。

《日薄西山》的演出遭遇到空前的失败。我给别尔谢涅夫写了封信，要他给您寄去彩排的票。我知道，您一定会对这部剧的演出情况感到非常难过。如果您愿意的话，请写信告知您对这部剧的看法和感想。

急切盼望收到您的电报。如果您收到钱，请暂时把钱保存好。现在没有任何机会可以把钱寄给我，所以我只能在这里寻找是否有需要把钱汇到莫斯科的人，然后按照他给的联系方式在莫斯科及时把钱还给相关的人，除此之外再无任何其他办法。而且暂时还不知道，这种方式是否可行。总之，在这件事上您现在已无能为力了。汇款的事总是这么麻烦，非常难办。现在我们生活在极度贫困之中。不过，我不会灰心丧气。只是身在巴黎却分文皆无，这似乎既愚蠢，又可笑。恳请确认书是否已收到。

紧握您家的男士们勤劳的双手！谨向他们致以深深的问候！

爱您的伊萨克·巴别尔
1928 年 2 月 18 日于巴黎

194. 致尼库林 ①

亲爱的列夫·韦尼阿米诺维奇：

烦请您去看一看《日薄西山》的演出，然后请不要懒于提笔，请描述一下演出遭遇失败的惨状。我已经收到了在《圆周》上刊登的剧本。简直是匪夷所思、闻所未闻！打字错误随处可见，完全歪曲了原文的内容。真是一部命运多舛的作品！……

特别值得一提的是，这里的春天别有风味，美不胜收，令人陶醉。正如人们常常说的那样，巴黎之春实在是太美了！

别济缅斯基和茹特金顺路到巴黎来做客了。见到别济缅斯基我忍不住哈哈大笑，笑得差点喘不过气来。在温馨浪漫的巴黎街头这两位天才看上去有些其貌不扬。不过，别济缅斯基是一个好人。

从 2 月前开始我的写作进展一直不错，也颇有收获。后来，我开始构思一部非同寻常的作品。但是，昨天夜里 11 点半我突

---

① 列夫·韦尼阿米诺维奇·尼库林（1891—1967），作家、诗人。——译注

然发现，已经写好的部分不过是辞藻华丽、毫无任何价值的一堆废纸。可我却白白地浪费了一个半月的生命！但是，今天我还在为此伤心难过，明天我可能就会认为，人应从错误中学习，在失败中成长。您已经写完那部中篇小说了吗？渴望早日读到您的作品！您是否已搬入新居？请大体上讲一讲您的近况，否则我就与大家彻底断绝了联系……

紧握您的双手！

伊萨克·巴别尔

1928 年 2 月 24 日于巴黎

195. 致卡希里娜（伊万诺娃）

塔玛拉：

　　我认为，生你的气是一件不光彩的事。无论我怎样努力去寻找制造我们之间一切不幸和灾难的罪魁祸首，我知道，最终真正的始作俑者还是我一个人。有时如果我有行为不当之处，我绝无恶意，只是由于考虑不周而已。我没能及时意识到，我不该让你去替我办那么多事情，不该给你添如此多的麻烦，让你为难。如果可以，请寄来一张孩子的照片。现在我主要想好好筹划一下，如何摆脱目前这种可怕的、难以忍受的经济状况。

伊萨克

1928 年 2 月 28 日于巴黎

196. 致高尔基

亲爱的阿列克谢·马克西莫维奇：

　　我现在正开始忙着办理签证的事情。我 4 月份到。谢谢您一直没有忘记我！您不必为我担心，不，也许应该担心……我觉得，我生活在精神世界里，我把自己的生存状态弄得异常沉重。我一定会写完这本可恶的书，虽然现在我深陷其中，无论如何都难以从中解脱出来。然后，我会重新投身到"人间"去，深深地呼吸"人间"的新鲜空气。我会选择到人群更加密集的"人间"去。我在知识分子中间生活了三年，这种环境实在是无聊透顶、乏味至极！况且，忧郁寂寞于人有害无益。只有在那种未经雕琢的、原生态的自然世界里我才能恢复活力，重新振作起来。您看，我可真是一个十足的傻瓜！……

　　别济缅斯基到我这儿来过，他说，您身体健康，精神抖擞。我真为您感到高兴。我还没看见茹特金，上帝保佑……（在莫斯科扎罗夫和乌特金两人合二为一，被称为"茹特金"）。

　　现给您寄去《圆周》杂志。上面刊登了我的剧本《日薄西山》。

剧本中拙劣的打字错误随处可见，结果完全歪曲了原文的内容。我把能找到的打字错误都已修改完。昨天，2 月 28 日，这部剧首次在莫斯科第二模范艺术剧院上演。可以说，此次演出非常失败。

再见，阿列克谢·马克西莫维奇！

您忠实的伊萨克·巴别尔

1928 年 2 月 29 日于巴黎

197. 致里夫希茨

亲爱的伊萨基：

　　果然不出所料，《日薄西山》的演出以失败告终。可以说，这一"事件"给我带来了积极的、正面的影响。首先，因为我对此早已做好充分的心理准备。这件事使我更加坚信自己是一个头脑清醒、冷静理智的人。其次，我想，演出失败的结果不仅对我非常有益，而且还会更加有利。

　　你发来的电报中出了大错。不过，我收到了剧团发来的一封热情洋溢的电报。因此，别担心，你的问题不大，连整个剧团都把这件事搞错了。唯一我没有料到的只有一件事：演出枯燥无味，甚至到了令人难以忍受的程度。其中还有一个问题是，此次演出没有获得任何收益。显然，因为没有进行任何（吸引观众，提高票房收入的）炒作，所以演出也自然而然就被人们淡忘了。如果你有机会收集到一些相关评论，请寄给我。

　　……近日我得了感冒，但现在身体已完全恢复，而且感觉状态不错。这里的春天充满了诗情画意，令人陶醉。大概，我4月初离开这儿到意大利高尔基那里。他多次强烈地邀请我，我不好拒绝。等到一切情况大致确定后，我会写信准确告知。我暂时没有钱可以去旅行，但我并不觉得难过，因为现在我不想外出。如果可以的话，请打听一下，《日薄西山》的最初几场演出是否有票房收入？我想，不管怎样，还是可以净赚几百卢布的。

再见！祝春天快乐！愿幸福、阳光永驻我们心中！

你的伊萨克

1928 年 3 月 7 日于巴黎

198. 致里夫希茨

亲爱的:

很久没给你写信了。请原谅。如果凭良心给你写信,那就只能抱怨(虽然这是毫无意义的事),但如果不是凭良心写的话,我又不情愿。对我来说,转入新的职业文学创作之路绝非易事(我在这里第一次开始从事职业文学创作),我总是对自己的创作表示怀疑,在我内心深处一向找不到那种对待自我的宽容态度,我不能像其余99%从事写作的人一样创作和生活。

我病了整整一个月,身(显然是大脑疲劳过度)心都出了问题。只是此刻我才重新感受到,或确切地说,再次找回战胜自我和"创造"的力量,同时能够用华丽的辞藻去表达自己的这种心绪。

后天(星期天)我们去布鲁塞尔妈妈和梅拉那里。然后,可能我们所有人一起从布鲁塞尔到一个海边的小村子去。在比利时我们能待多久,目前还不知道,也许是一个月,然后我们返回巴黎。我非常想9月回俄罗斯,不是回莫斯科,而是回俄罗斯。无论如何，我准备近期动身……回信你仍然可寄到巴黎，他们会转寄给我。你的近况如何？女儿怎么样？你们还住在别墅吗？我知道，你也曾有过心情不快的时候，但任何人都不能比我更真切地感受到这一点，因为我正在努力摆脱疾病的痛苦。可以用一个准确的词语来概括现在我所经历的病痛——"神经衰弱"，在耽于幻想的青年时代我曾患过这种病……

你的伊萨克
1928 年 3 月 20 日于巴黎

199. 致尼库林

我不幸的老朋友：

我们这里放眼望去，满目春色妖娆，令人陶醉。在这里我们生活得非常好。不久前正赶上大斋节 ①，我有幸遇到了各种各样的人与事。不，不该去责骂，这座城市非常好，唯一不如意的是这里过于安静，甚至让人感到有些寂寞和无聊……大概，我 4 月去意大利高尔基那里。这位文坛巨擘多次强烈地邀请我，我不该拒绝。我打算在那儿一直待到高尔基回俄罗斯为止，虽然我的经济状况非常糟糕——我的家里人给了一个哥哥 80 法郎。一想到他把我的血汗钱拿去用于那些小资产阶级的消费，我心里特别难受。应该告诉您，现在我已经具有一种杰出的、纯粹的无产阶级意识。顺便说一下关于《日薄西山》的情况。令我感到骄傲的是，在这部剧演出之前我就有失败的预感，而且对演出前后可能产生的各种微小的细节问题逐一进行了分析。如果今后我还会创作剧

① 亦称"封斋节"，基督教的斋戒节，共四十天。——译注

本的话（我觉得，我一定会写），我每次都会亲临现场坐镇，指导排练，做剧院经理妻子的情人，提早开始与《莫斯科晚报》或《红色晚报》合作。这部新剧将取名为《转折》，或者如《自由无上！》……虽然我的写作进展不够顺利，但是一直没有停笔。这些即将完成的作品首先将会刊登在《新世界》杂志上，我是《新世界》的专职供稿人。我已经接到了通知，奥利舍韦茨已经不在《新世界》杂志了。真是意想不到的事！……您是否了解内情？……我得了感冒，但现在身体已经恢复了健康，现在感觉非常好，整日精神抖擞，甚至我担心会出现精力过剩的危险。我的朋友列夫·韦尼阿米诺维奇，请不要忘记我，上帝保佑您！非常高兴收到您的来信。最近莫斯科有什么新闻吗？

您的伊萨克·巴别尔

1928 年 3 月 20 日于巴黎

200. 致卡希里娜（伊万诺娃）

塔玛拉：

我无论如何也想不起，在我的信里哪些话伤害了你。说真的，收到你的来信后我完全不知所措，我不知道应不应该给你回信，不知道我的信会不会给你带来新的、不必要的痛苦……我不知道该用什么样的语气给你写信。也许，这种尴尬的、无所适从的感觉使我的信写得有些不太正常，令你不快，甚至无法忍受。如果是这样的话，请你原谅。

我和奥利舍韦茨签订了合同。根据合同规定，截止到 1929 年 1 月 1 日之前，他们每月将付给我 200 卢布、给米什卡 100 卢布。现在已经看到了希望，我们很快就会过上衣食无忧、吃饱穿暖的日子。我也不会再像现在这样在这里整日忍饥挨饿。我从来没有忍受过这种贫穷的煎熬。我已欠下了几千卢布的债，数目简直是惊人！现在债主逼门，我已陷入绝境。不知道《日薄西山》会不会给我带来什么收益。我从未像现在这样如此厌恶这部糟糕的、不受欢迎的剧本。大概，3 月份就可以清楚，《日薄西山》能否让我在经济方面获得回报。对我来说，目前最大的幸福莫过于还清债务，给你寄些钱来补偿以前所犯的过失，让你们更好地度过这个夏天。

我想，现在我所做的一切努力都是为了改善我的生活，当然，同时也是为了让米什卡能够生活得更好。异乎寻常的努力，承受无法承受的重负——难道这一切不是为了他才去做的吗？……对此我不想解释什么，我说得已经够多的了。该看我的行动了，我现在只想立刻提笔创作，也许我一定会做得非常出色……衷心地恳求你给我提个建议，就我目前的状态，也就是在回俄罗斯之前，我能为米什卡做些什么？请提个建议，我永远不会忘记你的帮助……

再见！请不要生我的气。我的生活非常不易，日子过得很不开心。我特别希望自己能够尽早具备足够的经济实力，让你和米什卡生活得更好。

伊萨克·巴别尔

1928 年 3 月 28 日于巴黎

201. 致卡希里娜（伊万诺娃）

塔玛拉：

我得了感冒，总的来说，我的身体一直不太好，前一段时间我去乡间休养了一阵，在那里继续写作。所幸他们免费给我提供了一个房间。昨天我回到巴黎，收到了你的来信。我给你发了一封电报，因为不知该怎么给你写信，甚至连一句话都想不出该如何对你说。我不想说，我现在过得怎么样——你的信句句刺痛到我心里，我还能有什么别的感受？——这就已经足够了。你生我的气，因为我一直在谈论钱、钱，但是我认为，在我们目前的经济状况下，只有把钱的事情安排好，合理规划生活开支，我们才能有尊严地活着——不再相互抱怨和责骂，做一对正常的朋友。我绝不相信你在最近一封信中所写的内容，即你拒绝和我进行任何正式谈话，不要我的一分钱。你不应该这样做，塔玛拉，这是要把你我都置于死地。

我的委托代理人（经济方面的）是安娜·格里戈里耶夫娜。几天前她就应该在莫斯科剧作家和作曲家协会拿到了钱，然后她替我偿还部分债务，把钱寄给你和我。但愿现在她已经把这些事情都办好了。昨天我给她拍了封电报，希望她尽快安排好这些事。不用你提醒我也明白，而且我已经感觉到，你不愿意与任何中间人打交道。所以，早在收到你的来信之前我就已请她把钱直接邮寄给你。我想，现在我们之间无论如何都少不了她这个纯粹是形式上的中间人的角色。因为必须有一个人替我做这些事情，我担心，如果把这件事委托给你会给你增添更多的麻烦和不快。今后除了她之外，任何人都不会给你寄钱，你也不必因钱的事情去见任何人。安娜·格里戈里耶夫娜能够轻而易举地把这些事情办好，她会及时地把钱寄给你的。

我一点没读懂你信中说的关于房子的事。你为什么打算离开那里呢？这几间房子属于你，你应该尽可能从中获得收益。如果你又遇到了难处，请写信告知。我请《新世界》杂志现任编辑、我的老朋友因古洛夫帮助你。他一定会帮忙，这没什么丢面子的。

现在说说我的事情，或确切地说是谈谈孩子的事。只有想起他、意识到他的存在，才会给我增添力量，让我去做我现在正在做的事情：背井离乡，离群索居，笔耕不辍，为回国做准备——骄傲地、问心无愧地、安安静静地回去，没有报刊的大肆渲染，也不会引起任何轰动。你可能不相信，我正在为他做我能做的一切。虽然我的身体总是出毛病，而且时常外出，但我还是想争取在这儿继续工作几个月。等到我的努力有了结果时，我才可以在你面前理直气壮地说，我已经具备了哪些条件，我都能为你们做些什么。如果此前我一直保持沉默，而且现在继续沉默，这只是出于对你的尊敬以及目前我们之间可怜的、同志般的友情，我不想用那些苍白无力、虚无缥缈的空话、情感和抱怨去伤害你、愚弄你和欺骗你。请不要这样指责我，塔玛拉。让我们坚持到底，期待最美好的那一天来临——为什么不相信这一时刻一定会到来呢？但如果孩子要遭遇到什么不测的话，那么我想，对我们来说这就意味着幸福的日子永远都不会到来。他怎么样？他怎么又生病了？"他好些了"是什么意思？你的脚怎么样？请来信告知。恳求你给我写信。

伊萨克·巴别尔

1928 年 4 月 1 日于巴黎

202．致尼库林

亲爱的列夫·韦尼阿米诺维奇：

　　我拜读了您刊登在《新世界》杂志上的美文，这的确是一篇美文。我这个有罪的人，非常羡慕您——因为您的这篇随笔没有任何故弄玄虚、深奥莫测的东西，意境清新隽永，语言朴实无华，字里行间不乏智慧的火花。您的文笔风格不可模仿，也无法模仿。这是目前我在我们杂志上读到的最出色的一篇"国外印象"。没有高谈阔论，没有荒谬地、不恰当地对比和分析国内外的种种现状，也没有生硬空洞的训诫和说教，好似一个睿智的、经验丰富的导师牵手读者，一步步引领他们前行，给他们指明方向——他的观点周密严谨，精辟准确，真诚中肯，无懈可击，读者一目了然，心悦诚服——这就是您这篇随笔的突出特点。我非常喜欢您的这篇作品，我想，其他读者的感受一定也和我一样。

　　我正在等待获得意大利签证。如果拿到签证，我去索伦托待一个月。如果经济条件允许，我还可能再去其他地方看看。何时动身我会写信告知。

我觉得奥利舍韦茨非常可惜。我很喜欢这种犹太酒徒。因为酗酒常常是可以原谅一个人的唯一理由。现在他在做什么？我没有看到《红色处女地》的第一本书。我争取找来读一读。如果不麻烦的话，请寄来一本。

……请您 8 月份来这里。8 月前我都在巴黎，因为在这个时间之前我可能完不成那项永无休止的、繁重的"西绪福斯式的劳动"。现在这里正在发生一件非常有趣的重大事件，可以说，有趣至极。这些天正在如火如荼地进行竞选活动。最近一周我对法国人和法国的了解比我在这儿待的几个月还要多。总之，我对这里的认识越来越清晰，但愿临走时，我的内心和头脑能够把我的一切感受都带走。祝开心快乐、平安顺利、笔耕不辍！！！……您的明信片，可以说，熔化了我的心。所以，请多寄些明信片来。

您的伊萨克·巴别尔

附言：波隆斯基怎么了？为什么他被免职？现在他在做什么工作？我还有一个请求，请打听一下奥利舍韦茨的家庭地址，我想给他写封信，不要让他认为我是一个愚蠢的人。

伊萨克·巴别尔
1928 年 4 月 2 日于巴黎

203 . 致费加 · 阿罗诺夫娜 · 巴别尔

……无论怎样，这部剧还是在莫斯科上演了。现在大家都知道，我已尽了最大的努力，但是剧院没能将这部看似粗制滥造的作品中蕴含的精微奥妙之处传达给观众。可以毫不夸张地说，如果该剧得以勉强被列入上演剧目，那么当然要得益于我的创作，因为这部"作品"出自我的手笔，而非剧院的功劳。现在讲一讲莫斯科最近的新闻。继波隆斯基之后，奥利舍韦茨又被《新世界》解职了，你能想象得到是为了什么吗？因为酗酒。他在公共场所酒后滋事，于是，他的大好前程就此断送。我觉得非常可惜。不过，我一直很喜爱这种犹太酒徒。但是最有趣、最非同寻常的事情还在后面。现在取代奥利舍韦茨职位的是……因古洛夫。我收到了他的一封感人至深的信。信中说，我们曾一起合作过，我是第一个对您表示信任的人，在中断了几年之后，现在命运又把我们重新连结在一起，这次我们同样会将我们的合作成果展现在世人面前……等等……的确，现在一切都已"恢复"原状，具有某种象征意义，我个人感到非常高兴……

伊萨克

1928 年 4 月 2 日于巴黎

204．致高尔基

亲爱的阿列克谢·马克西莫维奇：

现在我正等待意大利签证。可能还需要一周的时间，也许会更长。请告知，您何时回俄罗斯？但愿我们不会失之交臂……说实话，如果那样，意大利对我来说也就不再有任何吸引力了。

目前，献给您生日的文章我还只字未写，因为我觉得，我不擅长写这方面的东西。但是关于您的作品和您的生活，我已经有一些我觉得非常重要的想法，只是思路还不太清晰，前后不够连贯，甚至有些相互矛盾……我相信，经过深思熟虑、反复酝酿之后，总有一天我能够完成一本关于您的书……而暂时我写不出任何内容来。但是这些日子每时每刻我都会把心中最美好的祝愿献给您——我亲密无间的良师益友、灵魂的审判者和永远的榜样——只有您才受之无愧！一想到您，您的形象便会激励我奋力前行，努力工作。世界上再也没有比这更美好的感受了！

您的伊萨克·巴别尔

1928 年 4 月 10 日于巴黎

205．致斯洛尼姆

亲爱的安娜·格里戈里耶夫娜：

今天我给伊柳沙寄去了一些艺术杂志。请确认是否已经收到。这些杂志有趣吗？如果伊柳沙愿意的话，请让他写信告知，我还会给他再寄一些。

……我觉得，弗朗西斯·卡尔科[①]的作品非常适合翻译。他是一个非常优秀的作家。我会给您寄去他的几部长篇小说。

意大利的护照始终没批下来。我想，还需要等几天。如果是这样的话，我的意大利之行可能就失去了意义——到那时高尔基已经不会在索伦托了。我很想和他见一面。但如果没能成行，我也不会特别难过。无论怎样，此行都会打乱我的工作，我非常希望尽量避免出现这种情况。

关于别努阿[②]的长篇小说的翻译和出版情况怎么样？

---

① 弗朗西斯·卡尔科（1886—1958），法国作家。——译注

② 亚历山大·尼古拉耶维奇·别努阿（1870—1960），俄罗斯画家，"艺术世界"的主要组织者和重要代表之一。——译注

　　我这里没什么新消息——就像一位严谨刻板的德国教授一样，现在我严格遵守作息时间，对创作苛求完美，一丝不苟。但是，也许最终收获的只是一堆废纸。目前这里的大选活动正进行得如火如荼，竞争异常激烈。凭良心说，民主常常是一片喧闹嘈杂、乱作一团、令人厌恶的景象。当然，对于我们这些"旁观者"来说，这一切非常有趣。

　　但愿 2~3 天后我会收到你的好消息。到时我会回一封长信。祝全家幸福快乐、健康平安！

　　紧握您的双手！

您的伊萨克·巴别尔

1928 年 4 月 19 日于巴黎

206. 致卡希里娜（伊万诺娃）

我从未问过医生，但是我认为，我新陈代谢不好。米沙遗传了我的这个毛病。如果他再把你的神经系统遗传过来的话，那可就正如法国人所言，简直"太过完美了"。我从未想过"延续自己的生命"这个问题。可是，此刻我突然吃惊地意识到，我一直在与病魔顽强抗争，现在竟然把它遗传给了我的儿子。可以说，我最坏的假设得到了证实。但是，不必灰心丧气。这方面我们可以提前预防。我想，我再工作一段时间，等到过几个月在消除了我自己做过的许多蠢事的影响之后，我才能真正做一个在各方面对你和米什卡都有用的人。假如现在我回到俄罗斯，这可能要比离开俄罗斯更可怕，而且不会给任何人带来任何益处。现在你所承受的巨大不幸已远远超过了常人所能承受的范围。现在我两手空空，我能给予你的帮助微乎其微。如果我能不去打扰你的生活，我就已经感到非常欣慰了。请相信，塔玛拉，我的生活也非常艰难，但这完全不是什么大问题。如果我的内心能够得到些许安宁，如果我能够保持忍耐，坚守自尊，那么我们的境况一定会得到改善，对此我始终没有失去信心。不过，似乎我又开始给你提建议了……你一定觉得这些建议对你毫无用处……我知道，米沙和塔季扬娜不停地闹毛病，而且每次都很棘手，非常严重，甚至有生命危险。塔玛拉，不知你是否也认为，也许原因不在于孩子们总是易被传染上病，我想，或许是因为家里的空气不太好，或者是他们出去活动得太少，没有经常锻炼的缘故？……真是搞不清楚究竟原因何在！

我的经济状况非常不好，我担心年底之前不会有什么转机。4 月份我手里有几百卢布，本打算向苏联消费合作社中央联社还欠款。但是我想，你一定比苏联消费合作社中央联社更需要钱。你是否已经收到 300 卢布，还有后来寄去的 150 卢布？我已经请安娜·格里戈里耶夫娜尽快把这些钱寄给你。也许，5 月初我能向苏联消费合作社中央联社还大约 250 卢布的钱，也许还不成。好像现在在莫斯科我分文皆无。我又往苏联消费合作社中央联社写了一封信，也许，他们会充分考虑我的情况。你信中说的关于家具的事情真是太荒唐、太不可思议了！你怎么会想到以我的名义在保证书上签字呢？你的保证有用吗？他们要这个保证书干什么？这些家具他们能卖几个钱？我想，我们还没到要变卖家具的地步，这简直太过愚蠢了！中央联社会允许我采取分期付款的方式。

现在我正绞尽脑汁，思考如何再弄到些钱。我非常想加快写作速度，马马虎虎拼凑一些东西赚点外快。但是无论如何我都做不到，不管我多么煞费苦心，想尽一切办法，我就是做不到。

你很少给我写信，我对你们的情况一无所知，这真是太可怕了！每当我提笔要给你写信时，总是随即不由自主地又把笔撂下。我担心，我的信会让你不高兴。你应该忘记一切不快的事才对，不能让孩子们忍受疾病的折磨……说这些话我感到非常惭愧，因为我没有为孩子们做任何事情，我想做但是我无能为力。再见！没有任何一天我不思念你们、惦记你们，没有任何一刻我不用自己可笑的方式为你们默默地祈祷。然而，我始终没有找到能够接受我的祈祷、给予我帮助的上帝。

伊萨克·巴别尔

1928 年 4 月 27 日于巴黎

207. 致斯洛尼姆

乌拉！我已收到您寄来的 200 美元！乌拉！可以想象，亲爱的安娜·格里戈里耶夫娜，在这件事上您表现出了多么惊人的毅力：坚定执着，勇往直前！谢谢您！这不仅仅是出于礼貌，而是发自肺腑的感激之情！……

唉！大概，我的信和电报一定让您烦透了。如果莫斯科剧作家和作曲家协会大发慈悲，给了您 500 卢布的话，那么如我在上一封信中已和您说的那样，请往苏联消费合作社中央联社寄 250 卢布，余下的钱请放在您手里，仔细地保存好！让它们都见鬼去吧！这种来回寄钱的事简直把我们折磨到了极点！最好我在这里找到可以借给我钱的人……

明天是法国大选的第二阶段。一切都同往常一样热闹非凡！要是现在能回去和列夫·伊里奇讲一讲我对法国民主的认识该有多好啊！对这一问题我已经有了相当多的了解。现在塔拉斯孔城的达达兰们^①正在加紧备战，到处发表演讲，竞选已进入白热化阶段。其实，任何一种国家体制都"有利有弊"……

我的"供书商"告诉我，周一他才能给您寄卡尔科的长篇小说。为此，我狠狠地说了他一顿，但是置身于异国他乡和这个中立地区，在这件事上我束手无策，不能采取任何更有效的办法……

这里一连两个月没有见到阳光，今天久违的太阳终于露出了脸。祝你们那里同样阳光灿烂！具有沙文主义倾向的法国人说，这种灿烂多姿、生机勃勃的太阳只有在法国才可以见到，而且只有在法国的巴黎才会遇到。算了，这一问题不值得和他们争论……

再见！谨向您致以深深的问候！我一定会给您写信的！！！

您的伊萨克·巴别尔

1928 年 4 月 28 日于巴黎

---

① 指自吹自擂的人。达达兰是法国作家都德（1840—1897）的名著《塔拉斯孔城的达达兰的奇遇》（1872—1890）一书的主人公，他是一个想冒险、爱吹牛而又胆小如鼠的人。——译注

208. 致卡希里娜（伊万诺娃）

塔玛拉：

收到你最近一封来信我非常高兴。信中虽没有多么令人兴奋的喜事，但最重要的是，没有可怕的、意外的、不幸的消息。我非常怜惜塔尼娅。我觉得，关节并发症很快就会好的，周围很多人都有这个病，所有人都能痊愈，"人人如此，无一例外"。可她却怎么越来越严重呢？她一定会好的。而且得了一次，以后不会再得这个病了，即使是猩红热，治愈后也不会复发的。真没想到，为什么米什卡的耳朵里总是淌水？难道这与新陈代谢疾病有什么关系吗？我想，应该没有任何关系。那么这到底是怎么回事？我要是能见到他该有多好啊！……我相信，一切都会好的。

你的经济状况使我陷入了绝望。因为，我担心5月份弄不到一分钱。总的来说，最近3—4个月应该是非常贫困的时期。我们该怎么办呢？这些日子我一直在不停地写作，但总是很难进入到最佳状态中。不假思索、不认真构思不可能创作出有价值的作品，至少在这种情况下我肯定写不出优秀的作品来……那你怎么办呢？你到哪儿去弄钱呢？现在你没有工作，挣不到一分钱。你还有什么工作的机会吗？你真是太可怜了！我知道，如果工作放下了，要想再重新开始不是件容易的事……也许，我应该给因古洛夫（《新世界》杂志的现任编辑）写封信，念在我们是故交的情分上，他应该能帮你去说说情……

我请安娜·格里戈里耶夫娜随便从我的哪一笔钱中至少拿出一点还给苏联消费合作社中央联社。这样他们就能消停一些，我们也可以摆脱他们的侮辱和威胁。还款日期已经延到了8月2日，这太好了！在此之前我们一定能够还清部分债务。

现在我需要动脑好好想一想，在有限的3~4个月内怎样才能多挣些钱。

塔玛拉，愿上帝和所有天使保佑你一切平安！如果我的信写得不好，请不要生我的气。如果果真如此的话，这就是说，我想得要比写得更好、更真诚。

伊萨克·巴别尔

1928 年 5 月 5 日于巴黎

209．致费加·阿罗诺夫娜·巴别尔

……俄罗斯出版了关于我的文集。这些文章读起来非常可笑，根本让人读不懂，写文章的都是一些有学问的傻瓜。我读完了整部文集，感觉他们写的像是一个逝去的人，因为在他们笔下，我现在的创作与过去的创作相距甚远。这部文集采用了我的那幅出自阿尔特曼之手的画像作装饰，看上去显得非常可笑。画面上的我简直像一只快乐的哈巴狗一样。明天我把文集寄给您。请妥善保存，不管怎样还是应该把它收藏起来……

伊萨克

1928 年 5 月 21 日于巴黎

210 . 致斯洛尼姆

亲爱的安娜·格里戈里耶夫娜：

周四开始在《赣第德 ①》（右翼文学周报）上陆续发表墨索里尼的自传。发刊当日我用挂号件给您寄去了一份报纸（现在我想，同时往某个编辑部寄一份是不是更好？），随后各期我会按时寄去。这份材料您一定要充分利用。我想，任何一家出版社都会接收这个译本。（如果需要的话，可以有删节，或者附上前言。）恳请用航空件确认是否收到报纸。此外，几天前出版了伊莎多拉·邓肯 ②的《回忆录》。作者坦白率直的性格使这本书写得自由洒脱，独具一格。因此，书一经出版便轰动一时。许多人将其与卢梭的《忏悔录》进行比较。今天我就会读完这本书，明天给您用挂号件寄去。我认为，这本书一定会大受欢迎。

《红土地》请我给他们寄去一些法国作家的随笔和短篇小说。

① 《赣第德》是法国启蒙思想家、作家伏尔泰（1694—1778）在三天之内创作出的一部奇书，"赣第德"是书中主人公的名字，意为"老实人"。——译注
② 伊莎多拉·邓肯（1878—1927），美国舞蹈家，现代舞的创始人。——译注

我会把这些作品寄给他们的。这样的话，我就可能有机会让您结识《红土地》的编辑、我的老朋友因古洛夫。我想，这样做最可靠、最稳妥。期待着这件事会给您带来一个最好的结果。

伊柳沙是否已经收到两本关于雕塑家的小册子？

……请原谅我写得有些思绪混乱，语无伦次，字迹也有些歪歪扭扭，因为在邮局关门之前我只有几分钟的时间，我非常着急，特别希望这封信明早能寄走。

再见，亲爱的莫斯科朋友们！

您的伊萨克·巴别尔
1928 年 5 月 27 日于巴黎

附言：我已收到 200 卢布。上帝保佑您！

211. 致佐祖利亚

亲爱的佐祖利亚：

西玛和孩子还没到我们这里，也许，她们已经来过了，但没碰到我们，因为我们去海边的布列塔尼①待了几天。我们坐汽车走了一千多公里，感觉非常不错。说实话，在这里能够见到您的妻子和女儿，我们非常高兴。

您丝毫没有给我的经济状况带来不良的影响。但是请您为了我借给安娜·格里戈里耶夫娜 40 卢布。她需要把这些钱尽快寄到一个地方，可我的稿费预计过几天才能到。

您的画画得怎么样？您骂我是傻瓜吧！这些画我都看过，我觉得都很不错。

我一直在坚持写作，但写作量不大，当然，我不是一个多产的作家。但现在我的创作比从前更讲求方法。我担心，上帝可别因此而惩罚我！然而，无论如何我都会忠实于自己的创作体

---

① 法国的一个大区，位于法国西北部的布列塔尼半岛。——译注

系——我会尽可能延期出版。

拉扎尔·施密特①和科利佐夫怎么样？请代我向他们表示衷心的问候！如果您或他们有哪些需要办的事情（个人的或杂志社的），请写信告知。我一定尽快办好。我的时间很多，我每天工作约 4 个小时。其他时间我常常"无所事事"，到处"闲游"，或者正如记者常说的那样：出去"考察"。

您是否打算秋天出国？我们能否一起干一番轰轰烈烈的事业？无论如何我必须在这里再住上几个月。

再见！好在我们很快就要见面了……

爱您的伊萨克·巴别尔

叶甫盖尼娅·鲍里索夫娜向您问好，她期待着收到您答应寄给她的信。

1928 年 6 月 8 日于巴黎

---

① 　拉扎尔·尤里耶维奇·施密特(1896—1952)，苏联党务活动家、记者。——译注

212. 致斯洛尼姆

亲爱的安娜·格里戈里耶夫娜:

您是否已收到了几期《赣第德》和邓肯的《回忆录》?

……这里的报纸上说,近日可望刊登现正在首次飞越太平洋的澳大利亚飞行员的故事。这部作品在莫斯科一定会大受欢迎。我一直在关注出刊情况,文章一发表,我就用航空件寄给您。

难道这些傻瓜不打算翻译出版邓肯的《回忆录》吗?这可的确是一本非常有趣的书。

我坐汽车去大洋边的布列塔尼旅行了4天。此行非常愉快。现在我正全力以赴写作,弥补失去的时间。

再见,亲爱的"代理人"!谨向列夫·伊里奇和伊柳沙致以衷心的问候!

您的伊萨克·巴别尔

1928 年 6 月 8 日于巴黎

213．致斯洛尼姆

亲爱的安娜·格里戈里耶夫娜：

从下个月初开始给《红土地》的译文将寄到您那里。下一期《赣第德》我已寄出。现在我正寻找刚刚出版的（或许 1—2 天后将会出版）关于神秘的著名百万富翁巴济利·扎哈罗夫（世界最大兵工厂的股东）的书。这本书对于研究苏维埃俄罗斯、揭秘金融界和"炮王"们在备战过程中精心策划的阴谋提供了引人注目的重要资料。请抓紧时间，向国家出版社、或者最好向"土地与工厂"出版社提出翻译出版建议。如果您认为有必要，可以给弗拉基米尔·伊万诺维奇·纳尔布特打电话说，我的意见是无论如何都应该出版这本书。6 月份我没有从我的合同当事人《新世界》杂志那里收到一分钱。恳求您往《新世界》杂志办公室打个电话，请他们立刻把 6 月份的钱汇给我，因为现在我没有任何生活来源。此外，请在 7 月初，尽可能在 7 月 1 日把 7 月份的钱寄来。这对我来说非常重要。我想，给办公室主任打个电话应该不会给您添太大的麻烦，非常希望您能帮忙。

我要说的事情就这些。

我一直在努力创作，但总是看不到希望。我打算再工作 5 年的时间，然后就去养猪。我非常思念俄罗斯。等到这里的所有写作任务完成后，我会立刻欢呼雀跃、欣喜若狂，马上飞回俄罗斯。

谨向你们大家致以真诚的问候！

伊萨克·巴别尔
1928 年 6 月 26 日于巴黎

附言：飞越太平洋的故事暂时尚未出版。据说这本书很快就会问世。

214．致安年科夫 ①

亲爱的尤里·巴甫洛维奇：

　　整整一周我都在等着您的来信。由于对收到您的信已经不再抱任何希望，我接受了一个非常出色的法国人的邀请，打算去他那里做客。我明天出发（去纳博讷，据说这是一个神奇而美丽的地方），我将在那里待大约4天，然后，我的朋友，我要去布鲁塞尔妈妈那儿。在布鲁塞尔我住的时间也不会很长，从那里就可以去海边了。但是您在圣马雷②能待多久？您在那里生活得怎么样？您在那里工作吗？请尽快写信告知，这样我可以考虑一下，在去布鲁塞尔之后是否还可以在圣马雷碰到您。您怎么这么久都没有音讯？要是不去纳博讷，去您那里该有多好啊！……但是现在已经不好再推辞了，他们会派车来接我……

　　巴黎夏季非常炎热，到处鲜花盛开。我的心灵向往大海，渴

---

① 尤里·巴甫洛维奇·安年科夫（1889—1974），俄裔法国画家，俄罗斯先锋派重要代表人物。——译注
② 马雷岛为法属海外领地新喀里多尼亚的罗亚尔特群岛最南端岛屿。——译注

望阳光。但遗憾的是，此刻我必须静下心来认真写作了。

祝您开心快乐，平安顺利！叶甫盖尼娅·鲍里索夫娜向您致
以深深的问候！

您的伊萨克·巴别尔

1928 年 6 月 28 日于巴黎

215. 致斯洛尼姆

亲爱的安娜·格里戈里耶夫娜：

……最近一个月我写作的时间比较长，去的地方也很多（实际上，我比美国百万富翁要穷得多）。我坚持文学创作是因为需要，而到处旅行则是因为身体状况不佳，应该好好调养。我打算从事一项对我来说几乎力所不及的"西绪福斯式的劳动"。但是我的大脑过度疲劳，有时不能保持正常思维。所以，我总是需要集中全部精力去战胜（这是一场斗争）自己的神经、大脑、疲劳，战胜自己的无能、弱点和在异乡的诸多不便。当然，没什么可抱怨的。当你在奋斗的时候，生活似乎总是变得更有意义、更有价值。

最新一期《赣第德》我寄得晚了，因为我当时正在乡间。虽然晚了一些，但不管怎样还是寄走了。余下的部分我一定按时寄出。等到关于巴济利·扎哈罗夫的书出版后，我给纳尔布特写封信。我想，1~2天后应该能拿到这本书。我会把书连同给纳尔布特的信同时寄给您。我已经收到法国记者为《红土地》撰写的文章。但是这篇文章需要彻底修改。没办法,我把文章几乎重新写了一遍,因此这篇文章不能寄给您,请等下一篇吧。现在我满心期待着能够早日回国——我想,今年年底我应该能成行。一切都取决于我的工作情况。可是目前我的工作太多,铺得范围太大,只能一步步地、慢慢地逐项推进。而且,人们常说:"忙中易出错。"再见,我可怜的拯救者!上帝会保佑您和您的丈夫、儿子、土地、牲畜和所有我们这些罪人!阿门!

伊萨克·巴别尔

1928 年 7 月 7 日于巴黎

附言:如果您觉得可以,请再往《新世界》办公室打个电话,请他们这个月尽早把钱寄来。

伊萨克·巴别尔

216. 致卡希里娜（伊万诺娃）

塔玛拉：

请原谅这么久没给你写信。原因是我身体不太好，虽不至于卧床，但是比这更糟：神经系统出了问题，经常感觉疲劳，容易失眠。说实话，我这辈子用功卖力的时候少，花到消遣娱乐上的时间更多，所以，现在当需要踏踏实实、认认真真地工作的时候，我做起来感觉非常难。13号是孩子的命名日。我每时每刻都在想念他。我不仅在任何方面都帮不上他的忙，而且确切地说，还在不断地给他带来伤害，这种感觉真是太难受了！……但是，我相信，我一定能够弥补在他身上欠下的债，至少可以给予他精神上的补偿。

如果这个月安娜·格里戈里耶夫娜能够替我拿到些钱，她也会给你寄去一点，的确只能寄一点。你知道，我现在手里没有钱。我打算去布鲁塞尔母亲那儿待一段时间，也许我会和她住到海边的一个小村子里。据说，那里生活费用不高。对我来说，这是此行非常重要的一个前提条件。

你答应过给我寄米什卡的照片。如果你能够履行这一诺言，并来信告知他的近况，那么这就是你给予我的最大恩赐了。相信你一定能做得非常好。

你现在工作吗？

再见！我们共同努力安排好下一个年度的生活！

伊萨克·巴别尔

1928 年 7 月 7 日于巴黎

我已经收到了几封高尔基的来信。他请我到他那儿去，安排我住在他那里，他说，他那里非常安静，可以潜心写作，任何费用都不用花。我非常想去，但暂时没有路费。如果我弄到了路费，我会写信告知我的地址。

伊萨克·巴别尔

217. 致斯洛尼姆

亲爱的安娜·格里戈里耶夫娜：

现在我很少给您写信，因为说实话，我现在的状况可以简单地称之为"病"态。与疾病做斗争占去了我大量时间，因此我无力去完成那些最重要的事情，无法去满足自己的精神需求。

后天我和叶甫盖尼娅·鲍里索夫娜去比利时我妹妹和母亲那里，打算和她们一起住到海边的一个小村子里，能住多久要根据我们的经济情况定，然后回巴黎待不长时间就准备回俄罗斯，不是回莫斯科，而是回俄罗斯。因为现在我有这样一种感觉：目前所有我能在国外做的事情都已完成。

我一直按时给您寄《赣第德》。不知为什么您没收到最新几期。关于扎哈罗夫的书始终没出版，我会把给纳尔布特的信与给您的书同时寄走。

……虽然我们离开了巴黎，但请仍按原地址往巴黎写信，他们会把信转寄给我，如果我们找到地方安顿了下来，我会尽快告知我的地址……

　　我想，不必告知苏联消费合作社中央联社您付给他们的 300 卢布是在哪儿拿到的，您只需告诉他们，我委托您去办这件事，8 月 1 号您必须办好。真的，现在我想尽快回到俄罗斯，其中只有一个目的：为了不再这么折磨您，给您添这么多麻烦。再见，我亲爱的人们！不，应该写"很快就会再见"！我深深地思念着你们大家。

您的伊萨克·巴别尔

1928 年 7 月 20 日于巴黎

218. 致卡希里娜（伊万诺娃）

塔玛拉：

常言道："哪里薄，就在哪里破。"我记得，我给你写过关于我生病的事。我无法工作，不得不背负着"生活的重担"步履艰难地前行。我想，你能够想象到，这一切是怎么回事。我认真地思考了很多遍，思考如何把我的生活重心从文学转到其他领域。我的情况常常是这样：当文学作为副业时，一切都恰到好处。我这种对文学的要求、这点有限的创作能力使我不能把写作当作唯一的生活来源。回到俄罗斯我就可以改变现状。明天我去布鲁塞尔，同母亲、妹妹会面。如果可能的话，在那里住上一段时间。然后回巴黎，在巴黎短暂停留数日后回国。只有在俄罗斯我才能够重新成为一个为自己的行为"负责"的人，才能规划好自己的生活。你一定不知道，每当想起米什卡我心里有多么痛苦！但是在我能够为他做点什么之前，一切都是毫无意义的空谈！……安娜·格里戈里耶夫娜给你寄钱了吗？我请她尽可能多给你寄钱、给米什卡寄些东西。我不知道，她是否能办好这些事。最近这段时间我的表现非常不好，根本没去经管钱方面的事情，所以这些事情弄得很糟糕。对于苏联消费合作社中央联社我还是采取了一些办法，我想，中央联社的人应该对我的做法感到满意。

塔尼娅的病真是太可怕了！她怎么会病成这样？她为什么病得这么重？请给我讲一讲，恳求你。此刻我无法表述出我的全部心里话，我是多么盼望她能早日痊愈啊！

米什卡长得非常像你，简直像得惊人！至少他一定会是个漂亮孩子。也许，除此之外，他还会养成良好的品格和习惯……但是，真的，我看着照片——他和你长得一模一样……可爱极了！……

到了布鲁塞尔再告诉你我的地址。我相信，塔尼娅一定会痊愈的，除此之外，我无法想象还会有其他情况出现。

伊萨克·巴别尔

1928 年 7 月 22 日于巴黎

219.致斯洛尼姆

亲爱的安娜·格里戈里耶夫娜：

千言万语都无法表达我心中对您的感激之情。因为您主动帮我解决了我自己惹出的许多麻烦事。我在这里一直努力做一些有意义的事情，然而，没有您我不可能安安稳稳地坐在这里。如果我的工作能够有所成效的话，说实话，其中很大一部分功劳要归功于您。我正在逐渐缩小我的梦想、事业和人际交往的范围，虽然我的生活中经常会发生一些卑微的、不愉快的事情，但是我一刻都未曾失去创造的激情，我一定会坚持走自己的路，直到作品完成为止。列夫·伊里奇怎么样？他是不是有些过度疲劳？我们是一些多么不稳定的、脆弱的机器啊！如果没有坚强的意志力，机器根本无法开动起来，我们也就不能继续生活和工作下去。当然，列夫·伊里奇应该去海边沐浴阳光，去乡间休养一段时间，我想，不用我建议，对于这些你们自己也非常清楚……衷心地祝他早日恢复健康！

您是否已经收到了劳伦斯的书？很难找到一部比这更好、更适合翻译的作品了。如果出版社不打算出版这本书，那么他们的决定毫无道理。错过这个机会非常可惜。请告知，"土地与工厂"出版社是怎么答复您的？……

今天我要给《新世界》杂志寄一封信，明确地、诚恳地向他们表达我的态度。我告诉他们，无论如何，我丝毫不会改变自己的工作方式，一小时都不会强行加快写作速度，也不会规定任何准确的完成期限。我写的所有稿件都交由他们发表，现在我时刻准备接受停止"付稿酬"这一事实。我已通知所有"在经济上依赖我的亲人们"。非常高兴我已陷入身无分文的状态，我会重新调整自己的生活，不再只靠文学创作生存，只有这样我所做的一切才会收获应有的成果。我将在这里待到 8 月 20 日左右，然后回巴黎，在巴黎做回国的准备。当然，回国的具体时间我会告诉您。伊柳沙最近有什么新作品问世吗？他对塔什干之行满意吗？我会尽力从我要去的偏远地方给您寄航空信。佛兰德①真是一个神奇而美妙的地方！与法国相比我更喜欢这里。原来，在心里我更青睐北日耳曼民族。以前我从未思考过这个问题。不过，这里的天气不太好，一直都不能游泳。我倒是没注意到这些，我的事情非常多，但是与我同行的家人一直在不停地抱怨着。您可以按照信封上的地址给我寄信。再见，我的救星们！

伊萨克·巴别尔

1928 年 7 月 31 日于比利时

---

① 欧洲历史地名，位于中欧低地西部、北海沿岸，包括今比利时的东佛兰德省和西佛兰德省、法国的加来海峡省和北方省、荷兰的泽兰省。——译注

220. 致波隆斯基

亲爱的维亚切斯拉夫·巴甫洛维奇：

从巴黎转来了您的秘书处工作人员给我的信。信的内容从表面上看合乎情理，但实际上我觉得对我非常不公平，读后我心里感到很难过。我一定尽可能诚恳地回复他们，我是怎么想的就会怎么告诉他们。我认为，尽管我的经济状况非常糟糕，我个人的事情千头万绪，但我丝毫不会改变自己的创作态度和工作方式，一刻都不会人为地强行加快写作速度。我并不是为了钱才努力净化灵魂，洗涤思想，不是为了钱才整日独自一人坐在桌前默默地坚持写作，感受心灵的洗礼和精神的升华——并不是为了钱我才来到法国，我不会为了那一点微不足道的、暂时的利益而放弃自己的创作原则。大约两个月前我曾试着"追求速度"。我"埋首赶路"，不断地给自己加码，逼着自己提高写作进度，结果却为此付出了沉重的代价：大脑过度疲劳，在长达1个半月的时间里根本无法正常工作。我坚信，以后再也不会发生这种情况。同过去一样，我依然坚持，我的所有稿件全部交由《新世界》杂志发表，而且我坚信 1 月 1 日前一定能够交出几份作品。即使编辑部停止向我支付稿酬，我也丝毫不会改变对《新世界》的态度。除您之外，我不会把手稿寄给任何人。可能，贫困对我来说有益无害。生活的拮据促使我提前 5 个月开始实施自己的计划。这个计划是：用几年的时间重新调整我的精神和物质需求"结构"，使文学创作带来的收入只作为生活中的一笔偶然所得。我会回到从前那样的生活，回到"人间"去，到最普通的岗位任职——这样我的身心会更加愉悦，我的文学创作也会取得显著的成绩。

10 月初我回俄罗斯。目前我正在北海沿岸的妹妹家里给您写信。8 月末我回巴黎。在巴黎我打算收集一些自己感兴趣的资料。查阅这些资料会占去一个月的时间，然后我就准备启程回国。

《新世界》杂志的来信让我感到非常痛苦，然而您重返编辑部的消息使我的心情变得轻松了许多。最近几个月俄罗斯文学界没有什么令我们高兴的好消息，因此对我这个俄罗斯文学爱好者而言，今天是一个欢快的节日，而绝非悲伤忧郁的日子。您的两位前任都是我的老朋友，因此我对您的这种认可和褒扬具有尤为重要的意义。再见，维亚切斯拉夫·巴甫洛维奇！

爱您的伊萨克·巴别尔

附言：请您吩咐秘书处给我写封信，告知他们是否还会给我寄钱。您明白，这对我来说非常重要。

伊萨克·巴别尔

1928 年 7 月 31 日于比利时

221. 致卡希里娜（伊万诺娃）

塔玛拉：

我与《新世界》之间不是那种我去求他们、他们就会立刻答应的关系。我没有理由认为他们会同意我的请求，只有你自己拿着我的信亲自去找波隆斯基（现在他又重新回到《新世界》杂志担任编辑）才有可能办成，但希望不大（也许是我对这件事的看法过于悲观——我不知道）。请写信告知，你觉得怎么办更好。

请原谅因苏联消费合作社中央联社的事我给你带来了不必要的、无辜的心理伤害。我总是入不敷出，给他们还款的速度远远比不上花钱的速度。我不会让你牵涉到这件事中，我争取在9月28日前再还一些钱。

塔尼娅的身体怎么样？恳请来信告知。此刻我在妹妹和母亲这儿，在这里我生活得并不十分愉快。妹妹病得很重，她得的是慢性病。因此，母亲一直都很难过。妹妹的丈夫是一个极其温和的人，但身体也非常虚弱，一副弱不禁风的样子。我将在他们这里住到15日，然后我打算去布鲁塞尔，8月25日回巴黎。这样的话，你可以考虑一下何时给我回信，信寄到哪儿比较好。

你现在莫斯科市里还是在郊外？我的心情非常抑郁，因为今年夏天我不能给你们寄钱了，我手里没有钱，而且也不可能很快赚到钱。我始终认为，对你们来说，我回到俄罗斯要比现在更合适。米什卡还小，我非常希望，在他懂事之前我始终保持身体健康，努力赚到很多钱，我们的生活变得更好。由于过度疲劳，我的创作已经中断了很长一段时间。现在我正努力恢复正常工作，但遗憾的是，我的大脑总是不在"状态"。

你的脚好了吗？我非常想知道，塔尼娅现在怎么样？但我害怕向你问起她的详细情况，担心会听到什么不好的消息。

伊萨克·巴别尔

1928 年 8 月 6 日于帕恩

222. 致尼库林

亲爱的列夫·韦尼阿米诺维奇：

根据我听说的消息，莫斯科市工会理事会的剧院总是能够成功地上演讲述巴黎资产阶级的各种剧目。那么，让剧院创作一部关于奥斯坦德①的剧吧！但是我认为，以他们的艺术想象力和创造力根本排不出这样的剧！我一生中遇到过形形色色的人和各种各样的事，但是我做梦都不会想到世界还上存在这样一个物欲横流、光怪陆离、令人匪夷所思的所多玛城②。此刻我正坐在音乐餐厅的凉台上给您写信，吃饭的时候我要去附近一个最美的渔港，尽情享用比利时特色的新鲜海味。那里有佛兰芒人③在编织渔网，满地是鱼。喝着苏格兰啤酒，品尝着北海的美味海鲜，我举杯祝您身体健康、一切平安顺利！

您的伊萨克·巴别尔

1928 年 8 月 7 日于奥斯坦德

---

① 奥斯坦德是比利时的西北部城市。——译注
② 圣经传说中因居民罪孽深重被毁于地震和天火的城市。——译注
③ 也称"佛兰德人"、"佛来米人"，比利时的民族之一。——译注

223. 致斯洛尼姆

我亲爱的保护神们：

　　我正坐在音乐餐厅的凉台上给您写信，下面我描述的是此时此刻展现在我面前的真实世界，是我亲眼见到的情景。在这里来自不同国家、不同地区的男女老少，各色人等，一应俱全：有无所事事、游手好闲的超级富豪，也有浓妆艳抹、衣着暴露的绝色美女。无论是在梦里，还是在现实中，这一切都是那么令人匪夷所思！对于任何一个光顾这里的英国人来说，开设一座机器制造厂、铺上 100 公里的柏油路都可能不过是一件轻而易举的事……

　　我暂时没找到林德伯格的自传。如果能在这里买到这本书，我会从布鲁塞尔寄给您。

您的伊萨克·巴别尔

1928 年 8 月 7 日于奥斯坦德

224. 致尼库林

亲爱的列夫·韦尼阿米诺维奇：

　　至今为止，我的作品仍然没有达到适合发表的程度，还需要很长时间才能全部完成。我的创作过程非常艰难。您曾说过，这种写作速度、这样的创作方法需要"雅斯纳亚·波良纳"①那样的地方。这句话不无道理。可是，我没有"雅斯纳亚·波良纳"，我一无所有。不，我绝不可能落到穷困潦倒的地步，我已经开始有意识地强迫自己在最近几年内去过"一段"贫穷但快乐的日子。由于我始终秉持崇高的价值追求，从未放弃创作严肃、高雅、"宏大叙事"的精品，所以我非常伤心地（真的，对此我感到非常难过）给您拍了封电报，告诉您我不能及时向报社交稿。我 10 月份回俄罗斯，暂时还不知道住在哪儿。我会选择一个比较偏僻的、便宜一些的地方。目前我只能确定一点：我不会住

---

　　① 托尔斯泰故居，位于莫斯科以南约 200 公里的图拉市，俄语意为"明亮的林间空地"。——译注

在莫斯科，在莫斯科我根本无事可做……您盖了一座什么样的房子？在哪儿？

我正在巴黎度过回国前的最后一段时间。我整日在巴黎街头漫步。直到现在我才真正弄明白这座城市里所发生的一些事情。我看见了伊萨克·拉比诺维奇。据说，尼基京也来过这里，但我没见到他。也许，我会遇到他的。听说安年科夫病得很重，他的内脏长了一个很大的恶性肿瘤。前天他在杜艾涅①工作过的医院做了手术。我们非常担心他的病情会恶化，危及生命。但手术进行得似乎非常顺利。医生说，尤里·巴甫洛维奇一定能完全康复。可怜的安年科夫，他只能独自一人承受病痛的折磨。请给他写封信表达您的问候。

今天我读到了关于拉舍维奇去世的消息。我很难过。他是一个非常出色的人，世界上像他这样的人要是再多一些就好了！

再见，亲爱的同志！此刻我正怀着无比激动的心情给您写信：期待着我们早日相见！

您的伊萨克·巴别尔

1928 年 8 月 30 日于巴黎

---

① 叶夫根尼·杜艾涅（1859—1916），法国著名外科医生。——译注

225. 致里夫希茨

亲爱的:

刚刚收到你的来信。对于娜杰日达·伊兹赖列夫娜的不幸离世,我感到深深的惋惜和痛心。她是一个非常出色的、值得尊敬的人。我特别同情您,十分理解您现在的心情。我非常清楚,家里亲人去世意味着什么。现在可怜的韦尔茨涅尔该怎么办?……韦尔茨涅尔一家还会依然住在敖德萨吗?请告知娜杰日达·伊兹赖列夫娜的死因。妈妈和梅拉知道后一定会悲痛欲绝。

我打算 9 月末或 10 月初回俄罗斯。廖瓦 9 月 26 日回美国。因为他不能把母亲带走,所以可怜的叶尼娅只得同老太太一起留在巴黎,要待多久还不知道。对她来说,这无疑是一件非常痛苦的事情!……回到俄罗斯后我住在哪儿,现在还不知道。无论如何我不想去莫斯科。关于我的创作,我自己也说不上是否有进展。谈到创作成果——我相信,对目前创作中遇到的那些模糊的、不确定的问题总有一天我会有一个清晰明确的认识。我的创作比以前要难得多——现在我对自己创作的要求和写作方法均发生了很大变化，我想转入另一个"层次"、另一种"级别"（正如人们在谈论赛马和拳击手时常说的"级别"一样）的创作：安安静静地写自己喜欢的作品，即思路清晰、精巧细腻、探索严肃问题的"宏大叙事"。当然，这个过程非常难。而且，总的来说我是这样一个作家：我需要花上几年的时间隐忍磨练，厚积薄发，一挥而就。以前我曾中断过 8 年的创作。这次间隔的时间会短一些。幸好现在我已经意识到了这一问题。

请到《无产者报》编辑部去一趟，因为现在我急需用钱。请去帮我回复一下他们所提的建议，但并不是表明我自己的想法。这些情况我都已经写信告诉过您。请用航空件告知这件事的结果。估计妈妈和梅拉会来巴黎陪我度过回国前的最后 2—3 周时间。如果你愿意的话，亲爱的，请寄来一份最具代表性的赛马节目单。《骑兵军》已按时收到。谢谢！

再见！我们的确很快就会再见面了！请代我转告柳夏和薇拉，大概她们很少有像我这样能够真正走进她们的内心世界、理解她们内心感受的朋友。

你的伊萨克·巴别尔

1928 年 8 月 31 日于巴黎

226. 致斯洛尼姆

亲爱的安娜·格里戈里耶夫娜：

此时此刻刚好是夜里 12 点，我正在给您写信。我刚刚从巴士底广场附近的犹太区保罗街回来。妈妈和妹妹从布鲁塞尔到这里来和我告别（我写信告诉过您，9 月底我回俄罗斯）。今天我请她们吃了犹太菜——鱼、肝和犹太特色布丁。这里的犹太美食并不比梅吉博日 ① 的哈西德派长老那儿做得味道差。我领着她们穿过了似乎距巴黎数百公里、实际上却在巴黎市内的犹太区。这里与巴黎的其他地方明显不同：街道弯弯曲曲，而且肮脏不堪，到处可以听到犹太语。喜爱摩西五经的人可以在这里如愿以偿地买到心仪的圣典。街道两旁的房屋门前坐着一些只有在克拉科夫②郊外的犹太区才能够见到的那种老妇人。

---

① 乌克兰城镇，18 世纪上半叶犹太教神秘教派之一哈西德派的发源地。——译注
② 战前波兰最大的犹太人居住地。——译注

……我为自己制订了一个长远的创作规划。同过去一样，我
忍受着孤独和寂寞的煎熬，决心静下心来埋首写作。即使我再次
推出的作品仍是一些微不足道、毫无价值的拙劣之作，但是不管
怎样，我无怨无悔。因为毕竟我曾坚持不懈、锲而不舍地追求
过，并为此付出了一切代价。由此我的心里总是可以得到一丝
安慰。

不久前我收到了列夫·伊里奇的来信。他的信写得那么轻灵
美妙，真挚感人，但字里行间却流露出一丝淡淡的忧伤。我往叶
先图基①给他写了封信。非常高兴您终于将新居全部安顿妥当，而
且还专门为我留了一个栖身的角落。但我还不知道是不是要寄到
您那里。我的作品还远远没有完成。我担心，莫斯科会让我分散
精力，误入歧途。现在我已经没有足够的时间让自己犯错误。不
管怎样，在莫斯科能够有一个安身之地，我的心里已经感觉十
分温暖。请写信告知，您是怎么找到了这个新的住所？搬家不是
件容易的事吧？现在列夫·伊里奇应该有一个轻松、舒适、健康
的工作环境——他的身体状况需要尽快恢复，希望他变得开心快
乐起来！我简直无法想象，他的日子过得有多么艰难、多么痛苦
啊！……

伊柳沙是否已经回到了家了？我给他寄去了几本小册子，这些
书他已经收到了吗？

_____

① 俄罗斯北高加索矿泉疗养胜地，在斯塔夫罗波尔边疆区的南部、大高加索
山中段北麓。——译注

……今天这封信我写得比较长。我正在有意缩小我的朋友圈范围。如果仔细想一想，现在我只剩下两位朋友，您和里夫希茨。

再见！请别生我的气。

爱你们的伊萨克·巴别尔

1928 年 9 月 7 日于巴黎

227. 致卡希里娜（伊万诺娃）

塔玛拉：

　　10 月初我回俄罗斯。我先去基辅，但是最后在哪儿住下来，我还不知道。我不打算在某个地方定居。到时根据实际情况，能住到哪儿就住哪儿。我非常希望能从基辅给你们寄去一些钱。你们的经济状况让我感到非常难过。我想了很久，觉得没必要去找波隆斯基，他不会帮助我的。总之，现在应该彻底解决我的房子问题。我回国的事你不必保密，我不会住在莫斯科。那么，房子的事该怎么办呢？我把带我本人签字的证明寄给你。这当然还是小事。你把我的证明交给他们，他们能让你再住上 1—2 个月。但是下一步怎么办呢？……我心里总是抱有一线希望，我认为，他们不会让你们从房子里搬走，因为你们在这儿已经住了很久，早已获得事实上的居住权。但还是请咨询一下律师，问清楚回到俄罗斯后，在这件事上我该怎么办。也许，我应写一份关于把房子转让给你们的公证申请书，这样的话，大概他们就不能继续把这部分房屋"面积"视为我个人所有了。

在即将回国之际，我总是感觉有些心神不定，精神恍惚。我的工作能力远远不能满足实际需要。我的大脑极易疲劳，有时甚至无法正常运转。不过，我觉得，在俄罗斯过着物质上无忧无虑的生活将对我大有裨益。在俄罗斯我会更加自信，更加倍努力地创作。我认为，不发表作品、不参加文学活动，这都是一些无关紧要的小事（与其说是坏事，不如说是好事）。越是远离文坛，我便越有可能投入足够的时间对每一部作品进行反复推敲、仔细斟酌、不断修改，使其达到尽善尽美的程度。当然，要做到这一点的前提条件是，必须能够还清欠下的债务，赚到一定量的钱，至少可以维持基本生计。

可怜的塔尼娅！我总是时刻挂念着她。我没有读懂你的来信，不清楚她得的是什么病……多么可怜的、可爱的孩子！请代我向米什卡问好！我和他很快就能够见面了——当然，如果你愿意的话。我怀着极度痛苦、甚至绝望的心情给你写这封信，因为我暂时无力向你证明我是多么强烈地渴望帮助你们，成为对你们有益的人，做你们忠实的朋友。

伊萨克·巴别尔
1928 年 9 月 10 日于巴黎

副本：

尊敬的塔玛拉·弗拉基米罗夫娜：
我正在法国国家图书馆研究法国大革命时期的档案，这项工作使我留在巴黎的时间比最初预想的要长得多。我应该在最近1—2个月内结束工作回国。恳请您看管好我的住房，确保其不受到任何侵害。

伊萨克·巴别尔

兹证明巴别尔签字真实有效。
苏联驻法国全权代表处秘书：格尔凡德

1928 年 9 月 8 日于巴黎

228. 致斯洛尼姆

亲爱的安娜·格里戈里耶夫娜：

您的电报已收到。读后我感到非常伤心，随即我的心绪渐渐平静了下来。唯一令我难过的是，我给您增添了很多不必要的烦恼。也许在忙忙碌碌的生活中您会忘却这些不愉快的事情。这里的"忙碌"指的是您迁入新居的奔波劳累。大概，搬家并不是件容易的事……

列夫·伊里奇回来了吗？他的身体怎么样？请告知您的新地址。现在我们这儿除了叶甫盖尼娅·鲍里索夫娜的弟弟之外，还有我的母亲和妹妹，她们来和我告别。我也在同她们告别，同巴黎告别。在秋日明媚的阳光下，此刻的巴黎显得更加美丽动人。

祝您开心快乐、健康平安！

您的伊萨克·巴别尔

1928 年 9 月 13 日于巴黎

229. 致卡希里娜（伊万诺娃）

塔玛拉：

我打算 10 月 1 日从这里出发。6—7 日（我想在柏林待 2 天）将到达我的第一站——基辅。到了基辅后我会尽快告诉你我的地址。我不打算与文学界人士或那些官气十足的人经常交往。我非常想静静地生活一段时间。令我感到高兴的是，我回到俄罗斯生活要比留在这里对你更有利——此时此刻我已到了山穷水尽的地步：身无分文，自顾不暇。

伊萨克·巴别尔

1928 年 9 月 21 日于巴黎

230. 致斯洛尼姆

亲爱的同胞们：

我已在柏林住了三天。我在这里一切都很好。明天我去华沙，从那里经过著名的小镇舍佩托夫卡①去基辅。从华沙我会给你们寄去带有这座首都的名胜古迹和美丽风光的明信片。写到这儿，我再也写不下去了，必须就此搁笔。此刻我实在无法抗拒香肠的诱惑！上帝啊，多么美味的香肠啊！

伊萨克·巴别尔

1928 年 10 月 8 日于柏林

---

① 乌克兰靠近波兰的小镇。——译注

231. 致波隆斯基

亲爱的维亚切斯拉夫·巴甫洛维奇：

我昨天刚刚回国。今天年轻作家德米特里·乌林来到我这儿读了他的短篇小说。我觉得，这是一位名副其实的作家，我让他到莫斯科的时候（他3~4天之后走）去找您。我认为，我们应该记住他的名字，他的创作应该引起我们的高度关注。他一定会成为我国文坛一颗熠熠闪光的新星。

我途经舍佩托夫卡站回到了祖国。当我踏上祖国大地那一刻，秋雨霏霏，秋色迷蒙，一个满目疮痍的贫穷国度展现在我面前。然而，我立刻沉醉于那种只有在祖国的怀抱里才能够深切感受到的、无限的诗情画意之中。现在各种新的印象和感受一齐涌上心头，令我心潮澎湃，思绪万千。等到把一切安顿好，兴奋的心情平静下来之后，我会写信详述我的创作情况。祝您身体健康！

爱您的伊萨克·巴别尔

1928 年 10 月 16 日于基辅

232. 致斯洛尼姆

亲爱的朋友们：

　　前天我回到了基辅。我的事情非常多，不知道会在这里待几天。我给你们带回的礼物很少，明天把礼物邮寄给你们。其余所有东西都随箱子一起托运了，晚一些时候才能到。现在箱子出了点儿问题。我是按基辅海关的地址发运的箱子，但是现在基辅海关解散了，所以他们会在我不在场的情况下在舍佩托夫卡检查我的东西。我的临时地址是：基辅，红军街 30 号，芬克尔施泰因转巴别尔收。明日再叙。

您的伊萨克·巴别尔

1928 年 10 月 17 日于基辅

　　附言：如果您的新地址已确定，请告知。

233. 致费加·阿罗诺夫娜·巴别尔

……这几天我从早到晚一直在四处奔波，忙于处理文学方面、银行和税务方面的各种事情，在不同的单位和部门之间跑来跑去，多方求情。我想，所有问题都会得到圆满的解决。尽管总是会遇到很多烦恼的事情，但是在祖国的土地上我感觉心情非常舒畅。虽然我们的祖国现在还很贫穷，依旧存在着许多令人忧虑的问题，但这里有我的创作资源、我的语言，这里是我真正的兴趣所在。我越来越感到，我的生活和工作正在一天天逐渐恢复到正常状态。然而，在巴黎我却总是觉得，有一种不属于我的东西不断地强加在我身上。去国外旅游我完全赞同，但要想好好工作，还是应该留在这里才行……

伊萨克

1928 年 10 月 20 日于基辅

234. 致斯洛尼姆

亲爱的安娜·格里戈里耶夫娜：

您是否收到了一个小邮包？我写信告诉过您，我托运的行李遭到了怎样的"不幸"（其中也包括给您带的东西）。我的行李正被运来运去，在整个欧洲"旅行"。刚刚得到的最新消息是，不知什么原因现在我的行李正被发往艾德库年①。真是令人匪夷所思的奇闻怪事！任何一个正派的英国人或德国人处在我的位置都可能会将苏联商业海运部巴黎分部告上法庭。他们简直把我逼到了一贫如洗的地步。此外，行李中有许多历尽千辛万苦收集到的珍贵资料。昨天晚上我在报纸上读到了一则关于布达西案件的报道。遗憾的是，什洛姆也被牵涉其中。这个可怜的什洛姆！我感觉，报纸上对此案的评论并不完全与事实相符——列夫·伊里奇不了解这个案子的细节吗？

---

① 东普鲁士边境城市，现俄罗斯加里宁格勒州车尔尼雪夫斯科耶边境站。——译注

亲爱的代理人，我已经得知，俄罗斯商业银行终于准许我往国外汇 1000 卢布了！现在我必须知道（叶甫盖尼娅·鲍里索夫娜和我的母亲更需要知道），这笔钱是否一定要全部寄往商务代表处？其中一部分能否由我自己决定？恳求您，请尽量从侧面打听一下。这次要汇的钱我已经准备好。在基辅乌克兰摄影与电影管理局还应付给我一些钱。对我们来说，这里可不是巴黎。如果在巴黎遇到困难，走投无路，那就只能是两腿一蹬，等死了！

为什么您一封信都没回？请告知您的地址。我特别担心所有寄给您的信和邮包您都没收到。请按下列地址给我写信：邮政总局，留局待领，或红军街 30 号，芬克尔施泰因医生收。在基辅我还要待上至少两周时间。我非常想更详细地了解你们的近况：你们已经搬家了吗？你们的身体怎么样？精神状态如何？你们有什么新想法、新打算？我觉得，虽然与过去我住的房子相比，现在这个地方条件极差，一无所有，令人感到寂寞难耐，甚至让人有一种生命随时都会受到威胁的恐惧感，但不管怎样这里可以让我的心情平复下来。只有在这里我才感觉适得其所。

再见，我亲爱的恩人们！

伊萨克·巴别尔

1928 年 10 月 23 日于基辅

235. 致卡希里娜（伊万诺娃）

来信最好请寄往下列地址：基辅，邮政总局，留局待领。

塔玛拉：

你收到我从舍佩托夫卡海关给米什卡寄的东西了吗？这件包裹需要付关税，所以耽搁在边境上。我从这里给你寄去了一小瓶香水和花露水。请原谅，我给你买的礼物这么少。在巴黎我身无分文，什么都买不起，而且也没法带回来。在基辅我还会待大约 2—3 周。然后我要到一个偏僻的地方去工作。究竟去哪儿，目前还不知道。巴黎与当下俄罗斯生活的反差之大，令人震惊。巴黎的物质生活水平更高，各方面条件更优越。所以，现在不论怎样我都无法把注意力集中起来，我的思绪杂乱无章，各种各样的想法一齐涌来，我的内心因此饱受煎熬。我正在努力让自己尽快进入工作状态。我给你寄去了 200 卢布。你收到了吗？虽然我发誓去过那种孤独、寂寞、贫穷的日子，尽可能少赚一些钱，但是我衷心地希望你们的生活无忧无虑，丰衣足食。为此我一定会付出全部力量。

你的近况如何？孩子们的身体怎样？

你们忠实的伊萨克·巴别尔

1928 年 10 月 24 日于基辅

236. 致斯洛尼姆

亲爱的、乔迁新居的人们：

我特别想看到"我们的"新房子。我对新居的情况非常感兴趣，请来信详细描述一下。

你们收到寄到以前地址的邮包了吗？终于有消息说，我的箱子已经到了比戈索沃站①（边境）！！！我们很快就要拿到箱子了！但愿这次可别再出现什么差错，让我和我的朋友们开心快乐起来吧！我期待着收到安娜·格里戈里耶夫娜的回信。来信最好请寄往下列地址：邮政总局，留局待领。寄给您的咖啡是不是已经走味了？大概，我在这里还要待 2 周左右，然后去萨拉托夫穷乡僻壤②，找寻远离尘嚣的安宁。

对了，我忘了告诉您，请读一读《真理报》！在每一个文明的国度里能够赢得批评界如此广泛关注的作品都值得一版再

① 白俄罗斯边境站。——译注
② 该句出自格里鲍耶陀夫（1795—1829）的喜剧《聪明误》（1824），剧中人物莫斯科大贵族法穆索夫对女儿索菲亚说："我不让你在莫斯科抛头露面，和光棍们勾搭流连。要你上萨拉托夫穷乡僻壤姑母的跟前：教你夜夜读圣历，日日做针线！"——译注

版——也就是说，希望他们还能付给我 1100 卢布。我信心十足，充满希望，怀着好似蕴藏在身体里的那种最原始、最隐秘的本能的欲望时刻期待着收到您的好消息。

您的伊萨克·巴别尔
1928 年 10 月 27 日于基辅

237. 致安年科夫

亲爱的朋友们：

我在基辅住得好极了！实际上，分给我的房间没有任何必备的生活设施，如果是另一个更加苛求的人就会一味地向人抱怨，但是任何一个人，甚至布琼尼都丝毫不能撼动目前我良好的精神状态。我写这封短信是为了告诉您，我对您始终心存感激之情，时常幸福地回忆起与您交往的一幕幕情景：我们总是促膝而坐，开怀畅谈。很快我会给您写封长信，详细谈谈我的情况。我的地址是：基辅，邮政总局，留局待领。

您的伊萨克·巴别尔
1928 年 10 月 28 日于基辅

238．致沙波什尼科娃

……今天是周日，我休息。早晨睡足了起来后，我在路边的
"摊位"上品尝了很多香甜的好茶，吃了美味的黑面包加奶油。
随后读了《真理报》上布琼尼写给高尔基的信，我欣喜若狂，甚
至有些骄傲自大，得意洋洋，所以，我情不自禁提笔给你们写了
这封短信。我亲爱的人们，衷心地向你们问好！如果妈妈不生病
的话，一切该有多好啊！请不要难过，一定尽快给我回信……

1928 年 10 月 28 日于基辅

239. 致卡希里娜（伊万诺娃）

塔玛拉：

鬼知道他们把可怜的米什卡的衣服弄成了什么样子！我突然得知，需要有进口许可才能拿到衣服。我让舍佩托夫卡海关把衣服寄到莫斯科海关。他们会详细告诉你，应该怎么做。你必须交付关税，下周初我给你寄一些钱。你用这些钱去交关税（如果必须付关税的话）。苏联商业海运部基辅分部一位姓布利赫的工作人员今天去莫斯科出差。他答应给你打电话，告诉你这件事具体该怎么办。请你在收到东西后以我的名义给海关管理总局局长助理阿尔卡季·彼得罗维奇·维诺库尔打个电话，向他讲一下这件事的整个经过，请他不要对这份邮件实行那些繁琐的审批程序，并要求他尽可能给予减免关税，直接把衣服给你。我有充足的理由认为，他一定会按我说的去做。请告知这件事的最后结果。

得知你身体不好，我的心底涌出一种无以言表的悲伤。你肝脏的问题是什么原因？我一直以为，这种病只有上了年纪的人才会得。你去治了吗？现在是不是身体正在恢复之中？塔尼娅的身体怎么样？她真是个不幸的女孩！她究竟怎么了？得知她的情况后，我的心情非常难过。她的模样变了吗？

目前你在哪个俱乐部工作？我觉得，现在对任何工作都不能挑剔和抱怨。我知道，当一个人身无分文，为了生计四处奔波，苦苦挣扎，卑躬屈膝地去乞求别人怜悯和施舍的时候，要想保持自己的尊严绝不是件容易的事。我决定尽可能少赚些钱——这是一个非常正确的决定，但同时我会尽最大努力给你寄钱，因为我希望在任何情况下你都能保持独立人格和自尊，希望你开心快乐，衣食无忧，希望你也能够创作严肃、重大主题的精品力作，而不是推出那种粗制滥造的拙劣作品。我相信，如果你能够做我的朋友，我永远不会背叛我们的友谊，永远不会！

　　　　　　　　　　　　您忠实的伊萨克·巴别尔
　　　　　　　　　　　　1928 年 11 月 1 日于基辅

240. 致卡希里娜（伊万诺娃）

塔玛拉：

请原谅，现在我去不了莫斯科。我知道，我让你陷入可怕的境地之中，但目前我的确无法成行。不能帮你这个忙，我心里感到非常痛苦。

明天我打算给你寄 200 卢布。

我再也写不下去了，头痛得厉害。明日再叙。

伊萨克·巴别尔

1928 年 11 月 13 日于基辅

241. 致卡希里娜（伊万诺娃）

塔玛拉：

我给你寄去了 200 卢布。请确认钱是否已收到。昨天我没能给你写得更多、更详细，因为当时头非常痛。现在我经常生病，总是头痛，显然，这是大脑过度疲劳所致。我真想现在就提笔创作，但是大脑却不能正常工作。我总是因此而感到非常抑郁。然而，我是一个坚忍不拔、顽强执着的人。我相信一定能够战胜自己，所有身体上的疾病都会不治自愈。

现在说一下钱的事情。我正在尽最大的努力给你寄钱。目前我的主要任务是，不仅要确保你们的生活过得更舒适、更幸福，而且最重要的是，必须保证你们一刻都不会丧失独立的人格，不去向任何人求助，不做那种卑微下贱、处处受人欺辱的可怜虫。目前还不知道，下个月我能给你们寄多少钱。从国外回来这第一个月我一切都比较顺利——从乌克兰摄影与电影管理局和名不见经传的几家小出版社要回了欠我的一些稿酬，因为在未来几个月里我不会有任何收入，所以，也许在今后一段时间内我的经济情况会更差。不过，无论怎样我都会继续努力。

关于邮包的事我真是一无所知。当你接到海关的通知后，他们会详细告诉你应该怎么办。像我写信告诉过你的那样，你可以去海关管理总局找阿尔卡季·维诺库尔。我托运的箱子也遇到了麻烦，至今还没收到。也许，他们已经把箱子打开，拿走了很多东西。真是倒霉！弄得我现在没有衣服可穿。箱子里还有很多重要的材料，包括短文、笔记和剪报。

塔尼娅的身体怎么样？我们的"雄鹰"米什卡在做什么呢？请原谅，塔玛拉，我没想到你会患有慢性器质性疾病。我觉得，你还年轻，不应该得这种病。我想，当你感觉自己状态不错的时候，你所有的病就都好了。

对于尼古拉·瓦西里耶维奇的举动，我是这样理解的：他害怕自己的现任妻子，所以他希望在把钱发给他之前，先把应该给你的那部分自动扣除，否则他的妻子可能就不会把钱交出来了（没有墨水了，剩下的部分我用铅笔写）。不过，也许，还有其他我没猜到的原因。

你已经有工作了吗？……要是能找到一个长期稳定的工作该有多好啊！……我暂时留在基辅，确切地说是在基辅郊外。现在只有我一个人孤苦伶仃地住在这里，过着离群索居的生活——当然，正因如此，我的身心才得以慢慢恢复。也许，我的病很快就会好的。再见！

伊萨克·巴别尔

1928 年 11 月 16 日于基辅

242. 致里夫希茨

伊萨乔克：

好久没收到你的来信。你始终没给我寄来赛马节目单。你这种卑鄙无耻、下流龌龊的行为使我的生活陷入一片黑暗之中。怎么，寄个节目单这么难吗？我真不明白，现在这个世界还有没有"人性"可言？你们这些苏维埃机关工作人员的懒惰散漫、浑浑噩噩和无所事事简直是无法形容！看来，你从不阅读《真理报》上工人检察院的"在群众的监督之下"一栏。而我可是一向仔仔细细、认认真真地学习上面的内容，我极度憎恨你们这些马马虎虎、玩忽职守、专横跋扈的人和不负责任的官僚主义者。恳求你，请给我买一份节目单，如果你一直没有回音，我一定不会让你有好日子过的！……我会不停地逼着你去办这件事的！再补充一点——请把我附上的另一封信转交给收信人。她的电话好像是 2-56-44。我收到了她的一封热诚、亲切的来信，但是她没有写上自己的地址。我想，如果你给她打电话的话，她会派人来取信的。

我刚刚得知，我的箱子终于运到了。明天我去火车站取。我现在就已经开始提心吊胆了！——不知道箱子已经被弄成了什么样子？我们的东西是不是已经都被偷走了？……我会尽快写信告诉你……

国家出版社有什么新消息吗？要让这些狗崽子们一刻也不得安宁！不要对他们太客气。必须狠狠地威胁他们，但是，如果他们根本不怕威胁的话，那我们也就只好作罢。你没有告诉我，现在谁在那里主持工作？谁是主要负责人？他的助理是谁？我觉得，目前莫斯科文学界的现状是：大部分神经质的、易冲动的作家都会立刻开枪自杀。尽管如此，那些文学界的负责人最多只会花上 5 分钟的时间去思考这一问题，然后他们便又会像往常一样，若无其事地依旧我行我素，各自为政……

请仔细讲一下，现在你在哪儿就职？在工作方面你有什么新想法？在工作中遇到过什么不愉快的事吗？在工作中有没有潜在的对手和敌人？

我的生活和工作一如既往，节奏缓慢，平淡无奇。但是我感觉现在过得好极了！

明天搞清楚箱子的情况后我再给你写信。

请认真听取我的"批评意见"，并对我感兴趣的相关问题给予答复。回信的形式不重要，你可以随便写。如果你愿意的话，完全可以简明扼要地写成会议记录那样。谨向你家的女士们致以深深的问候！

伊萨克

1928 年 11 月 23 日于基辅

附言：*妈妈心脏病突发，非常严重。现在病情刚刚有所好转。*

243. 致波隆斯基

亲爱的维亚切斯拉夫·巴甫洛维奇：

　　现在是我第三次开始重新抄写已经完成的短篇小说，我突然意识到一个可怕的事实：我还需要再修改一次——即进行第四次，显然这也是最后一次修改。毫无办法，只能如此。至于说到改起来有多难，真是一言难尽！

　　我时常头痛，已经完全没有过去那种精力充沛的感觉，现在我的创作能力已大不如从前。显然，我有些过度疲劳。但是我想，我一定能够战胜一切困难。

　　您1929年的工作计划一定会完成。凭良心说，我现在所做的一切事情的成败完全取决于我自己。有时我偶然读到一些关于文学会议的报告。我觉得，在当前的形势下，任何一名严肃认真而又敏感脆弱的作家都可能会开枪自杀，唯有那种善用轻松乐观的态度对文学界的现状不屑一顾的人才能快活地生存下去。因为我把自己列入第二类人中，所以我的生活过得平静而安逸。

　　我一定会坚持走自己的创作之路，绝不允许自己的头脑中闪过一丝反常的、反文学的想法，因此，我总是感觉自己的状态非常好。不过，为提升群众的文化欣赏水平，所有关于推出廉价俄罗斯文学经典作品的观点都是完全正确的。幸好，这些文学会议的 10 项提议中还有一项算是合理的。如果考虑到参加会议的人都是清一色的政府官员的话，那么我们必须承认，他们的提议能够达到十分之一的正确率已经是相当高了！在基辅我还要待上一小段时间，然后我打算去北高加索。我的所有工作上的想法和出行计划都会及时告诉你。

我的地址暂时是：基辅，邮政总局，留局待领。如果您能给我写信，我非常高兴。衷心地祝您精神愉快、身体健康、幸福快乐！必须做一个快乐的人——这永远是千真万确的真理！

您的伊萨克·巴别尔
1928 年 11 月 28 日于基辅

244 . 致斯洛尼姆

亲爱的安娜·格里戈里耶夫娜:

您的礼物在基辅赢得了一片赞叹。感谢您的厚意！上帝保佑您健康快乐！

明天我去办理汇款。

伊柳沙收到绒线衫了吗？

我会及时寄出需要您替我保存的一些钱。来信最好请寄往下列地址：邮政总局，留局待领。现在我很少去芬克尔施泰因家，但去邮局的次数比较多。

很遗憾，我手里没有刊登布琼尼的信的那期《真理报》。我家里从不保存这种臭名昭著的、毫无价值的东西。请仔细读一下高尔基给布琼尼的回复。我认为，他的语气太过于柔和。布琼尼的信中充斥着对马克思主义简单粗暴的、军阀式的理解，实属愚昧无知、愚蠢至极！

我这里一切都好，每天都在安安静静地潜心创作。大概，很快我就要离开这个地方。我的所有行踪都会及时告诉您。拥抱您家的男士们，亲吻您的手，我的庇护者、恩人和聪明睿智的女士！

您的伊萨克·巴别尔

1928 年 11 月 29 日于基辅

附言：您搬入新居感觉怎么样？

245. 致卡希里娜（伊万诺娃）

塔玛拉：

　　愚蠢的苏联商业海运部刚刚告诉我，米什卡的衣服从海关转到了莫斯科。难道你还没拿到衣服吗？我的那个倒霉的箱子终于收到了，我已经给里夫希茨寄去了柳德米拉·尼古拉耶夫娜要我给他们的女儿买的衣服。可是给我们米什卡买的衣服却始终没有着落……毫无办法，都怪我自己没把托运的事情办明白。如果需要交税，请写信告知。

　　我这儿没什么新消息要告诉你。现在我已经完全适应了这种离群索居的状态，不再习惯于像从前那样独立地、系统地、尽心竭力地创作。每当我试图让自己的生活尽可能保持平静和纯真美好的时候，我总是痛苦万分、后悔莫及，我不时想起自己曾经写过多少粗制滥造的作品，犯过多少错误，遇到过多少卑鄙的事情，承受过多少委屈啊！也许，这就是命运的安排？的确，这是躲不过的宿命，但这绝非源于我们注定无法摆脱的、种种不确定的外在因素，而是我们自身存在的诸多问题使然，包括我们那些失去理智的、愚昧无知的行为。

也许，月末我要去外地。不过，在此之前我还会给你写信的。

刚刚我向塔尼娅抱怨基辅的天气不好。你们首都的冬天怎么样？

你的工作还好吗？工作忙吗？

伊萨克

1928 年 12 月 11 日于基辅

246. 致涅夫列瓦娅

亲爱的塔尼娅：

　　谢谢你的来信！读了你的信后我非常兴奋。很高兴，你非常喜欢这些玩具。在国外的商店里我看到过许多精美的玩具，但是，大概你也知道，玩具是不允许带回国的。真是太遗憾了！请告诉我，你有没有滑雪板和冰鞋？我想，现在你已经是大姑娘了，你应该学会滑雪或滑冰了。学会这些以后非常有趣，对你也很有好处。现在我住在离基辅不远的地方，一个善良的老妇人的房子里。唯有一点不尽人意的是，今年的冬天姗姗来迟，至今没有一丝寒冷的气息。这里总是下雨，道路泥泞不堪。我非常想念莫斯科，想念北方的冬天。大概，莫斯科已经下了很厚的雪，可以滑雪橇了。

　　请代我向米沙问好！如果有事，一定给我写信。我非常乐意去完成你交给我的所有任务。

爱你的伊萨克·巴别尔
1928 年 12 月 12 日于基辅

247. 致里夫希茨

我的老朋友，我简直无法表达此刻的心情，你寄来的节目单帮了我的大忙。我已经把节目单倒背如流。我一连两个晚上都睡得非常好，就像塔尼娅一样……你寄来的杂志简直太有趣了！恳求你每周寄来一份。说实话，我的文学创作非常需要这个杂志。对你来说，每周给我寄一份（钱我们再算）应该不难，所以，恳请你一定及时把杂志寄来……

除了你寄来的这份开心的礼物——赛马节目单，我还收到了那个让人匪夷所思的德利卡奇的文稿。快去他的吧！这个幼稚可笑的小伙子竟然认为，靠托关系、走人情便可以轻而易举地混进文学界。望着他那张可怜兮兮的脸，我无力说服他放弃这种愚蠢的、错误的想法。唉，我答应他往《无产者》杂志写一篇对他的稿件的评语。随信附上我费尽心力写成的这份评语。如果你觉得可以的话，请把它转给阿察尔金。如果你认为完全没有这个必要，那么，请代表我给他打个电话。无论如何都应该让大家觉得，我已经履行了诺言。但愿德利卡奇能立刻从我的视线里消失。

如果你从文艺部得到了什么消息，请立刻告诉我。当然，不应该强迫他们做什么，但是需要时刻提醒他们尽快告知我的作品能否出版。以我个人经历的惨痛教训，我非常清楚，必须不停地催问他们才行。

我的各方面情况一如从前，没有丝毫变化。我的大脑时常感到很疲劳（有时情况非常严重），但是我一直在与疲劳做斗争，而且绝不会轻易放弃。囿于脑疲劳带来的困扰，我的工作进展很慢，比预想的要难得多。但是我已经习惯于去不断地战胜各种困难。

我想，我在基辅待的时间不会太长。也许，很快我会告诉你我的新地址。你现在在哪儿工作？收入怎么样？

我托你办的事情进展如何？你把信转给博布罗夫斯卡娅了吗？电话簿中是否有金兹堡这个姓？有没有她的地址？

再见！祝健康快乐、平安顺利！萨沙和薇拉·韦尔茨涅尔现在在哪儿？萨沙的孩子怎么样？请代我亲吻柳夏和塔纽莎！

你的伊萨克

1928 年 12 月 15 日于基辅

248．致里夫希茨

我的老朋友，你怎么没有音讯了？请给我写张明信片即可，只需 5 戈比。如果你愿意，也可以在明信片上多给我写些话。我在基辅再住几周后，下一个主要目的地就是罗斯托夫，但不排除去敖德萨待几天的可能。也许在那里会遇到什么我感兴趣的事情。如果在敖德萨你有事情需要我帮忙，我一定会尽力办好。具体什么时候走，我会写信告知。你去过文艺部吗？请做我的好朋友吧！帮我一层层仔细查问一下，我需要确定，再版后是否还会付给我一些稿酬？像从前一样，我的工作进展很慢，似乎我有很多创作计划，但我的生活却变得越来越拮据。我还有一个恳求——所有赛马节目单我都已经倒背如流了，现在特别盼望能收到新的节目单，主要是希望能把杂志寄来，否则我会重又饱受失眠的困扰。你这个狗杂种，既然总是把自己假扮成一个我的忠实崇拜者，那么就必须尽快给我寄来"与马相关的"一些杂志。只有这样我才能够睡得安稳，才能充满创作激情，进而才能为发展

俄罗斯文学艺术事业做出更大的贡献。祝全家健康快乐！请不要
忘记爱你的伊萨克·巴别尔。

伊萨克·巴别尔

1929 年 1 月 19 日于基辅

249. 致里夫希茨

亲爱的：

现在我要给桑多米尔斯基寄封信（好像文艺部主任是这个姓）。我没收到他们的任何回复。请把这封信封好，并即刻转给他。我非常想通过你（当然，给你添麻烦了！）去办这件事，因为如果从个人角度对他们施加压力的话，可能事情的进展会快一些（当然，如果事情能有所进展的话）。此外，请写信告知你对这件事的看法——你认为这件事是否能有什么结果？这就是需要托你办的全部事情。期待尽快收到你的回复，否则我已经打算离开这里了。本来我想去敖德萨待上大约 2 周的时间。但是，看来现在不得不暂时放弃这个想法，我决定直接去罗斯托夫，在那儿尽可能争取多住一些日子。你劝我去莫斯科，认为我在莫斯科会生活得更好，对此我完全没有信心。目前我的客观情况是：在这里我生活得不错，终于赚到了些钱，刚刚走出那种紧张忙碌的状态，有一种自由自在、无拘无束的感觉，同时，我的头脑中已经拟定好许多创作计划——可是现在你却要我去莫斯科这个毫无自由可言的地方⋯⋯我的老朋友，我不会听你的建议，不会到莫斯科去。现在我决定按照自己的计划安排生活和工作。当然，我已经做了长远的打算，为此我需要保持心灵的平静，应该具有超强的忍耐力和一点点智慧⋯⋯目前唯一可能令我不知所措、无所适从让我改变工作计划的就是那些在经济上依赖我的亲人们。所以，请帮帮忙，帮我从国家出版社要出一些钱来。

有件事特别想告诉你，我刚从柏林带回一架十分精巧的小相机，是一个偶然的机会买到的。它给我的生活带来了无穷的乐趣。现在我开始疯狂地迷恋起摄影。我会把我拍的一些照片发给你。

得知你工作方面的事情我非常伤心。我没有完全弄明白——你辛辛苦苦赚得的工资是多少？难道只有 275 卢布？这是什么世道啊！⋯⋯这点少得可怜的钱何以维持生计？⋯⋯

当然，我一个人只要一点钱就足够维持正常生活了（告诉您，在这里我只需付 8 卢布的房费，解手要跑到半俄里外的地方，因为在我住的地方根本没有任何必需的"工业化设施"——没有上下水道，没有电——要什么没什么，一无所有！绝非热衷工业化的人时常讲的那样——应有尽有，一应俱全）⋯⋯

昨天我得知亚历山大·康斯坦丁诺维奇生病的消息，我的心情非常压抑。他的病情依然如故，丝毫没有好转的迹象⋯⋯

请一定把赛马节目单寄来⋯⋯"让我沉重的生活变得轻松一些吧！"请尽快寄来那一张张神奇的、"特效的"节目单（主要是杂志）！我一定会衷心地感谢你。没有比读这些杂志更好的、摆脱失眠的办法了，而且这也是消磨时间的最佳方式⋯⋯

那个喜欢阿谀奉承的德利卡奇给我讲了许多关于你的孩子的事情（顺便说一下，他从我这儿骗走了一封写给列日涅夫的信。他根本不是一个像模像样的人，简直就是贴在我身上的一块甩不掉的膏药）。萨沙已经完成了哪些作品？现在他和夫人在哪儿？他有收入吗？我们基辅的冬天美得令人不禁心生感慨，忍不住提笔作诗。我窗前的林间空地上点缀潺潺流水的浮冰如钻石般闪耀，大地银装素裹……只有我们这些乡村的居民才能静心写作、深入思索严肃重大的问题，只有我们才能自由自在、无拘无束地与上帝倾心交谈，宛如"星星与星星互诉衷肠"①……

今天我写得太多了……该吃午饭了。亲爱的同乡们，我期待着尽快收到你们的回信。柳夏的身体怎么样？我们也有同样令人难过的事情——妈妈的身体恢复得非常慢，她的身体机能越来越衰弱，每当想到这些，我的内心就会突然感到极度恐惧，痛苦万分。再见！

你的伊萨克
1929 年 1 月 25 日于基辅

---

① 出自莱蒙托夫（1814—1841）的诗歌《我独自一人走到大路上》（1841）。——译注

250. 致斯洛尼姆

亲爱的朋友们：

　　我生活中的"斯捷潘妮达"（我租住房子的房主、一个洗衣女工的名字）时期已经结束，现在正开始另一个新的、北高加索阶段，不知等待我的将会是什么……列车满载着我的寂寞一路奔向罗斯托夫，明天傍晚到达目的地。因铁路积雪我们的火车晚点非常严重。我的地址是：顿河畔罗斯托夫，邮政总局，留局待领。车厢里摇晃得厉害，到后我再写信详述……俄罗斯——幅员辽阔、疆域广袤的祖国！到处都是白雪皑皑的景象，随处可见茫然若失的眼神、挂满冰霜的胡须、惶恐不安的犹太女人和冻僵的枕木。二等车厢的乘客真是太少了！能坐在这里，我真是幸运至极！……

伊萨克·巴别尔

1929 年 3 月 16 日于火车上

251. 致波隆斯基

亲爱的维亚切斯拉夫·巴甫洛维奇：

我在基斯洛沃茨克正赶上收到您的来信。过一小时我从这里去捷列克，然后再回罗斯托夫。等到了罗斯托夫我再给你写信详述。目前我的"长久居住地"是北高加索，地址（未变动前）：顿河畔罗斯托夫，邮政总局，留局待领。在这里我生活得很好。像年轻时一样，我在这里可以自由自在地创作……如果饿不死的话，一切都非常不错。亲爱的朋友、维亚切斯拉夫·巴甫洛维奇，罗斯托夫见！

您的伊萨克·巴别尔
1929 年 3 月 28 日于基斯洛沃茨克

252. 致波隆斯基

亲爱的维亚切斯拉夫·巴甫洛维奇：

从基斯洛沃茨克我给您寄了张明信片。不知您是否已收到？您的地址是否正确：奥斯托任卡街 41 号？目前我的"长久居住地"是北高加索，固定地址是：顿河畔罗斯托夫，邮政总局，留局待领。夏天的时候我要边工作边到各地去旅行，我打算去斯塔夫罗波尔、克拉斯诺达尔，再去沃罗涅日省待上几天，然后去达吉斯坦和卡巴尔达①。当然，我不会坐方便舒适的区际列车去这些地方，我打算乘那种条件极差的我们俄罗斯的火车，因为这样可以亲身体验到普通俄罗斯人的生活。你们不想去"我们的"这些南部边区吗？我们要是能够同行，在一起共同度过一段日子该有多好啊……

我的生活（如果不受失眠的困扰，夜晚我便可以安睡）一天天过得非常有趣，但是举步维艰。在工作方面我始终加倍努力，

---

① 卡巴尔达－巴尔卡尔自治共和国位于北高加索中部。——译注

刻苦勤奋，于是又开始经常出现头痛的症状。不管怎样，我构筑的文字"大厦"已初具规模。不幸的是，从前我一直对长篇小说创作跃跃欲试，结果出版的短篇小说数量微乎其微，少得可怜。可是现在，上帝保佑，我的创作发生了多么大的变化啊！只要我把一则短篇作品改上 8 页（因为你马上就要饿死了，狗崽子——我总是这样对自己说），它立刻就会"生成"一部 300 页左右的长篇小说。亲爱的编辑，这是在历尽千辛万苦和种种磨难之后我的创作中发生的最大变化——我渴望推出长篇作品！看来，我必须为此付出生命的代价……因为同过去一样，我依旧不能快速地、整页整页地创作，而只会慢慢地、一个词一个词地写。所以，您完全可以想象到，我的生活会变成一副什么样子？……8月份给你们寄去我的第一篇手稿。我有理由认为，我这是严格按照合同规定如期交稿的。现在唯一只有死亡，主要是走投无路，饥饿而死，能够阻碍我的工作正常进行，因为目前从所有途径可以拿到的钱都已经用光了。8 月前可否签订新合同？不管您觉得下面的话有多么可笑，但我还是要说——您那儿不会有比我更忠实可靠的作者了，所以请您拯救我最后一次。一想到不得不同意某一部门的建议，为了赶工、赶进度而去粗制滥造一部剧本，我便立刻产生一种不寒而栗的感觉。我极不情愿，可以说万分不情愿，甚至无法形容，我是多么不情愿这样做！现在我准备满腔热情地投入到严肃、重大主题的创作中，因为把全部时间和精力都花在毫无意义的、没有任何价值的一堆废纸上，这无异于一种犯罪。而且，我的确总是为此浪费大量时间和精力，因为在创作方面我从不马马虎虎地应付了事，所以我可能会白白丢掉几个月的宝贵时间。不过，我不是在说服您。您应该好好想一想，您并不相信我。我觉得，对我的不信任是您的一个最大的错误。

恳请您尽快回信。今天早晨从香甜的睡梦中醒来，我数了数自己剩下的钱，只有 14 卢布。常言道，必须"下定决心"，立刻采取行动！此外，我还有一个请求。我早已听说，《骑兵军》和《敖德萨故事》的最新版本已全部售完。必须承认这样一个事实，国家出版社从不急于再版我的作品：《骑兵军》的出版工作进展情况非常不利。在问过您、我的第二个"债主"之后，我给桑多米尔斯基写了封信（顺便问一下，这个桑多米尔斯基负责什么工作？），他非常耐心、客气地给我仔细解释了所有问题，但却有意回避了再版的事情。可是，这 1000 卢布很可能救我于危难之中，让我摆脱困境，当然，还能够间接地帮助我履行自己应该承担的全部义务。请做我的朋友吧！——请替我给桑多米尔斯基打个电话。我想，他一定会给您一个准确的答复。

我要和您说的所有事情就是这些。现在我要去顿河边看浮冰。今天是寒冬过后的第一个春日，我非常想多给你写一些，但不知是由于春天的到来，还是其他什么原因，我的头非常痛。就此搁笔，下次再叙。紧握您的双手！祝开心快乐、思维开阔、才思敏捷！

您忠实的伊萨克·巴别尔
1929 年 4 月 8 日于顿河畔罗斯托夫

253. 致里夫希茨

我的老朋友：

几天前我回到罗斯托夫，恰好收到了桑多米尔斯基的电报。他要把我的作品收录到一部集刊中。今天我给他写了回信，告诉他，短篇小说我可以秋天寄去，同时我又问了一下再版的情况。你知不知道，为什么这件事至今没有任何进展？我想，我去问他们是不是不太合适？你是"内部"人，所以恳求你，帮我打听一下。否则我担心，一旦我身无分文，我就会立刻无法正常工作下去。同时，我也请波隆斯基去问一下这是怎么回事。你认为，这件事是否会有什么结果？对我来说，这件（毫无希望的）事具有非常重要的意义。

我的朋友，我的家人从布鲁塞尔来信告诉我，我妈妈得了突眼性甲状腺肿。这个消息让我整日忧心忡忡。妈妈的身体情况非常不好。我的心里无时无刻不在挂念着她。

您的生活怎么样？女儿近况如何？看来，整个夏天我都会在各地旅行。幸好有很多地方可以接待我，给我提供一日三餐。请不要忘了我，别懒于提笔写信。今天我们这里迎来了第一个春日，大概是因为春天来了，我整天头痛得厉害。衷心地向你们全家人问好！吻你。

伊萨克·巴别尔

1929 年 4 月 8 日于顿河畔罗斯托夫

254. 致斯洛尼姆

亲爱的安娜·格里戈里耶夫娜：

最近我的心情非常压抑。我母亲的病情突然急剧恶化，她的状况很危险。也许，近日她只能采取最后一个办法——手术，切除甲状腺。但是，老太太已经 65 岁了，她的身体早已被病魔折磨得虚弱不堪。您应该明白，这一切对她来说意味着什么。您知道，母亲是我最依恋的人之一，确切地说，她是这个世界上我唯一最爱的人。但是，现在我抛弃了所有亲人，他们住在四面八方，遍布世界各地。他们正在日渐老去，与我的距离越来越远……

亲爱的朋友，如果您有钱，请给国家银行基辅分行对外业务部的玛丽亚·雅科夫列夫娜·奥夫鲁茨卡娅汇 50 卢布。这位女士是对外业务部的职员，她答应给我母亲汇去 25 美元。请一定尽力帮我这个忙。

今天我心情非常抑郁，下次再给您写信详述。为什么您来信中丝毫没提到自己的身体情况？记得您过去好像经常生病？

您这个夏天有什么打算？也许，我们有可能在南部见面？但愿如此！……我想，我完全能够给您找到一个可以得到充分休息的疗养院（？）。

您觉得我的想法怎么样？我在这里有一些熟人。

列夫·伊里奇已经去乌拉尔了吗？

我的心永远和你们大家在一起。亲吻您的手！

伊萨克·巴别尔

1929 年 4 月 10 日于顿河畔罗斯托夫

255. 致波隆斯基

亲爱的维亚切斯拉夫·巴甫洛维奇：

漂泊的灵魂驱使我一路游走，来到了沃罗涅日省的乡村地区。我要在这里的养马场与公马、母马和刚刚长大的一些小马驹在一起待上几天的时间。然后我会回到顿河畔罗斯托夫。所以，我还是用从前的地址。我想告诉您，我又给桑多米尔斯基写了一封信。据我了解，在南方任何地方都买不到我的书，所以我给他写信说明了再版的事。您和他谈过这件事了吗？我还告诉他，即使剩下了一小部分书，国家出版社也完全可以稍微提前一些与我签订再版合同，这样能够给作者提供很大便利。

我怀着忐忑不安的心情期待着尽快收到您的来信，因为您的信将决定我的命运。紧握您的双手！

您的伊萨克·巴别尔

1929 年 4 月 15 日于赫列诺夫沃耶

256. 致斯洛尼姆

亲爱的安娜·格里戈里耶夫娜：

　　大约两周前我已经花光了身上仅有的最后半个戈比，从那时起我就开始每天靠乞讨度日。虽然我没有履行第一份合同，但是国家出版社对我的情况已经表示理解，同时他们对此采取了充分宽容的态度。目前他们正在和我磋商关于第二个合同的一些问题。国家出版社已经向我提出了相关建议，我也答复了他们，但尚未收到回信。我急需他们尽快回复，因为倘若作品已经写了大半，但是没等到全部完成，作者的生活已经沦落到要被饿死的地步，这是件多么令人遗憾的事情啊！我始终沉醉于神圣的精神世界里，从不抱怨目前的生存状况。然而，在经济上依赖我的亲人们总是给我施加巨大的物质和精神压力。代表国家出版社和我商谈的是文艺部主任桑多米尔斯基。请以我的名义给他打个电话，了解一下事情的进展，并请他们尽快做出决定，把钱和合同寄来。我建议他们按月把议定的数额寄给我。但是因为需要尽早还债，我非常希望能够提前拿到最初 2~3 个月的稿费。与国家出版社之间的这件事实在是拖得太久了，虽然他们态度非常好，但是，我认为，如果没有个人的干预，如果不给他们打电话单独沟通，这件事肯定成不了。亲爱的安娜·格里戈里耶夫娜，请帮我去办一下这件事，然后请电报告知具体情况如何。我已经被这件事弄得心烦意乱、精疲力竭了。

假若您能够满足我的上述请求，那将是您对我莫大的恩赐！我一直满怀憧憬，坚信总有一天我会报答您对我的恩德。

您有去高加索的计划吗？请您一定不要忘记提前给我写信。最近我感觉自己精神不振、体力不支。我遇到了一件让人既无奈又感觉可笑的"倒霉"的事。我之所以住在郊外的别墅里，就是为了能够让自己潜心创作。但是此前我这个傻瓜丝毫没有注意到，这栋别墅坐落在一个大型机场上。现在一架架飞机整天在我头顶上嗡隆隆响个不停，这怎么可能让我安心写作呢？对我来说，这无异于一场灾难！但是，您知道，在我们罗斯大地上更换一次住所意味着什么……

妈妈的近况让我得到些许安慰，她感觉稍微好了一些。我正忐忑不安地盼望着收到您的来信。衷心地向您和您家的男士们问好！

衷心爱您的（大概，也是令您厌恶至极的）伊萨克·巴别尔
1929 年 5 月 9 日于顿河畔罗斯托夫

附言：如果不麻烦的话（当然，如果您还保存着的话），请把法文版的劳伦斯作品寄给我，我很想再读一下这本书。

257. 致波隆斯基

亲爱的维亚切斯拉夫·巴甫洛维奇：

　　最近几周我的工作非常多，我四处旅行，南部的烈日已把我的皮肤晒得黝黑。我收到了国家出版社的答复。他们同意签订下一本书的合同——5000份，一个印张350卢布。我回复的意见是7000份，500卢布。其实道理都一样，稿费提高了，印数也增加了。我正盼着他们的回信，虽然等待的日子痛苦难捱：我身无分文，在经济上依赖我的亲人们不断地在对我施加各种压力。我想，我向出版社要的价格还是太低了：我根本不清楚现在的行情。如果方便的话，请催问一下哈拉托夫或桑多米尔斯基（请语气婉转一些），让他们尽快给我答复。我把您视为能够帮助我解决文学方面难题的一个忠实的朋友和文学界的"有关人士"。与国家出版社签订的合同能够让我还清自己所欠下的债务——道德上和物质上的双重债务。倘若一切果真如我所愿，我会活得更舒心、更快乐。请一定帮我这个忙。我们与国家出版社之间似乎是一种朋友关系，但您知道，这是一家庞大的企业，必须及时与他们签订合同，并要求他们尽快把稿费寄来。

我正在邮局里给您写信，人多拥挤，很不方便。过几天当合同和稿费的事情安排妥当后，我会再给您写一封长信。

您何时休假？我会一直待在北高加索这里。

再见，亲爱的编辑，我的朋友和恩人！

伊萨克·巴别尔

1929 年 5 月 17 日于顿河畔罗斯托夫

258．致斯洛尼姆

亲爱的安娜·格里戈里耶夫娜：

你是我的庇护者、精神的支柱和力量的源泉。我同意我给您拍的电报里写的内容。我想，我寄给您的委托书足可用于签订合同。我给桑多米尔斯基写了封信，我坚持，在签完合同后他们应该立刻付给我5月和6月两个月的钱。如果你有可能替我拿到钱，我需要把这些钱寄往国外，偿还债务。请不要告诉我的母亲、妹妹和妻子，这是我剩下的最后一点钱。我同时会给桑多米尔斯基再写封信。请记住，我可怜的代理人，只签下合同还远远不够，主要问题是想办法在国家出版社拿到钱（第一次要钱一定非常难，之后就会顺利一些）。这件事办起来绝非易事，请您帮我这个忙。我再补充一点——我不会让您因此而蒙受耻辱，我一定努力把作品写好。简言之，没有您的帮助我就会一事无成。如果出现意外情况，请电报告知。如果拿到了钱，也请给我拍个电报。我会告诉您把钱寄到什么地方。

我正在邮局给您写信，晚上回别墅。明天我可以安安静静地给您写封长信。

　　在我的生活中您给予我的帮助具有决定性意义。非常感谢您！

伊萨克·巴别尔

1929 年 5 月 24 日于顿河畔罗斯托夫

259．致戈洛夫金

亲爱的戈洛夫金同志：

我们两人都还健康地活着，这真是太好了！我相信，我们还能在一起干一番事业。收到您的来信我非常高兴，这种感觉真是难以言表！看来，魔鬼暂时还不会把我们这些罪人收走。

您指派的合同起草人简直就是恶魔的化身！我给约诺夫写了信，清楚地表达了我对他的这种令人难以忍受的主观臆想所持的态度。我在这份可怕的合同上签了字，因为我希望得到您的怜悯和同情，期待您在收到我的作品后修改合同中对稿酬的规定。

收到这封信之后，希望您急得立刻把一切统统抛在脑后——忘记了戴上帽子，忘记了眼前的休假，忘记了苏维埃机关清除政治异己的运动，丢下手头的工作，抓起钱便不顾一切地直奔电报局。我已经到了饥寒交迫的地步，但愿我能坚持到收到钱的那一刻！您寄出合同的时间太晚了。因为我相信很快便能够拿到稿费，所以我给自己买了条质量尚好的帆布裤子和小俄罗斯①绣花衬

---

① 指乌克兰。——译注

衫。我一时头脑发热做出了这个决定，显然有些欠妥。现在我只好每天去别人家吃午饭了。请尽快把钱寄给我，否则我就会完全束手无策，只能坐以待毙！

您的伊萨克·巴别尔

1929 年 6 月 9 日于顿河畔罗斯托夫

260. 致波隆斯基

亲爱的维亚切斯拉夫·巴甫洛维奇:

我在乌克兰游历了三周，几天前刚刚回到罗斯托夫。现在需要在家里待上一个月，静心创作一段时间。目前，在我的生活中一个最主要的问题是，工作效率明显下降。唉！假若现在我的神经绝非已经衰老到了5500岁，而是能够再年轻4000年——我们就完全可以抓紧时间去做很多事情！现在我应该去看看医生了——我真担心会突然检查出什么脑神经方面的病来……然而，无论怎样，我透过魔力强大的、"占卜未来的水晶球"，已经对自己的新书有了很多创作构想。

我还没有收到需要我签字的合同。我一定要在《新世界》上发表作品，除了《新世界》，我不会把作品投到任何地方——我向您发誓。

我想，您在经历了莫斯科那些不愉快的事后，大概正怡然自得，心满意足地慢慢享受着生活。衷心地希望您的幸福感更加持久、更加热烈！……我会定期向您"汇报"我的情况，请您同样把您的近况随时告诉我。

请接受我衷心的问候和诚挚的友谊！

爱您的伊萨克·巴别尔

1929 年 7 月 26 日于顿河畔罗斯托夫

261. 致斯洛尼姆

亲爱的安娜·格里戈里耶夫娜:

非常高兴,您已经顺利地搬入了新居。请您注意休息,保重身体。在罗斯托夫时您的样子看上去很疲倦。

我不得不告诉您,与我一起住在"别墅"的朋友们都不同意您的观点,他们一致认为,我们别墅的女房东说话严谨、做事稳重,是个非常出色的人。

我去基斯洛沃茨克的计划破产了。我收到了沃隆斯基的信。他生病了,心情很抑郁,非常可怜,过几天我要到他那儿去。随后我会告诉您我的地址。很遗憾,我不能在基斯洛沃茨克和您见面了。但是我觉得,我有责任去利佩茨克看望一下他。

明天我打听一下"苏联电影"(全俄摄影电影股份公司)的商店里是否有列夫·伊里奇需要的胶卷。请代我向他问好!您在基斯洛沃茨克生活得怎么样?您在那儿主要治什么病?我正在邮局写信,请原谅,如果在家里我的字迹会更加工整一些,思路也会更清晰。

您的伊萨克·巴别尔
1929 年 8 月 22 日于顿河畔罗斯托夫

262. 致斯洛尼姆

亲爱的安娜·格里戈里耶夫娜:

您的生活过得好吧?您在矿泉疗养地的治疗效果怎么样?您这颗社会主义经济改造者的心是否依然保持强有力的跳动?我觉得,我在罗斯托夫生活的日子很快就会告一段落。现在去叶甫盖尼娅·鲍里索夫娜那里并不是件容易的事,必须去莫斯科办理各种繁琐的手续。无论怎样,对我来说去莫斯科一直是件非常遥远的事。我的生活一切如故,我始终勤奋刻苦,静心写作。我们这个地方到处尘土飞扬,肮脏不堪,根本走不出去,进不了城,因此身在此处,我的心越发感到孤独和寂寞。

您的伊萨克·巴别尔

1929 年 9 月 26 日于顿河畔罗斯托夫

263. 致波隆斯基

亲爱的维亚切斯拉夫·巴甫洛维奇：

鬼才知道，最近两个月里我走了多少个地方！寄来的合同也跟着我辗转于 10 所邮局之间。我来罗斯托夫已经大约 2 周，但合同的事一直拖着，我始终没拿定主意是否应该签字。现给您把合同寄去，上面写着我最卑微的愿望和修改意见。这份合同的起草者一定是一名优秀、睿智的法律顾问，我觉得他根本不像是一个人，简直就是个吃人的恶魔。在第一款中我请求删掉"所有的"一词，因为我已经答应将其中两部短篇小说收录到一个选集里（不是投到杂志上，而是被收录到选集中）。但是这一过程需要几个月的时间，即这要在我已经开始、并继续在《新世界》杂志上刊登作品之后完成。因此，我的作品是否收入选集不会损害《新世界》享有发表我作品的优先权。为了保险起见，我把"完成 10 个印张"，改为"6 个"，虽然，实际上我的进度会更快一些，完全可以多交出一些稿件，否则我就会走投无路，拿不到稿费。交稿期限我写得更长一些，因为，因为……维亚切斯拉夫·巴甫洛维奇，原因很简单：我始终想成为一名职业作家，可我至今没有实现这一理想。为此我需要"加快速度"。这一切都是由我自身存在的许多折磨人的（在这一问题上我本人比出版社更加痛苦）、无法克服的特质决定的。你可以把我视为一名恶意拖欠稿件、不按时履行合约的人，把我送进监狱里（众所周知，我一无所有，没有任何可以没收的财产：我没有住所，也无栖身之处，既无动产，也无不动产——不过，这也正是最令我高兴和引以为豪的地方）。您可以下午 4 点的时候在科米亚斯尼茨基街上用树条抽打我，但我绝不会交出我认为尚未完成的手稿。我的这副"老爷做派"一定会让您忍无可忍，您一定会说：狗崽子，不许你拿预付款！你这个卑鄙的家伙，不要再折磨那些睿智的合同起草者、不幸的法律顾问了！……您说得对，您完全可以这样说。但是，真的，甚至连我自己也不知为此遭受了多么大的灾难！我全然没有意识到自己身上存在的这些无法克服的"本质"特点，它们真是可恶至极！让它们见鬼去吧！现在，只要完成这些合同，我便能够赚到一定数量的外快，摆脱那些不停地催要我尚未写完的作品、贪婪地渴求我灵魂的恶魔了！倘若现在已经赚到外快的话，我真想立刻实现这一切！现在时间已所剩无几，该动笔写作了。为什么我要说这番话？因为不久以后我就会成为你们那里一名严谨认真的作者。我想竭尽全力（我会尽一切可能去做）提高写作速度，赶在交稿期限前完成任务。如果你们相信我（按道理你们应该完全相信），那么你们就会明白，在我们的合同中我并未绞尽脑汁、想方设法找漏洞、钻空子，我没有刻意去为自己不按时完成作品寻找各种理由和借口（我为什么要这样做呢？），而只是渴望获得安心创作所需要的、完全可以实现的最低条件。此外，无论如何我不能同意 400 卢布这个条件。因为如果我接受了这一条件，我会连饭都吃不上。倘若这样的话，我还不如去做一名运水工。

在向您进行了一番抱怨和诉苦之后，下面我们谈一些轻松愉快的话题。

如果没有各种烦心事，抛开身体因素，我这里一切都很好，我时常感觉心情非常愉快。我们这儿的天气好极了！这条街上的花园笼罩在一片深红色和金色之中，我们在顿河汊口钓到了很多鱼，谢天谢地，我们住在穷乡僻壤，而不是首都！我始终犹豫不决，不知是否该问您身在首都的情绪感受和身体状况，我想，大概您一定会回答：感觉好极了！维亚切斯拉夫·巴甫洛维奇，再见！请不要相信那些魔鬼的造谣诽谤，不要把我看成一个混蛋。我不是坏人，相反，我极度诚实，诚实得要命！但为了诚实而死无疑是死得其所，永远会赢得世人由衷的赞美。

您的伊萨克·巴别尔

1929 年 10 月 8 日于顿河畔罗斯托夫

附言：我删除了合同中 1930 年 1 月 1 日这个时间期限，因为我稿件的十分之八部分只能在明年完成。

伊萨克·巴别尔

264. 致斯洛尼姆

亲爱的安娜·格里戈里耶夫娜：

晚一些寄钱没问题，请不要为此感到难过。拿到钱后，请寄往以前的地址（沃罗涅日州，赫列诺夫沃耶，国家养马场，谢金收）。

我已经写信告诉过您，我没有见到列夫·伊里奇。我至今无法从这件令人悲伤的事中解脱出来，我严厉地斥责了那些不负责任的邮局职员们。

在我的脑海中渴望到叶甫盖尼娅·鲍里索夫娜那儿去的想法已经变得越来越强烈，但这件事很难实现。她来信说，好不容易为我弄到了签证。如果您有时间，而且您愿意的话，麻烦您去一趟法国领事馆，请打听一下，我的签证是否已办好？同时请帮我问一下签证的有效期（签证期限对我来说非常重要，因为 12 月之前我脱不开身，无法成行），以及是否需要去莫斯科取签证？不过，为了不给您添麻烦，也许我打个电话也可以解决这些问题？临走前（如果能够成行的话——请暂时不要把我出国的事告诉任何人。）我必须去一趟莫斯科。写信的纸已经没有了。下封信再见！

请代我向您家"肆意花钱"的男士们问好！

您的伊萨克·巴别尔

1929 年 10 月 10 日于顿河畔罗斯托夫

265 . 致斯洛尼姆

亲爱的安娜·格里戈里耶夫娜：

感谢您帮我打听到的消息！我早已得知钱被寄到了赫列诺夫沃耶。过几天我需要"悄悄"去一趟莫斯科。因为我希望能够像以前那样，在莫斯科安安静静地继续创作。请不要告诉任何人我去莫斯科的事。我终于要看到你们的新居了！如果有写给我的信件寄到了您的地址，请不要惊讶。非常高兴，我们很快就要见面了！

您的伊萨克·巴别尔
1929 年 11 月 19 日于顿河畔罗斯托夫

266. 致斯洛尼姆

亲爱的安娜·格里戈里耶夫娜：

　　我要去实行全盘集体化的鲍里斯波尔区。我不知道在那里要待多久，也不知道在那里会生活得怎么样。这个区离基辅不远，因此我走之后请您往基辅拍电报（我会派人来取）。在经历了暴风雪之后基辅迎来了阳光明媚的春天。您那儿有什么新消息？你们大家身体怎么样？到了鲍里斯波尔区，我再给您写信。

您的伊萨克·巴别尔

1930 年 2 月 16 日于基辅

267. 致斯洛尼姆

在乡下的时候我就已感觉身体不太舒服。于是，我急忙回到基辅。在这儿我病了两周，得了严重的支气管炎。现在我已经恢复健康，开始着手工作了，唉，我的工作真是无聊至极！——为了还乌克兰摄影与电影管理局的预付款，我正在为一部教育教学影片写剧本。编写这样的剧本本身是一件很有意义的工作，能够让我从中学到很多东西。但为此我不得不暂时中断自己的小说创作，我感到十分遗憾，又觉得非常可惜。不过，也许把小说创作暂停一段时间对我来说不无裨益。为了写好这部电影剧本，明天我要去影片故事的发生地点——第聂伯罗彼得罗夫斯克和第聂伯河工地现场。我需要深入几个工厂，实地调研。我的地址（未变动前）是：第聂伯罗彼得罗夫斯克，留局待领。请把所有信件都寄到这个地址。

非常高兴，莫斯科财政局没有忘记我，这对我今后办理出国护照至关重要（如果必须要办的话）。安娜·格里戈里耶夫娜，我已把在阿尔齐巴索娃那儿取 80 卢布的委托书寄给了您。我想，这些钱可以够第一次交费，甚至如果必须要立刻付罚款的话，钱数也足够了。请帮我问一问，为什么要交罚款？能否减免罚款数额？请和他们说明一下，最近一个月我并没在莫斯科，我一直在外地考察农业"集体化"的情况——通知书送达时恰好我不在，我始终没能及时拿到等等。顺便说一下，还应该告诉他们，伊万的名字和地址——洁净胡同都写得不对。现在我同时给阿尔齐巴索娃寄封信，请她尽快在 4 月 1 日前把钱给您（否则罚款数额就会越来越多）。我请她把余下的部分寄到（也需要尽快）基辅，俄罗斯剧院，列宁街 5 号，叶甫盖尼娅·伊西多罗夫娜·维尔纳收。临走前我要在维尔纳这儿借一些钱，或者请她把钱给我寄到第聂伯罗彼得罗夫斯克。您可以事先与阿尔齐巴索娃在电话里沟通一下。

按照叶甫盖尼娅·鲍里索夫娜的要求，我给她寄去了 100 卢布，办完了所有她托我做的事，并给她写了封信。

我近期的计划是：在第聂伯罗彼得罗夫斯克写完剧本，把剧本交到基辅乌克兰摄影与电影管理局——然后去莫斯科。这些事情具体在什么时候能够全部完成，暂时还很难说。

我一直没给您写信是因为总是感觉体力虚弱，而且精神萎靡不振。无家可归、居无定所的生活状态已经开始影响到我的工作效率，我这颗漂泊已久的心应该找到一个稳定的归宿了！但是您知道，对我来说这是多么难的一件事啊！连续两天我一直在给您和塔拉索夫－罗季奥诺夫打电话，非常想和你们聊聊这些事，但幸好，我们没联系上。于是，我决定给您写这封信。今天晚上我再试试给塔拉索夫打个电话。但愿您已经告诉他（电话 4-15-30）

我不在莫斯科。

我想告诉您的就这些。乡间生活并没有给我增添多少快乐。从您和叶甫盖尼娅·鲍里索夫娜那儿收到的令人悲伤的消息一直沉重地压在我的心头，让我心痛，确切地说，我的心始终在隐隐作痛。现在我不得不待在基辅这座令我憎恶的城市里，它总是让我想起我一直在试图忘却的一切。

我心里始终挂念着列夫·伊里奇的病。冷静下来仔细地想一想，任何一名脑力劳动者在一定时期往往都会出现这种神经衰弱的症状。他应该休息一段时间，好好调养一下。但不知他是否能做到？

期盼到第聂伯罗彼得罗夫斯克之后早日收到您的来信。请代我向伊柳沙问好，非常希望他能给我写信讲讲自己的事情。

您的伊萨克·巴别尔

1930 年 3 月 28 日于基辅

268. 致费加·阿罗诺夫娜·巴别尔 和沙波什尼科娃

……我这里一切都很好，我一直在努力工作，现在感觉自己状态不错。弗拉基米尔·马雅可夫斯基的去世让我悲痛万分。据说，他的死主要是因为爱情遇到了挫折。但是，当然，他的死也是日积月累的过度劳累所致，但目前具体死因还无法判定。他临死前写的信不能提供任何确切的线索。妈妈一直清楚地记得，在敖德萨时他来我们家做客的情景，那时他血气方刚，身材高大，魁梧健壮……他的死讯令人感到万分震惊……

伊萨克

1930 年 4 月 27 日于莫斯科

269．致沙波什尼科娃

我想，你和妈妈的持久性焦虑已经表现出精神疾病的症状。这真是太可怕了！显然，你们已经受不住生活中一丝一毫的变化，或者你们对于"什么是生活"、应该如何从生活的痛苦中汲取快乐根本没有任何概念。你们从未体会过真正的痛苦有多深，不知痛苦的种类究竟有多少！

你们把生活中发生的任何事情都未免看得太重了！我想，见到你们时我的主要任务之一就是让你们回到快乐的现实中来……我比你们更懂得奋斗的艰辛（这是历尽千难万险、百折不挠的斗争，是一个内心自我完善的过程），我的一生中遇到过无数困难和挫折，但是我始终能够感受到生活的快乐……然而，无论如何，我的坚韧和刚毅绝非天性使然，而是我尤为注重培养自己勇敢顽强的意志和沉着冷静的心理素质之结果。真的，梅罗奇卡，总之，我们必须清楚地认识到，在这个世界上庸庸碌碌地活着，浑浑噩噩、糊里糊涂地度日是一件令人无法忍受的、难过的事情。我们应该尽早醒悟过来，正视生活的本来面目……最近几年我没有主动关心、也未积极参与到你们的生活中去——但是现在我打算坚决阻止你们这种情绪低落、精神萎靡不振的状况发展下去……生老病死是人类无法抗拒的自然规律，但为什么你们总是那么悲观、对人对事只会想到坏的一面呢？……请你和妈妈不要总是为我和我的一切担忧。我们一定会有自己的房子、稳定的生活和称心如意的工作——而且总有一天我们大家会生活在一起——这一切终究会实现——没什么可哭泣、抱怨的……我可以确确实实地告诉你，我从未像现在一样心情愉快、情绪饱满、精力充沛，从未如此坚定、自信——因此我觉得，你们总是因我而唉声叹气，怨天尤人，这简直是愚蠢至极！我这个傻瓜，总是觉得有我这样一个乐观地面对生活的儿子，您应该快乐才对——可是您却总是痛苦万分……唉！——这真是太愚蠢了！……我越来越欣赏娜塔莎，显然，很多事情我只能和她才能说得通……

伊萨克

1930 年 5 月 26 日于莫斯科

270. 致《文学报》编辑部

我刚刚从乡间来到莫斯科，读了《文学报》第 28 期上刊登的那篇关于所谓我在"法国里维埃拉海滨[①]"接受波兰资产阶级记者亚历山大·达恩采访的报道。

在这篇对我的所谓"采访"中，我言辞刻薄，愚笨无知，千方百计地诽谤红军、污蔑苏维埃政权，不断抱怨自己身体虚弱，而且总是把自己的健康状况归咎于苏维埃政权。

我从没去过里维埃拉，从没见过任何叫亚历山大·达恩的人，从没在任何时间、任何地点、对任何人说过，当然也不可能说过任何一句强加在我头上的那些污言秽语、卑鄙下流、不堪入耳的话。

在此我郑重声明。

这篇文章是一个荒谬绝伦、耸人听闻、彻头彻尾的无耻谎

---

① 法国的里维埃拉又称"蔚蓝海岸"，是著名的黄金海岸，位于法国南部地中海沿岸。——译注

言！它足以说明这些达恩们是多么卑鄙下流！同时，充分证明了
这些反苏报纸的气焰是多么嚣张！他们正千方百计地向苏维埃政
权发起挑衅，准备随时诋毁红军。

伊萨克·巴别尔

1930 年 7 月 17 日于莫斯科

271．致波隆斯基

亲爱的维亚切斯拉夫·巴甫洛维奇：

今天我好不容易深一脚浅一脚地趟着雪走到车站，在车站我往莫斯科家里打了个电话。他们告诉我《消息报》寄来了一封需"收件人签收"的信。我已经猜到了这封信的内容。我准备交给《新世界》的稿件在几天前（就在几天前）刚刚完成，现在需要再誊清一遍，但目前我还做不到。如果我说，应该把现在这份稿件暂时搁置、"冷却"一段时间，待我清醒一下头脑，思维变得更加开阔之时，再重新进行补充修改，您一定不会认为，这是我随心所欲、突发奇想，或是不理智的一种狂热举动！在最近几个月里您那儿没有比我更勤勤恳恳、一丝不苟、认真负责的"签约作者"了！我不得不强迫自己忍受目前这种"监禁"般孤独寂寞的生活——你们还要让我怎么做才行呢？……几个月前我又重新恢复了最基本的写作能力——愿全世界的会计明鉴，我已如约履行合同义务——我非常重视这次写作能力的失而复得。恳请您来我这儿做客——我会大胆地向您展示上述这些"物证"。我将在

1931 年开始发表作品。为了让这种折磨人的、断断续续创作的情况不再出现，我应该预先做好准备。我打算春天交出材料，然后我会像任何一名记者那样，规规矩矩地"定期"写作、发稿……有的作家事事一帆风顺，有的则命运多舛、一生坎坷（的确，还有的人毫无文学天赋，最终一事无成）。我属于后者——在我的人生道路上所有的起起伏伏、沟沟坎坎都无法用金钱来衡量，难道你们还是不能理解我、不能接受我的请求吗？……

身处如此艰难的境地，我请求最后一次延期交稿。请您一定帮我这个忙。

您的伊萨克·巴别尔
1930 年 12 月 10 日于莫洛焦诺沃

我打算去莫斯科待几天。到时我会去您那儿，我们就工作方面的问题进行最后一次严肃认真的谈话。随后，我们再商量一下"休息日"该怎样度过。我们这里天气不错，各方面条件都很好。等您定好日子，我派马车去接您。然后，在我住的这个村里的鞋匠家我们把酒言欢，围着"和平茶炊"①共饮，相信我们之间一定会取得相互理解。

您的伊萨克·巴别尔

---

① 此处原文中将印第安人的"和平烟袋"改写为"俄罗斯式"的"和平茶炊"。印第安部落在相互对峙、即将开战时，如一方将烟袋送与对方，则表示求和，因此有"和平烟袋"之说。——译注

272. 致波隆斯基

亲爱的维亚切斯拉夫·巴甫洛维奇:

他们给我转来了办公室寄来的一封"短信"。读后实在是让我感到既可笑又可悲！……把我告上法庭——这真是无稽之谈！我号召所有苏联作家都来与我这个不仅没有住房，甚至连一张最糟糕的桌子都没有的人展开一场"比穷大赛"。现在我就在我的房东、村里的鞋匠伊万·卡尔波维奇的工作台（就这个词的最直接意义讲）上写作。按照苏哈列夫斯基的估算，我的内衣和外衣总共也不超过100卢布——也许是200卢布。这就是我的全部行头。

你们不应和我打官司，而是需要再给我进行最后一次延期，现在我正式向您提出这一请求。

过几天后我会去莫斯科。我打算带您到我的陋室看一看，哪怕您能抽出一天时间也行。

您忠实的伊萨克·巴别尔

1930 年 12 月 13 日于莫洛焦诺沃

273. 致《新世界》杂志编辑部

准备交给《新世界》的材料我已完成初稿，目前还需要一段时间进行加工和修改，以使其达到发表的水准。

请批准我延期至 1931 年 4 月（含 4 月）交稿。我向编辑部保证，这是最后一次延期。从我实际提交的材料中应得的稿费将会大大超过我已收到的预付款。

伊萨克·巴别尔

1930 年 12 月 13 日于莫洛焦诺沃

274. 致费加·阿罗诺夫娜·巴别尔

……如果谈到我的文学生涯是多么不顺遂，不如意——那么，事实上，至今为止我一直在努力消除那些目光短浅的崇拜者对我的担忧，今后我还会继续向他们证明我的成功。在我身上融合了坚忍不拔、锲而不舍的性格特征，当这两种品质发展到极致时，我才能真正感受到生活的快乐，而我现在恰恰如此。那么，我们活着归根到底是为了什么？当然是为了广义上的享受创作和实现自我价值带来的快乐，为了给自己树立自尊心和自豪感。在对这一人生目标的追求中我曾有过哪些得与失？对我而言，唯一的缺憾是我被迫远离自己的亲人，然而，现在我对家庭的眷恋变得日益强烈。目前这种与家人分离的状况完全是由客观条件所致，但假若我的生存环境发生了改变，那么我不可能再继续保持自尊，不可能再写出高标准、高质量、令自己引以为豪的作品来……

伊萨克

1930 年 12 月 14 日于莫斯科

275. 致费加·阿罗诺夫娜·巴别尔和沙波什尼科娃

……国家出版社刚刚通知我，最新版《骑兵军》几乎在短短 7 天内便销售一空，这个销量创下了空前纪录——现在需要再版，我应该可以获得再版稿酬……我已经写信告诉叶尼娅，看来，这本书带来的收入完全能够使我们的生活一直维持到春天的时候……实际上，这是一部二流作品，我不知它为何如此大受读者欢迎，请你们认真研究一下这个问题。

祝你们身体健康！一定要身体健康！

伊萨克·巴别尔

1930 年 12 月 15 日于莫斯科

276. 致里夫希茨

亲爱的柳夏：

今早 9 点雅什卡·奥霍特尼科夫突然把我拽走了。这里没有什么吃的，屋里非常冷，没有煤油。我担心，我们会饿死在这里……

我对您有个请求，估计您一定会同意。因为您也会认为这是个好主意。请给梅丽寄去几本最近新出版的好书——《彼得大帝》，或许，薇拉·英贝尔①的作品和其他书也可以——请您自行斟酌决定。请给她寄挂号件。随后我再把钱给您。从叶尼娅和妈妈来信的字里行间我读出梅丽的病还像以前一样，而且病得很重。所以，我的心情非常沉重。萨沙说过，他能够弄到烟叶。如果我不用和他交换，不必相应地给他点什么东西的话，请让他给我留一些烟叶。临走前我弄了点香烟，但还是请您帮我多搞到些

---

① 薇拉·英贝尔（1890—1972），女诗人。——译注

烟吧!……

　　请代我向全家人问好!

爱您的伊萨克·巴别尔

1931 年 1 月 27 日于莫洛焦诺沃

277. 致斯洛尼姆

亲爱的"阿纽塔":

拉德金的父亲曾是一名上尉军官。拉德金原本应该成为一名像他父亲一样的军人,从少尉开始一直升到中校——可是命运却阴差阳错地让他最终当上了一名畜牧工作者。他那颗强烈渴望做指挥官的心驱使他喜欢对人颐指气使、发号施令,总是把托付给他的事情全部推到您的身上,为此我严厉地斥责了他。然而,他的所作所为丝毫没有减轻我对您的感激之情,衷心地感谢您寄来了博物馆的展品!这次来到莫洛焦诺沃我的心情非常抑郁——由于过度疲劳我一直在生病,外加感冒,而且驯马时我冻伤了鼻子。这里什么吃的也没有。现在我的身体已经感觉好些了。您转寄来的信里大多是令人不快的消息——妈妈又病了,妹妹日夜守护在她身旁,她已经疲惫不堪,绝望至极,等等。唯有我的女儿暂时没有给我带来任何伤心和烦恼。我毅然决定,花上两周左右的时间去南方做一次短期旅行,这样可以散散心,换换脑。大约12日我去莫斯科,到莫斯科后我会立即去您那里。

至此，我得出一个结论：亲属以男性为好，选择职业还是做木匠和油漆工最合适。

您的伊萨克·巴别尔

1931 年 2 月 8 日于莫洛焦诺沃

附言：英国的报纸将会准确及时、完好无缺地运到。请代我向您的邻居们问好！

278．致费加·阿罗诺夫娜·巴别尔和沙波什尼科娃

　　……我的计划是：到莫斯科待上几天，然后经过基辅去南部地区。在基辅我需要去一下乌克兰摄影与电影管理局管理委员会。我时常为他们写一些篇幅不大的作品。然后我还打算去令我终生难忘的大斯塔里察①，这座城市在我心里留下了永远的最深刻的记忆。再往南走，我要到一个犹太"新村"住几天。最后返回莫洛焦诺沃……

伊萨克

1931 年 2 月 11 日于莫洛焦诺沃

---

① 俄罗斯城市。——译注

279．致斯洛尼姆

亲爱的"阿纽塔"：

我这一路行程始终不太顺利。我一直在生病。离开莫斯科的时候天气晴朗，阳光明媚，可来到乌克兰却遭遇到暴雪、强风和严寒的天气。我的支气管炎非常严重，整整一周时间始终卧病在床。在宾馆我没收到您寄来的杂志。幸好，随后我去了马科京斯基家，他们无微不至地照顾着我，令我非常感动。昨天我慢慢走着去了邮局，取来了您的挂号信。在叶甫盖尼娅·鲍里索夫娜的来信里大多是一些令人不快的消息——唯有女儿总是那么聪明伶俐，活泼可爱。我家里的女士们已经大发雷霆，她们要我缩短给她们寄钱的时间间隔。

我一定会竭尽全力满足她们的要求。我的地址暂时不变。我担心，我目前的身体状况不知能否继续去南部旅行，而且现在天气还非常冷。

衷心地祝您一切顺利、万事如意！请代我向您的丈夫——一家之主和您的儿子——年轻的演员致以深深的问候！

伊萨克·巴别尔
1931 年 3 月 5 日于基辅

280. 致里夫希茨

亲爱的同乡们：

我此次的行程不太顺利。我一直在生病（显然，犯了支气管炎），很多天没出门。我有幸住在了好心人家里，他们整日精心地照料我。虽然与莫斯科相比，基辅的冬天并不十分寒冷，但由于缺少必需的"取暖设备"，这里的天气令人痛苦难捱。我依然在向犹太集体农庄的方向行进。我已经耽搁了一些时间，对此我心里感到很难过。也许，我会在 10 日左右出发。我会及时告诉您我的行动路线。我的地址暂时是：基辅，留局待领。巴巴耶娃是否给你们打过电话？如果房子的主人们回来了，请把我的那些倒霉的、多灾多难的物品拿走保管好。随信附上这些物品的清单。梅丽和叶尼娅那里的情况让人时时挂念。再见！

爱您的伊萨克·巴别尔

1931 年 3 月 6 日于基辅

281. 致里夫希茨

我难忘的同乡们：

　　我已从马卡罗夫回到基辅，马上打算去莫斯科和莫洛焦诺沃。我对此行不甚满意。我认为，当我保持良好的身心状态、全部精力都投入到工作中去时，我不应该外出旅行——否则注定一无所获：由于出门在外（至今仍然感到痛苦至极），我无法写作，同时，因为时刻渴望创作，自然也不能安心旅行。结果，此次行程看起来有些不伦不类。我不得不在莫洛焦诺沃把失去的时间补回来。我的亲属们让我非常挂念，妈妈生病了，只有女儿总是那么活泼可爱。不过，叶尼娅已经一个月没有来信了。就此搁笔，再见！

您的伊萨克·巴别尔

1931 年 3 月 24 日于基辅

282．致斯洛尼姆

我最亲爱的安娜·格里戈里耶夫娜：

　　我已从马卡罗夫回来，现在我欣喜若狂地期待着回到在莫洛焦诺沃的家。我的此次旅行彻底失败，毫无任何收获。当我全身心投入到工作中时，我不应该外出旅行。结果，现在旅行归来，我累得筋疲力尽。旅行过程中由于必须要创作，我没有看到我想看的东西，同时，因为旅途不便（令人痛苦至极），我根本无法安心写作。在我的一生中从未有过像现在这样悲观忧郁的时刻，莫洛焦诺沃那"流放般"的生活是我的一剂良药和全部希望所在。我打算过几天离开这里——所以，如果来信，请不必转寄。请代我向您的教授丈夫和雕塑家儿子致以深深的问候！

伊萨克·巴别尔
1931 年 3 月 24 日于基辅

283．致里夫希茨

亲爱的家庭主妇和一家之主：

每当与雅什卡·奥霍特尼科夫一同上路，他总是像往常一样，慌慌张张，焦躁不安，让我感到非常不快。

除了总是遇到各种倒霉的事情之外，我的头非常痛——因此，我没能去与您告别。现在我再也不能像和您在一起时那样放松心情，谈笑风生了！大概，我要在这里实实在在地开始提笔写作了。也许，我会去莫斯科待 1—2 天，弄些食品，但是我非常想在莫洛焦诺沃见到你们。

这次愚蠢的旅行把我的许多事情都弄得一团糟。现在我的事情多得连养马场都顾不上去。近日我会给你们打电话。下周我的创作欲望一定会大大降低，我非常希望你们能来这里。

请代我向塔纽莎和薇拉问好！

伊萨克·巴别尔

1931 年 4 月 14 日于莫洛焦诺沃

284．致费加·阿罗诺夫娜·巴别尔 和沙波什尼科娃

22 日这天我是在阿列克谢·马克西莫维奇①的郊外别墅里度过的。与过去一样，我们每次相聚都是那样亲切、温馨，充满爱与尊重。这次会面更是令我感慨万千，我至今仍沉浸在复杂的、难以理清的思绪中。当然，他是世界上独一无二的、一位令人尊敬的长者……

伊萨克

1931 年 5 月 24 日于莫洛焦诺沃

---

① 即高尔基。——译注

285．致里夫希茨

亲爱的柳 [①]:

我在莫斯科的日子过得很累，时间总是排得满满的，非常"紧凑"。与那些"必须约见的"人会面简直令我痛苦至极！愤怒伴着绝望不时撕扯着我的心，我只想立刻逃离那里，到深山密林中找一个僻静之所潜心创作。昨天我的心情非常不好，所以我抓紧时间，以最快速度离开了莫斯科，在匆忙之中我甚至连一支香烟都没来得及去买。此时此刻我的周围有很多人——这里正在举办婚礼，其中许多人已经喝醉了酒。但是这里却并没有我"必须约见的"人。

明天我去拉夫洛娃那里，然后我会给您打电话，到时我们把所有事情商定一下。

您的伊萨克·巴别尔

1931 年 5 月 25 日于莫洛焦诺沃

---

① 此处原文为法语，"柳德米拉"的第一个音节。——译注

286. 致费加·阿罗诺夫娜·巴别尔

……有评论认为,现在我的写作水平大大提高。所以,你的斯洛尼姆对我创作的评价都是针对我过去的作品,现在他的那些评语对我而言已无关紧要,毫无任何意义。不过,人贵有自知之明,无论是赞美和恭维,还是尖锐的批评,我都能够坦然面对。我深知任何评价对我来说意味着什么,其价值何在——它们无足轻重,我一向对此不屑一顾……

伊萨克

1931 年 6 月 17 日于莫斯科

287. 致沙波什尼科娃

……从莫斯科回到这里后我的身心立刻恢复到最佳状态，与从前一样，我欣喜若狂、兴高采烈地投入创作。我不得不向他们提交了一些稿件，但现在编辑要求我进行补充修改。他们的意见非常正确。我的短篇小说主题太窄，时效性过强。为了出版需要，应加入一些富有鲜明时代感的内容——现在我正着手做这项工作。编辑的观点完全正确：我的文学创作要着眼于那些人们普遍关注的永恒不变的主题，而不应只限于近两周人们感兴趣的问题。此外，我还要更加努力克服自己在创作过程中越来越频繁出现的急躁情绪。幸运的是，我拥有两大制胜的"法宝"——我热爱的创作和我坚固的堡垒——莫洛焦诺沃……

伊萨克

1931 年 7 月 3 日于莫洛焦诺沃

288.致高尔基

亲爱的阿列克谢·马克西莫维奇：

我又重新誊写了几部旧的短篇小说。（新作品很快将会推出。）如果您有时间的话，请您读一读。

您的伊萨克·巴别尔
1931 年 7 月 6 日于莫洛焦诺沃

289 . 致沙波什尼科娃

……我感觉我的生活比从前更加快乐。我不记得，我是否写信告诉过您，阿列克谢·马克西莫维奇已在距离莫洛焦诺沃一公里处莫罗佐夫以前住的房子里定居下来（他们给他选了一个莫斯科郊外最好的地方）。通常情况下需要严格控制前来拜访他的人数，但像从前一样，只有我是个特例。所以，有时晚上的时候我可以到他那里去做客……与其为邻，倍感荣幸。毋庸置疑，他的谆谆教诲让我受益终生……我们常常一道回忆起我的青年时代，多年前我们结下的深厚友谊至今依然如故……

伊萨克

1931 年 7 月 7 日于莫洛焦诺沃

290. 致波隆斯基

亲爱的维亚切斯拉夫·巴甫洛维奇：

　　我刚刚写完一部短篇小说，拟在《新世界》上"首次公开发表"。按照我以往的惯例，我本应把发表这篇作品的时间向后推迟一年。但是现在情况发生了变化（我的工作习惯也有所改变）。最近两周我将对作品进一步加工和修改，9月末交稿。

　　如果您同意我提出的上述条件和建议，请您帮助我在《新世界》上一期接一期连续不断地刊登稿件。您一定要按照艺术作品的自然"生产"规律，帮助我摆脱痛苦，成功推出我的作品，也就是不能使其"胎死腹中"。现在我已经完全可以正常地定期"产出"一部部作品了。

您的伊萨克·巴别尔

1931年9月10日于莫洛焦诺沃

291.致列吉宁 [①]

亲爱的瓦西里·亚历山大罗维奇：

现将修改后的手稿寄给您。我不得不再次重申，这次修改对我来说是一种莫大的耻辱！我从未在其他任何地方见过改动如此之大的稿件。

排版完毕后我必须要再通读一遍。

20 日后我去莫斯科。但愿涅姆钦斯基已经按照我在字条上写的数额付了钱。目前还余下 250 卢布。

为了下一次能够顺利地从国家文艺书籍出版社要出钱，现在就该开始着手对他们猛烈地施加压力。11 月 1 日前我应付给税务检察员 630 卢布。不过，有一点可以让会计科感到安慰，那就是我不需要现金。

您的伊萨克·巴别尔

1931 年 10 月 13 日于莫洛焦诺沃

---

① 瓦西里·亚历山大罗维奇·列吉宁（1883—1952），作家。——译注

292. 致波隆斯基

亲爱的维亚切斯拉夫·巴甫洛维奇：

我已经把修改后的短篇小说《加帕·古什娃》的手稿寄往编辑部。我不得不换掉了原有的村名，以防节外生枝。

我非常想签订如下合同：4 篇短篇小说的交稿时间不晚于1932 年 3 月 1 日。这样安排是为了确保作品及时刊登在每一期杂志上。稿费是 3000 卢布，从 10 月份开始按月支付，每月 750卢布。为创作这些小说（比以前的篇幅更长）我耗费了大量脑力、精力和时间。因此，实际上这一点点稿费远远低于我付出的"成本"。

我一直在抓紧时间写作，打算尽快偿还预付款。我现在身无分文，但是在 11 月 1 日前我需要付给税务检察员 630 卢布。如果编辑部同意我的条件，那么最好合同从 10 月开始生效。20 日前我要去莫斯科待 1—2 天，到时就可以签订合同了。现在我进城的次数比从前还要少。我回到乡间已经两天了，但不管怎样都无法从在莫斯科文学界的那些所见所闻中醒悟过来，无论如何我都不能进入到创作状态中……

现告诉您我的存折号码（以防万一，如果您能在 10 月拿到钱的话）——特维尔大街 30 号储蓄所，存折号 779501。

请原谅，我的这些"卑微琐碎的"事给您添了很多麻烦，可我又能去找谁帮忙呢？……

请代我向 K.A. 问好！

您的伊萨克·巴别尔

1931 年 10 月 13 日于莫洛焦诺沃

293．致费加·阿罗诺夫娜·巴别尔

……临行前我请卡佳将《青年近卫军》杂志定期寄给你们和叶尼娅。这几年在创作方面我没有任何动静，无一部新作问世。复出后我在《青年近卫军》杂志上首次发表了从将以《我的鸽子窝的故事》为题结集出版的书中节选的几个部分。这些作品的所有情节全部源自我儿时的亲身经历，但是，当然其中许多地方有所改动，还加进了一些虚构的成分——当作品全部完成后你们就会明白，为什么我总是要坚持一字一句反复推敲，仔细修改。这个月《新世界》杂志将刊登我的两篇短篇小说——一篇选自《我的鸽子窝的故事》，另一篇是乡村题材作品。所有听过我朗读这两篇作品的人都表示非常喜欢。但是……但是现在我的生活失去了往日的平静。休笔几年后我又重新面对复杂的文学市场，许多现象让我感到惴惴不安。此刻我正在乡间努力恢复工作状态，开始着手进行创作。费纽什卡，骑上了马，就不要说怕。凡事既然干起来了，就不要打退堂鼓。现在我无路可退，必须继续追求自己的目标，沿着自己的路坚持不懈地走下去……然而，我的亲人

482 | 巴别尔全集 / 第五卷

们和我本人却不得不因我选择的这条道路而遭受痛苦，但是我知道，很快我便可以祈求你们宽恕我的罪过了！因为，现在我的创作已接近尾声，虽然还不知道作品写得是否成功——我真不知该对你们说些什么……我的亲人们，请不要不停地逼迫我，不断地给我施加压力——倘若你们知道，我是多么需要坚强的意志、多么渴望获得心灵的宁静，该有多好啊！……

伊萨克

1931 年 10 月 14 日于莫洛焦诺沃

294. 致米霍埃尔斯 [①]

亲爱的所罗门·米哈伊洛维奇：

我依然健康地活着，现在正在写小说，不是剧本，而是短篇小说。虽然已开始动笔写剧本，但还远远没有完成，目前数百页书稿只能暂时搁置在那里。尽管如此，一个不容忽视的、最不可思议的事实是，我一定会写完这个剧本。虽然，这部剧写起来不容易，但我完全有能力驾驭这类作品。我想，读了上面这些话，无论是您，还是您的会计们一定会感觉心情十分沉重。但是，无论怎样都不应把我视为恶意拖欠稿件的"债务人"。为了不伤害我的自尊，我不希望额外付给"债权人"每卢布 20 戈比的赔偿。对于金钱的价值我有自己的认识和看法。如果你们同意给我宽限一段时间，那么请你们耐心等待我的稿件，这是你们最明智的做法。否则，我就把预付款还给你们。我已经开始发表其他作品，

[①] 所罗门·米哈伊洛维奇·米霍埃尔斯（1890—1948），演员，导演，苏联人民演员（1939）。——译注

他们会把这些作品的稿酬一点点地逐渐付给我。

有人告诉我，现在你们出版社的社长是托卡列夫。这是真的吗？如果他在莫斯科，请代我向他致以深深的问候！

我非常希望您能来莫洛焦诺沃。虽然我们这里的生活不太方便，但景色美不胜收，简直无法用语言描述。目前这里的路非常难走。等到下雪的时候，我就会派人骑马去接您。请告知您乘坐哪一趟火车。到时我们就可以在休息日里坐在一起谈天说地，把酒言欢。

请代我向 E.M. 致以诚挚的问候！

您的巴别尔

1931 年 11 月 28 日于莫洛焦诺沃

295. 致波隆斯基

亲爱的维亚切斯拉夫·巴甫洛维奇：

现把校样寄给您。目前我要发表的这几部短篇小说写于几年前，最近几个月我进行了润色加工（多多少少有些改动）。我已经不是当年的那个我，与从前相比，我的思维理念发生了全然不同的变化，我的生活也向前迈进了一大步。回首逝去的岁月（曾经的心绪），我感到深深地惋惜。我不希望让岁月了无痕迹。过去创作的那些小说现在还在留着"尾巴"，需要进一步修改完善。出于对自身和杂志利益的考虑，我应该将这些短篇小说与新作合在一起刊发。现在我处于最佳工作状态。我的新作正酝酿出炉。

假若可以晚几个月发表这些作品，那么写作质量会更加有保证。我非常希望定于12月提交的作品延期交稿，但是，大概，您不会同意。请您骂我吧！

我会试着用高尔基家以前的号码给您打电话。如果打不通，下周初我去莫斯科待一天。

您的伊萨克·巴别尔
1931年12月2日于莫洛焦诺沃

296. 致费加·阿罗诺夫娜·巴别尔 和沙波什尼科娃

……现在所有编辑部都在向我约稿，简直令我分身乏术！——我无力满足所有杂志的需要。难道你们至今没有收到《新世界》10月号吗？我已把文学杂志《星》给你们寄走了。请一定把《青年近卫军》寄给叶尼娅……

伊萨克

1931 年 12 月 7 日于莫斯科

297．致费加·阿罗诺夫娜·巴别尔和沙波什尼科娃

……国外媒体报道了关于《卡尔－杨克利》这种微不足道的一些小作品，我感到非常惊讶。这部短篇小说写得不太成功，而且已被改得面目全非。好像我给你们写信说过，已发表的这一稿未经修改（是初稿），文中存在多处错误，导致作品完全丧失了原有的涵义。总之，目前发表的这些作品只是我的整体创作中极小的一部分，主要部分还在写作之中。因此，现在对作品表示肯定和赞赏为时尚早，要看最终写得怎样才行。唯一感到欣慰的是，我终于成为一名职业文学创作者，现在我对创作充满了强烈的渴望，坚定不移，锲而不舍，这种感觉以前从未有过。虽然从表面上看，这只是一种偶然现象，而且这些现象表现得还不太突出、不够明显，远未达到应有的程度。但很快我会进入有计划、有步骤的写作状态中……

伊萨克

1932 年 1 月 2 日于莫斯科

298. 致列吉宁

亲爱的瓦西里·亚历山德罗维奇：

我已誊写完一部短篇小说，现正着手写第二部。过几天我把这些小说带去。唯一让我感到烦恼的是，这里道路泥泞不堪，根本无法通行。但愿我们不会就此与外界失去联系。

请争取在我到之前就我新创作的短篇小说稿酬一事取得积极进展，请帮助姨母拿到余下的 200 卢布。

现对您有一个非常诚恳的、重要的请求：请用挂号信给我母亲和叶甫盖尼娅·鲍里索夫娜寄去第 2—3 期和第 4 期《30 天》杂志。

请帮我办好这件事。

我的生活一切平安顺利，现正在专心写作。

您的伊萨克·巴别尔

1932 年 4 月 9 日于莫洛焦诺沃

299.致苔丝 ①

……我头痛已经持续三天了。这个鬼天气！在这种天气条件下真应该给每个普通公民发放少量的镭，镭的放射性可以治好头痛。此刻牛栏里的母牛正不停地大声号叫着。显然，它渴望得到三样东西——草地、阳光和公牛。它瞪大眼睛，倔强地伸长脖子，哞哞地高叫着。当然，只有这种毫不掩饰的、固执的"牛脾气"才能轻松快乐地活在世界上……

5月1日或2日我回到莫斯科。上帝保佑您精神愉快、文思泉涌、妙笔生花！

伊萨克·巴别尔

1932 年 4 月 24 日于莫洛焦诺沃

---

① 塔季扬娜·尼古拉耶夫娜·苔丝（1906—1983），女作家，记者。——译注

300. 致斯洛尼姆

亲爱的安娜·格里戈里耶夫娜：

您尽可以想象我的生活状况有多么糟糕。我身心俱疲，已经连续几个月没有动笔写作了。与从前一样，我总是在希望里产生无尽的绝望，由绝望中又萌生出新的希望。此外，我的心脏总是特别疼。长期以来一直在"庇护"我的老朋友已经做了最后的努力，我正等待着他的消息。叶甫盖尼娅·鲍里索夫娜始终没有给我写信。得不到妈妈的消息，我愁结满怀，坐立不宁。

在您的家庭成员中我经常看到您令人尊敬的儿子，他的房屋纠纷还没有解决，但是我想，一切都会有结果的。我不会向您请求原谅，我担心这样做显得不够得体。父母把我生到这个世界上不是为了让我做一个不幸的人。然而，美好的愿望与残酷的现实形成的巨大反差让我完全无法面对和理解眼前这个世界。当然，在莫斯科您一定会见到我。

您的伊萨克·巴别尔

1932 年 8 月 17 日于莫斯科

301.致斯洛尼姆

亲爱的、难忘的同乡们：

在巴黎我没有见到我的家人，于是我来到布列塔尼找她们。她们正在这里疗养、治病。巴别尔小姐憨态十足、滑稽可爱。虽然她只有 1 普特的体重，但是她身上却有 10 普特天真活泼、顽皮敏捷、聪明伶俐的细胞！这正是她与众不同的特点，至少我这样认为。她说法语，像一个纯粹地道的巴黎女孩，但她的俄语却非常差。我们住在离迪纳尔①不远的一个小渔村里。在这里每天可以品尝到 13 道法国菜，各种各样，应有尽有。

伊萨克·巴别尔

1932 年 9 月 19 日于布列塔尼

---

① 法国西北部著名的海边度假胜地。——译注

302．致斯洛尼姆

我尝到了第一顿真正意义上的、完美的早餐。现在准备去抓龙虾。明天打算去集市逛逛。我要充分利用此次来布列塔尼的天赐良机，在这个国家里到处走一走。1 日我去巴黎。我不记得，我是否已经给你们留了地址——巴黎 15 区，巴斯德路 10 号。请代我向伊柳沙问好。我提醒他，应该铸一尊塑像，然后把照片发给我。我非常想给叶甫盖尼娅·鲍里索夫娜看一看。她向您致以衷心的问候！作为母亲，叶甫盖尼娅·鲍里索夫娜倾尽了全部心血去培养和教育我们的女儿，然而她的努力却收效甚微。养育孩子绝非易事。显然，在我这个父亲心底那种沉寂已久的、被压抑的生命激情在女儿身上得到了尽情的释放。她自由自在地生活，无拘无束地成长。

您的伊萨克·巴别尔
1932 年 9 月于布列塔尼

303．致斯洛尼姆

亲爱的安娜·格里戈里耶夫娜：

几天前我们回到了巴黎。我正在努力适应这里的家庭生活，忙于一些整理、"安置家居物品的问题"——我需要给自己找一个安静的角落工作——在莫斯科我已经白白丢掉了几个月的宝贵时间。从莫洛焦诺沃到法国巴黎的巴斯德路，从像大地一样沉默不语的农夫到一头鬈发、活泼俏皮、发不准"р"或"л"音、不停地拍着我的脸颊、嘴里还叽咕着"小猪"或"傻瓜"的3岁小姑娘——这种转换真是太大、太突然了！我正在努力适应这种变化。

不知您的近况如何？伊柳沙的雕塑作品创作得怎么样？请代我向列夫·伊里奇致以衷心的问候！盼复！

您的伊萨克·巴别尔

1932 年 10 月 5 日于巴黎

304. 致索辛斯基

亲爱的布罗尼斯拉夫·布罗尼斯拉沃维奇：

我已经收到了从报纸上剪下来的文章。谢谢！我听说过《黎明》的作者被告上法庭的事情，但我对有关这桩案件的报道很感兴趣，非常想读一读。

当然，我不必特地找机会专程去拜访酷爱赛马的"尊贵的法国公爵大人"。我和他完全可以互相交流赛马信息，互通有无。我有莫斯科的赛马表演节目单、照片等。同时，我很想了解法国赛马的情况。如果有机会拜访他，当然好，但不必强求。这几天我打算给安德烈耶夫打个电话，与他约一下见面的事情。

您的伊萨克·巴别尔

1932 年 11 月 23 日于巴黎

305. 致斯洛尼姆

亲爱的安娜·格里戈里耶夫娜：

在巴黎如果不遇到倒霉的事情，简直就是天方夜谭！一连几周我完全丧失了创作能力，为此我感到非常痛苦。当我的精神稍微振作一些，我们又赶上了"传染性流感"。叶甫盖尼娅·鲍里索夫娜病倒了，女儿也病了，母亲也感染上了病毒（她从布鲁塞尔来这里做客）——流感引发她心脏病发作，病情十分严重。她卧床 10 天。我已有一周的时间没有正常躺下睡觉了，这些天来，我一直在不安中度过。现在家里的情况开始有所好转。

我的计划如下：3 月初去索伦托，从那里回莫斯科。看来，我这个"巴黎人"出现在马什科夫胡同①的那一刻已经指日可待！我们的女儿美丽可爱，她正在一天天健康地成长——她总是给全家人带来无尽的欢乐和幸福。她小小年纪却聪慧过人，出口成章，能言善道——像所有孩子一样，她过着自由自在、无忧无虑

---

① 莫斯科市恰普雷金街的旧称。——译注

的生活。昨天给她拍了照，一拿到照片，我立刻寄给您。

好像我写信告诉过您，现在我必须专心创作，过那种高尚淳朴的劳动生活。虽然从数量上看，我的作品并不多，但我觉得自己的思想比以前更成熟，思维愈加清晰。只是我的生活费必须严格控制在最低限度内，这种情况大大影响到我的创作活动。一个人在吃饱穿暖时不会去思考经济拮据、衣食无着的问题。可是，当他尽享奢华，所有钱财被全部挥霍一空后，他的"美好生活"也便一去不复返。

关于您的近况姨母已经告诉了我。她那儿的一切情况都不太好。

我的邻居施泰纳现在才离开维也纳——也许，在回莫斯科的途中他会顺路来巴黎待上两天。我非常高兴，他将会重新回到大尼古拉沃罗比胡同①住下来，他是一个忠实可靠的人……

我一直认为，我是世界上"创作"速度最慢的人，这个记录非我莫属——但是，我终于找到比我更慢的人了！我发现，似乎伊柳沙很快就要打破我的记录了。请代我向他表示问候！如果能收到他的来信，那就太好了！

我已经唠唠叨叨写了不少，说了很多自己的事——我不想再用这种方式把自己的感悟和体验全部告诉您，因为很快我们就可以面对面坐下来品茶叙谈了。我想，到时您一定会从我这儿听到很多有趣的东西。

我真为列夫·伊里奇感到高兴！如果他还在继续工作，那就

---

① 位于莫斯科。——译注

意味着他身体健康，或者接近健康。请告诉他不需要准备太大的礼品袋，因为我没有给他买很多礼物。但无论如何，吉列刀片我一定会带给他。

我们"全家人"谨向您致以衷心的问候！一拿到照片，我立刻给您寄去。再见！

您的伊萨克·巴别尔
1933 年 2 月 8 日于巴黎

306. 致尼库林

亲爱的列夫·韦尼阿米诺维奇：

简直无法形容收到您的明信片我是多么兴奋！我衷心地为您感到高兴！……您的情况终于有所好转！虽然我始终没给您写信，但是一直非常想念您，经常回忆起您——特别是当我沿着瓦格拉姆大道散步的时候……巴黎是一个非常美的城市，现在巴黎变得更美了……美国人和英国人在这里大发横财之后便从此销声匿迹，一去不复返。巴黎已经成为一座真正意义上的法国城市，它神秘浪漫，优美动人，如诗如画……我担心，我们不能在蒙巴纳斯①见面了。夏初我在莫斯科，3月份我想去意大利。不知意大利是否在您的行程路线内？无论如何请告诉我您的地址。现在还不知道，我能不能顺路去土耳其，经君士坦丁堡回国？请写信告知国内的情况……我们大家一起读了您关于皮利尼亚克②创作的短

---

① 蒙巴纳斯位于巴黎市中心。——译注
② 鲍里斯·安德烈耶维奇·皮利尼亚克（1894—1938），作家。——译注

评——我们简直笑得要命！您写得太好了！

总之，最近一段时间在我的建议和鼓励下您的创作取得了很大的成就！

我在巴黎的女儿三岁半，她是个聪明伶俐、活泼好动、顽皮可爱的小淘气。爱伦堡是个富有的人——美国人再次买下了他的《冉娜·涅伊》这部作品，他们打算把它拍成电影。与其相反，我是一个非常贫穷的人。在苏联驻土耳其的官方代表处有没有我认识的熟人？……请尽快回信。叶连娜·格里戈里耶夫娜现在在哪儿？她的身体怎么样？

                                         您的伊萨克·巴别尔
                                    1933 年 2 月 22 日于巴黎

307. 致安年科夫

亲爱的尤里·巴甫洛维奇：

现在外面异常寒冷，如此恶劣的天气，我根本无法正常写作，晚上也无法安睡。创作应该不仅是为了愉悦身心，而且也是为了赚钱。但是，众所周知，身在异国他乡要想挣到钱并不是件容易的事。但愿过几天我目前这种糟糕的生活状态一定会改变，到时我们一起共同庆祝美好新生活的开始。一旦我的情况稍有好转，我就立刻跑去找您，我想，应该在下周三左右。请代我向瓦莲京娜·伊万诺夫娜致以深深的敬意！

您的伊萨克·巴别尔
1933 年 3 月 11 日于巴黎

308. 致高尔基

亲爱的阿列克谢·马克西莫维奇：

我现在非常苦恼。我想去索伦托，然后回莫斯科——但是我却无法成行，因为我没有足够的钱。我已经往莫斯科写了信，现正等待回复。我努力想办法试着在这里赚钱，但是非常困难。一些电影公司向我提出了合作意向，我对他们提出了严格的条件限制。不知他们是否能够同意这些要求。我还得等一周的时间，我已经再也坚持不住了。如果我赚不到钱，我就去向别人借。虽然目前存在着很多不确定因素，但我始终期待着能够与您再次相见！请代我向您家人问好！

您的伊萨克·巴别尔

1933 年 3 月 18 日于巴黎

309. 致斯洛尼姆

索伦托角风光旖旎，景色秀丽，宛若一座人间天堂。我住的地方窗外就是那不勒斯湾，向远处望去，至今仍在冒烟的维苏威火山笼罩在一片薄雾之中。屋外满目的橙子树、柠檬树和油橄榄树——各种果树枝头花团锦簇，芳香四溢，沁人心脾。我已经在这儿住了5天，这里的美景令我深深地陶醉，无法自拔。此前我去了罗马和那不勒斯，临走前我打算游遍整个意大利。很久没有得到您的消息。我的地址是：意大利，索伦托，留局待领。衷心地欢迎您到这里来！……

伊萨克·巴别尔

1933 年 4 月 15 日于索伦托

310. 致费加·阿罗诺夫娜·巴别尔和沙波什尼科娃

……昨天我与阿列克谢·马克西莫维奇·高尔基一起在那不勒斯度过了一整天时间。他带我去了很多博物馆——我们欣赏了许多古罗马雕塑作品（我至今仍处于心醉神迷的状态中，一时间无法回到现实），以及提齐安诺、拉斐尔、委拉斯开兹的名画。我们一起吃了午饭和晚餐。阿列克谢·马克西莫维奇喝了很多酒，他的酒量不错。晚上当我们走进餐厅时（位于那不勒斯湾上，从那里俯瞰整个城市的夜景：星光璀璨，美如梦幻），所有人都从自己的位子上站起来，欢迎这位 30 年来一直为他们熟知的令人尊敬的长者。服务生们急忙上前亲吻他的手。他们立刻派人去请演唱那不勒斯歌曲的老歌手们。歌手们很快赶到了餐厅，他们都是 70 岁左右的老者，每个人都清楚地记得阿列克谢·马克西莫维奇——他们用颤抖的嗓音演唱着，那动人的歌声一直萦绕在我的脑海中，打在我心上，让我久久不能忘怀。在音乐声中，阿列克谢·马克西莫维奇痛哭起来——他一直在喝酒，当我去夺他手里的酒杯时，他说：今天是我一生中最后一次畅饮……这是我终生难忘的一天。我正在竭尽全力争取让叶尼娅和娜塔莎尽快来这里。但愿她们一周半后能到。大家不建议我把剧本寄走，当然还是我自己随身带上更好，现在我还没有决定到底应该怎么办。

9 日高尔基一家将启程回国，现在有从伦敦到敖德萨的苏联客轮，他们当然乘坐苏联的客轮更划算些。现在高尔基的房子里只剩下我和马尔夏克①两人——马尔夏克是一名出色的儿童诗人。但愿他和我的娜塔莎能够成为朋友。马尔夏克也有一个妹妹在布鲁塞尔。很有可能我们会一起去比利时。

阿列克谢·马克西莫维奇从我这儿选取了三篇新完成的短篇小说，准备把它们放到一部集刊中。其中有一部作品我写得的确很成功，但愿能顺利通过书刊检查！阿列克谢·马克西莫维奇答应从莫斯科给我寄来外汇稿费……

伊萨克

1933 年 5 月 5 日于索伦托

---

① 萨莫伊尔·雅科夫列维奇·马尔夏克（1887—1964），诗人，儿童文学作家。——译注

311．致沙波什尼科娃

高尔基已在 8 日启程回国。他们先乘火车到热那亚，在那儿换乘直达敖德萨的苏联客轮。我把我的"房主"送到那不勒斯，我在那里待了两天，昨天晚上回到了索伦托。现在只有我和马尔夏克两人住在宽敞舒适的别墅里，如果叶尼娅和娜塔莎能快一点到就好了。当然，由于经济上的原因她们的出行被耽搁了下来。但愿她们能成功地克服一切困难。我正在开始誊写剧本。几天后我会把剧本寄往莫斯科。

高尔基要我写几篇关于那不勒斯的文章，这正与我的想法不谋而合。我试着写一写。

伊萨克

1933 年 5 月 11 日于索伦托

312. 致沙波什尼科娃

　　斗兽场，古罗马广场，西斯廷教堂，拉斐尔，万神殿——这一切令人眼花缭乱，目不暇接……我本打算今天离开这里，但是，这无与伦比的景致让我如醉如痴，流连忘返，总有一天，我一定要重返这里，故地重游……在这里我亲眼看到了从童年起读过的数百本书中所描绘的那个世界。

　　后天我离开这里去巴黎。

伊萨克

1933 年 5 月 20 日于罗马

313. 致沙波什尼科娃

这里是我此行的最后一站，至此我的意大利之旅圆满结束——在我的一生中从未见过比佛罗伦萨更美的地方。米开朗基罗、拉斐尔、提齐安诺——此刻我的灵魂早已陶然沉醉，脱壳优游。今天夜晚我离开这里，明晚 10 点我到达巴黎。大概一回到巴黎，各种事情就会接踵而来。现在我去给娜塔莎买礼物。

现寄去一张佛罗伦萨著名的兰奇长廊的照片。照片上最显要的位置矗立着贝纽维多·切利尼①的作品——这是兰奇长廊上最引人注目的雕塑之一。

伊萨克

1933 年 5 月 24 日于佛罗伦萨

---

① 贝纽维多·切利尼（1500—1571），意大利文艺复兴后期著名雕塑家。——译注

314. 致高尔基

亲爱的阿列克谢·马克西莫维奇：

　　整个佛罗伦萨之旅让我目不暇接、足不歇步！这里的一切让我感到心满意足，幸福无比……

　　现在我正打算去巴黎。他们已向我催要剧本。关于剧本我已有了一些思路。估计 6 月份我们能在莫斯科见面，真是太好了！

　　我把马尔夏克一个人留下，他很不高兴。我非常挂念他。可我毫无办法：我必须回去。

　　回到莫斯科后我会与您和雅科夫列夫讲述我在那不勒斯的所见所闻。如果我们的"文集"很快能够出版，那就太好了！……

　　请代我向您的家人致以衷心的问候！

您的伊萨克·巴别尔

1933 年 5 月 24 日于佛罗伦萨

315. 致斯洛尼姆

亲爱的安娜·格里戈里耶夫娜：

在意大利待了一个半月之后昨天我回到巴黎。我没去成威尼斯，因为钱不够了。佛罗伦萨之美、这座艺术宝库的无限魅力足以令一切都黯然失色。意大利给我留下了不可磨灭的、终生难忘的印象。阿列克谢·马克西莫维奇交给我一项工作，这项工作必须在这里完成。因此我不能和他一起回去。现在我对祖国的思念越来越强烈。我6月下旬回国。

最近我的创作进展不太顺利。剧本已经完成，但是写得很不理想。暂时还不能确定，我应该就此放弃它，还是它有继续修改的价值。阿列克谢·马克西莫维奇已把我的几部短篇小说交给集刊《1916年》，预计这些作品将在第二期上刊登。我认为，其中一篇写得还可以，但其余的作品都很一般。我女儿在这一个半月内变化很大，现在她的俄语已经说得非常好，也不太淘气了。今天我把她的照片底板送去冲印了，洗好后我会寄给您。这件事本该由叶甫盖尼娅·鲍里索夫娜去做，但她记性不好，总是忘事。

她甚至没把您的信给我转到索伦托，回到这儿我才刚刚得知您来信的事。当然，塞子我一定会给您带回去。请写信告知是否还有其他事情需要我做，现在我有充足的时间去办。请代我向您家的男士们问好！非常高兴，我们很快就要见面了！

　　　　　　　　　　　　　　　　您的伊萨克·巴别尔

　　　　　　　　　　　　　　　1933 年 5 月 29 日于巴黎

316. 致尼库林

列夫·韦尼阿米诺维奇：

你们这些朋友不要因为我没有按时交稿就断定我是一个十足的骗子（给他人妄下断言当然是件轻而易举的事），你们最好还是给我寄来一些路费，或者哪怕是一张火车票钱。5个月前我就写信向你们说明了此事，但没有收到任何答复。这意味着什么？这就是说，在异国他乡如此艰难的条件下我注定要陷入孤苦伶仃、孤立无援的境地。在这里诚实守信的苏联公民不可能赚到钱。来到这里以后，我本以为叶甫盖尼娅·鲍里索夫娜会拿出我返程的路费，但是她在美国的叔叔已经不能继续接济我们，于是我们的生活变得非常拮据，经常举债度日。一个对一切一无所求之人却不得不行违心之事，屈尊俯就，委曲求全，四处借钱，这真是卑微至极、愚蠢至极！最后他必然求助无门，无果而终。他的生活已经支离破碎，他必须要进行痛苦的抉择。他不求同情，但需要同志们的理解！

上文正是我的"生活与工作"情况的真实写照。现在讲一讲我自己的事情。我的生活状态非常糟糕，对我来说，在这里每耽搁一天，就多一天痛苦。我马马虎虎、潦潦草草地写了一篇特别短的作品。如果他们喜欢这份稿件，把稿费付给我，那么这周我就可以回国。如果稿件未被接收的话（我的作品风格绝对不符合百代电影公司①的口味）——那么……我也不知道该怎么办。也许我只能宣布自己破产，请求苏联驻法国全权代表处给我买一张火车票，然后我悄悄地躲开这里的债主们……

这就是我遇到的一些令人不快的事情。我急需在 8 月 10 日回到莫斯科，否则我梦寐以求的愿望就会破灭。我相信"上帝会保佑"我！——但愿我们很快就会见面！……

亲吻您的手！请代我向叶连娜·格里戈里耶夫娜致以深深的敬意！

爱您的伊萨克·巴别尔

1933 年 7 月 30 日于巴黎

爱伦堡去了伦敦，他在那儿生病了，现在他在瑞典。

---

① 1896 年建立的一家法国电影公司。——译注

317. 致沙波什尼科娃

　　我的生活正在逐渐调整到正常状态。我做了一场关于此次出国旅行的报告——但报告做得不太理想，我没能充分发挥出自己的能力。报纸上的相关报道有些言过其实，与我报告的实际内容不完全相符，但这也在所难免。我正在修改在巴黎写的"作品"。这部作品的结尾写得不太好。待作品完成后，我就可以走向更广阔的天地——去做许许多多有意思的事情。现在正派我们去北高加索和乌克兰各地出差。有可能我会去敖德萨。我想，10 月份我开始写国外出版社的约稿——我这样做完全是为了帮助妈妈和叶尼娅。如果不考虑经济问题，那么，生活在巴黎一切都是那么美好！

　　我们这里的秋天简直是一个不可思议的季节——连绵的秋雨一刻不停地下着，淅淅沥沥，朦朦胧胧。有时雨雪交织，道路泥泞不堪。今年的天气会对农作物的收获带来严重影响。

　　昨天里夫希茨一家和谢米切夫一家一道来我这儿做客。我们一起喝酒、吃饭、听留声机。还有个客人是从维也纳来的一名十分出色的工程师——席间我们抽起雪茄，喝着维也纳咖啡，用维也纳方言轻松愉快地交谈着。目前我那间简陋的"私邸"情况一切正常。

　　卡佳的境况非常凄惨。我们正在慢慢地帮助她。

　　我一直没有收到你们的任何消息，请给我写信。你们对侄女的印象怎么样？我非常想念你们。

伊萨克

1933 年 9 月 21 日于莫斯科

318. 致沙波什尼科娃

现在我生活在一片幸福美好的土地上——我时常与这儿的"主人"一起翻山越岭去追猎狼和兔子，到捷列克河里去捕鲑鱼。这里处处呈现出一派美丽富饶、前所未有的繁荣景象。田野里的庄稼长势大好，建筑工地上到处是热火朝天的施工场面，在这里生活非常愉快。我争取在这里尽可能多待一些时间，这样可以为在国内外报刊和出版社发表作品收集许多与众不同的真实素材。由于近期的外出旅行，我耽搁了一些日常琐事及文学方面事务的处理——我一定会努力将失去的时间补回来。此外，我与所有亲朋好友都失去了联系，没有收到你们的任何消息。我总是心神不定，惶恐不安——最近你们的情况怎么样？母亲、我的妻子和女儿近况如何？你们是否已经收到了我的电报？电报上面有我的地址。妈妈现在在哪儿？再等一天，如果仍未收到你们的来信，我会再拍一份电报。请不要一直无声无息，杳无音讯，不要总是让我对你们的情况一无所知。再重复一下我的地址：北高加索，纳尔奇克，留局待领。目前我已经在这里暂时安定下来，我还要在这儿住一段时间。我会定期给你们写信——当然，因为我一直思念着你们。

伊萨克

1933 年 10 月 29 日于纳尔奇克 [①]

[①] 俄罗斯城市，卡巴尔达－巴尔卡尔自治共和国首府。——译注

319. 致瓦尔科维茨卡娅 ①

亲爱的利季娅·莫伊谢耶夫娜：

我已从巴黎回国，现在又开始了四处漫游的生活。我走遍了黑海沿岸，现正住在纳尔奇克（卡巴尔达 – 巴尔卡尔州），在这里我会待上一段时间。您的信已经转寄给我，但是我问了家里人，书还没收到。我会给谢富琳娜写信，总之，到了莫斯科我会全力以赴，做好一切我该做的事情。

现在您是否应该和马尔夏克谈一谈？现附上一封我写给他的信。他是新成立的一家儿童文学出版社的组织者之一，他能够给您提供一些有益的建议。他的地址我不知道，这封信中也提到了一些我个人的事情，请尽快把信转给他。

我随后告诉您回莫斯科的具体时间，列宁格勒我一定要去。如果您不急，请等到我回莫斯科。

---

① 利季娅·莫伊谢耶夫娜·瓦尔科维茨卡娅（1892—1975），女作家、诗人和翻译家。——译注

我相信，您的所有事情都会得到圆满解决。简直无法想象，见到您我会多么高兴！我的脑海里常常回忆起我们曾经在一起度过的每一时刻。

衷心地希望您能做我的朋友！请写信告知您和我们"三驾马车"的近况，他们现在生活得怎么样？在什么地方就职？

我的地址是：北高加索，纳尔奇克，留局待领。

如果不太麻烦的话，请给我寄来一套书，我不打算请邻居们帮我转寄。再见！

您忠实的伊萨克·巴别尔
1933 年 10 月 29 日于纳尔奇克

320. 致费加·阿罗诺夫娜·巴别尔和沙波什尼科娃

……我一直游走在这片神奇的土地上，跋山涉水、辗转迁移，这段时间我始终没有开始创作。今天我要去德国人聚居的集体农庄（这是这个边区最美丽、最富饶、设施最完善的集体农庄之一），那里一定会激发出我的创作灵感。我同叶夫多基莫夫和卡尔梅科夫一起去打猎——在海拔 2000 米的高山上，在高山牧场和高加索山区，从新罗西斯克到巴库，他们猎到了几头野猪（当然，我没有参与）——我们品尝了鲜美的烤野猪肉。我们在 3000 米高的厄尔布鲁士峰脚下巴尔卡尔的村子里住了几天。刚到这里的第一天呼吸比较困难，后来就慢慢习惯了……

伊萨克

1933 年 11 月 12 日于纳尔奇克

321. 致沙波什尼科娃

我不知道，施泰纳在莫斯科遇到了什么事情——他始终杳无音讯。虽然我拍了很多次电报，写了许多封信，但他一直没有把我妻子和母亲的信转来。我只是从您这儿才得到一些关于叶尼娅的消息，我一直在这个州里（卡巴尔达－巴尔卡尔州）东走西游——它是苏维埃大地上一颗璀璨夺目的明珠——有幸来到这里，我欣喜若狂，兴奋不已！这里风调雨顺，五谷丰登，生活在这美丽富饶的祖国大地上我们感到无比骄傲和自豪。我去了厄尔布鲁士峰脚下的山区（我一直感到遗憾的是，我的家人没能欣赏到这里的美景），在哥萨克草原上四处游走，现在我打算找个地方安顿下来，尽快与外界恢复联系。我想，如果能够充分利用此次机会，在这里认真开展实地考察和调研，定会不枉此行，大有收获，进而也就大有可能赴国外探亲访友。盼复。

伊萨克

1933 年 11 月 23 日于纳尔奇克

322 . 致斯洛尼姆

我的朋友安娜·格里戈里耶夫娜:

在卡巴尔达 - 巴尔卡尔州我住了大约 1 个半月。在这里我尽情享受着悠然自得的生活。我的所见所闻、我遇到的每一个人和亲身经历的每一件事都非常有趣。今天我要去巴尔卡尔峡谷,然后到一个集体农庄住下来,在那儿我会坐在写字台前潜心创作。我的地址暂时是:纳尔奇克(北高加索),留局待领。您和列夫·伊里奇的旅行顺利吧?你们的身体状况怎么样?我必须承认,最近几年我并没有密切关注祖国发生的巨大变化,忽略了太多美好的东西,我应该尽快弥补上这一缺憾。请您转告伊柳沙,让他给我写封信。我非常想知道他的创作进展情况。现在莫斯科正值严冬时节,但我们这里则完全是另外一番景象。在纳尔奇克我感觉呼吸十分顺畅。近日我要纵马飞扬,奔向几百公里外那令人心醉神迷的美丽地方……

您的伊萨克·巴别尔

1933 年 11 月 28 日于纳尔奇克

323．致里夫希茨

我已拍了电报，现正等待回复。如果伊贾在基斯洛沃茨克找不到一所既便宜又舒适的房子住下来，好好休息一个月，那么我会因此而感到心情非常抑郁。

我觉得，冬天去基斯洛沃茨克休养要比夏天更好。我想，我们一定能见面——我在离基斯洛沃茨克不远的纳尔奇克安顿了下来。现在我马上要搬到距这儿 50 俄里的集体农庄去。

我的电报拍得晚了一些，但绝非故意而为，只是由于我有许许多多事情要做，而且这里的一切令我百感交集，一时间，万千思绪涌上心头——直到此刻我才如梦方醒……此外，我一直没有固定的居所，始终过着一种"游牧式"的生活——我不知道能在何处长时间住下来。在这种状态下我不可能埋首写作。在我面前展现出一片神奇的土地（卡巴尔达－巴尔卡尔州）。到了集体农庄，我会试着把自己拴在写字台上苦思冥想，伏案笔耕。

我的地址是：纳尔奇克（北高加索），留局待领。你们的来信我一定会收到。我很想（而且非常需要）在这里多待些时间，但是我担心施泰纳会让我回莫斯科。你们的生活过得怎么样？请代我向薇拉和塔纽莎问好！我每时每刻都在想念你们，想念我的朋友和亲人们！我变得越来越多愁善感。

伊萨克·巴别尔
1933 年 12 月 1 日于纳尔奇克

324 . 致萨维奇 ①

亲爱的、难忘的巴黎人:

我一直在东奔西跑,四处漂泊。我骑着马走遍了黑海沿岸地区,在巴尔卡尔峡谷和卡巴尔达谷底过了约一个半月的游牧生活(我认为,卡巴尔达 – 巴尔卡尔州不仅需要引起我们全国同胞的极大关注,而且理应受到外界的广泛瞩目),现在我住在一个集体农庄里,随后我要搬到乌克兰集体农庄去,我不打算过那种以读书写作为主的知识分子的生活。唯一的问题是,我已经老了。我非常想去四处漫游,但只期望能与家人一路同行。顺便问一下关于我家里的情况——您看到我的家人了吗? 你们还喝加炼乳的咖啡吗?

山村的夜晚格外寂静,此刻我总是不由自主地想起巴黎,我感觉现实生活就像在梦里一样。请不要忘记我,一定经常给我写信。

我会另给爱伦堡和普捷尔写信的。

爱你们的伊萨克·巴别尔

1933 年 12 月 3 日于纳尔奇克

---

① 奥瓦季·格尔佐维奇·萨维奇 (1896—1967),小说家、翻译家。——译注

325. 致费加·阿罗诺夫娜·巴别尔

我最亲爱的妈妈：

　　我收到了您 11 月 25 日的来信，里面夹着您的照片（您拍得非常成功）。说到年龄的问题，请不要难过，不要悲伤！倘若您在我们这儿，你这个年龄的人是最受欢迎的人。比如，明天就要召开全州第二届老年人代表大会。在我们这里老年人现在是推动集体农庄建设的一股强大力量。他们身戴"质量监察员"的牌子，到各地进行监督检查，指导和帮助年轻一代尽快成长起来。总之，他们是备受尊重的长者和前辈。目前在全俄范围内到处都在召开这样的老年人代表大会。在高亢激昂的音乐声中代表们步入会场，刹那间全场掌声雷动，这些可敬可爱的老者受到观众的热烈欢迎。这是当地州党委书记（此刻我正在他这里）、卡巴尔达人卡尔梅科夫提出的建议。他是新时代新形势下一名出类拔萃的新人，一位非同寻常的伟大人物。15 年来关于他的传奇故事一直在各地广为流传，但是现实中的他远比传说更令人称奇、让人钦佩！他以坚忍不韧的意志、不屈不挠的顽强精神和科学决策的远见卓识将一个贫瘠荒凉、偏僻落后的小山区变成了祖国大地上一颗闪耀的明珠。

请允许我向您介绍一下这里的情况，纳尔奇克（这里景色优美，气候宜人。来到这里，你会感觉如鱼得水，呼吸畅快，精神振奋）的气温甚至低达零下 20 度，但这里的空气清澈透明。在室内我离不开炉子和其他各种取暖设备。在室外我坐"林肯"车出行，所以感觉不到冷。现在我正焦急地期待着早日到距纳尔奇克约 40 俄里的集体农庄去，那里有暖和的屋子、厚厚的雪，还有很多有趣的人与事。我的地址暂时不变。

叶尼娅很久没有给我来信，但是我从其他途径得知，她一切都好。由于我四处游走，这段时间我的通信往来全部中断，但是现在一切都已安定下来，我的生活重新步入了正轨，可以按时给你们写信了。我不赞成你对我们何时能够再次团聚持悲观态度。现在除了创作，我无心顾暇其他事情，因为工作决定一切。任何事情都不能让我迷失方向。我将生活在我认为对我的创作有益的地方，我会一直坚持写作，笔耕不辍，只有这样才能保证我们早日相见，才能为你们提供稳定可靠的生活来源。此刻我正坐在写字台旁，我觉得，与近几年相比，我的思维变得更加清晰、更有条理。

我是多么思念亲人啊！我不应该对你说这些话。每当我遇到艰难困苦的时候，我总是在创作中、在期盼与家人团聚的强烈愿望中寻找心灵的安慰。现在正有人等着我外出，我该走了。就此搁笔。紧紧地拥抱你们，我亲爱的人们！

伊萨克

1933 年 12 月 4 日于纳尔奇克

326. 致里夫希茨

我的老朋友：

您一直没有回复我的电报，我感到非常惊讶。您是不是发生了什么事情？

我收到了党的出版社的来信，他们要我尽快写一本关于拖拉机站或集体农庄的小册子。我一直留在这里，正是为了做这项工作。我一定努力完成这本书，但是我需要足够的时间，并不像舍洛莫维奇在电报里所说的只要几天即可，而是需要几个月的时间。我刚刚就此事给他寄了封快件（我不知道地址，只写上了"党的出版社"）。

明天我要搬到距此处约 50 公里的集体农庄去，在那儿我住的时间会相对长一些。我的地址不变。到了农庄我一定给您写信。请代我向您家人问好！

伊萨克·巴别尔

1933 年 12 月 7 日于纳尔奇克

327. 致里夫希茨

我的老朋友：

你一直没有回复我的电报。你怎么了？上帝保佑你！虽然你这样做不太妥当。

有一件事情：今天我收到了卡巴尔达－巴尔卡尔州委寄来的关于这个州的材料，内容非常有趣。众所周知，他们为全国的集体农庄建设提供了一个最完美、最成功的典范。我可以在夏天到来之前完成一系列短篇散文和新闻特写。如果党的出版社能够付给我约1500~2000 卢布的话（我非常需要这笔钱），我立刻动笔创作。

如果你认为我的想法值得考虑，而且有实现的希望，那么请你向他们提一下建议。请尽快电报回复。电报请发到纳尔奇克州委，罗季奥诺夫转给我收。

我已给舍洛莫维奇写信回复了他的电报。我告诉他，我打算创作这些特写，我不知道信是否已经寄到，我没有写具体街名。

明天我搬到距此处大约 50 公里的集体农庄去，我的地址不变——纳尔奇克。

　　我每天的写作量非常大。我似乎又恢复到了几年来从未有过的那种"良好的精神状态"。也许，在创作上我会有新的收获。请代我向柳夏、薇拉和塔纽莎问好！

伊萨克·巴别尔

1933 年 12 月 9 日于纳尔奇克

328. 致沙波什尼科娃

　　我现在住的地方是一个最地道、最纯粹的哥萨克镇。这里在向集体农庄过渡的进程中曾经遇到过很大阻力。过去这里贫困落后，破旧不堪，但是现在这里各方面都呈现出一派欣欣向荣的景象。革命前他们这里曾经生活得非常不错，但一两年后我们国家会过上比从前更加富裕的日子。今年集体农庄运动取得了决定性的成就，目前已展现出无限美好的前景，大地焕然一新。我不知道在这里还会待多久。亲眼目睹各种新型经济关系和经济形式的产生与发展令我感到异常兴奋，这一切对我来说十分重要。我的地址不变：纳尔奇克。他们会从那儿把信转寄给我。现在我可以向您汇报，我的剧本已经写完。近日我把剧本誊写好，然后寄往莫斯科。最值得一提的是，我正开始着手创作另一部剧本——我似乎感到灵感迸发，激情四溢，而且现在我已经有了丰富的写作经验。这里的冬季美丽迷人，气候非常温和。雪很大。现在我感觉身体状态不错。午饭的时候我们经常吃烤野鸡，品尝从德国人聚居的集体农庄运来的新酿葡萄酒。

伊萨克

1933 年 12 月 13 日于普里希布镇 ①

---

① 位于阿塞拜疆。——译注

329. 致沙波什尼科娃

　　我从纳尔奇克搬到了一个更偏远的地方，这里的信件只能通过"驿马"送达，常常很晚才能收到。我一直努力尽可能多给你们写信。谢谢你转来叶尼娅的信！在经济方面我能帮助她的唯一办法就是用我的"作品"去赚钱。我始终在加紧创作一部剧本，现在已经完成，主要考虑到叶尼娅急需这笔稿费。我争取尽快把剧本寄给她，但愿这部剧能在国外顺利上演，这样叶尼娅便可以快一些拿到钱。很难预料这些作品究竟能带来多少收入，但还是应该尽可能多给她寄去一些稿件。生活已悄然向前迈进，来到这里我不断地体验到各种新印象、新感受——这一切都让我不得不在最近几个月内对于许多问题作深入的思考，所以一时间不可能调整好我的写作状态。但是，现在我已振奋精神，满腔热情地重新投入到创作中。我想，这部剧完成后，1月份我可以再给叶尼娅寄去一些稿件。所有写作计划我都一一铭刻在心，我一定全力完成。

　　我在这里（与我自己的"房子"相比）生活得非常好——屋

里很暖和，非常安静，而且感觉很有趣。这里的冬天非常温和，有时下雪，阳光明媚。女房东是一个动作麻利、殷勤热情、但有些愚笨的乌克兰女人。她给我烤鹅，烙油饼，做乌克兰红菜汤。通常我半天写作，半天在集体农庄的院子里与哥萨克人在一起，或者到附近卡巴尔达的一些村子去。近日我打算去纳尔奇克（我的地址不变）。

关于护照的事情我会给我们驻比利时大使写信，他们马上就会帮妈妈办好一切手续。我一定争取让妈妈尽快到孙女那儿去。我们需要仔细考虑一下，这件事该怎么办。

现在我要去距普里希布镇 1 俄里的一座养禽场，这是个很有趣的地方。它是世界上最大的（我们这里一向追求"高大全"）养禽场，这里有数万只母鸡——来亨鸡和洛岛雄鸡，可孵化 16 万枚蛋。明天这里将开设一座采用多层育雏器的车间，预计年孵化雏鸡数百万只。

伊萨克

1933 年 12 月 19 日于普里希布镇

330. 致沙波什尼科娃

也许，你能在新年前夕收到这张明信片，收到来自远方亲人的祝福，无论他那颗漂泊的灵魂归向何处，他无时无刻不在思念着你们。我住的地方很暖和，非常安静，在我周围有许多值得关注的人。在这里各种新思想、新观点让我感到从未有过的激动与兴奋。我正在誊写手稿，约两天后寄往莫斯科，我想，收到稿件后，我的文学界同行们就要开始忙碌起来了。

好在暂时还没有读到铺天盖地的各种评论。唯一一点就是，我的心里时时刻刻都在牵挂着女儿。

伊萨克

1933 年 12 月 23 日于普里希布镇

331．致阿菲诺格诺夫 ①

亲爱的阿菲诺格诺夫同志：

您的电报我很晚才收到，因为当时我不在纳尔奇克。

当然，我接受您的建议。但愿您已经收到了我的电报。我不知道您的地址，我把电报发到了组委会。如果可能的话，最好请您把少量预付款交给我的委托代理人皮罗日科娃……等我到您那儿时，应该是1月份，我们再商定稿费的事情。出版时间取决于剧院的情况，我想，1月份能够定下来。

今天我要去戈尔洛夫卡②和顿巴斯③待几天，然后打算返回这里。现告诉您我的地址，以防万一：区委书记富列尔转巴别尔收。

您的伊萨克·巴别尔

1933 年 12 月 29 日于纳尔奇克

---

① 亚历山大·尼古拉耶维奇·阿菲诺格诺夫（1904—1941），剧作家。——译注
② 乌克兰城市。——译注
③ 乌克兰最大的煤炭基地。——译注

332. 致沙波什尼科娃

26 日晚上我从普里希布镇回到这里——我与同志们打猎去了（此行收获非同寻常），两天的时间过得非常愉快，我们猎到了 15 头野猪。今天我要去戈尔洛夫卡和顿巴斯办事，我打算从那儿返回普里希布，也许，我必须顺路去哈尔科夫一趟。最近 10 天我想把回莫斯科的日期定下来。我收到了叶尼娅的来信。她说，娜塔莎一直在闹胃病。此外，我还收到了一封妈妈的信。到戈尔洛夫卡后我会给她写回信。我将会拍电报告知我的地址。祝你们新的一年生活更美好！

伊萨克

1933 年 12 月 29 日于纳尔奇克

333．致费加・阿罗诺夫娜・巴别尔和沙波什尼科娃

　　我现在马上准备出发，所以这封信写得短一些。我去了顿巴斯，真是不枉此行！这个地区值得一去。有时你可能会陷入深深的绝望之中，因为任何人都无法用文学的方式来描述眼前这一巨大的、飞驰的、史无前例的、被称为"苏联"的国度。人们正以十月革命至今这整个 16 年来前所未有的饱满的热情、高昂的斗志和拼搏的干劲全身心投入到工作中去，他们建功立业，硕果累累……

伊萨克

1934 年 1 月 20 日于戈尔洛夫卡

334. 致沙波什尼科娃

今天安葬了我的同乡和老朋友、杰出的诗人巴格里茨基[1]。我一直在关注着他的创作进展情况，始终尽可能地去帮助他。不幸的是，他的身体非常虚弱，得了肺炎，不治而亡。

我收到了叶尼娅的电报，她们一切平安。明天一个法国人要到她们那儿去，请向她转达我的问候。

我对戏剧创作的热情和欲望丝毫没有减弱——我正在寻找一个新的、类似于"莫洛焦诺沃"那样可以潜心创作的地方，否则在莫斯科我终日忙忙碌碌，事情一件接着一件，而在文学创作方面却总是一无所获。我已经完成的剧作将在瓦赫坦戈夫[2]剧院和犹太剧院同时上演，导演是米霍埃尔斯。我尽力争取让叶尼娅在3月份就能拿到稿费。

---

[1] 爱德华·格奥尔吉耶维奇·巴格里茨基（1895—1934），诗人，生于敖德萨犹太商人家庭。——译注
[2] 叶夫根尼·巴格拉季奥诺维奇·瓦赫坦戈夫（1883—1922），导演，其突出贡献在于成功地融合了斯坦尼斯拉夫斯基的现实主义和梅耶霍德的实验风格。——译注

在莫斯科我不得不频繁地进行各种"社交"活动——在我这里每天来来往往的人流络绎不绝,其中有很多非同寻常的著名人物,所以总的来说,我在莫斯科的生活丰富多彩,非常有趣,但是花在写作上的时间却很少,现在我打算找个僻静之所静心创作。

在度过了三个沉重而难忘的不眠之夜后,我感觉身心交瘁,疲惫不堪——我参加了巴格里茨基的整个葬礼仪式,现在我想好好休息一下。

明日再叙,我亲爱的人们!

伊萨克

1934 年 2 月 18 日于莫斯科

335. 致斯塔赫

亲爱的塔季扬娜·奥西波夫娜：

　　您说的那封贝巴的来信在哪儿？从前我向您发出的合作邀请现在依然有效，如果夏天的时候我们能够实现这一远景规划，我会感到非常高兴。尽管我一直很忙，但已经比从前少了一些事情。现在我的大部分时间都在郊外度过，我打算彻底搬到那儿去住。我正在根据巴格里茨基的长诗创作一个剧本，该剧将由乌克兰电影制片厂搬上银幕。我会把剧本带到基辅，顺路我将在哈尔科夫稍作停留，到时我们可以好好聊一聊。

　　我收到了叶尼娅的来信。像所有乖巧可爱、懂事听话的孩子一样，我在巴黎的女儿特别需要父亲的关爱、教导和稳定的、正常的家庭生活……叶尼娅的来信使我陷入思念的痛苦之中。

　　请代我向斯塔赫和贝巴问好！

　　　　　　　　　　　　　　　　　　　　您的伊萨克·巴别尔

　　　　　　　　　　　　　　　　　1934 年 3 月 26 日于莫斯科

336．致费加·阿罗诺夫娜·巴别尔 和沙波什尼科娃

……最近我常去的地方依然是墓地或火葬场。昨天安葬了马克西姆·彼什科夫[1]，他的逝世简直令人难以置信。此前他曾感觉身体不适，但尽管如此，他还是坚持到莫斯科河里去游泳，随后便得了肺炎。当马克西姆的灵柩被运到墓地时，我悲痛万分，不能自已，不忍心去看他最后一眼。我和马克西姆是非常好的朋友，在意大利时我们曾一道旅行数千公里，去了很多地方。我们在一起品尝着意大利基安蒂红葡萄酒，共同度过了许许多多难忘而美好的夜晚……

伊萨克

1934 年 5 月 13 日于莫斯科

----

① 即高尔基的儿子马克西姆·阿列克谢耶维奇·彼什科夫（1897—1934）。——译注

337. 致费加·阿罗诺夫娜·巴别尔 和沙波什尼科娃

……目前我依然住在原来的地方——住在阿列克谢·马克西莫维奇这儿。在这里我要住上很久一段时间，正如敖德萨人常言道，将在这里度过漫长的"一千零一夜"。这是一个令我终生难忘的地方，我会怀念在这里度过的每一天。我一直想在莫斯科郊外寻得一个合适的、僻静的住所。现在我已经有了一些初步的打算。最近一周内我应该能够找到落脚之处，安顿下来。

受阿列克谢·马克西莫维奇的委托，我始终在杂志社做编辑工作，暂时放弃了剧本的写作……

伊萨克

1934 年 6 月 18 日于乌斯宾斯科耶 ①

---

① 莫斯科郊外一座古老村庄。——译注

338. 致沙波什尼科娃

尊敬的、远方的亲人们：

我很少写信不是由于出了什么意外的事情（所以你们不必担忧），而只是因为太忙，生活压力过大的缘故。其中包括三个原因：第一，文学创作方面的压力；第二，我必须付出远超常人的努力去赚得更多的钱；第三，我的性格过于随和，有求必应，因此总是不断有人来找我帮忙办各种各样的事情，于是，无形之中我给自己平添了许多烦恼。

与过去相比，现在我的创作量显著增加，但是暂时还没有带来直接的经济收益。唯有时不我待，方能跟上时代。文学创作必须紧跟飞速发展的时代步伐，用艺术形式表现这场急剧的革命性变化之本质和意义。这是一项不容忽视的重要任务，也是我一生中从未遇到过的巨大困难和严峻挑战。我不会为了贪图快速赚钱而采取妥协的办法，使自己的作品内容浅薄，流于形式。我必须潜心钻研，刻苦磨炼，精于构思。可是，现在我的许多时间和精力都花在了为赚钱而去创作那些微不足道的、毫无价值的作品上。因为我需要挣到足够的钱去建房子，盖别墅，买汽车，周游克里木半岛和高加索地区，但是现在我所有的钱都用在了偿还在巴黎欠下的债务和寄给叶塔[①]上。虽然在我们这里这是一笔相当可观的财富，但是，这些钱对于在巴黎生活的叶塔来说根本无足轻重，不过是杯水车薪，沧海一粟而已。所以，我并没有从自己的一切努力中得到丝毫道德满足感，我觉得在经济上根本没有给她任何帮助。因此，必须彻底改变我的现状。倘若能够有一丝喘息的机会，好好休息一下，暂时放下出版社的那些约稿，去创作短篇小说（为了在法国翻译出版）——对我来说更具有实际意义。但是，无论如何我都挤不出时间来休息。也就是说，我连一分钟空闲时间都没有。现在"写作"已经不仅仅是坐在桌前埋头笔耕。身为一名作家，必须积极投身到火热的生活中去，深入各地采风，走访各种机关和企业，开展调研。所以，有时我不无遗憾地意识到，我根本没有时间去做自己喜欢的事情。

我已经写信告诉过您，我们这里的物质生活水平正在飞速提高。与法国相比，在这里完全可以把娜塔莎培养得更出色，我觉得，现在留在法国已经毫无意义。冬天即将来临，我不能在这个时候坚持要妈妈和叶尼娅尽快回国，但是从 1 月—2 月开始我一定会严肃认真地想办法去说服她们。在这件事上真正的障碍是**Б.Д.**，但是我打算态度坚决、义正词严地向廖瓦说明一切情况。我认为，妈妈已经到了该回国看看的时候了。在国内完全可以轻而易举地把妈妈的生活安排妥当，妈妈回国的日期由你们决定。

---

① 巴别尔的妻子"叶夫盖尼娅"的指小表爱形式。——译注

我非常想尽快见到妈妈。

约瑟夫的事情已经圆满解决——1—2天后他来莫斯科，房子也归还给了约瑟夫一家，我好不容易才办成这件事。

很多人一直与我同住在这里，这些人引得我周围的朋友们议论纷纷。现在他们正陆续从这儿搬走，到12月1日这里便会空无一人。随后我将去基辅。对我来说，此行非常重要，且已耽搁多时。总的来说，我的理想是在敖德萨郊外买座房子长期定居下来。莫斯科的生活节奏太快了！我需要花费大量时间静心思考，以我的工作习惯很难适应这里的生活。莫斯科现在是欧洲最繁忙、最热闹的城市之一。当然，无论从城市建设规模，还是从街道和广场的改造带来的翻天覆地变化来讲，今天的纽约已全然不可与莫斯科同日而语了！总之，当今苏联的综合国力正在日益提升，它越来越展示出一个史无前例的、不可战胜的强国形象。目前对于实现"赶超世界先进水平"这一目标任何人都信心百倍，干劲十足。我打算休息两天，这期间我会给你们寄去一些书和报纸，现在这里的书刊杂志读起来越来越有趣。你们的空闲时间比我更多，所以请不要仔细考虑我们之间哪一方写信多或少，请尽可能经常给我写信，我非常想念你们。对娜塔莎的思念之情更是无以言表。我再也不能忍受这种没有女儿陪伴的日子，我深深地意识到，我的心底压抑的巨大痛苦很快就会彻底爆发。

再见，我亲爱的人们！请写信告知妈妈回国一事的具体情况。

你坚强的哥哥、妈妈坚强的儿子。

伊萨克

1934年11月14日于莫斯科

339. 致费加·阿罗诺夫娜·巴别尔和沙波什尼科娃

……我们的国家正在创造人类历史上前所未有的、举世罕见的伟大奇迹。随着经济的飞速发展，人民丰衣足食，生活水平得到了空前的提高。这里处处洋溢着朝气蓬勃的生机与活力，到处呈现出一派欣欣向荣的景象。所有心中涌动着一颗"鲜活的灵魂"的人都渴望到这里来亲身感受这翻天覆地的变化。这一切都值得我们深思……可以毫不夸张地说，世界上没有比莫斯科更有趣的城市了。

我已经被各种琐事、文学工作、纷至沓来的各色人等折磨得筋疲力尽，苦不堪言。因此请不要仔细计算我给你们写信的数量，请经常给我写信。吻你们，我亲爱的人们！……

伊萨克

1934 年 11 月 26 日于莫斯科

340. 致费加·阿罗诺夫娜·巴别尔

……现在我感觉自己状态很好，我的生活丰富多彩，充实有趣。但是我所选择的职业、我的兴趣、我的工作准则——或炉火纯青，完美无瑕，或只字不写——注定让我没有理由认为我可以去过那种轻松快乐的生活。我的人生之路绝非一帆风顺——处处充满鲜花和掌声，时时赢得亲人与朋友的赞美。我天生就是一个追求完美、追求极致的人，因而对我来说，成功的道路注定是蜿蜒曲折、坎坷不平的。我并不是一个爱吹牛的人，但是我完全可以说，面对所谓的困难，我一向以罕见的勇气泰然处之。如果我在困难面前从不抱怨，那么这既不是一种令我引以为豪的高尚品格，也并非源于我极其恶劣的性格特点，而是由于我对生活中那些无意义的、无足轻重的问题采取了一种自然的、合乎情理的蔑视态度。所以，你们总是给自己造成不必要的恐慌，毫无理由地过度担心一些没必要替我担心的事情。现在我唯一的问题是无法忍受与妈妈、与你们大家远隔千里不能相见的痛苦。你们与其幽怨哀伤、感慨叹息，不如切实行动起来，帮助我改变现状，请你们回国和我在一起生活吧！……

伊萨克

1934 年 12 月 23 日于莫斯科

341. 致费加·阿罗诺夫娜·巴别尔和沙波什尼科娃

……近日苏维埃代表大会正在莫斯科举行。同志们从四面八方汇聚到这里——叶夫多基莫夫来自北高加索，卡尔梅科夫从卡巴尔达来，从顿巴斯也来了很多朋友。我需要花许多时间去陪这些朋友。这几天我常常清晨4—5点才躺下睡觉。昨天我与卡尔梅科夫一起为阿列克谢·马克西莫维奇找来了一些跳卡巴尔达舞的人，他们优美迷人的舞姿令我久久不能忘怀……

伊萨克

1935 年 2 月 3 日于莫斯科

342．致费加·阿罗诺夫娜·巴别尔

……告诉你们一个新闻：他们决定在 3 月或 4 月的杂志上刊登我的剧本《玛丽娅》。这是一个好兆头，说明这部剧很快就会上演。

我的喜剧剧本写得很慢，但一直在向前推进。如果能在 5 月前写完，那就太好了！……现在我在创作方面发生了一个奇怪的变化：我不想写散文，只喜欢创作剧本……

伊萨克

1935 年 2 月 24 日于莫斯科

343．致费加·阿罗诺夫娜·巴别尔和沙波什尼科娃

捍卫文化国际作家代表大会①昨天结束了。我的发言，确切地说是即兴讲话（而且是在不可思议的情况下——几乎在半夜一点做的发言）获得了极大成功。此次我在巴黎待的时间太短，我会像饿狼觅食一般四处搜寻材料——我想把对巴黎这座世界中心城市的印象、感受和认识进一步系统化，也许，可以将其撰写成文，公开发表……

伊萨克

1935 年 6 月 27 日于巴黎

---

① 1935 年在巴黎举行的第一届国际作家大会，会上成立了捍卫文化国际作家反法西斯联盟。——译注

344．致苔丝

……我想把对巴黎这座城市的所有了解和认识做一番总结。它依旧如从前一样美丽、迷人。我和帕斯捷尔纳克的这次旅行极富喜剧色彩，完全可以将我们的经历写成一篇幽默故事。大会的气氛比我预想得要更庄严、隆重。会议期间我常常见到吉洪诺夫、托尔斯泰和科利佐夫。昨天维勒瑞夫①的"高尔基大街"正式揭幕——这是一个令人感动的好消息。我7月末回莫斯科……

伊萨克·巴别尔

1935年7月1日于巴黎

---

① 位于法国巴黎南部的犹太城。——译注

345．致斯洛尼姆

亲爱的安娜·格里戈里耶夫娜：

我正在去比利时的途中，我要到母亲那儿住几天，然后去华沙，我非常想在华沙做一个短暂的停留。在那儿我一定会见到您的妹妹。现在布鲁塞尔正举办世界博览会。此次巴黎之行非常愉快——仅7月14日这一天我就已经过得心满意足了！期望在莫斯科能够见到您。请代我向您家的男士们致以衷心的问候！我们很快就会见面！

伊萨克·巴别尔

1935年7月19日于巴黎

346. 致巴格里茨卡娅 [①]

亲爱的利季娅·古斯塔沃夫娜：

　　当我重新漫步在敖德萨街头，当我再次沐浴在黑海的阳光下，我心潮澎湃，思绪万千。现在正值炎热的夏季。在这里我可以一天两次品尝到各种鲭鱼。最初几天我住在伦敦宾馆，我和奥列沙在一起度过了许多美好的时光：我们时常静静地坐在路边的长椅上休息，在林荫道上散步……您不打算回故乡看看吗？虽然它至今仍然贫穷落后，但它依旧像从前一样美丽迷人。

　　请代我向谢瓦、奥莉加·古斯塔沃夫娜和纳尔布特一家致以衷心的问候！我的地址是：邮政总局，留局待领。

您的伊萨克·巴别尔

1935 年 9 月 21 日于敖德萨

---

① 诗人巴格里茨基的妻子。——译注

347. 致斯洛尼姆

亲爱的安娜·格里戈里耶夫娜:

我已从基辅州的集体农庄考察归来,在敖德萨已经住了三周的时间——如果没有收到那些关于母亲健康状况的令人忧心的消息,如果没有上颌窦炎引起的头痛,我在这里可能会生活得更好。这里总是阳光明媚。想必身体的不适正是我的故乡、我心中美丽迷人的"上帝之城"对我离它而去的惩罚。敖德萨拥有滋养身心的、丰富的自然资源——充足的阳光。在这里每天平均日照时间长达 10 个小时……

目前我的创作状态比在莫斯科的时候更好。

我的地址:邮政总局,留局待领。谨向您家的男士们致以衷心的问候!

伊萨克·巴别尔
1935 年 10 月 9 日于敖德萨

348. 致瓦申采夫 ①

亲爱的谢尔盖·伊万诺维奇：

在文中我做的标记表示语句不通、晦涩难懂、意思不清或音调不够和谐的地方……这样的句子非常多。

我认为，必须对译文进行仔细认真的修改和编辑。我必须为译者说句公道话——尽管原文文辞深奥，委婉隐晦，但译文准确地传达了原文的含义。在这部作品中纪德的写作风格是：句子结构独特，惯用各种暗喻、停顿和抒情插叙。尽管如此，我还是非常期望俄文译本层次更加清晰，读起来更加自然、流畅。

顿巴斯文学小组代表大会昨天结束。此次会议引起了各界的高度关注和强烈反响。明天我要深入到各厂矿企业考察，然

---

① 谢尔盖·伊万诺维奇·瓦申采夫（1897—1970），作家，文学杂志《旗》的编辑。——译注

后去基辅州的集体农庄调研。我一直在尽可能坚持写作。

请代我向蒙布利特问好!

您的伊萨克·巴别尔

1935 年 12 月 5 日于斯大林诺 [①]

---

① 乌克兰城市顿涅茨克的旧称。——译注

349 . 致费加·阿罗诺夫娜·巴别尔 和沙波什尼科娃

……这个月我就会成为"一房之主"。在距莫斯科 30 公里的茂密的松林中建成了一个舒适、安静的别墅区——那里正在为我盖一座配套设施齐全的二层楼。这栋房子被紧紧环抱在半公顷的森林之中。假若这个别墅区不是专为作家而建，那就再理想不过了！但是我们都决定选择独栋别墅居住，这样大家各自安好，互不打扰……

伊萨克

1936 年 6 月 2 日于莫斯科

350. 致费加·阿罗诺夫娜·巴别尔和沙波什尼科娃

……这封信从玩笑开始写起，所以结尾必须讲一个非常严肃的话题。高尔基的健康状况依然令人担忧。但是他始终以锲而不舍的精神与病魔进行着顽强的抗争，因此我们总是从绝望中看到希望。近日医生让我们对高尔基的病情不要担忧。今天安德烈·纪德坐飞机抵达莫斯科，我要去机场接他……

伊萨克

1936 年 6 月 17 日于莫斯科

351. 致费加·阿罗诺夫娜·巴别尔

亲爱的妈妈：

现在举国上下沉浸在万分悲痛之中，我更是痛不欲生，悲痛欲绝。阿列克谢·马克西莫维奇是我的良心、导师和榜样。我们之间结下了深厚的友谊，20 年来从未中断过。现在只有加倍努力工作、快乐幸福地生活才是对他最好的纪念。

阿列克谢·马克西莫维奇的遗体安卧在莫斯科工会大厦的圆柱厅里。前来吊唁的人流络绎不绝。这里的天气非常炎热。待我略微恢复状态后，再给你们写信。

伊萨克

1936 年 6 月 19 日于莫斯科

352. 致里夫希茨

我们的敖德萨贫穷落后，破旧不堪，城市发展与建设始终毫无起色，然而它依然如从前一样美丽。这里气候宜人，并不十分炎热。

我已经开始治疗和休养。为了方便起见，我住在海边，靠近莱蒙托夫疗养院的地方。在你来之前我会找到一处单独的住所。

请多给我写信，这样可以不断练习和提高你的俄语写作技能，如果你总是懒于动笔，你的语言运用能力就会日趋丧失。

请对 Э.Г. 多加关照，否则她可能就会被彻底毁掉。请给她些钱。为了让她能好好工作，请对她说些狠话，吓唬吓唬她。

我的固定地址是：邮政总局，留局待领。请写信告知杂志社、赛马和您家里的情况。我会给你写信的。

伊萨克

1936 年 8 月 8 日于敖德萨

353. 致瓦尔科维茨卡娅

亲爱的利利娅：

8月初我就已回到我们的家乡。唉，这些日子我过得并不太好，我一直在生病（始终是支气管的问题）。最近的天气完全不像真正的、敖德萨的夏日——总是刮风，而且非常冷。但我想，一切都会变得好起来。

我有一个非常远大的计划——我想在这里多待些时间，潜心创作几部作品。我的地址是：邮政总局，留局待领。

您的近况如何？请代我向柳夏（我会单独给她写信）和您令人尊敬的、年长的孩子们问好！

请给我写信。

您的伊萨克·巴别尔

1936年8月29日于敖德萨

354. 致斯洛尼姆

亲爱的安娜·格里戈里耶夫娜：

很高兴收到您寄来的明信片。我没有给您写信是因为不知道该把信寄到哪儿。我已经在敖德萨待了一个月。医生给我诊断为哮喘加重和过度疲劳。我一直感觉自己身体状况非常差，现在刚刚有所好转，我的大脑思维能力正在慢慢恢复正常，但尚未完全达到在莫斯科时的最佳创作状态。我暂时不打算离开这里。我想在这儿把身心调整到以前的状况。前些日子这里的天气一直变化无常，但是现在已经开始稳定下来。大概，你们那儿的天气也会如此。您家的男士们近况如何？你们非常喜欢科克捷别里镇①，我感到十分高兴。请不要忘记我，一定经常给我写信。祝你们早日康复！

您忠实的伊萨克·巴别尔

1936 年 9 月 6 日于敖德萨

---

① 克里米亚东部的一个小镇。——译注

355. 致里夫希茨

后天我要去雅尔塔，到爱森斯坦那里。我不知道在那儿能待多久。但无论如何时间不会太长。我的地址是：雅尔塔，电影制片厂。10 月上旬我回敖德萨。

来信请寄雅尔塔，请告知您有什么计划？何时休假？Э.Г. 来信说，他们没有给她安排工作，现在她已经陷入贫困状态，请你帮帮她。

请代我祝贺尼古拉·罗曼诺维奇赛马取得成功！我会单独给他写封信。请代我向叶夫根尼·帕夫洛维奇问好！请他在我回到莫斯科之前把赛马节目单寄往雅尔塔。大概，20 日之后的节目单他已经寄出，能否把这些节目单的副本寄到雅尔塔？对我而言，这是一项重要的娱乐活动。克留奇科夫一家近况如何？请详细告知。你的来信总是很短。谨向柳夏和塔尼娅致以衷心的问候！

伊萨克·巴别尔

1936 年 9 月 24 日于敖德萨

356.致爱森斯坦

您的近况如何？茫茫无际的大海如逝去的女人一般平静、安详。这里的天气、饮食，以及外省恬淡、闲逸、静谧的气息———一切都对我的文学创作大有裨益。很快我就会把材料寄给您。您是否因最近莫斯科发生的政治事件受到了牵连？……

安东宁娜·尼古拉耶夫娜[①]正在学习犹太语。

请代我向佩拉[②]问好！

伊萨克·巴别尔

1936年10月26日于敖德萨

———————

[①] 即巴别尔的第三任妻子比罗什科娃（1909—2010）。——译注

[②] 佩尔·莫伊谢耶夫娜·福格尔曼（1900—1965），记者，电影批评家，笔名佩拉·阿塔舍娃，爱森斯坦之妻。——译注

357. 致爱森斯坦

才华横溢的天才导演爱森斯坦先生：

当然，来到敖德萨后我就开始专心致志地从事文学创作。您的电报和 E.K. 的信立刻使我回到现实中来，现在我对剧本的写作有了更加清晰的认识。E.K. 推翻了那些场景尚未完成的初稿，提出了许多宝贵的修改意见和建议（显然，我简直是一个十足的笨蛋！）。她的来信让我进一步开阔了视野，拓宽了思路。她建议从"父亲现身"一场开始删掉一些带有政治色彩的地方。

我认为，E.K. 所提的意见消除了我们在创作过程中遇到的种种困惑和难题，这样一来，剧本中"父弒子"一场的情节设置显得更加自然，更加合乎情理，父亲的形象也变得更加真实、鲜活、生动，充满人性张力，全面展现出他是一个"顽固不化"分子，一个怙恶不悛、"死不改悔"的人民公敌……

我们完全可以想象出下面的场景：民警们和纵火犯望着集体农庄庄员们正在不顾一切地奋力救火。民警说着"众志成城、齐心协力、坚持战斗……"之类的话。此刻，父亲的心情却格外沮丧，他闷闷不乐地问道（他意识到，他们的计划已经彻底破产，强烈的挫败感深深地刺痛了他，他决心加紧实施破坏活动）："斯乔普卡在哪儿？"民警："哪个斯乔普卡？"父亲："是我的儿子……"民警："大概，他正在救火……（大概正和农庄庄员们在一起）"父亲答道："儿子应该与父亲站在一起。"（观众可以充分感受到在说这句话时父亲内心的悲伤和痛苦——雅尔塔的艺术家古克设计的舞台背景恰如其分地烘托出此刻的气氛——浓烟滚滚，火光冲天，房屋坍塌……）

这就是我对这部分场景设置的最初想法，但是我在把这些全部写给您的同时却看不到您的面部表情，不清楚您对此有何反应（如果知道您持否定态度，也许我就不会再继续往下写了！），这真是件让我为难的事情，但只好如此！

无疑，上述这段描写符合剧中人物——一个父亲的心理，但因整个场景设计只是出于剧本结构的需要（从内容上看，完全可以删掉这部分）——所以我无法确定这场戏对整个剧情的发展究竟有何作用……

现在我对这部剧的第二个建议是：如果斯乔普卡之死这一场的基调应该是感人肺腑，催人泪下（我完全同意）的，那么斯乔普卡身上无须负载任何政治意义，这一角色的内涵应转而由其他演员来传达。我认为，在这一场中男孩斯乔普卡应该沉默不语，这一形象可以交给爱森斯坦来进行艺术处理：后者完全可以"保证"制作出任何一幕撼天动地、撕心裂肺的场景。只是斯乔普卡没留下只言片语便应声倒地，这样的结局未免有些落入俗套，但目前还没有在舞台上直接表现死亡的其他方式。我还是依然赞同在"瓦夏叔叔"一场之后……斯乔普卡只出现一次——即只出现在"死亡"一场中。孩子们听到枪声后惊慌失措，急忙朝斯乔普卡所在的方向赶过去，眼前的景象霎时令他们大惊失色：满地鲜血，塔台上空无一人——他们循着血迹寻找，"但就在发现倒在血泊之中的斯乔普卡那一瞬间，后者说了一声'父亲'"——我坚决认为，这句话必须删掉。您觉得这样处理是否可行？

萨莫欣落入了我方的圈套之中，随即传来雷博奇金平稳、欢快的声音——他似乎在说着什么非常可笑的事情。"而此时西多雷奇猛地抓住了一根木头，结果反被烧伤——真是太可笑了！……"随后（雷博奇金话音刚落）"幕布拉开"，只见雷博奇金正在给斯乔普卡包扎伤口，他悲痛欲绝，泪如雨下，雷博奇金继续说道："在这里先给你稍微处理一下伤口，然后我们把你送到莫斯科的医院去……那里的医院条件非常好，那里的一切都是最棒的！……"斯乔普卡："是军队医院吗？"雷博奇金："一定是军队医院……那儿的病房里收治的伤员全部是边防军人、潜艇指挥员……我们把你也送到那儿去。"（政治部主任牵着马出场）（？）边防军人们问道："这个孩子怎么了？——是不是偷了苹果，从栅栏上摔了下来？"但是，医生们回答了他们的问题……斯乔普卡："是军医吗？"雷博奇金："当然是军医……"他们告诉边防军人："不，同志们，这个小伙子是一名真正的英雄，他像你们一样奋不顾身，英勇战斗……"

政治部主任："怎么样，孩子？"（我认为，E.K.修改后的人物面部表情非常生动。）斯乔普卡（脸上洋溢着无比灿烂的笑容）："现在感觉非常好……"政治部主任："还疼吧？"斯乔普卡向政治部主任招了招手，后者走到斯乔普卡跟前。斯乔普卡瞪大眼睛，悄声对他说："瓦夏叔叔，我也不会喊疼的。"然后政治部主任转向雷博奇金，说道："医生还说了些什么？"雷博奇金回答道——此处不需要借助语言来表达（这场戏的对白是不是已经够多的了？）——这里需要一些背景音乐，是吧？

斯乔普卡在音乐的伴奏下死去。

雷博奇金（望着斯乔普卡的脸庞）："他走了，他的生命结束了，瓦西里·伊万诺维奇。"政治部主任："不，一切才刚刚开始，谢廖沙。"（谢廖沙是雷博奇金的名字吧？）英雄虽死犹生，黎明的曙光已经到来……

这就是来到敖德萨后我对剧本的修改产生的最初一些想法。其实，最好不要把这些想法告诉您。因为众所周知，我的初步构思往往不堪一击，经不起任何推敲和质疑。我最担心会脱离剧本的整体风格，偏离上下文内容……请告知，您对此有何意见？

现在说一下生活上的一些事情……其实，还是关于剧本方面的问题。如果剧中父亲的出场所具有的象征意义完全成立的话，那么，应该删掉剧本中所有对人物表情的描写："望着熊熊燃烧的烈火，父亲露出一副得意洋洋的样子等。"应将"大火很快就被扑灭了"换成"你的阴谋终究没有得逞"……

剧中孩子们之间关于纽扣的一段对话写得不太好。我必须重新修改……"我不想和这种吝啬鬼做朋友……"后文似乎写得还不错，只是"吝啬鬼"一词在文中出现了两次，我不喜欢用这个词，也许，我会想出其他词来代替……"这一切我都见过"——我觉得，这句话写得不好。"爸爸，这是我说的"——这句话更好些，语气更坚定，更充满戏剧性，我恳求您不要改动……关于西多雷奇的一段话——E.K. 的意见完全正确，前一稿更好些……所以，应该把新旧两稿合在一起……这是我对剧本修改的所有想法。

我想告诉您的其他事情是：E.K. 和达列夫斯基要我去莫斯科。我不想去。此时出行对我来说不是件好事——因为我刚刚开始进入创作状态。但不管怎样，我打算 12 月去莫斯科办些自己的事。现在我正等着电影制片厂的答复。他们要就格里沙新创作的长诗征求我的意见。我十分惊讶的是，涅米罗夫斯基没有忘记通知电影制片厂，我在他那里借了 1000 卢布，但电影厂却依然只给我汇来了三分之一的钱。目前我缺衣少食，仅靠去年余下的一点微薄的收入在勉强维持生活……我已经痛苦难捱，忍无可忍……

我请求您（确切地说是"恳求"）把我的情况转告给达列夫斯基……

E.K. 关于这部影片的来信热情洋溢，简直令我欣喜若狂！……我完全可以想象到影片成功上映时的盛况……衷心地祝您成功！……

您的判断非常正确——在雅尔塔我们生活得不错，而且收获了精神上的丰盈和充实，在文学创作方面取得了很大成果……安东宁娜·尼古拉耶夫娜打算去莫斯科，她会向您表达最衷心的问候……我们很快就会见面。收到信后请尽快回复，因为我既没有这封信的副本，也无草稿。

请代我向英勇的佩拉问好！从前只有她独自一人，孤军奋战，而现在在反法西斯战争中涌现出了无数英雄人物，甚至全体西班牙人民都已投入到这场战斗中来。

拥抱您，我的老朋友！

伊萨克·巴别尔

1936 年 11 月 14 日于敖德萨

请代我向我们亲爱的蒂塞问好！……

358. 致苔丝

　　来信已经收到。您的信中饱含深刻、精辟、睿智的言辞。您对我的"作品"提出的意见和建议非常重要，完全正确，而且可以说是一语中的！好在几年前我就已经意识到了自己在创作中存在的这些问题。今后我一定会用事实证明我付出的一切努力。现在我所做的工作还不是真正意义上的文学创作，但是不管怎样，已经像是在从事职业写作了……

　　现在我生活得很好。只是身体状况不佳。我已经走遍整个城市的大街小巷，没有比梅利尼齐更好的地方了！我决定在这儿住下来，并已经开始着手办理"正式"手续……12月我要到莫斯科去处理一些需要急办的事情。对我来说，没有比去莫斯科更糟糕、更令人痛苦的事了！因为在莫斯科我不得不表现出自己是一个非同寻常的"人物"、一名真正的职业作家。在那儿我必须去见各种各样的人。但是，另一方面，像目前在敖德萨一样，在莫斯科我需要潜心创作，平静地生活。但愿此次莫斯科之行的时间不会太久……也许，我还要去基辅，或到某个集体农庄去，然后再到莫斯科……

伊萨克·巴别尔

1936 年 11 月 17 日于敖德萨

359．致《东方朝霞》编辑部

在梯弗里斯我生命中那段幸福的时光，以及我文学生涯的开始均与最初几期《东方朝霞》紧密联系在一起。在报社工作期间我更近距离领略了格鲁吉亚那神奇美丽、充满诗情画意的自然风光和那片辽阔而富饶的土地，也愈加深入地了解了格鲁吉亚人民。从此，格鲁吉亚在我脑海中留下了挥之不去的印象，那里的一切深深地扎根在我心中，让我久久不能忘怀。《东方朝霞》反映劳动人民的意志，体现劳动人民的夙愿，与整个国家的发展齐头并进，我相信，《东方朝霞》定会不断发展壮大，达到一个空前繁荣的阶段，取得更加辉煌的成就！

巴别尔

1937 年 6 月 16 日于莫斯科

360. 致诺维科娃

亲爱的诺维科娃同志:

我一定会履行自己的诺言。您完全不必时刻监督我的创作。对于一名诚实的作家而言,没有比不断地受到良知的拷问、灵魂的煎熬和自己的审美感知力时刻对作品做出的评判更残酷、更痛苦的事情了。

在我心里一刻都未停止过对创作的渴望。但是,说实话,我常常有意识地抑制住内心深处强烈的创作冲动,因为我始终觉得自己对恪守朴实无华、无拘无束、不受任何限制的艺术风格,对坚持不懈地追求艺术的真实性、满腔热情地投入创作没有做好充分的准备,也就是说,我一直认为自己从事艺术创作的条件尚未成熟。但是,现在我的心在告诉我:这一准备阶段即将结束。当您读完我的短篇小说时请告诉我您的意见。

伊萨克·巴别尔

1937 年 8 月 15 日于莫斯科

361．致奥格涅夫（罗扎诺夫）^①

亲爱的米哈伊尔·格里戈里耶维奇：

为了顺利开展合作，现把我的朋友叶夫根尼·帕夫洛维奇派到您那儿去，他是我国最出色的一位养马专家。他所掌握的养马技术及相关知识时常激起他从事文学创作的强烈欲望。我认为，他的一些作品非常值得我们关注和重视。我建议叶夫根尼·帕夫洛维奇给您看一看他的试笔之作——短篇小说《孤儿》。总之，我觉得，他在短篇小说创作方面一定会取得很大成就。我强烈恳求您，请尽最大努力帮助他。

我打算 9 月中旬带着我的"作品"到您那儿去。现在初稿已经完成，需要认真修改。

祝一切好！

您的伊萨克·巴别尔

1937 年 8 月 28 日于莫斯科

---

① 米哈伊尔·格里戈里耶维奇·罗扎诺夫（1888—1938），作家、剧作家，笔名奥格涅夫。——译注

362. 致斯洛尼姆

亲爱的、难忘的房东们：

　　昨天之前基辅一直阳光明媚，可是今天的天气却变得有些阴沉，但是很暖和。我被"幽禁"在这里整日不停地写作。为了让我保持心情愉快，他们一直在好吃好喝款待着我，但就是不给我一丝喘息的机会。他们把这里的一切都安排得妥帖周到、细致入微——烟灰缸、痰盂、纸篓、茶和咖啡一应俱全。但现在我已精疲力竭，我强烈地渴望回归到那种真正意义上的"纯文学"创作中去……这里的工作很多，但并不太难。我在这儿的工作计划和期限还不清楚。一旦确定下来，我会立刻告知你们。

　　请你们一定注意保持身体健康，不要吃醋栗果酱。在失眠的夜晚我时常因回忆逝去的一个月的时光而伤心落泪。请代我向伊柳沙和帕斯特夫人问好！

你们的伊萨克·巴别尔

1937 年 11 月 10 日于基辅

363 . 致里夫希茨

伊贾:

祝你及全家新年快乐!

你、谢米乔夫一家和冈察洛夫始终杳无音讯,不知是何原因? 对此我表示极度愤慨! 难道你们不能给我写上只言片语、寄来一张赛马节目单吗? 对我来说,这是最有效的一剂良药。

如果你们大家根本不打算与我继续交往,不想再和我通信,那么请直接告诉我,别让我总是看上去像个傻瓜一样对你们满腹怨恨。

最近我忙得要命,比以往任何时候都忙。这种状态将会持续到 1938 年 1 月 15 日。

谨向柳夏、薇拉和塔尼娅致意! ——我真是不情愿向你问好!

伊萨克·巴别尔

1937 年 12 月 28 日于基辅

364. 致博利舍尼科夫 ①

亲爱的阿尔卡季·巴甫洛维奇：

1月5日由于拖欠艺术学院的债务，法院执行员将要在我不在场的情况下变卖我的那点少得可怜的家当，在我不在场的情况下把我的书、手稿和衣物全部扔到街上。三个月来我一直在乌克兰电影制片厂忙于拍摄《钢铁是怎样炼成的》。这是一项十分紧迫而艰巨的任务。如果我现在离开这里，就意味着我们所做的一切努力都将毁于一旦。请求您在1938年1月末我回到莫斯科之前停止处罚，到时我会尽快还清所欠的所有债务。这真是祸从天降！临走前我曾与利弗希茨商量过另一项合作的事。当时他向我保证，在尚未达成新的合作协议前，他们不会对我采取任何处罚措施。但愿国家文学出版社绝不可能对一个多年来一直兢兢业业工作的人横加指责，使其遭受不应有的羞辱和灾难。

您的伊萨克·巴别尔

1937年12月29日于基辅

---

① 阿尔卡季·巴甫洛维奇·博利舍尼科夫（1892—1951），苏联国家文学出版社社长。——译注

365．致费加·阿罗诺夫娜·巴别尔

　　……去敖德萨还是留在莫斯科处理各种事情，现在我的内心正进行激烈的思想斗争。过几天我就要搬到在某种意义上属于自己的别墅去住——此前我并不想住在这个所谓的"作家村"里，但是，当我得知每个别墅之间距离很远，而且不会时常遇见同行们时，我决定搬过去住。这个村叫做"佩列杰尔金诺"，坐落在距莫斯科 20 公里处的森林里（这里至今仍有大量积雪）……这就是我们莫斯科的春天！阳光很少光顾这里，愿阳光普照大地，洒满这里的每个角落！……

伊萨克

1938 年 4 月 16 日于莫斯科

366. 致费加·阿罗诺夫娜·巴别尔

......我不记得是否给你们写信说过,"亚斯纳亚·波利亚纳"给我留下了非常深刻的印象,令我极度震撼!——置身于托尔斯泰那充满禁欲主义和苦行修道色彩的寓所中,似乎时时刻刻都能够感受到,他的思想已浸淫在这里的每一个角落,他的精神至今仍然熠熠生辉!......

伊萨克

1938 年 9 月 29 日于莫斯科

367. 致佐祖利亚

佐祖列奇卡：

盛怒之下我在给你写这封信。刚刚从市里来了一个法院执行员的信使（我早已把这桩事忘得一干二净！……），他送来了一包文件，里面是一份通知书：如果我不能尽快向报刊杂志联合公司缴付 3000 卢布，那么明天，15 日下午 4 点，我的财物将被从住所中搬走。这份骇人听闻的通知书应该这样理解：在我已向《星火》和《文学报》交稿、在我已向法庭寄送关于停止案件审理的正式通知后，清理委员会（或其他我所不知的机构）再次要求法院执行员查抄和变卖我的财产。如果说从前我始终缄口不言，只是在心里指责出版社对我有些不够人道，这是因为真理在出版社一方，那么现在出版社的举动则完全是对我彻头彻尾的、十足的蓄意诽谤、恶意侮辱和攻击，是苏联文学史上闻所未闻的卑劣行径。

您是我的朋友和我在《星火》杂志的"代言人"。因此请您担任我的（临时的）中间人，请转告出版社或清理委员会（不知现在的负责人是谁）：如果在近几个小时内我没有收到关于停止诉讼的通知，我只能被迫寻求党、社会和司法部门的保护。我将尽快向党中央委员会出版部和作协主席团提出对这一令人发指的事件进行干预的请求。

佐祖列奇卡，请原谅我托您去办这件令人不快的事情。倘若这件事并未引起社会舆论的广泛关注，我绝不会给您添这么大的麻烦。

我收到了国家文学出版社发来的电报，他们要我去参加创作主题规划会议，今晚我到莫斯科。

您的伊萨克·巴别尔
1938 年 10 月 14 日于佩列捷尔基诺

368. 致斯洛尼姆

　　说实话，现在无论是精神上还是肉体上我的状况都非常不好。我不想在这种情况下去会见好友。但是，我并没有失去理智，仍然保持着清醒的头脑——我明白，所有原因都在我自己身上，最重要的问题是应该战胜自我……对我来说，这是目前最主要、最艰巨的任务。

　　在莫斯科我整日忙于各种毫无意义的事情。所有人都来找我帮忙，我已经被折磨得精疲力尽，痛苦不堪。但是在这里我却完全可以充分舒展身心，放松心情，重新积蓄力量。稍事休整之后，我打算 5 日去莫斯科，到时我就可以不慌不忙地独自漫步踱向我的"根据地"——去您家里看望您……

伊萨克·巴别尔

1938 年 11 月 30 日于佩列捷尔基诺

369. 致费加·阿罗诺夫娜·巴别尔

……啊！……我终于卸掉了压在肩上的重担……我刚刚结束一项工作——我用 20 天的时间创作完成了一部剧本……大概，从现在起我便可以开始从事"真正意义上的文学创作"了！……22 日晚我回莫斯科。

我已经去过了埃尔米塔日博物馆，明天去彼得宫。我完成剧本之时恰逢第一个春日到来之际——这里阳光明媚……在认认真真、勤勤恳恳地工作了一段时间之后，现在我要出去散散步了！……

1939 年 4 月 20 日于列宁格勒

370．致费加·阿罗诺夫娜·巴别尔

……今天是我的第二个休息日——春天已经来临……昨天我在左琴科那儿吃了午饭，然后早上5点前我一直待在1918年时曾与高尔基共事的一个编辑那里，黎明时分我沿着石头岛街徐徐漫步——穿过圣三一桥，经过冬宫——徜徉在这座华美绝伦、静谧异常的城市之中……

今夜我离开这里……

伊萨克

1939 年 4 月 22 日于列宁格勒

371. 致费加·阿罗诺夫娜·巴别尔和沙波什尼科娃

……告诉你们一个非常奇怪的现象：我们这里连下了两天的雪……今天已是 5 月 10 日了，这里居然还会雪花纷飞！……大概，这一定会令你们这些住在布鲁塞尔的人羡慕不已！……我已在郊外定居下来，目前感觉自己的状态非常好——只是对于生炉子有些腻烦。明天我要去莫斯科待一天。我想，也许刚好在那儿会收到梅丽的来信——她此行怎么样？遗憾的是，这次妈妈没能和她一起去……我给娜塔莎寄了几本书——孙女的书有了保证，现在我应该想一想祖母的事情了。明天我争取给妈妈弄到一本新出版的小说……现在我没有任何自己喜爱的作品可以寄给您——一切尚在写作之中。我即将完成一部最新电影剧本（这是一部关于高尔基的影片），并很快要着手对这部珍贵的作品进行最后的修改和加工——我打算秋天交稿。请经常给我写信。我没有时间去读那一本本厚厚的书，对我来说，你们的来信就是最好的读物。格里沙、鲍里斯怎么样？你们能经常见到鲍里斯吗？……

伊萨克

1939 年 5 月 10 日于佩列捷尔基诺

巴别尔生活和创作年表

1894　6月30日（新历7月12日）生于敖德萨犹太人聚居区莫尔达万卡，父亲是一位经营农业器具的犹太商人。在他出生后不久，全家迁居距敖德萨150公里远的小镇尼古拉耶夫。巴别尔自幼学习英语、法语和德语，同时随家教学习希伯来语，学拉小提琴。

1905　进入尼古拉耶夫商业学校。南俄地区发生迫害犹太人事件，巴别尔在尼古拉耶夫目睹惨案，但巴别尔全家安然无恙。

1906　巴别尔一家迁回敖德萨，巴别尔转入敖德萨商业学校学习，其间开始用法语写小说。

1911　自敖德萨商业学校毕业，因民族身份问题未能进入敖德萨大学，转而考入基辅商业财经学院。在基辅学习期间结识富商之女、后来的妻子叶夫盖尼娅·格隆费因。

1913　在基辅《星火》杂志上发表处女作《老施莱梅》。

1915　写作《童年·与祖母相处的日子》。

1916　第一次世界大战爆发后，随基辅商业财经学院迁至萨拉托夫，在萨拉托夫以优异成绩从基辅商业财经学院毕业，再入彼得格勒心理精神病学院法律系四年级。同年秋结识高尔基，在高尔基主编的《年鉴》杂志第 11 期上发表小说《埃利亚·伊萨科维奇与玛格丽塔·普罗科菲耶夫娜》和《妈妈、里玛和阿拉》。同时在彼得格勒《杂志选刊》发表一组题为《我的笔记》的特写。

1917　因小说《窥视》有"淫秽"嫌疑遭起诉，但因革命爆发而不了了之。听从高尔基劝告暂时放弃写作，转而去往"人间"，其间曾以志愿兵身份前往罗马尼亚前线，十月革命爆发后返回敖德萨，后冒着危险于 12 月返回彼得格勒，在新组建的契卡外事部任翻译。

1918　3 月起在高尔基主办的《新生活报》上连载特写，直至该报于 7 月被查封。同时在彼得格勒《艺术生活报》发表作品。国内战争期间曾加入征粮队。

1919　返回敖德萨。8 月 9 日与叶夫盖尼娅·格隆费因结婚。

1920　年初起任乌克兰国家出版社敖德萨分部主任，初春起任南方罗斯塔通讯社记者，化名基里尔·瓦西里耶维奇·柳托夫，后被派往布琼尼率领的第一骑兵军，自 6 月至 9 月随骑兵军参加苏波战争，数月间坚持记日记，并在《红色骑兵军报》上发表文章和特写。年底因患伤寒返回敖德萨，与夫人旅行格鲁吉亚和高加索等地，在当地报刊上发文。

1921　在敖德萨出版部门做编辑工作，同时开始在《洪流》《剪影》《消息报》《水手》等敖德萨报刊发表他的"敖德萨故事"。6 月刊于《水手》的《国王》被视为其创作成熟期的第一篇小说。

1922 主要居住在格鲁吉亚的巴图米和其他城镇。开始写作《骑兵军》。

1923 与莫斯科的文学报刊建立联系，在《列夫》《红色处女地》《探照灯》《真理报》等报刊发表作品，除"敖德萨故事"系列外，也开始发表"骑兵军故事"系列，开始赢得名作家声誉。结识马雅可夫斯基、叶赛宁、富尔曼诺夫等人。

1924 巴别尔的妹妹梅丽·沙波什尼科娃侨居布鲁塞尔。3月，布琼尼首次对巴别尔的《骑兵军》发出指责。巴别尔在扎米亚京主办的《俄国同时代人》杂志发表作品。迁居莫斯科远郊的谢尔吉耶夫镇。

1925 发表《我的鸽子窝的故事》，题词献给高尔基。本年先后推出三部短篇小说集，写作《别尼亚·克里克》《日薄西山》等剧作，成为当时最著名的作家之一。巴别尔的妻子侨居巴黎。与演员塔玛拉·卡希里娜相恋。

1926 《骑兵军》单行本出版，并在短时间里多次再版。巴别尔母亲侨居布鲁塞尔。7月，巴别尔和卡希里娜的儿子米哈伊尔出生，由于卡希里娜后嫁给作家弗谢沃洛德·伊万诺夫，他们的儿子后来名为米哈伊尔·伊万诺夫，成为一位画家。开始写作电影剧本，将犹太作家肖洛姆–阿莱汉姆的小说改编为剧本《流浪的星星》。

1927 因家庭事务前往基辅。继续写作自《我的鸽子窝的故事》开始的"童年系列"。试图创作一部描写契卡的长篇小说。7月前往巴黎。在柏林与编辑叶夫盖尼娅·哈尤吉娜相恋，哈尤吉娜后于 1929 年嫁给叶若夫，1938 年自杀（一说被丈夫害死）。

在巴黎与妻子重归于好。《日薄西山》在巴库和敖德萨的剧院成功上演。

1928 10 月返回苏联。布琼尼在《真理报》发文，再次指责《骑兵军》污蔑红军战士，高尔基和沃隆斯基等人出面力挺巴别尔。由巴别尔编剧的电影《中国磨坊》于 7 月首映。继续写作"童年系列"。沃隆斯基发文责怪巴别尔发表作品太少，陷入"沉默期"。

1929 7 月，巴别尔和妻子的女儿娜塔莉娅在巴黎出生（她后来嫁给一位美国人，巴别尔的女婿出版了第一部英文版《巴别尔全集》）。《骑兵军》译本在美、法、德等国出版。巴别尔本年大多在乌克兰度过。

1930 巴别尔参加"社会主义建设运动"，成为残酷的集体化运动和乌克兰大饥荒的见证者。波兰报纸发表一篇对巴别尔的采访录（采访于巴别尔身在法国里维拉时进行），巴别尔因此受到公开指责，他发表声明称那篇访谈系捏造。他前往巴黎的申请遭拒。

1931 与哈尤吉娜恢复联系。早春在乌克兰度过。发表反映集体化的长篇小说《大井村》的片断。

1932 落户莫斯科郊外的莫洛焦诺沃。与年轻的莫斯科地铁工程师安东尼娜·比罗什科娃相识。获准前往法国与家人团聚。结识爱伦堡、马尔罗等作家。

1933 4—5 月漫游法、意、德等国，前往意大利索伦托拜访高尔基。8 月返回苏联，因为高尔基要求他回国帮忙筹办第一届苏联作家代表大会。秋天与比罗什科娃一同前往高加索地区旅行。

1934 1 月在顿巴斯地区旅行。发表《但丁大街》。在 8 月召开的第一次苏联作家代表大会上发言。

1935 1 月出席在莫斯科举行的苏维埃代表大会。3 月发表剧本《玛丽娅》。6 月与帕斯捷尔纳克一同前往巴黎，出席国际作家捍卫文化与和平反法西斯大会。7 月与妻女一同前往布鲁塞尔探望母亲和妹妹。巴别尔试图带领全家返回苏联，但未获批准。8 月回国，与比罗什科娃一同旅行基辅、敖德萨等地，返回莫斯科后与比罗什科娃同居。与爱森斯坦一同拍摄电影《白净草地》。

1936 3 月陪同法国作家马尔罗前往克里米亚拜访高尔基。陪同访问莫斯科的法国作家纪德。在莫斯科郊外的作家村佩列捷尔基诺获得一幢别墅。

1937 1 月，巴别尔与比罗什科娃的女儿丽季娅出生。发表小说《苏拉克》《德·葛拉索》《吻》等。

1938 贝利亚取代叶若夫成为苏联秘密警察头目，他开始收集对巴别尔不利的证据。发表小说《审判》，此为巴别尔生前发表的最后一篇小说。担任编剧，改编高尔基的自传体小说《我的大学》。

1939 完成以军工间谍故事为主题的电影脚本《老广场 4 号》。5 月 15 日被捕，被控是法、奥间谍，出面作证的有叶若夫以及已经被捕的作家鲍里斯·皮里尼亚克和米哈伊尔·科尔佐夫。

1940 1 月 27 日，遭军事法庭审判，在卢比扬卡监狱被处死。

1954 12 月 23 日，巴别尔被正式平反。在克格勃档案中，巴别尔的死亡时间被错误地标为 1941 年 3 月 17 日，死亡证明上称"死因不明"。

1955 由莱昂涅尔·特里林（Lionel Trilling）作序的《巴别尔小说选》（Collected Stories by Isaac Babel）在纽约出版。

1957 由爱伦堡作序的《巴别尔作品集》（Избранное）在莫斯科出版。

1989 由比罗什科娃主编的《回忆巴别尔》（Воспоминания о Бабеле）在莫斯科出版，其中收有比罗什科娃所撰回忆录《与巴别尔共度七年》（Семь лет с Исааком Бабелем）。

1990 由比罗什科娃主编的两卷本《巴别尔选集》（Сочинения в 2 т.）在莫斯科和伦敦出版。

2002 由娜塔莉娅·巴别尔（Nathalie Babel）主编的单卷本《巴别尔全集》（The Complete Works of Isaac Babel）在纽约和伦敦出版。

2006 由苏希赫（И. Сухих）主编的四卷本《巴别尔文集》（Собрание сочинений в 4 т.）在莫斯科出版。

刘文飞 辑